Der Preis dieses Bandes versteht sich einschließlich der gesetzlichen Mehrwertsteuer.

Umwelthinweis:
Dieses Buch wurde auf chlor- und säurefreiem Papier gedruckt.

Anna Gold

Verpissimo!
Ein Sommer in Italien

Roman

MIRA® TASCHENBUCH
Band 25744
2. Auflage: Juni 2014

MIRA® TASCHENBÜCHER
erscheinen in der Harlequin Enterprises GmbH,
Valentinskamp 24, 20354 Hamburg
Geschäftsführer: Thomas Beckmann

Deutsche Originalausgabe

Konzeption/Reihengestaltung: fredebold&partner GmbH, Köln
Umschlaggestaltung: pecher und soiron, Köln
Redaktion: Bettina Lahrs
Titelabbildung: Matthias Kinner, Köln; pecher und soiron, Köln;
Thinkstock/Getty Images, München
Autorenfoto: Andreas Bradler
Satz: GGP Media GmbH, Pößneck
Druck und Bindearbeiten: CPI – Ebner & Spiegel, Ulm
Printed in Germany
Dieses Buch wurde auf FSC®-zertifiziertem Papier gedruckt.
ISBN 978-3-95649-009-5

www.mira-taschenbuch.de

ALLER ANFANG IST SCHWIEGERMUTTER ...

Mel? Ist alles okay? Kann ich irgendetwas für dich tun?", frage ich ins Telefon.

„Nein, zu spät", tönt es stöhnend zurück. „Ich sterbe ..."

Tut sie nicht. Mel ist zu schön zum Sterben, aber leider auch zu allergisch, um zu leben. Zumindest um richtig zu leben. Dumm gelaufen. Meine beste Freundin ist nicht nur gegen Blüten und Pollen allergisch, sondern auch gegen ...

„Scheiße! Da ist bestimmt Asbest in der Wand. Ich krieg keine Luft mehr. In meinem Hals zieht sich alles zu."

„Engelchen, dann zieh doch aus", kontere ich.

Gutes Stichwort. An Auszug denke ich selbst auch schon länger. Seit vier Jahren wohne ich in einem kleinen Dorf mit einem überdurchschnittlich hohen Rentneranteil und frage mich tagtäglich, warum ich mir das antue. Vor ein paar Wochen wäre ich fast in eine Stadtwohnung gezogen – direkt über einem Fischgeschäft und unmittelbar unter einer Zahnarztpraxis –, wo sich alle unangenehmen Düfte neutralisierten.

Leider fand ein paar Minuten nach meiner Besichtigung in ebenjener Zahnarztpraxis ein Kidnapping statt, das live im Fernsehen übertragen wurde. Der Kidnapper hatte es auf die Zahnarzthelferin abgesehen, und laut seiner Aussage hatte der Zahnarzt das wohl auch. Der Vorfall ging zwar unblutig aus, aber meine Mutter, der ich bei dieser Liveübertragung gleich meine neue Wohnung von außen zeigen konnte *(„Schalt mal aufs erste Programm ... die zwei Fenster über dem Polizeiauto, dort würde ich dann nächsten Monat einziehen ... ja, der Eingang hinter dem Absperrband ...")*, stoppte die ganze Aktion, indem sie am selben Tag bei der Vermieterin anrief und ihr nahelegte, besser niemanden wie mich einziehen zu lassen, denn ich würde nur Müll und Unrat in die Wohnung schleppen.

Mutti meinte zwar keinen Müll und Unrat im herkömmlichen Sinne, aber die Wohnung war ich trotzdem los.

„Danas Männer müssen einfach nur negativ aus der Masse hervorstechen, schon haben sie gute Karten bei meiner Tochter. Sie steht auf Unrat ... auf Müll ... auf all das, was normale Frauen abstoßend finden ...“, erklärt meine Mutter – und zwar jedem, egal, ob er es hören will oder nicht. Bei meinem letzten Besuch fragte sogar schon der Briefträger, ob er mal ein Bild von meinem aktuellen „Müll-Mann“ sehen könne.

Ehrlich gesagt finde ich das ein bisschen unfair. Ist es so schlimm, dass ich nicht auf Brad-Pitt-Typen stehe, sondern mehr auf Kerle wie Vincent Cassel?

Außerdem brauche ich keinen Mann. Weil ich nämlich schon einen habe. Michael alias Mickey, der in meinen Augen nichts mit Müll am Hut hat. Wenn überhaupt, dann nur mit seelischem. In ein paar Jahren wird mein Mickey nämlich ein sehr guter Therapeut sein. Er ist schon jetzt der perfekte Zuhörer. Weil er selten spricht, was wiederum auch daran liegen kann, dass ihn die Menschen in seinem Leben einfach nicht zu Wort kommen lassen. Nicht, dass wir ihn übersehen, das wäre bei diesem Zwei-Meter-Hünen auch gar nicht möglich. Nein, mein Mickey ist einfach zu nett, um anderen ins Wort zu fallen. Seine Reserven an Verständnis und Mitgefühl sind nahezu unerschöpflich, und sein Glaube an das Gute im Menschen ist so groß wie dieser Planet. Ja, mein Traummann ist einfach ...

„Eine taubstumme Ausgabe von Freddy Krueger“, sagt meine Mutter.

„Eine ruhige Ausgabe von Mike Krüger“, meint meine beste Freundin Mel.

Mir doch egal. Zum einen bin ich auch nicht die Schönste (aber schon sehr niedlich), und zum anderen hat mein Mickey ein Herz aus Gold, und ich liebe ihn über alles, was meine Mama nur wie folgt kommentiert: „Wenigstens verdient er genug Geld, und ich muss ihn mir ja auch nicht jeden Tag ansehen.“

Leider verdient Michael überhaupt kein Geld, denn er studiert ja noch, und leider kann ich ihn mir auch nicht jeden Tag ansehen, was weniger an seinem harten Studium als mehr an seiner Mutter Kontradelle liegt.

Kontra geben ist Kontradelles Leidenschaft, und das tut sie mit einer derartigen Inbrunst, dass mitunter auch *Dellen* zustande kommen, wie es hier und da ein vor Wut zerbeulter Topf in ihrer Küche verrät und laut Mickey auch der äußerlich und innerlich zerbeulte Kopf ihres Exmannes, der das zum Anlass nahm, die Scheidung einzureichen.

Eigentlich tut mir Kontradelle sehr leid, denn seit Mickeys Vater vor zwei Jahren die Flucht ergriff, vereinsamt sie zusehends. Freunde hatte sie schon vorher keine, weil sie der Ansicht ist, das sei reine Zeitverschwendung. Und die Familie, die sich nicht von ihr scheiden ließ, lebt wohl auch nicht grundlos in Disneyworld.

Das Einzige, was Mickeys Mama noch geblieben ist, sind eine glamouröse Prunkvilla, ein gigantisches Privatvermögen und ihr prachtvoller Sohn. All meine Bemühungen, Kontradelle aus ihrem Einsamkeitstrott herauszureißen oder wenigstens mit ihr auf einen Nenner zu kommen, boykottierte sie mit den Worten: „Wenn du wirklich etwas für mich tun willst, dann lass mir wenigstens noch meinen Sohn."

Zuerst dachte ich, das sei ein Scherz oder eine vorübergehende Laune, doch schnell musste ich einsehen, dass sich an diesem Statement seit zwei Jahren nichts ändert. Während ich im Jahr zuvor lediglich als kurzzeitige Affäre ihres Sohnes gehandelt wurde und Kontradelle mir keine größere Beachtung schenkte, bin ich seit dem Scheitern ihrer eigenen Beziehung zu ihrer schärfsten Konkurrentin geworden. Seit dieser Zeit buhlt meine zukünftige Schwiegermutter mit mir um jede „Mickey-Minute".

Mickey selbst nimmt das alles – wie eh und je – wortlos hin. Und das, obwohl die Einsamkeit seiner Mutter mittlerweile auch an seinem Kopf Spuren hinterlassen hat. Nachdem Mickeys Haare endlich etwas länger und damit dem, was man unter Frisur versteht, schon sehr nahegekommen waren, bestand

Mama auf ihrer persönlichen Wunschfrisur. Die wiederum nennt sich Mecki und sieht auch so aus. Nämlich wie ein uralter fußballköpfiger Igel, den man lieber nicht streichelt (was wohl auch Sinn der Sache ist). An der Stelle empfahl selbst ich Freddy Kruegers Hut.

Aber leider habe ich bei Kontradelle nichts zu melden – und schon gar nichts zu empfehlen.

Heute waren sie – trotz meines leisen Protestes: „Tu es bitte nicht, Mickey!" – beim Tätowierer, wo mein Herzensmann einen Anker mit Kontradelle-Schriftzug auf den Oberarm gestochen bekam. Danach folgte ein gemeinsames und vollwertiges Abendessen, zu dem mich Kontradelle noch rechtzeitig auslud.

Als Mickey vor einer Stunde auch noch unsere heutige „Freund übernachtet bei Freundin"-Verabredung absagte, um stattdessen mit Mama die Sterne zu beobachten, hörte ich Kontradelle aus dem Hintergrund rufen: „3:0 für mich, Dana. Er ist und bleibt meine Mickey-Maus."

Auch wenn meine eigene Mutter bisher nicht mit vielen Lebensweisheiten geglänzt hat, so brachte sie mir zumindest bei, dass jeder Mensch zwei Seiten hat. Ja, und auch wenn es mir nicht leichtfällt, Kontradelle ihre gute Seite abzugewinnen, so verstehe ich doch, woher ihr Kampfgeist rührt, und meine wohl allzu berechtigte Wut verwandelt sich nahezu jedes Mal in Mitleid. Kontradelle ist wirklich eine arme, einsame Frau, und laut Mickey leidet sie sogar unter Depressionen.

Dennoch ist die Beziehung zu meinem Mickey mittlerweile so etwas wie ein Battle gegen seine Mutter geworden, die – warum auch immer – Mickey zu ihrem persönlichen (Beschäftigungs-)Therapeuten und mich zur Zielscheibe ihres unendlichen Frusts gemacht hat.

Nicht, dass meine eigene Mutter da besser wäre. Sie ist nur weiter weg. In meinem Heimatdorf, das ich an meinem zwanzigsten Geburtstag verlassen habe, also vor genau vier Jahren. Es zog mich einfach in die ferne Großstadt, weit weg von den Problemen mit meiner Mutter – und nun sitze ich wieder in einem Dorf, auch wenn dieses Nest vor den Toren Frankfurts liegt, und habe eine Mutter an der Backe, die mir den Mann meines Lebens vom Leib hält.

„*Hatschi*", niest es aus dem Hörer. „Dana? Bist du noch da?"

Stimmt. Das Einzige, was mir seit all den Jahren stets zur Seite steht, ist mein allergisches Engelchen Mel. Wenn auch nur über das Telefon, denn meine beste Freundin wohnt in München. Trotz Fernbeziehung hängen wir aneinander wie siamesische Zwillinge. Allerdings nicht bildlich, denn neben der Entfernung entspricht Mel auch sonst dem optischen Gegenteil von mir. Ich bin klitzeklein, sie ist riesengroß. Ich bin brünett, Mel ist blond. Ich bin ... ähm ... kompakt. Meine beste Freundin ist gertenschlank. Ja, ich würde so weit gehen, Mel als den Schwan und mich als das Entlein zu charakterisieren. Auch wenn ich kein *hässliches* Entlein bin, sondern mehr so eine unscheinbare, kulleräugige Henne. Vielleicht ist das auch nicht der richtige Vergleich. Die Nerds in meiner Klasse hielten an der Behauptung fest, Mel und ich seien so etwas wie die irdischen Versionen von C-3PO (Mel) und R2-D2 (ich). Auch bei diesem Star-Wars-Vergleich kam ich als der unscheinbare Part weg, denn wie wir in Erfahrung brachten, war C-3PO ein großer Goldjunge und R2-D2 ein kleiner Industriestaubsauger mit ordentlichem Fassungsvermögen.

„Ihr zwei seid wie Dick und Doof", meint hingegen meine Mutter.

Das klingt zwar gemein, trifft es aber eher. Ich habe mich schon zu einer Zeit mit Mels Schönheit abgefunden, als die noch über mein Streberdasein lachte. So ist es eben. Mel hat die schöne Figur, ich das gute Schulzeugnis. Nichts weiter als ein Beleg für die Tatsache, dass sich Gegensätze anziehen. Und wie! Magnete sind nichts gegen Mel und mich. Seit dem Kindergarten teilen wir uns nicht nur die Zeit, den Tisch und das Brot, sondern auch die Neigungen, die Neugierde und die Noten (Letztere nur dann, wenn Mel bei mir abschrieb). Auf dem Schulhof nannten sie uns „die Zweimaligkeiten", und das waren wir auch. Selbst wenn wir rüberkamen wie Dogge und Mops, ich stets allein zu den Schreib- und Lesewettbewerben ging und all die „Willst du mit mir gehen?“-Briefchen immer nur an Mel adressiert waren.

Und auch wenn wir unsere Klamotten nie tauschen konnten, ohne dass Mel aussah wie ein bauchfreier Hochwasser-Storch und ich wie eine Presswurst mit überlanger Pelle.

Dank all dieser Parallelen lief auch unser Leben bis heute erstaunlich ähnlich ab. Kurz nach der Schule zog es uns in die große Stadt. Hier wollten wir leben – und arbeiten. Und da Mel wegen ihres Aussehens und ich wegen meines guten Notendurchschnitts eingestellt wurde, landete ich in Frankfurt und meine beste Freundin in München.

Zu meinem Job gibt es nicht viel zu sagen. Ich arbeite in einem übergeordneten Ministerium als unterbezahltes Mädchen für alles. In unserem sogenannten Referat sitzen neben mir neun weitere Frauen, von denen neun meine Vorgesetzten sind – ich stehe tatsächlich ganz unten in der Hierarchie. Um das auch optisch zu unterstreichen, quetscht sich die kleinste Mitarbeiterin in das mickrigste Büro, das diese Behörde zu bieten hat. Blöderweise übersieht mich aber trotzdem keiner. Denn mein Mini-Büro befindet sich in der Mitte, und alle anfallenden Arbeiten werden nach Möglichkeit bei mir geparkt. Die Kleinste hat zumindest das größte Arbeitspensum. Obwohl das in Ämtern ja immer recht bescheiden ausfällt. Trotz auftürmender Papierberge kann auch ich mehrmals am Tag Löcher in die Luft starren, von einem aufregenderen Job träumen oder mit Familie und Freunden telefonieren.

Das tun meine Kolleginnen schließlich auch.

Und deshalb könnte man den Eindruck gewinnen, in einem hysterischen Hühnerstall statt bei hessischen Staatsdienern gelandet zu sein.

Konsequenterweise ist das einzige männliche Wesen, das sich in unser Referat verirrt, nur unser Postmann Markus. Ja, und selbst den hat das Östrogen schon dahingehend angefixt, dass sein Tonfall zu einem weiblichen Singsang mutiert, sobald Markus mein Büro betritt.

Ganz anders sieht es bei meiner besten Freundin aus, die in einem topmodernen und testosterongeschwängerten Bürokomplex arbeitet. Mel ist schicke Cheftippse eines Münchner Großkonzerns. Sie verdient das Doppelte von dem, was ich monatlich nach Hause bringe. Dafür ist ihr Job auch nicht so *einfach* wie meiner. Sagt Mel.

Wie auch immer. Adrettes Aussehen, gepaart mit affektiertem Auftreten, anstrengendem Chef, anhänglichen Kollegen und atemberaubenden Allergien, das verlangt meiner besten Freundin einiges ab. Arme Mel, mit ihr möchte ich wirklich nicht tauschen.

„*Hatschi.* Warum bist du denn heute so einsilbig, Dana? Gibt es wieder Probleme mit dem Schwiegermonster?"

Mel weiß immer, was mit mir los ist. Und schon platzt der ganze Kontradelle-Koller aus mir heraus und geradewegs in den Hörer, wo ihn meine beste Freundin mit lautstarken Niesattacken unterstreicht.

„Oje, so eine *Hatschi*…germutter wünscht man keinem", meint Mel, und ich seufze, weil mir die einsame und depressive Kontradelle einfach nur leidtut. Hinzu kommt, dass es mir – von meinem mickrigen Einkommen und Mickeys mimosiger Erzeugerin einmal abgesehen – richtig gut geht. Und das wiederum habe ich einzig und allein meinem Traummann zu verdanken, den ich so sehr liebe, dass ich schon beim minimalsten Gedanken an ihn strahle wie ein Honigkuchenpferd.

Das Einzige, was Mickey und ich dringend einmal bräuchten, wäre etwas Zeit zu zweit. Vielleicht ein spontaner und mutterfreier Wochenendtrip oder – noch besser – eine ganze Woche Urlaub. Hach, Urlaub … das wäre der Puderzucker auf meinem Honigkuchen. Auch wenn mein Budget nicht mehr als eine Woche Jugendherberge im Taunus hergibt. Allein der Gedanke an Urlaub mit meinem Mickey lässt mich ein lautes „Oh ja" hervorstoßen.

Mel bezieht das auf sich: „Oh ja, Dana, ich kann wirklich nicht mehr.“

Offensichtlich geht es meiner besten Freundin überhaupt nicht gut. Das kann an ihren aufreibenden Allergien oder ihrer anstrengenden Arbeit liegen – oder mal wieder an Klaus.

Tja, mit Klaus ist das so eine Sache. Wir kennen ihn seit der fünften Klasse. Da wählten wir ihn zum Klassensprecher – und er Mel zu seiner großen Liebe. Bis heute. Das mag kitschig, schnulzig und rosarot klingen, wäre es aber nur, wenn Mel kein Natur-Neurotiker wäre, sondern jemand, der auch noch einem Mistkäfer etwas abgewinnt (oder zumindest nicht allergisch darauf reagiert). Das wiederum bezieht sich nicht auf Klaus selbst, sondern auf seinen täglichen Umgang: Klaus ist der schöne Sohn eines feschen Försters und einer reinrassigen Rinderzüchterin, der noch immer in unserem Heimatdorf lebt, um vererbten Kühen die Euter zu schaukeln.

Einer, den man sonst nur im Holzfällerhemd auf einem Hochstand oder mit Helm in einer Höhle antrifft. Einer, den man regelmäßig ans Duschen und Garderobewechseln erinnern muss oder auch daran, dass Menschen lieber in Häusern statt auf Bäumen leben. Einer, der an den Wochenenden atemberaubende Wald- oder Wiesenwanderungen mit stundenlanger und stinklangweiliger Insektenkunde unternimmt. Einer, den es in der warmen Urlaubszeit in sumpfige Morastgebiete zieht, da in der schwülen Hitze das Leben pulsiert (und die von Insektenstichen übersäte Haut ebenso).

Auch wenn Mel ihn dabei ungern und (aus allergischen Gründen?) selten begleitet, ist auch er ihre große Liebe. Niemals würde meine beste Freundin ihren rustikalen Klaus gegen einen zivilisierten Stadtmenschen eintauschen.

Für Klaus opfert Mel wirklich viel, vor ein paar Monaten sogar ihr PS-starkes Cabrio, denn laut Klaus trug das die Hauptschuld am anhaltenden Käfersterben. So stieg meine beste Freundin auf die Bahn um, mit der sie Klaus fortan besuchte. Ungeachtet der Tatsache, dass die Bahn sicher auch ein paar

Käfer auf dem Gewissen hat und ein Zugticket heute schon fast der ersten Rate eines Flugzeugkaufs entspricht. Wenn andere schon nichts für die Wirtschaft tun, muss eben Mel ran.

Dafür liebe ich sie, denn sie kann genauso wenig mit Geld umgehen wie ich (wenn ich denn jemals Geld hätte), aber sie tut es irgendwie für einen guten Zweck. Mehr oder weniger.

Für all die am Wochenende sturzbetrunken heimkehrenden Bundeswehrjungs ist meine schöne Freundin jedenfalls so etwas wie eine lebende Legende der Strecke München–Minidorf geworden. Zahlreiche mit Edding an Rückenlehnen gemalte Darstellungen einer nackten Frau – versehen mit Mels Vor- und Zunamen – werden noch für Jahrzehnte an meine beste Freundin erinnern, die doch nichts weiter getan hat, als in einem Zugabteil zu sitzen und sich auf ihren Klaus zu freuen.

Ich denke zurück. An all den Spaß, den ich zusammen mit Mel hatte. Damals in der Schule. Später auf unseren ersten Partys. Und beim Gedanken an unseren ersten Liebeskummer könnte ich sofort wieder losheulen. Wir waren immer füreinander da. Und wir hatten eine verdammt gute Zeit. Doch damals lebten wir auch noch in unserem Dorf, wurden behütet, umsorgt – und waren anerkannt.

Wahrscheinlich leidet Mel in München genauso unter mangelnder Akzeptanz wie ich in Frankfurt. Die Anonymität der Großstadt haute uns damals aus den Socken, wie es sonst nur ein stickiges Dachzimmer geschafft hätte. Und bis heute wird es uns dauerbelächelten Landeiern nicht gerade leicht gemacht.

„Ach Dana, da, wo Sie herkommen, ticken die Uhren ohnehin langsamer“, meinen sogar meine langatmigen Amtskollegen, während Mel hauptsächlich für ihren Kuh-Kerl belächelt wird.

Tatsächlich kämpfen wir im Großstadtdschungel nicht nur ums nackte Überleben, sondern auch um ein wenig Akzeptanz und Anerkennung. Doch von diesem Kuchen bekommen wir bis heute keinen Bissen ab. Was also haben wir davon, uns jeden Tag aufs Neue diesem Kampf zu stellen?

Ehrlich gesagt nichts. Überhaupt nichts. Fragt sich, warum wir dann überhaupt noch hier sind. Aber wo sollten wir stattdessen sein? Seit ich von zu Hause weggezogen bin, vermisse ich mein Heimatdorf ähnlich wenig wie die Pubertät. Ja, wenn mir irgendetwas aus meinem alten Leben fehlen sollte, dann bloß meine fünfhundert Kilometer entfernte beste Freundin, die mich bestimmt genauso innig vermisst wie ihren Kriechtierfreund Klaus.

„Klaus betrügt mich. *Hatschi*", erklärt Mel in dem Moment und unterstreicht das Unglaubliche mit einem lauten Nieser.

Jetzt geht das schon wieder los.

„Engelchen, mit *wem* soll der dich denn betrügen? Mit einem Hirsch? Oder einem Käfer?"

„Genau. Auf der Hirschkäfer-Tour. Da hat er sich mit einer Isolde unterhalten. Das hat er mir am Telefon erzählt."

„Mel! Eine Frau wie du wird doch nicht durch eine *Isolde* ersetzt. Klaus ist froh, dass er dich hat."

Und jeder, der Mel zu Gesicht bekommt, würde mir sofort recht geben.

„Meinst du?" Mel selbst ist in dieser Beziehung recht unentschlossen (*„Gestern sah ich gut aus. Heute nicht."*). Eigentlich nicht nur in dieser (*„Gestern habe ich Klaus vertraut. Heute nicht."*). Dabei kenne ich wirklich keinen Menschen – nicht auf Leinwänden oder den Catwalks dieser Welt –, der es mit Mels Schönheit aufnehmen könnte.

„Dana, ich könnte nur heulen. *Hatschi.*"

Wie gern würde ich meine beste, dauerallergische Freundin jetzt in den Arm nehmen und mit ihr gemeinsam im Tal der Tränen versinken. Kann ich aber leider nicht, weil Mel so weit weg ist und mein Handy plötzlich „Ein Schloss am Wörthersee" intoniert, während auf dem Display „Mickey" aufleuchtet.

Wenn mein Traummann mich anruft, anstatt sich mit seiner Mutter die Sterne anzusehen, dann hat das einen triftigen Grund.

„Mel, ich muss dringend an mein Handy gehen. Ich ruf dich nachher zurück", unterbreche ich das andauernde Hatschi meiner Freundin und lege schnell auf.

Kaum nehme ich den Anruf von Mickey entgegen, begrüßt der mich mit einem zaghaften „Ich brauche Urlaub".

Bei Kontradelle-Dauerbeschuss zweifelsohne nachvollziehbar.

Auch stelle ich mal wieder fest, dass mein Freund ein wunderbarer Menschenkenner ist und deshalb in ein paar Jahren der beste Therapeut der Welt sein wird. Warum sonst spricht er mir im entscheidenden Moment direkt aus der Seele?

Seit fünf Jahren bin ich nicht mehr im Urlaub gewesen, und das macht sich nun langsam bemerkbar. Vor allem weil meine Amtskollegin Ruth kürzlich in die Wechseljahre gekommen ist und seitdem alles daransetzt, dass auch ich darunter zu leiden habe. Seit einigen Wochen beschimpft mich die zuvor so unauffällige Kollegin im Stundentakt, kommandiert mich herum (was sich aufgrund des spärlichen Arbeitsaufkommens noch in Grenzen hält) und nutzt jede Gelegenheit, mich bei den Kollegen anzuschwärzen. Leider fehlt mir der Mumm, ihr zu sagen, dass ich trotz intakter Eierstöcke das gleiche Recht auf private Telefonate und Toilettenbesuche habe.

Nein, wenn die Menschen um mich herum ausflippen, dann sage ich gar nichts. Lieber ergreife ich die Flucht. So war das schon immer.

Ich erinnere mich noch gut an die Zeit, als meine Mutter in die Wechseljahre kam, im tiefsten Winter unsere Klimaanlage aufdrehte, nachts lautstark weinend durchs Haus lief und permanent etwas an mir auszusetzen hatte. Am Ende meiner Geduldsspanne floh ich nach Frankfurt.

Im Nachhinein kam Mamas Menopause wie gerufen. Ich wollte von Anfang an nicht in unserem Dorf alt werden, ohnehin irgendwann das Abenteuer „Großstadt" in Angriff nehmen. Nun konnte ich die Sache beschleunigen – und den Umzug von meinem verständnisvollen Vater finanzieren lassen.

Ja, ich gebe es zu, ich bin ein klassischer Verpisser. Und die wohl einfachste (da vergänglichste) Form von Flucht ist natürlich Urlaub: Alle sind nett, weil sie dafür bezahlt werden. Sämtliche Sorgen und Nöte verblassen angesichts Tiefenentspannung und Erholung an einem wunderbaren Ort. Und wenn ich diese Zeit auch noch mit dem Menschen verbringen kann, den ich über alles liebe, dann wird es ... allerhöchste Zeit. Schon meine ich, das Meer rauschen zu hören. Aber leider sind es nur die lautstarken Schlafgeräusche meiner neunzigjährigen Nachbarin, die durch die porösen Wände dringen.

„Du, Urlaub ist jetzt wirklich die beste Idee", tiriliere ich gut gelaunt in den Hörer.

„Du hast also kein Problem damit?", hakt mein Traummann zaghaft nach – allerdings erst nach einer längeren Schweigeminute.

„Warum sollte ich damit ein Problem haben? Nur weil du diese tolle Idee zuerst hattest? Bestimmt nicht. Weißt du denn schon, wo es hingehen soll?"

„Ist schon alles gebucht", antwortet Mickey wie aus der Pistole geschossen.

Wow! So spontan kenne ich ihn gar nicht – weder verbal noch in Aktion. Als wir uns kennenlernten, musste ein ganzes Jahr ins Land ziehen, bis ich Mickey zum ersten Mal daheim beehren durfte. Obwohl sein Elternhaus keine fünf Autominuten von mir entfernt liegt, bestand Kontradelle auf diese räumliche Trennung. Umso schöner, dass sich nun – nach mehr als drei Jahren – endlich unser erster gemeinsamer Urlaub anbahnt. Und das spontaner, als ich es mir jemals erträumt hätte.

„Wo fahren wir denn hin, mein Schatz?", will ich voller Freude wissen.

Keine Antwort.

„Wo geht es denn hin?", frage ich Sekunden später erneut.

„Nach Florida. Miami. Wieder."

Nach Florida? Für mich wäre das eine Premiere.

„Super!“, stoße ich begeistert hervor. „Sommer, Sonne, Strand …“

„Und Mutter“, wirft Mickey leicht beschämt ein.

„Kontradelle kommt auch mit?“

„Sie heißt Corabelle. Und ja, Mutter hat das gebucht.“

„Deine Mutter spendiert uns einen Amerikatrip?“

Ich habe Kontradelle unterschätzt.

„Meine Mutter spendiert *uns* einen Amerikatrip – sich und mir“, antwortet Mickey kleinlaut.

Ich habe Kontradelle total unterschätzt.

„Dana, 4:0!“, ruft Kontradelle aus dem Hintergrund.

„Du fährst schon wieder ohne mich in den Urlaub?!“, erwidere ich fassungslos, „Mickey, wir hatten doch eine Abmachung …“

Diese Abmachung entstand vor einem halben Jahr, als Mickey und Kontradelle gerade von den Seychellen zurückkehrten und Mickey mir felsenfest versprechen musste, seinen nächsten Urlaub mit mir zu verbringen – und nicht mit Kontradelle, die sich in diesem Moment auch noch Mickeys Handy zu eigen macht: „Dana, jetzt zick hier mal nicht rum! Wir werden für *ein halbes Jahr* nach Florida gehen. So viel Urlaub hast du doch gar nicht.“

„Aber, aber … wie bitte, ein halbes Jahr?!“, frage ich fassungslos.

„Ja, wenn Mickey sein Studium abgeschlossen hat, wird er wohl keine sechs Monate mehr freibekommen.“

Ich kenne aber auch keinen Studenten, der ein halbes Jahr pausiert. Obwohl … auf den Seychellen waren sie auch schon mehrere Monate gewesen. Kaum waren drei quälende Wochen vergangen, verlängerte Kontradelle um weitere zwei, und das wiederholte sie noch drei Mal.

Schon bei dem Gedanken an diese Zeit läuft mir ein kalter Schauer über den Rücken. Als würde sie das spüren, meint Kontradelle in dem Moment: „Mehr als neunzig Tage in die USA können nur diejenigen, die einen richtigen Job und genügend Geld auf dem Konto haben.“

Ja, und dank dem einen habe ich nicht mal die Spur vom anderen. Obwohl Mickey und seine Mutti auch keinen Job haben … dafür aber Geld. Sehr viel Geld sogar. Dank Mickeys Vater, der im weit entfernten Hamburg weilt und seine einstige Zeugungsfähigkeit durch endlose Zahlungsfähigkeit ersetzt hat.

„Dana, sieh der Wahrheit ins Gesicht: Jemand wie du bekommt kein B2-Visum."

Will ich auch gar nicht.

Alles, was ich will, ist Mickey. Meinen Mickey. Aber das kann ich seiner Mutter nicht sagen. Nein, das traue ich mich nicht.

Im Gegensatz zu mir besitzt Kontradelle ein unglaubliches Rückgrat. Und das zeigt sich jetzt von seiner besten Seite: „Außerdem wird Mickey zum Ende des Jahres in Hamburg studieren. Da ist es doch wohl selbstverständlich, dass ich vorher noch etwas Zeit mit ihm verbringen möchte."

Bitte, was?! Hamburg?

Die Fernbeziehung zu meiner besten Freundin in München ist schon eine Belastung. Jetzt soll ich auch noch eine mit Mickey führen?

Immerhin bin ich nicht die Einzige, die ans Abhauen denkt. Trotzdem hoffe ich, dass der Grund für Mickeys Flucht in den Norden Kontradelle heißt – und nicht Dana.

„Dana? Bist du noch dran?"

Leider schon.

Dessen ungeachtet schweige ich trotzdem – atme dafür umso lauter und heftiger.

„Warum bist du bloß so egoistisch? Warum gönnst du Mickey seinen wohlverdienten Urlaub nicht? Weißt du eigentlich, wie hart sein Studium ist? Er wird mal Therapeut, verdammt!"

Vor langer Zeit sagte der Papst einmal, er sei der nicht irrende Stellvertreter Gottes auf Erden. Scheint so, als mache Kontradelle ihm diesen Rang nun streitig.

„Tut mir leid", erklingt jetzt auch noch eine Roboterstimme – allerdings aus meinem Mund.

„Das kannst du besser, Dana!"

„Es tut mir leid. Mickey hat sich seinen Urlaub verdient. Ich gönne es ihm … nein, euch beiden natürlich", sage ich, während ich mich gleichzeitig frage, wie sie es verdammt noch mal geschafft hat, mich solch devote Sätze aussprechen zu lassen.

Ist mein Mitleidspegel mal wieder am Anschlag? Wohl kaum, im Moment empfinde ich eher das Gegenteil. Bin ich ein Feigling? Oder einfach nur ein willenloser R2-D2, der so funktioniert, wie andere das gerne hätten?

Daran will ich gar nicht erst denken. Stattdessen nehme ich vorlieb mit den katholischen Priestern, die nach Ablegen des Zölibats auch nicht mehr wissen, warum sie nur Sekunden zuvor den einzigen Spaßfaktor ihres Lebens zerstört haben.

„Na, dann ist es ja gut. Mickey wird dir auch viele E-Mails schicken", muntert Kontradelle mich auf, so wie es wohl auch der Papst bei seinen Priestern praktiziert, damit diese sich nicht direkt von der nächsten Klippe stürzen.

„Danke schön. Da freue ich mich", antwortet R2-Dana2.

Warum auch immer nehme ich aber gleich darauf den kläglichen Rest meines nicht vorhandenen Mutes zusammen und frage: „Dürfte ich jetzt bitte noch mal mit Mickey sprechen? Nur ganz kurz. Bitte!"

Himmel, ich höre mich an wie ein um Süßigkeiten bettelndes Kleinkind.

Nach kurzem Nachdenken fasst sich Kontradelle ein Herz (für Kinder?) und drückt auf den Lautsprecherknopf.

„Okay, schieß los. Wir hören dich jetzt beide."

„Mickey?", frage ich unsicher.

„Ja, Dana?", fragt Mickey zaghaft zurück.

„Willst du wirklich nach Hamburg ziehen?"

„Ja, denkst du, ich lüge?!", kreischt Kontradelle, und da mein lautes Schluchzen wohl nicht mehr zu überhören ist, nimmt auch Mickey all seinen Mut zusammen und sagt: „Wahrscheinlich schon. Aber das entscheidet sich erst im Urlaub."

In diesem Moment ist es mir egal, dass Kontradelle keine Privatsphäre zwischen Mickey und mir duldet, und so stelle ich die Frage, die gerade in mir brennt, selbstverständlich an Mickey gerichtet: „Liebst du mich?"

„Wie bitte?!", schreit Kontradelle.

„Mickey, liebst du mich?", frage ich noch einmal, und Kontradelle antwortet: „Dana, das ist billigste Manipulation!"

Es macht klick, und unser Gespräch ist beendet.

Manipulation? *Billigste* Manipulation? Fassungslos starre ich an die Wand. Bevor mich die quälenden Gedanken umbringen, fliehe ich … vor den Fernseher.

Auf den Privaten hauen sie sich die Köpfe ein. In den Öffentlichen reden manipulierte Politiker über Manipulation, und schließlich zappe ich zu „Deutschlands aktueller Talkrunde", in der ein alter Mann mit wirr abstehenden schlohweißen Haaren, unendlich langem Rauschebart und gruseligem Blick über Deutschlands Zukunft orakelt. Während er sich mit der linken Hand den Bart krault, zeigt er mit der anderen in die Kamera und sagt: „Wir sind dem Untergang geweiht!"

Ach, da haben Vater Staat und ich ja etwas gemeinsam.

„Deutschland ist dem Kapitalismus erlegen. Unsere Lebensqualität, ja das, was wir einst hatten und hüteten wie unsere Augäpfel, ist dabei auf der Strecke geblieben. Und für was? Für Geld und Konsum. Merkt ihr es nicht? Wir alle werden mehr und mehr zu willenlosen Maschinen degradiert. Kleine Zahnräder, die für das Plus auf ihrem Konto in der Maschinerie perfekt funktionieren, in ihrer wenigen Freizeit konsumieren, aber sicherlich nicht existieren. All das, was unser Leben wirklich ausmachen sollte, stirbt, weil keiner wahrhaben will, dass uns der Tod regiert."

Nach diesem Ausbruch à la Nostradamus halten Publikum und Moderator erst einmal die Luft an. Ich auch.

So wirr und verrückt der Alte auch aussehen mag, ich kann ihm nicht einmal widersprechen. Kontradelles kapitalistische Urlaubsaktion hat meine Lebensqualität aufs Minimum heruntergeschraubt. Ohne Mickey bin ich verloren. Ein willenloser Roboter, der keine Perspektive mehr hat. Schon laufen mir die Tränen über die Wangen.

Ein junger Mann mischt sich in die Diskussionsrunde ein: „Meckern und jammern – das ist das Einzige, was ihr Alten könnt."

Ihr Alten? Auch ich zerfließe gerade in Selbstmitleid.

Doch sofort kontert Rauschebart: „Nein, ich gehöre zu den wenigen, die nicht nur jammern, sondern handeln."

Na toll! Selbst ein wirrer alter Opa hat mittlerweile mehr drauf als ich.

Anscheinend hat der Alte auch mehr drauf als sein junger Kontrahent. Denn dieser fragt nun völlig perplex: „Wirklich? Ja, und wie *handelst* du, alter Mann?"

Und der Alte antwortet: „Ich wandere nach Italien aus. Weg von der Quantität – hin zur Qualität! Weg vom Zahnradwerk – hin zum Dolce Vita! Die Italiener verstehen nämlich noch was von Lebensqualität."

Yepp, nun scheinen der junge Mann und ich in etwa den gleichen Gesichtsausdruck zu haben.

„Tja, wer sich's leisten kann ...", spottet der junge Mann, „... denn ohne Geld ist auch das nicht drin."

„Ach was", kontert der Alte, „ich eröffne eine Frühstückspension. All das, was ich brauche, verdiene ich durch meine glücklichen Gäste – und den Rest baue ich selber an."

„Was baust du denn an? Drogen?"

„Nein, Wein."

Leider lautet das Motto der Sendung „Lebenslust" – und nicht „Drogentod". So erwacht flugs der Moderator aus seinem Tiefschlaf, ergreift das Wort und philosophiert langatmig über die Vorteile des deutschen Lebens (sprich: unser soziales Netz). Und weil er das in einer besonders eintönigen, weitschweifigen

Tonart macht, schaffe ich es gerade noch, umzuschalten, bevor ich einschlafe.

Prompt lande ich bei einem Sender, der „Die Auswanderer" zeigt. Menschen, die nur noch weg wollen. Menschen, die ihre Lieben einpacken und ihrem Heimatland den Rücken kehren (was ich ja gerne getan hätte, wenn mir Kontradelle nicht wieder zuvorgekommen wäre). Menschen, die noch einmal von vorne anfangen.

Als es gerade richtig interessant wird, klingelt mein Telefon. Ich hatte Mel ganz vergessen.

„*Hatschi.* Komm zu mir nach München. Ich besorg dir auch einen Job. Einen, bei dem du ganz viel Geld verdienst", versucht Mel mich in bester Tretmühlen-Manier aufzumuntern. Erschrocken stelle ich fest, dass die Nerds unserer Schule wohl schon damals recht hatten – Mel und ich sind nichts weiter als kapitalorientierte Roboter.

„Ach Mel. Ob München, Frankfurt oder Hamburg ... ob viel Geld oder wenig ... ich stecke doch trotzdem in der Mühle ... bin eine willenlose Maschine. Und genau das will ich nicht mehr sein. Verstehst du?"

Während Mel das nicht versteht, schaue ich sehnsüchtig in den Fernseher, wo drei kichernde Asiatinnen einen sonnenverbrannten Mittfünfziger auf einem Elefanten durch den Dschungel führen.

„Dana, du hast recht", ruft Mel plötzlich, „ich will auch nicht mehr von diesen Maschinen abhängig sein. *Hatschi.* Die neue Windows-Version macht mich fertig, ich komm nicht damit zurecht."

Ja, und dann erzählt sie, dass sie auch mit Klaus nicht zurechtkommt. Weil der sie nicht nur mit Insekten, sondern auch mit Isolde betrügt.

„Würdest du mit mir in ein anderes Land auswandern? Dorthin, wo es noch Lebensqualität gibt?", frage ich meine beste Freundin spontan, und die antwortet: „Ach nein, München ist doch so schön. *Hatschi.*"

Wenig später liege ich einsam und allein in meinem Bett und denke an meinen Mickey und seine Mama, an meine Mama, das Ministerium und meine Mel.

Vielleicht ist es wirklich keine so schlechte Idee, München und Mainhattan samt ihrer Maschinerie den Rücken zu kehren. Schließlich habe ich nur dieses eine Leben. Und das sollte doch wenigstens etwas Qualität besitzen. Allerdings kann ich das nicht allein. Von welchem Geld soll ich bitte ein Haus bezahlen? Auf der anderen Seite befindet sich all das, was ich zum Leben benötige, hier in Frankfurt und nennt sich Mickey.

Obwohl? Der ist bald mit Mami in Miami. Und danach mit Papi auf St. Pauli.

Wieder laufen die Tränen, also packe ich in Gedanken schon einmal meinen Koffer. Und weil das so langweilig ist, schlafe ich kurz darauf auch ein.

AUSWANDERN ALL'ARRABBIATA

Am nächsten Morgen ist nichts mehr so, wie es mal war – denn ich habe verschlafen. Zum ersten Mal in meinem Leben. Verschlafen ist eine Sache, die im Ministerium überhaupt nicht funktioniert. Am Eingang des Gebäudes hängt eine Atomuhr, die auch sonst wie eine Bombe aussieht, die Ankunftszeit exakt erfasst und für die Ewigkeit in meine Personalakte brennt. Heute hole ich mir mein erstes rotes Brandmal ab und hinterlasse damit auf meiner blütenweißen Weste den ersten fiesen Fleck. Mein Vergehen nennt sich Kernzeitverletzung. Das ist in etwa genauso kriminell wie die Veränderung einer Schriftart. Und blöderweise ist das gleich mein nächster Fehler des Tages, der mich prompt zur Ministerialrätin führt.

„Frau Schuster, wie können Sie nur derartige Veränderungen ohne vorherige Genehmigung durchführen?"

Ja, wie konnte ich nur die Betreffzeile eines internen Rundschreibens *kursiv* statt fett betonen?

Wie gesagt, mein Job besticht durch seine Einfachheit. Eine steife Einfachheit. Jede Veränderung wird bestraft – und das passiert direkt im Anschluss: „Tut mir leid, aber zusammen mit Ihrer heutigen Kernzeitverletzung kommen Sie einer Abmahnung schon recht nahe."

Oje! Eine Abmahnung im Amt erhalten nur solche Mitarbeiter, die a) saublöd sind oder b) gar nicht mehr hingehen. Da ich mich gerade an der Arbeit befinde, liegt die Lösung auf der Hand.

„Sie können jetzt gehen. Schließen Sie bitte die Tür hinter sich", sagt meine Vorgesetzte und winkt mich mit einer Geste aus dem Zimmer, mit der man sonst nur Fruchtfliegen verscheucht.

Seufzend lasse ich mich ein paar Minuten später auf meinen Bürodrehstuhl fallen, der sich, wie es sein Name bereits verrät, daraufhin um die eigene Achse dreht. Ich verliere den Halt und lande unsanft auf meinem Hinterteil.

Mehr am Boden kann man für einen Montagmorgen kaum noch sein. Nun ja ... würde ich jetzt durch das poröse Linoleum krachen und in der Folge auf dem Schreibtisch unseres Ministers landen, würde der erst aufwachen und mich dann sicherlich abmahnen. Schlimmer geht also immer. Langsam drehe ich mich vom Rücken auf alle viere und streiche über den grünen Boden, der komischerweise noch immer das hält, was er schon lange nicht mehr verspricht.

In dem Moment öffnet Markus, unser Postmann, die Tür und beurteilt meine Lage als „très chic".

Hallo? Ich befinde mich unter meinem Schreibtisch und streichle den Boden.

Routiniert schiebt mein Kollege den knarrenden Postwagen ins Zimmer. Wenigstens kann ich den als Aufstehhilfe benutzen. Nicht Markus, sondern seinen rollenden Begleiter.

„Ich bin gefallen", rechtfertige ich mich trotzdem. Ich kenne unseren Flurfunk. Markus scheint gar nicht bei der Sache zu sein, denn er antwortet nur: „Sì, gefällt mir."

Überhaupt scheint er gar nicht so überrascht zu sein, einen Mitarbeiter auf dem Fußboden anzutreffen. Anscheinend bin ich hier nicht die Einzige, die sich montagmorgens explizit erdet.

Das Thema ist auch schnell vom Tisch, denn plötzlich schreie ich laut auf: „Aua!"

Etwas hat mich in den Finger gestochen. Und das scheint hier schon seltener vorzukommen, denn Markus schreckt sofort hoch, nachdem er gerade einen riesigen Aktenordner (Inhalt: ein Blatt Papier) von seinem Postwagen auf meinen Schreibtisch jongliert hat.

Genauso verwundert sehe auch ich auf den Übeltäter: eine klitzekleine Italienflagge, befestigt an einem Zahnstocher, die zuvor Markus' Rollgefährt schmückte. Ohne Übertreibung sieht Markus' Postwagen aus wie ein Bauchladen, was nicht an der Post liegt, sondern an den vielen Souvenirs, Karten und Geschenken. An den Seiten hängen grün-weiß-rote Luftschlangen, durchlöchert von Mini-Italienflaggen, vorne kleben Postkarten von Bella Italia, und hinten befindet sich ein Körbchen mit italienischen Geschenken, die Markus besonders netten Mitarbeitern auf den Tisch stellt. Zum Beispiel mir.

„Großzügigkeit gehört sich für uns reale Südländer", grinst Markus, der mit seiner vornehmen Blässe und dem glatten blonden Bubikopf nicht wirklich südländisch rüberkommt, aber trotzdem halber Italiener ist. Oder Viertel-Italiener. So genau weiß das hier keiner. Was wir aber wissen, ist, dass Markus gerne in fremden Sprachen spricht, allerdings nur bruchteilhaft, da er – nach eigener Aussage – schon viel zu lange in Deutschland lebt. Genauer gesagt lebt Markus seit seiner Geburt hier, und die wiederum liegt mehr als vierzig Jahre zurück. Trotzdem ist es sein größter Traum, wieder in Italien zu leben *(wieder?)*, und das erzählt er uns jeden Tag, mitunter auch auf Französisch:

„Dana, isch liebe la dolce Italia", säuselt er und platziert einen Schokotrüffel neben meiner Tastatur, in den er die kleine Italienflagge steckt, die fünf Sekunden zuvor noch meinen Finger folterte.

Ich werfe unserem Postmann einen verwirrten Blick zu. Für einen Moment hörte es sich so an, als sei Markus in mich verliebt. Vielleicht habe ich mir das aber auch bloß schon selbst eingeredet, weil meine Kolleginnen seit Monaten hartnäckig an dieser Behauptung festhalten.

„La sweet Italia – ich liebe dieses Terrain", sagt Markus und schiebt den Trüffel direkt unter meine Brust.

Wusst ich's doch. Seine große Liebe heißt „Bella Italia", nicht „Behörden-Dana".

„Flirtet in eurer Freizeit!", schimpft Kollegin Ruth, die schon länger sinnlos schwitzend im Flur steht und nun einen bitterbösen Blick in mein Büro wirft.

Ich verdrehe die Augen, und Markus meint: „Die Crema an Italia ist das sweete Lockersein. Stocksteife Ämter? No chance. In bella Italy ist alles dolce."

Damit hat er den Nagel auf den Kopf getroffen. Während ich gestern *nur* darüber nachgrübelte, warum ich schon seit fünf Jahren auch meine Urlaubszeit in einem verschlafenen Rentner-Nest außerhalb Frankfurts verbringe, frage ich mich heute wiederholt, warum ich in diesem Amt arbeite. Und während Markus so putzig vor sich hin lächelt, frage ich mich tatsächlich auch, warum mein gar nicht so süßes Leben auch noch einen sauren Beigeschmack namens Kontradelle haben muss.

Ich kann nicht anders, als Markus die Ohren vollzujammern: „Mein Leben ist im Moment überhaupt nicht locker ... und auch kein bisschen süß. Wenn du es genau wissen willst, habe ich überhaupt keine Lebensqualität mehr. Ich bin eine einsame Maschine."

Während die menopausierende Ruth daraufhin merkwürdige Geräusche von sich gibt, die in etwa so klingen, als würde der Motor eines Droiden seinen Geist aufgeben (ich bin also nicht die einzige Maschine), sieht Markus mich mitleidig an. Extrem mitleidig. Bei so viel Mitgefühl stehe ich kurz davor, erneut in Tränen auszubrechen, was taktisch unklug wäre, weil die Ministerialrätin erst letzte Woche ihre Vertretung wegen eines Heulanfalls nach Hause schickte und seitdem herumposaunt, diese leide an Depressionen und sei deshalb nicht mehr arbeitsfähig. Ich bin arbeitsfähig und leide auch nicht an Depressionen. Nein, ich leide unter Kontradelle, die wiederum an Depressionen leidet.

Am besten, ich stelle meinen Kopf für einen kurzen Moment aus. Markus kratzt sich bereits an selbigem. Dann, plötzlich, tätschelt er mir die Hand und meint: „Wie gesagt, the dolce vivre c'est Italy."

Anscheinend weiß er selbst nicht, was er da gerade gesagt hat. Nach einigen Sekunden des Sinnierens ergänzt er schließlich: „Also, wenn du ein süßes Leben willst, dann musst du im Piemont leben. Süßer geht es nicht, denn dort entsteht ‚el vin'."

„Erwin?"

„No no, vin. Also Wein."

Wahrscheinlich hat Markus gestern zur selben Zeit wie ich vorm Fernseher gesessen und auf den grauhaarigen Alkohol-Anbauer gestarrt. Trotzdem verstehe ich nicht, was er mir damit sagen will. Dass ich mir die Kante geben soll?

„Alkohol ist keine Lösung, Markus."

„Kein Alkohol ist auch keine Lösung. Aber das Piemont ist el paraíso. So viel ist schon sure."

Nun fällt es mir wieder ein: Markus' Ahnen kommen aus dem Piemont, und Markus wird nicht müde, mir das immer wieder aufs Neue zu verklickern. Nun verstehe ich auch den Bezug zu all den Karten, Fotos und Souvenirartikeln, die Markus mit sich herumschleppt. Sie alle stammen aus … dem Piemont?

„Na, ist das la Karibik – oder ist das la Karibik?", flötet Markus, während er mir eine Postkarte unter die Augen hält, auf der ein schneeweißer Strand, azurblaues Meer und eine unbeschreiblich schöne Palme zu sehen sind. Mit Edding hat er den Ort des Geschehens fein säuberlich durchgestrichen, was den aber nicht daran hindert, trotzdem hindurchzuschimmern: „Leroy Frederick Beach, Cayman Islands".

Soweit ich weiß, befinden sich die Kaimaninseln in der Karibik.

„Ach ja, die Karibik …", seufze ich und blicke sehnsüchtig auf die Karte.

Wenn ich könnte, würde ich jetzt sofort dorthin fahren – mit Mickey.

„Wenn ich könnte, würde ich jetzt sofort dorthin fahren – mit dir natürlich!", tiriliert Markus in den höchsten Tönen.

„Du willst mit mir in die Karibik reisen?"

„Nor nor, Pie-monnnnn-teeee, I-daaaahhh-li-ja", meint Markus und tippt auf die Postkarte. „Das ist Piemonte! Il para-di-so."

Schon klar …

„Wenn Piemont so großartig ist, warum lebst du dann nicht dort?", frage ich. Es ist jetzt nicht so, dass Markus in Frankfurt seinen Traumjob oder gar eine anderweitige Erfüllung gefunden hat. Wie furchtbar es sein muss, der Postmann einer deutschen Behörde zu sein, erfahren wir von ihm genauso regelmäßig wie die Tatsache, dass Deutschland ihm gehörig auf den Zeiger geht und die deutschen Frauen selbst schuld sind, dass Markus noch immer zu haben ist.

„Ach Dana, mon cher chique, ich würde sofort dorthin ziehen. Aber bei dem, was ich hier verdiene, ist nicht mal eine hessische Eigentumswohnung drin. Wie soll ich es da ins sweet Piemonte schaffen? Nein, nein. Meine dernier Chance is this …“

Während ich ihm einerseits zustimmen muss (denn mir geht es ja genauso), kramt Markus einen zerknüllten, speckigen Papierfetzen aus seiner Hosentasche und faltet ihn mühsam auseinander.

„Aber schau, selbst la Lotterie bringt mir seit fünf Jahren no good Glück.“

Ich werfe einen Blick auf das zerknitterte Los. Es ist tatsächlich fünf Jahre alt.

„‚Il lotto‘ heißt auf Deutsch übrigens Grundstück. Na, ist das ein Zufall, oder ist das ein Zufall?“, will Markus wissen, und ich komme nicht mehr ganz mit. Dafür kommt Kollegin Ruth langsam in Bewegung – und zwar die drei Meter vom Flur in mein Zimmer.

„Markus! Wie lange wollen Sie Frau Schuster eigentlich noch von ihrer Arbeit abhalten? Ausgerechnet jetzt, wo sie schon kurz vor einer Abmahnung steht?!“

Na bravo! Wenn im Amt auch sonst nichts schnell geht, der Flurfunk funktioniert in Lichtgeschwindigkeit – zumindest wenn es um Klatsch und Tratsch geht.

Schon zum zweiten Mal an diesem Tag stelle ich fest, dass mein Job blöder ist als ich selbst. Auch wenn die Mehrheit meiner Mitmenschen das nicht so sieht. Immer wenn ich auf die obligatorische „Was machst du beruflich?“-Frage ein kurz und knapp gehaltenes „Bürojob im Ministerium“ murmle, werden

Augen aufgerissen, und ein anerkennendes „Wow" entschlüpft dem Mund meines Gegenübers.

Was, um alles in der Welt, ist an einem Ministerium denn bitte „Wow"?

Wir arbeiten in alten Bunkern, sitzen vor knatternden Steinzeit-PCs, unsere Toiletten stammen aus der Vorkriegszeit, und selbst das Ambiente eines Schlaflabors ist aufregender. Ganz zu schweigen von meinem Gehalt, denn ich werde hier nicht nach Leistung, sondern nach meinem Alter bezahlt. Je älter ich werde, desto mehr verdiene ich. Und das alles bei gleichbleibender (ehrlich gesagt eher abnehmender) Tätigkeit. Wer hat sich eigentlich diesen stupiden Schwachsinn ausgedacht? Jetzt bin ich jung, benötige Anerkennung für anspruchsvolle Aufgaben oder zumindest Zaster, um mich aufzubrezeln. Denn jetzt gilt es, mich unter all den Frauen, die meinen Mickey wollen, zu behaupten (laut Mel wäre das nur Kontradelle, aber das glaube ich nicht).

Auf der anderen Seite erklärt das aber auch, warum ich in diesem Laden mit meinen vierundzwanzig Lebensjahren die mit Abstand Jüngste bin. Nach mir kommt Markus, gefolgt von Ruth, und die wird nächsten Monat fünfundfünfzig. Neben meiner Wenigkeit kenne ich wirklich keinen weiteren Menschen, der seine Blütezeit dem Verblöden und Verarmen in einer Behörde widmet.

Mein Schicksal ist es also, bis zur Anti-Aging-Creme unterfordert und dauerpleite zu sein. Und das nur, weil ich mich für diesen Job entschieden habe. Ändern kann ich diesen Umstand auch nicht mehr, denn wie heißt es so schön: Einmal im Amt, immer im Amt. Ich habe schon so viele Bewerbungen geschrieben, die meisten wurden nicht einmal beantwortet, und wenn doch, dann mit der kurzen Info, dass Frau Schuster bitte bei ihren (Amts-)Leisten bleiben sollte. Und für die Jobs, die Mel mir in München besorgen würde, müsste ich wahrscheinlich als Einstellungsvoraussetzung eine Diät machen. No way! Finanziell bin ich also an das gebunden, was ich habe, und das sind meine kleine Dorfwohnung, mein klappriges Auto, mein blöder Behördenberuf ... und mein Freund Mickey.

Mickey! Kaum ist sein Name in meinem Kopf, habe ich schon wieder ein Grinsen im Gesicht. Ohne Übertreibung ist Mickey der Anker meines Lebens. Auch wenn er – schon wieder – ohne mich in Urlaub fährt und sich danach in eine Hessen-Hamburg-Beziehung flüchtet. Mickey ist trotzdem toll. Und unsere Zukunft sieht rosig aus. Denn Mickey hat einiges. Unter anderem auch das, was ich nicht habe: Geld. Sehr viel Geld. Gut, das Geld gehört eigentlich seiner Mutter. Seiner reich geschiedenen Mutter. Und natürlich ist das ein Problem, weil Mickeys Mutter nun mal Kontradelle ist. Aber einen Versuch ist es allemal wert. Während Markus seinen knatternden Postwagen aus meinem Büro schiebt, rufe ich Mickey an.

„Was willst du denn im Piemont?“, fragt Mickey skeptisch.

„Lebensqualität finden – zusammen mit dir. Hier haben wir das nicht. Nein, in Deutschland befinden wir uns in einer ewigen Tretmühle. Wir leben das Leben von Toten“, sage ich, und mein Tonfall ist mystisch. So gut wie der alte Nostradamus-Opa bekomme ich es aber allem Anschein nach nicht hin, denn Mickey entgegnet prompt: „Dana, ich weiß, dass ich dich in letzter Zeit ziemlich vernachlässigt habe, aber das ist doch kein Grund, Deutschland den Rücken zu kehren. Mir tut das mit Florida wirklich leid, aber es geht nicht anders. Seit ein paar Wochen ist Mutter wieder sehr depressiv.“

Dafür gebührt Kontradelle eigentlich mein Mitgefühl. Tut es in diesem Moment aber ausnahmsweise nicht, denn irgendwie beschleicht mich die böse Ahnung, dass ich mittlerweile mehr unter Kontradelles Depressionen leide als sie selbst. Und so frage ich: „Und warum, um alles in der Welt, lässt du dann deine depressive Mutter allein und studierst in Hamburg?“

Oje. Nun setzt das ungemütliche Schweigen ein. Nachdem ich die Frage noch drei weitere Male wiederhole, antwortet Mickey reumütig: „Dana, ganz ehrlich: Ich bin auch nur ein Mensch.“

Was auch immer er mir damit sagen will, es klingt, als setze ihm seine Mutter ganz schön zu.

Aber hallo, was ist mit mir?

„Ich brauche dich, Mickey!“, schluchze ich.

„Bitte, das ist nicht fair“, erwidert Mickey verlegen.

„Ja, das ist wirklich nicht fair“, wiederhole ich beim Gedanken daran, meinen Mann andauernd mit seiner Mama teilen zu müssen, ihn jetzt sogar für ein halbes Jahr ganz an Kontradelle abzutreten, um ihn im Anschluss nach Hamburg ziehen zu lassen.

In dem Moment klingelt mein Handy. Es ist Mel. Da Mickey schon wieder in den Schweigemodus übergegangen ist, könnte ein Gespräch mit Mel mehr Sinn machen: „Mickey, da ruft noch jemand an. Wenn du mir nichts mehr zu sagen hast, dann lege ich jetzt auf, okay?“

Wie so oft hat er mir nichts mehr zu sagen, und so verabschiede ich mich.

Kaum betätige ich den grünen Kopf, flötet meine beste Freundin auch gleich los: „Nächste Woche bin ich reich.“

Dass Mel in der folgenden Woche Geburtstag hat, habe ich mir bereits dick und fett im Kalender markiert. Aber dass sie an diesem Tag reich wird, davon hatte ich bisher keinen blassen Schimmer. Den wiederum hat Mel anscheinend auch nicht.

„Das hat mir gerade einer am Telefon erzählt. Toll, was?!“

Ach so, Mel ist mal wieder auf einen dubiosen Werbeanruf hereingefallen.

„Da würde ich nichts drauf geben, Mel.“

„Doch Dana, ich erbe. Hab das auch schon schriftlich. Vor mir liegt ein Fax.“

„Lass mich raten, du erbst von einem verschollenen Verwandten aus England, der deinen Nachnamen trägt ... Mel, das ist eine ganz billige Betrugsmasche.“

„Nein, Dana, ich erbe von Tante Hannelore aus Hannover. Nächste Woche bekomme ich meinen Erbanteil ausgezahlt.

Weil ich da fünfundzwanzig werde. Hannelore dachte nämlich damals, dass ich erst mit einem Vierteljahrhundert auf dem Buckel auch mit vierzigtausend Euro umgehen kann."

Vierzigtausend Euro? Das sollte sich Tante Hannelore lieber noch einmal gründlich überlegen. Kann sie aber nicht, da sie nicht mehr unter uns weilt. Auch mit einem Vierteljahrhundert auf dem Buckel kann Mel noch immer nicht mit Geld umgehen. Eigentlich ist es im Laufe der Jahre zusehends schlimmer geworden. Seit meine beste Freundin viel Geld verdient, baut sie damit auch viel Mist. Und das Einzige, was sie daran hindert, ist die Zeit, die sie auf der Arbeit verbringt – oder mit Klaus. Erst vor drei Wochen kaufte Mel einen Stern (!), der wahrscheinlich nicht einmal existiert.

„Sah wirklich zu schön aus", war die kurze Begründung, mit der sie mir eine Kopie der Urkunde zumailte, die wahrscheinlich auch im Original eine Kopie war, aber trotzdem verriet, dass Mel für einen „unsichtbaren", aber energetisch hell und schön anzusehenden Stern *(hä?)* mehrere Tausend Euro hingeblättert hatte. Der Vorbesitzer nannte sich „Geheimnisvolle Geschenke" und machte auch sonst ein großes Geheimnis daraus, wie er selbst in den Besitz eines unsichtbaren Sternes gelangt war.

Höchste Zeit, dass ich ihr aus dem zukünftigen Schlamassel helfe.

„Mel, ich habe eine Idee, was wir mit dem Geld machen. Wir kaufen uns Lebensqualität."

„Lebensqualität kann man kaufen? Ist ja cool."

Ich freue mich über ihre Begeisterung. „Allerdings!"

„Gut, und wo?", fragt Mel, während ich den Hintergrundgeräuschen entnehme, dass sie bereits ihren Internetbrowser geöffnet, dreimal den Buchstaben „W" und einen Punkt eingetippt hat.

„Im Piemont. Dort kaufen wir uns ein Haus."

Nachdem sie ein paar Sekunden geschwiegen hat, will Mel wissen: „Auf was für einem Mond kaufen wir uns ein Haus?"

Ehrlich gesagt kam mir die Piemont-Idee ja auch nur dank Markus. Der steht übrigens schon wieder mit seinem Postwagen in meinem Büro und hat den gleichen fragenden Gesichtsausdruck, der wohl im Moment auch Mels schöne Visage schmückt. Vielleicht aber auch nicht. Schließlich hat Mel bereits einen unsichtbaren Stern gekauft und brennt nun geradezu auf den dazugehörigen Mond.

„PIEMONNNT! Das ist in Italien und sieht aus wie die Karibik", antworte ich und zwinker Markus dabei verschwörerisch zu. Der bekommt ganz große Augen und kreischt plötzlich in einer Lautstärke sondergleichen: *„Nein Dana, bleib bitte hier!"*

Schon öffnen sich alle umliegenden Bürotüren.

„Bevor Frau Schuster geht, muss sie noch zwei neue Akten anlegen", ruft die Ministerialrätin quer über den Flur, und Mel sagt das, was sie immer sagt: „Aber wenn wir in der Karibik sind, betrügt Klaus mich jeden Tag. Das macht der auch jetzt schon. Da bin ich mir ganz sicher."

„Ach ja, und warum?", frage ich leicht desinteressiert, und weil Desinteresse Teil meines Jobs ist, antwortet statt Mel die Ministerialrätin: „Weil es dringend ist."

„Dringend" ist ein Wort, das in unserem Amt höchst selten benutzt wird (eigentlich nur, wenn sich zwei Kollegen vor dem Klo treffen), und so horche ich irritiert auf, bleibe mit meinen Augen jedoch an Markus hängen, der einen feuerroten Kopf bekommen hat und „Weil … weil … ach … ach …" stammelt, bevor er das Weite sucht – so schnell man das eben mit einem sperrigen Postwagen tun kann. Ich sehe ihm noch irritierter nach, da antwortet endlich die, der meine Frage galt: „Na, wegen dieser SMS, die er eigentlich an Isolde schicken wollte, die aber leider bei mir gelandet ist. Warte, ich lese sie dir mal vor: ‚Isoldchen, es geht nicht noch mal. Tut mir leid. Kapunkt.'"

„Kapunkt?", wiederhole ich fragend.

„Das heißt G-Punkt. Hat Frau Schuster gerade Telefonsex, oder was?", ruft Kollegin Ruth – natürlich über den ganzen Flur.

„Ja, ‚K' wie Konrad und ein Punkt“, erklärt Mel.

„Und das soll bedeuten, dass er was mit Insekten-Isolde hat?“, frage ich.

„Dana, stehst du aufm Schlauch? *Isoldchen!* Hallo? Und dann auch noch: ‚Es geht nicht noch mal.' Was meinst du wohl, was nicht noch mal geht?“

„Na was wohl? Euter stimulieren, Hochstände inspizieren oder weiteres großes Krabbeln“, erwidere ich kurz und knapp, „aber man kann da natürlich alles Mögliche reininterpretieren …“

Ja, und das macht Mel dann auch, genauso wie Kollegin Ruth, die tatsächlich denkt, ich nutze unsere steife Behörde für meine augenscheinlich unerfüllten sexuellen Bedürfnisse.

„Echt furchtbar“, beendet Mel die fiktiven Schandtaten ihres Traummannes, um ohne Umwege zu denen ihrer Vorgesetzten zu kommen, „ich ersticke übrigens in Arbeit.“

„Besser als an deinen Allergien“, entgegne ich, „im Piemont müsstest du am Tag nur eine halbe Stunde arbeiten – ansonsten würdest du in der Sonne liegen und *la dolce vita* genießen.“

„Vitamine genießen?“

„Nein, Mel! ‚La dolce vita' ist italienisch und heißt ‚das süße Leben'.“

„Und warum kann ich das nicht hier haben?“

„Weil das nur in einem Urlaubsland möglich ist. Oder kennst du jemanden, der seine Ferien freiwillig in deiner Großstadtwohnung verbringen will?“

Mel verstummt. Wahrscheinlich denkt sie gerade an Klaus, der lieber in einer matschigen Güllegrube urlaubt als bei seiner Münchner Göttin.

„Mel, wenn wir ein Haus im Piemont hätten, dann würden unsere Gäste uns bezahlen. Wir müssten nur Betten beziehen, Brötchen aufbacken und Kaffee kochen. Das wäre unser ganzer Job.“

Mel jauchzt sofort los, und ich freue mich, sie dermaßen schnell geknackt zu haben. Das war natürlich nicht meine

Absicht. Nein, das war sicher Wille des Schicksals, das wiederum nicht damit einverstanden war, dass Mels Erbe kurz darauf in den (unsichtbaren) Sternen stünde.

„Ach Dana, das klingt toll. Und wo finde ich die Häuser im Piemont?“

„Im Internet“, antworte ich, weil mir einfällt, dass man im Internet alles findet. Sogar Mickey habe ich dort gefunden. Er war kein Schnäppchen eines Online-Outlets, sondern ganz *normal* auf einer „Partner fuers Leben“-Seite angemeldet.

Als ich Mel damals ein Foto meines Traummannes mailte, bekam die einen Lachanfall (immer noch besser als meine Mutter, die nur einen lauten Schrei des Entsetzens von sich gab) und meinte dann, dass entweder das Bild oder Mickeys Äußeres sehr unvorteilhaft rüberkämen. Genau das hatte Mel aber auch schon über Mickeys Vorgänger, Konstantin, gesagt. Der war übrigens auch sehr eng mit seiner Mutter verbandelt. Kurz nachdem wir uns kennengelernt hatten, tat Konstantin das, was auch Mickey tat. Als Zeichen seiner tiefen Verbundenheit ließ er sich seine Mutter in die Haut brennen. Anders als Mickey aber nicht bloß den Namen, sondern gleich ein Bild. Im DIN-A4-Format. Über den gesamten Rücken. Leider auch kein vorteilhaftes Foto, sondern eines, auf dem seine Mutter schief grinsend mit einem Whiskey in die Kamera prostete, was der Tätowierer erstaunlich detailgetreu auf Konstantins Haut verewigte. Wann immer der mir nun die nackte Schulter zeigte, dachte ich zwangsweise an Hochprozentiges. Das war aber nicht der Grund, weshalb es zwischen Konstantin und mir scheiterte. Nein, einen Trennungsgrund gab es nicht. Von heute auf morgen machte Konstantin einfach so und scheinbar grundlos mit mir Schluss, und ich floh auf die Single-Seiten des Internets – so lange, bis Mickey in mein Leben trat.

„Dann schau ich mal, was ich finden kann“, erklärt Mel und legt auf.

Auch ich schaue, was ich finden kann, und durchwühle sämtliche Bilddateien meines Computers. Siehe da: Ich finde noch immer, dass das erste Bild von Mickey auch das schönste von ihm ist. Ganz egal, was andere unter „schön" verstehen. Ich muss nur einen kurzen Blick darauf werfen, schon überkommt mich eine wohlige Wärme, und mein ganzer Körper beginnt zu kribbeln.

Ach Mickey, ich liebe dich!

Schon poppt eine SMS auf – von niemand Geringerem als Menschenkenner Mickey. Sicherlich wird er in naher Zukunft zum Therapeut des Jahrzehnts gewählt werden. Sein Timing ist schon jetzt das beste. Voller Vorfreude öffne ich die Kurzmitteilung und mache mich auf herzerweichende Liebesbekundungen gefasst: „Mutter, Du bist der wichtigste Mensch in meinem Leben, das weißt Du hoffentlich. Ich liebe Dich! Dein Michael."

Während sich in meinem Kopf die Frage- und Ausrufezeichen abwechseln, piept es erneut: „Sorry Dana, die SMS war für meine Mutter. M."

„M-Punkt!", schreie ich laut auf, während Kollegin Ruth mein Zimmer betritt, aber trotzdem bis ins nächste Bundesland brüllt: „Es heißt G-Punkt! Und es reicht mir jetzt mit Ihren sexuellen Schandtaten!"

Mir reicht es auch. Unserer Ministerialrätin weniger. Die scheint Gefallen an sexuellen Schandtaten zu haben und kreischt ein einschlagendes „Ich komme!" durch die ganze Behörde.

Ich glaube, gleich drehe ich durch. Kann ich aber nicht. Nein, nicht einmal mein Drehstuhl kann das. Weil sich Kollegin Ruth in diesen Sekunden zwischen Schreibtisch und mich quetscht, um die Funktion eines Stuhlstoppers zu übernehmen. Während ich eine Mischung aus Schweiß und Chanel inhaliere, lässt sie boshaft grinsend einen undefinierbaren Stapel Papier auf meinen Schreibtisch sinken: „Hier Herzchen, ham' Se wieder alles falsch gemacht."

„Das ist doch gar nicht von mir", protestiere ich, doch Ruth ignoriert das gekonnt.

Um unsere so gequetschte wie gequälte Konstellation abzurunden, gesellt sich just ein posttraumatischer Postmann zu uns. Unter Tränen verkündet Markus: „Dana, wenn du gehst, hält mich hier auch nichts mehr."

Jepp, das ist eigentlich mehr als genug (sowohl für mich und Markus als auch für mein klitzekleines Zimmerchen, das für maximal zwei Menschen ausgelegt ist). Eigentlich. Denn nun schiebt sich auch noch eine desillusionierte Ministerialrätin am melancholischen Markus vorbei und verlangt von mir das, was ich noch gar nicht geschafft habe: „Die Aktenordner bitte!"

Es kommt, wie es kommen muss: Zum Abschluss dieser abstrusen Aktionen wird mir eine Abmahnung ausgehändigt, und ich fühle mich so, wie alles ist: *saublöd.*

Prompt erwacht mein Fluchtinstinkt. Ich möchte nur noch weg – zum Glück weiß ich auch schon, wohin …

IST EINE ALTE LIEBE WIE EIN ALTES LEBEN?

Eigentlich war das mit dem Auswandern nur eine spontane, wenn auch alkoholfreie Schnapsidee gewesen. Ein Frust-Fluss oder so was. Kein Mensch hätte ahnen können, dass meine – von ihrem Alltagstrott abhängige – beste Freundin sofort reagiert und unsere Ausreise mehr oder weniger in die Tat umsetzt. Am selben Abend, als ich tatsächlich überlege, mir ordentlich einen hinter die Binde zu gießen, klingelt just mein Telefon:

„Dana, ich hab ein Haus im Piemont gefunden. Der Makler versteht mich nur so schlecht. Vielleicht könntest du noch mal mit ihm sprechen. Mein Italienisch ist leider tutto finito."

Meins bedauerlicherweise auch. Außerdem bin ich total perplex wegen Mels euphorischer Aktion.

„Hast du Bilder? Und hast du etwa schon unterschrieben?"

„So gut wie", meint Mel.

„Ohne Besichtigung?"

„Ja, weißt du denn nicht, wie weit das von hier ist? Da müssen Bilder genügen."

Schon klar. Ihren Stern hat sie ja auch nicht nur ohne Besichtigung, sondern auch ohne jegliche Belege seiner Existenz erworben. Mel ist eben sehr leicht zufriedenzustellen. Die Bilder, die am selben Abend meinen E-Mail-Account erreichen, überzeugen dann aber auch mich.

Mel hat ein wunderschönes Domizil auf einem malerischen Berg gefunden, eingefasst in idyllische Weinberge, mit eigenem Pool und einem Garten wie aus dem Märchen. Über die Hausfassade schlängelt sich wilder Efeu, umrahmt von Rosenstöcken, und ein wunderschöner Pavillon auf der großzügigen Terrasse lädt zu gemütlichen Stunden bei einem atemberaubenden Blick über Italien ein.

Ein Traum – für nur vierzigtausend Euro? Fast nicht zu glauben, und deshalb greife ich fassungslos zum Hörer, bleibe dann aber sprachlos, weil Mel mich schon mit allen Einzelheiten bombardiert: „Dana, der Wahnsinn, das Haus kostet nur einhunderttausend Euro. Ein Notverkauf von den Kindern des Eigentümers. Wegen einem Todesfall. Die zwei Söhne wollen jeweils fünfzigtausend Euro, mehr nicht."

„Schön und gut, aber du hast doch nur vierzigtausend."

„Na und! Das Teil ist dreihunderttausend wert."

Mindestens … das belegen schon die Bilder.

„Mel, von wem hast du all diese Informationen?"

„Vom Makler."

„Ich dachte, du verstehst den nicht?"

„Er hat mir das auf Englisch geschrieben. Dana, das wird der Kauf meines Lebens. Echt geil, was?"

Eher erschreckend. Dass meine beste Freundin gut und gerne Dinge erwirbt, die es nicht gibt … okay, das kann man hinnehmen. Dass sie nun aber noch mit einem nicht vorhandenen Budget (auf eine ebenso nicht vorhandene Behausung?) spekuliert, macht mir hingegen wirklich Angst.

Während ich mich damit beruhige, dass niemand (aber auch wirklich *NIEMAND*) so blöd sein könnte, ausgerechnet Mel sechzigtausend Euro für ein fiktives Ferienhaus in einem fremden Land zu geben, schwärmt die seelenruhig weiter: „Hast du die Fassade gesehen? Märchenhaft! Und erst die Poollandschaft. Aber jetzt kommt's! Der Laden muss nicht mal umgebaut werden: Der ist nämlich schon jetzt eine Frühstückspension. Unten sind drei abgeschlossene Fremdenzimmer. Und eine große Küche. Wie geil ist das denn bitte?! Wenn wir dieses Haus bekommen, dann haben wir ausgesorgt. Betten beziehen, Frühstück machen und den restlichen Tag am Strand liegen. IstdasnichtderHammer?UndderGartenerst!AcheinTraum!Ich binsoglücklichweildasallessotollistblablabla …"

So viel sie auch erzählt, so viele Fragezeichen auch in meinem Kopf tanzen und so viel schlechtes Gewissen ich gegenüber Mels schwindendem Budget auch hege, irgendwie dominiert auch in mir der Wunsch nach einer fantastischen Frühstückspension im fernen Piemont und die Aussicht, mit noch weniger Arbeit (als im Ministerium, das muss man sich mal vorstellen) viel Geld zu verdienen, ganz so, wie es der graubärtige Lebenslüstling beschrieben hat. Alles im Zweikampf mit meiner Logik, die nicht an die Existenz dieses Etablissements glauben will. Es ist an der Zeit, Mel die ganze Sache wieder auszureden.

„Mel ..."

„Dana, lass mich mal ausreden. Also, wir haben jeder ein eigenes Zimmer, können viel länger schlafen ... ja, und wenn Klaus mit Isolde spazieren geht, liegen wir am Strand und ..."

Die Sache mit dem Strand müsste ich Mel auch unbedingt noch erklären, denn Strand gibt es im Piemont genauso wenig wie ihren Stern im Universum – oder Weinberge in der Karibik. Tja, und vielleicht auch dieses Haus.

Leider bekomme ich nur ein „Also wegen dem Str... " heraus, denn – *ring* – es klingelt an meiner Tür, und ich lande im rosaroten Brillenland.

„Mel, Mickey ist da. Ich ruf dich zurück", sage ich und rufe dann natürlich nicht mehr an.

Ja, wenn Mickey ohne Mami bei mir ist, dann vergesse ich alles um mich herum. Ein halbes Wochenende und einen ganzen Feiertag liege ich mit *meinem* Mickey in der Sonne, streichle ihm über die kurzen Haarstoppeln und schmiege mich vollends verliebt an ihn. Es gibt nichts Schöneres als das Gefühl von Liebe, und das sabotieren wir auch nicht durch ungemütliche Gespräche über einen halbjährlichen Mutter-Sohn-Urlaub oder ein fernes Hamburg-Studium. Lediglich Mels eventuell geplanten Häuserkauf erwähne ich kurz und am Rande, so, als sei diese Woche Wirsing im Angebot. Und wie nicht anders zu erwarten, hüllt sich Mickey in vollkommenes Schweigen. Wir wissen einfach, was wirklich gut ist, leben im Hier und Jetzt und genießen unsere Kuschelwelt, der ich dann aber doch für die Beantwortung von Mels erschreckender „Es ist so weit, heute kündige ich!"-SMS kurzzeitig entfliehen muss. Ein verhängnisvoller Fehler, denn nun schaltet auch mein Traummann sein Handy ein, das sofort losbimmelt.

Nachdem er eine gute Stunde mit Telefon auf der Toilette verbracht hat, hält mir Mickey – plötzlich und unerwartet – sein Handy ans Ohr, aus dem es papageienähnlich krächzt: „Was hab ich da gehört? Du willst auswaaaaandeeeeern? Das ist ja großartig!“

Das Wort „auswandern“ betont Kontradelle so, als könne es mein Verpissen beschleunigen. Ein wenig irritiert wechselt mein Blick vom Telefon zu Mickey, der nur die Schultern zuckt, während Kontradelle der Meinung ist, diese Aussage genüge voll und ganz – und deshalb kommentarlos auflegt.

Schnell gebe ich Mickey sein Telefon zurück.

„Du weißt, dass ich am liebsten mit dir zusammen bin. Ganz gleich, wo, wie und wann“, sage ich und hoffe, dass Mickey mir ein Zeichen gibt, mich wissen lässt, dass wir beide zusammenbleiben, egal, was kommen oder passieren wird.

Stattdessen lässt Mickey sich schweigend auf einen Stuhl sinken und fixiert seine Füße. Ich kann nicht anders, als wieder das Wort zu ergreifen: „Bitte hab kein schlechtes Gewissen wegen deinen Florida-Ferien.“

Was rede ich da eigentlich? Mein Traummann verabschiedet sich nicht in einen zweiwöchigen, sondern in einen vierundzwanzigwöchigen USA-Urlaub, um sich im Anschluss in Hamburg anzusiedeln. Verdammt! Und dafür kann er genauso viel wie seine Mama für deren Manöver. Aber das behalte ich für mich, denn Mickey murmelt plötzlich: „Dana, bitte glaube mir, ich mach das mit Florida wirklich nicht zum Spaß. Mutters Depressionen sind wieder schlimmer geworden. Und sie braucht die Zeit, um sich zu akklimatisieren.“

Seine Mutter braucht eher ein halbes Jahr, um uns auseinanderzubringen.

Auch wenn der einsamen und depressiven Kontradelle mein vollstes Mitgefühl gebührt, so treibt sie mich dennoch allmählich in den Wahnsinn. Aber auch das behalte ich für mich.

Mickey hat schon den Kontradelle-Klotz am Bein, da muss ich ihm nicht auch noch „dranpieseln". Nein, da „verpiss" ich mich lieber.

„Und wegen Hamburg ... ach, das tu ich mehr für mich", sagt Mickey, bevor er seinen Kopf senkt und vor Verlegung verstummt. Also nehme ich meinen Traummann in den Arm und sage ihm das, was wirklich zählt: „Ich liebe dich, Mickey!"

Mickey sieht mir zwar trostlos, aber dennoch tief in die Augen, und das beruhigt mich. Nach einem heftigen Atemzug ergänzt er: „Wenn es so sein soll, dann soll es so sein."

Ich bin mir sicher, dass er damit den Übergang zur Fernbeziehung meint, und gebe ihm einen Belohnungskuss auf die Stirn, die ich nur erreiche, weil er auf einem Stuhl sitzt. Mickey zieht mich ganz eng an sich, und wir verfallen in eine hemmungslose Knutschorgie, bei der wir uns gegenseitig die Kleider vom Leib reißen ... und plötzlich sogar die Glocken läuten hören. Allerdings aus Mickeys Handy.

„Schatz, Essen ist feeeeerttiiiiigggg!", kreischt es aus dem Hörer.

Wenn unsere Liebe eine Kontradelle aushält, dann schafft sie auch eine Fernbeziehung. Ganz sicher.

EIN LERNGESCHENK

Bald darauf hat Mel Geburtstag. Ich sitze auf der Arbeit – alles ist wieder stocksteif wie eh und je. Nachdem ich eine geschlagene Stunde regungslos aus dem Fenster bis in die Poststelle gestarrt habe, von wo aus mir Postmann Markus den gleichen regungslosen Blick zuwirft, greife ich zum Hörer, um meiner besten Freundin zu gratulieren, von der ich nun denke, dass sie eine reiche beste Freundin ist (die sicherlich nicht wirklich ein irreales Refugium im Land der Lasagne erworben hat). Das werde ich nicht lange denken, denn Mel hat all ihr Geld bereits ausgegeben. Eigentlich noch schlimmer.

„Pass auf", redet sie los, bevor ich ihr überhaupt gratulieren kann, „es ist folgendermaßen: Das Haus kostet einhunderttausend Euro, aber wir haben einen Vertrag gemacht, in dem es nur vierzigtausend kostet."

Jetzt bin ich aber baff. Nicht nur, weil sie es wirklich getan hat, sondern auch, *wie* sie es getan hat. Derartiges Verhandlungsgeschick hätte ich einigen, aber sicherlich nicht Mel zugetraut. Ein Dreihunderttausend-Euro-Haus für vierzigtausend abzustauben, und das in Italien ohne Italienischkenntnisse (!), klingt einfach zu gut, um wahr zu sein.

Oh nein! Mel wurde übers Ohr gehauen – und ich habe es nicht verhindert. Bevor ich mir weitere Horrorszenarien ausmalen kann, liefert Mel mir den Oberklopper: „Ich habe eine Kottize Fischkale bekommen."

Das klingt nicht gut – und erst recht nicht nach Haus.

„Was für einen Kotz-Fisch hast du gekauft?"

„Mel buchstabiert: C-O-D-I-C-E F-I-S-C-A-L-E. Dana, du sprichst doch Italienisch, oder nicht?"

Anscheinend nicht. Nicht mehr. Mein letzter Italienischunterricht liegt zehn Jahre zurück, und ich glaube, wir haben in dem knappen Jahr Unterricht nicht mehr gelernt, als stilsicher eine Pizza zu bestellen. Mels Ballettunterricht war sicher nutzbringender. Egal. Englisch ist die Weltsprache, und die beherrschen wir beide … ähem … die beherrsche zumindest ich.

„Dana, Kottize Fischkale ist eine Steuernummer."

Mir stockt der Atem. Auch wenn meiner besten Freundin im Shopping-Sektor alles – vom unsichtbaren Stern bis hin zur unnötigen Steuernummer – zuzutrauen wäre, kann sie nicht wirklich vierzigtausend Euro für eine Steuernummer hingeblättert haben. Nein, das wäre zu behämmert.

„… ohne Kottize Fischkale hätte ich das Haus nicht bekommen. War aber leichter als gedacht. Ich musste nur zum italienischen Konsulat gehen …"

Ich weiß nicht, ob ich mich freuen oder zu Tode schämen soll. Schließlich ist diese Mel-Aktion jetzt tatsächlich auf meinem Mist gewachsen.

„Mel, hast du das Haus nun gekauft oder nicht? Ich meine, gehört es dir ganz allein?"

„Ja, Dana, aber ohne Kottize Fischkale hätte ich es nicht bekommen. Die Kottize Fischkale ist nämlich das Wichtigste in ganz Italien."

Das Wichtigste in ganz Italien? Da hätte ich mehr auf Papst und Pasta getippt als auf eine poplige Nummer.

„Ohne Kottize Fischkale kann man quasi nicht in Italien leben", erklärt Mel so selbstsicher, als hätte sie die Spaghetti erfunden, „aber du kannst dir deine Steuernummer auch vor Ort abholen, ist zweitrangig, weil du ja eh kein Geld hast."

Damit hat Mel leider recht. Und ich beginne mal wieder an mir selbst zu zweifeln: Wenn ich es schon in einer deutschen Behörde nicht ohne Abmahnung schaffe, wie soll ich dann irgendetwas in italienischen Behörden be- oder erwirken, dazu völlig mittellos und auf der anderen Seite des Schreibtischs? Ich bekomme eine Gänsehaut. Und unheimlichen Respekt vor der plötzlich so fachmännisch auftretenden Mel. In der Tat: unheimlich. Meine beste wie planlose Freundin hat es wirklich getan. Sie hat ein Haus in Italien gekauft. Schneller, als ich einen Bikini erwerben würde (nun gut, das wiederum ist auch eine ganz andere Bauch-Baustelle).

„Dana, ich hab alles im Griff. *Hatschi.*"

„Gesundheit, Mel."

„Danke. Und jetzt: Keep cool! Alles läuft, wie es der Makler will."

„Wie es der Makler will?", frage ich schockiert.

„Ja, der hilft uns dabei, Steuern zu sparen."

Klar, das ist ja auch der Job eines Maklers.

Wahrscheinlich hat Mel total vergessen, dass es sich um ihr eigenes Geld handelt. Warum sonst vertraut sie es gutmütig irgendeinem Internet-Makler an, ganz so, als sei es eine Packung Taschentücher? Und wahrscheinlich ist es auch Mels eigener Vogel, den sie nun abschießt.

„Dana, jetzt kommt das wahre Abenteuer. Den Rest müssen wir illegal über die Grenze schmuggeln. An unserem Körper. Mit Klebeband. Der Makler ist so toll, was?!"

Der Makler ist mir jetzt schon nicht geheuer. Klebeband? An unserem Körper? Das klingt für mich eher kriminell. Vielleicht stehe ich aber auch einfach nur auf dem Schlauch und frage deshalb: „Welchen Rest eigentlich?"

„Na, die restlichen Sechzigtausend. *Hatschi.* Dämlicher Heuschnupfen!"

Ja, nun wird's wirklich kriminell. Wo hat Mel sechzigtausend Euro her, die sie salopp als *Rest* bezeichnet? Ich kann gar nichts mehr sagen. Meine Schnapsidee von mehr Lebensqualität in Italien beendet allem Anschein nach das anständige Leben meiner allerbesten Freundin. Nach einer Weile des Schweigens meint Mel: „Also, das Haus kostet hunderttausend Euro. Aber wir haben einen Vertrag über vierzigtausend gemacht. Die habe ich auch schon überwiesen – samt Steuern. Den Rest schmuggeln wir über die Grenze – und zahlen in bar. So sparen wir Unmengen an Steuern."

„Schön und gut. Aber wo hast du diesen ‚Rest' her?"

„Geliehen", sagt Mel so, als handele es sich um einen Becher Sahne.

„Mel! Wer hat dir freiwillig sechzigtausend Euro geliehen?"

Mel kichert wie eine Zehnjährige, während ich mit den Zähnen knirsche.

„Mel! Wer?"

„Jemand, der uns vertraut", antwortet Mel im mystischen Ton.

Uns? Mir wird ganz anders. Jetzt stecke ich so richtig in der …

„Titte … also Tittentrick nennt sich das mit dem Klebeband. Wir kleben die Scheine an unsere Brüste, stülpen unsere BHs drüber und passieren die Grenze. Mit dem Trick spart mein Makler seinen Kunden Milliarden. Und es klappt immer. Kein Schwein vermutet Geld in unseren BHs", erklärt Mel.

Klar …

„Ich hoffe, diesem Makler kann man vertrauen", sage ich.

„Auf jeden Fall", sagt Mel so beschwichtigend, als sei er der verlorene Sohn, „der hat mir nämlich gleich das ‚Du' angeboten und gemeint, ich sei die Tochter, die er nie hatte. Wenn ich ihm nicht vertraue, ja, wem dann sonst?!"

Jetzt reicht's!

„Ich will auf der Stelle wissen, wer dir sechzigtausend Kröten geliehen hat!", wettere ich hysterisch.

„Die Bank", antwortet Mel, „die, die mir auch das Erbe ausgezahlt hat. Ging schneller, als meinen Job zu kündigen. Apropos: Hast du deinen Job auch schon gekündigt?"

Mir bleibt nichts anderes übrig, als es Mel gleichzutun und sofort meine Kündigung zu schreiben – selbstverständlich kursiv und fett und doppelt unterstrichen, weil ich ohnehin einen ziemlichen Hals auf das Ministerium und seine eingerosteten Mitarbeiter habe, die immer gleich ausflippen, wenn etwas Neues oder anderes passiert. Zwei Stunden zuvor ist nämlich mein Monitor explodiert und bei der Aktion fast auch noch mein Herz. Dabei hatte ich nichts weiter getan, als das vergilbte Achtziger-Jahre-Modell einzuschalten, als das wiederum die Idee bekam, sein Leben mit einem gigantischen Urknall zu beenden. Als ich daraufhin panisch schreiend über den Flur lief, verlangte Frau Ministerialrätin sofort nach einem Attest.

„Es war nicht meine Schuld“, rechtfertigte ich mich, „es gab einen lauten Knall, und dann wäre ich fast gestorben.“

„Ja, so fangen die meisten psychischen Beschwerden an“, erwiderte meine Vorgesetzte daraufhin und drückte mir eine Liste mit Gesprächstherapeuten in die Hand, die ich nun zusammenknülle und in den Papierkorb werfe.

„Dana, du bist schon wieder so schweigsam“, ruft es aus dem Hörer.

„Warum hast du dir eigentlich keine Zeit mit dem Hauskauf gelassen?“, frage ich Mel.

„Viertausend Interessenten. Ich musste zuschlagen.“

So war das bei dem Stern damals auch. Angeblich.

„Und weil ich wegwill – von Klaus.“

Hm. Mel ist bereits jetzt mehr als fünfhundert Kilometer weg von Klaus. Reichen die nicht mehr aus?

„Und wie zahlen wir einen Kredit über sechzigtausend Euro ab?“, frage ich. Selbst wenn sich Mels Bank für diese Kredit-Vergabe als Bekloppten-Bank geoutet hat, so war es sicherlich kein Geld-Geschenk.

„Gar kein Problem. Wir verdienen doch Geld mit unserer Frühstückspension“, folgt als einleuchtende Erklärung.

Mel kann zwar nicht mit Geld umgehen, doch sie weiß zumindest, wie man an welches kommt. Auf der anderen Seite habe ich sowieso keine andere Wahl mehr, als künftig auf die Handlungen meiner besten Freundin so zu bauen, wie es schon eine behämmerte Bank vor mir getan hat. Nur bei der Sache mit den Geldscheinen an den Brüsten wird mir noch immer ganz mulmig. Ich kann nämlich überhaupt nichts Illegales tun. Mache ich es doch, dann verrate ich mich früher oder später. Entweder weil ich am ganzen Körper zittere und zucke wie ein schonungsloser Starkstromtester. Oder weil meine Töne und

Taten einen psychopathischen Touch annehmen, der sich bis zum Delirium steigern kann. Alles schon passiert und wohlverwahrt verdrängt. Fakt ist: Ich bin keine geborene Lügnerin.

„Dana, ich freue mich auf unser neues Leben – mit all der Lebensqualität", erklärt Mel fröhlich, und ich denke, nun ist es an der Zeit für eine Strand-Aufklärung: „Also, Mel, der Strand …"

„Pssst", unterbricht mich Mel, „über unser neues Leben reden wir erst wieder, wenn wir über die Grenze gefahren sind. Lass uns ab jetzt die restlichen deutschen Tage genießen."

Und so nehme ich ihre Worte zum Anlass, die kursivste Kündigung Deutschlands genüsslich grinsend zur Ministerialrätin zu bringen.

„Ist das jetzt etwa die Konsequenz aus der Kernzeit-, Schriftnorm- und Dienstverletzung? Oder hat das mehr mit Ihrem Nervenzusammenbruch von vorhin zu tun?", fragt sie mich leicht verdutzt.

Nervenzusammenbruch?

Ich hole tief Luft und erkläre: „Aber nein, ich habe ein allgemeines Problem. Das hier ist nur ein kleiner Teil davon."

Das nimmt nicht nur die Ministerialrätin als völlig normal hin, sondern auch die menopausierende Ruth, die sich just aus ihrer Langeweile heraus zu uns gesellt hat und mir nun ein breites Grinsen schenkt.

„Und, Herzchen, wo geht's jetzt hin?"

Beide Gesichter verraten schon, dass sie davon ausgehen, meine Antwort lautet „Klapse".

„Nach Italien, Piemont. Dort eröffne ich eine Frühstückspension und genieße das süße Leben", singsange ich stolz.

Ha, denen hab ich's aber gegeben …

„Im Piemont?", fragen beide so ungläubig, als hätte ich Pakistan gesagt.

Die Ministerialrätin zieht beide Augenbrauen hoch, holt tief Luft und hakt dann genauer nach: „Frau Schuster, hat Markus Ihnen diesen Floh ins Ohr gesetzt? Da sollten Sie aber besser vorher wissen, dass …"

Das will ich aber nicht wissen, und deshalb gehe ich einfach. Gespräche mit Neidern sind nicht so mein Ding. Mels auch nicht. Von allen Seiten wird die Gute neuerdings mit Vorwürfen überflutet. „Tu's nicht!", sind noch die netteren Varianten.

Und dann ruft auch noch meine Mama an.

„Kind, du kannst doch nicht dein ganzes Leben aufs Spiel setzen. Nur weil dein hässlicher Freund in Urlaub fährt – und danach endlich mal studiert."

„Mama, ich gehe nach Italien. Wo setze ich denn da mein Leben aufs Spiel?", entgegne ich so, als müsse ich mich fürs Atmen rechtfertigen.

„Italien ist die Dritte Welt Europas. Ich sage nur drei Buchstaben: B-R-D."

„Bundesrepublik Deutschland?", frage ich entgeistert.

„Berlusconi, Razzia und Don Corleone", korrigiert Mama.

„Aber Mama, in Italien können Mel und ich einiges erreichen."

„Erreichen? Na, wenn's darum geht … dann geh doch lieber nach Afrika. Dort werden immer Helfer gesucht, die in Deutschland nichts erreicht haben."

„Nach Afrika?"

„Ja, da kannst du mehr Gutes tun. Wusstest du, dass die Worte ‚Bambino' und ‚Bimbo' die gleiche Bedeutung haben? Trotzdem ist es ganz anders: In Afrika hungern die Kinder – in Italien gibt's Pizza für alle."

Also wirklich …

„Und wenn's euch nur um den Strand gehen sollte, den hat Afrika auch. Elfenbeinküste … das gibt allein schon vom Namen her mehr her als Elbaküste."

Mama führt sich auf wie im Wahlkampf. Dabei fällt mir auf, dass sie mit ordentlich Halbwissen glänzt. Ja, sie weiß noch nicht einmal, wo genau wir in Italien leben werden. Und mir wird bewusst, dass ich selbst auch nur die Infos über das Piemont habe, die Markus und die Landkarte hergaben. Während Mama von Afrika schwärmt (obwohl sie noch nie dort war), gebe ich P-I-E-M-O-N-T in der Suchmaschine meines Computers ein. So erfahre ich, dass „Piemonte" übersetzt „am Fuße des Berges" heißt, und eben das lässt mich doch ein wenig erschaudern. Wenn überhaupt, habe ich nur mit Weinbergen gerechnet. Sofort bekomme ich ein schlechtes Gewissen.

„Mama, ich muss Schluss machen", rufe ich in den Hörer und tippe dann in Lichtgeschwindigkeit Mels Nummer ein. Dieses blaue Wunder kann ich Mel nicht länger ersparen.

„Es gibt keinen Strand im Piemont", quake ich ins Telefon. „Das wollte ich dir schon die ganze Zeit über sagen. Das mit der Karibik war ein Scherz."

So, endlich ist es raus. Erleichtert fühle ich mich allerdings nicht, denn Mel sagt … nichts. Am anderen Ende der Leitung herrscht Schweigen. Ich vernehme lediglich das monotone Geräusch einer klappernden Tastatur. Wahrscheinlich macht Mel es mir nun gleich. Allerdings ein wenig zu spät. Ihre vierzig Riesen sind bereits futsch.

„Also, das Erste, was ich sehe, ist Wasser. Hier steht: *Hatschi* … Matsch … nein, Maggie … oh …", stottert Mel.

„Maggie? Wo schaust du denn nach? Im Kochbuch?", fauche ich.

„Nein, auf Google-Bildersuche."

Nach einigem Hin und Her erkenne dann auch ich: Mel meint den Lago Maggiore. Der ist zwar bekanntermaßen *nur* ein See und nicht das Meer, was auch den Strand abstumpft, aber immerhin gibt es sogar vereinzelte Palmen am Ufer … während der Hintergrund allerdings mit massiven Bergen aufwartet.

Entsprechend massiv ist mein schlechtes Gewissen. Nicht mehr nur Mel, sondern auch mir selbst gegenüber. Warum nur war ich so naiv? Hätte ich nicht erst einmal auf eigene Faust und ausreichend recherchieren können, bevor ich Mel den Markus-Piemont-Floh ins Ohr setzte? Hätte ich nicht. Weil ich einfach zu viel mit mir selbst beschäftigt war – oder mit Mickey.

„Dana, wir haben alles: Berge, Wasser, Palmen. Besser geht's nicht." Mel klingt wie ein Lokalpatriot. „Außerdem hat mir der Makler geschrieben, dass dies die sommerlichere Ecke vom Piemont ist. Und der richtige Strand soll auch nicht so weit weg sein, der liegt bei Genua. Also, mach dich locker."

Eine andere Wahl habe ich ohnehin nicht.

„Sorry, Mel. Meine Mutter hatte angerufen. Und irgendwie …"

„Pssst, Danalein", summt Mel wie eine Säuglingsschwester, „gib nicht so viel auf das Geschwätz der anderen. Die sind doch nur neidisch."

Obwohl meine Mutter noch nie neidisch war – weder auf meinen Job *(„Einen langweiligeren Beruf konntest du wohl nicht finden.")* noch auf meine Stadt *(„Ist das dreckig hier. Also zum Schwimmen komm ich sicher nicht an den Main.")* und schon gar nicht auf meinen Freund *(„Das Gute ist, dass du Mickey zu Halloween nicht verkleiden musst.")*, pflichte ich Mel bei.

„Ja, du hast recht. Ab sofort scheren wir uns nicht mehr um das Geschwätz der anderen. Freuen wir uns lieber auf unser neues Leben – in einem fernen Land."

Daraufhin erzählt Mel wieder vom fernen wie fremdgehenden Klaus und der Tatsache, dass der überhaupt nicht begeistert von unseren Auswanderungsplänen ist.

„Wenn Klaus wirklich ein Fremdgänger wäre, dann würde er sich über unseren Umzug freuen", behaupte ich, „schließlich kannst du ihn von Italien aus schlecht kontrollieren."

„Brauch ich auch nicht … nicht mehr. Ich hab nämlich heute Schluss gemacht", seufzt Mel.

„Du hast *was*?", frage ich ungläubig, weil das zu den Dingen gehört, die niemals passieren. Mel und Klaus sind das deutsche Pendant zur Queen und Prinz Philip. Die beiden können gar nicht ohne einander, ganz egal, wie „derb" Klaus und Philip auch sein mögen. Selbst wenn wir nach Beverly Hills auswandern, wäre Käfer-Klaus auch weiterhin der morastige Mann an Mels Seite.

„Ich habe eine neue Seite an Klaus entdeckt", rechtfertigt Mel ihren Schlussstrich. „Er ist nicht nur ein Fremdgänger, sondern auch ein Lügner. Der behauptet doch tatsächlich, da wär nichts mit Isolde. Trotz der SMS."

Ich kann gar nicht anders und sage: „Vielleicht stimmt das ja auch. Soweit ich das beurteilen kann, würde Klaus dich nie betrügen."

Auf meine Beurteilung legt Mel aber keinen Wert. Stattdessen fängt sie an zu husten.

„Hach, diese dämlichen Allergien ..."

Nach ein paar Sekunden geht das Husten in ein Heulen über. Auch das schiebt meine beste Freundin auf Gräser statt Gefühle, aber ich bin mir sicher, dass sie Liebeskummer hat.

Auch wenn jeder anders mit seiner Trauer umgeht, Trennungen tun immer weh. In Gedanken an die (zumindest räumliche) Trennung von meinem Mickey schniefe ich schließlich auch in den Hörer, und so schluchzen wir uns gegenseitig so lange die Ohren voll, bis uns wieder einfällt, dass wir demnächst im Paradies Einzug halten.

„Auf deinen Mickey kannst du dich wenigstens immer verlassen. Ganz egal, ob in Amerika, Deutschland oder Italien", jammert Mel.

Damit hat sie recht. Zwar ist Mickey auch nicht begeistert über unsere Pläne, aber er wäre nicht der Traummann meines Lebens, wenn er nicht trotzdem hinter mir stünde.

Einen Tag später stehen wir dann am Terminal. Heute fliegen Mickey und Mami nach Miami, und ich habe es mir nicht nehmen lassen, die beiden persönlich zum Flughafen zu bringen. Irgendwie sehen sie putzig aus, weil Kontradelle für beide das gleiche Outfit gewählt hat: beigefarbene Leinenhose zum roten T-Shirt samt rotem Basecap. Fehlen nur noch die „Best Friends"-Kettchen – und dass sie Händchen halten (nicht, dass Kontradelle da keine Versuche unternommen hätte).

So traurig und gemein dieser sechsmonatige Florida-Familien-Fun auch ist, ich hege keinen Groll – weder auf Mickey noch auf seine Mutter. Nicht nur, weil ich selbst nach Italien gehe, sondern auch, weil ich Mickey über alles liebe. Seit er das weiß (tatsächlich habe ich die Gunst der Minuten genutzt, in denen Kontradelle aufs Klo ging, um Mickey über meine unendlichen Gefühle in Kenntnis zu setzen), ist es richtig traurig zwischen uns. Und das ist es bestimmt nur, weil wir uns schon jetzt vermissen. Ja, Mickey war und ist der Mann meiner Träume. Und alles wäre perfekt, wenn seine Mutter nicht zwischen uns stünde. Was sie auch jetzt wieder tut. Sie steht in unserer Mitte wie ein Kind, das sich aufspielen möchte.

Ich versuche es auf die liebe Art und sage: „Time to say good bye", breite die Arme aus und erwarte eine innige Umarmung von meinem Herzensmann. Stattdessen aber spricht dessen Mittelpunkt-Mutter: „Ich denke, es ist das Beste, wenn ihr eure Beziehung an dieser Stelle beendet."

Wie bitte?

Ich sehe zu Mickey, der den Blick unsicher zwischen seiner Mutter und mir hin und her wandern lässt, bis er an mir haften bleibt *(ätsch!)*, Mickey aber meint: „Okay …"

Wie bitte?

„Willst du jetzt etwa mit mir Schluss machen?", frage ich total entgeistert, und Kontradelle antwortet: „Ja."

Ich fange an zu weinen, und auch Mickey bekommt ganz glasige Augen, während Kontradelle das alles wie ein durchgeknallter Poet begründet: „Dana, sieh es von der vernünftigen Seite: Euer beider Leben ist schon jetzt so gegensätzlich wie Ebbe und Flut. Du kommst vom Land – wir aus der Stadt. Du bist klein – wir sind groß. Du hast kein Geld – wir haben … nun gut, ich protze nicht. Trotzdem, da ist eine Kluft der Gegensätze zwischen euch, eine Kluft zwischen Akademikern und Amtsdienern, die du nie überwinden wirst. Wir sind versorgt … und du, nun ja, ich geb dem Kind mal einen Namen: Du bist *entsorgt*."

Mickey und ich haben in etwa den gleichen Gesichtsausdruck. Kein Wort kommt uns über die Lippen. Wahrscheinlich weil wir unter Schock stehen – oder weil Kontradelle noch immer nicht fertig ist.

„Außerdem: Wie soll es zwischen euch weitergehen? Amerika ist nicht Italien, und Frankfurt ist nicht das Piemont. Mal ganz abgesehen von Hamburg. Mein Mickey ist kein Typ für Fernbeziehungen, er kann sich in solche Distanzen nicht einleben. Nicht wahr, mein Schatz?"

Mickey antwortet nicht. Nein, er blickt bresthaft auf seinen Bauch, als würde dieser gleich losplaudern, während ich meinen Tränen freien Lauf lasse.

„Wir müssen los", sagt Kontradelle, obwohl noch genügend Zeit ist. Ich streichle Mickey ein letztes Mal über den stoppeligen Kopf. Tief in mir spüre ich, dass er das genauso wenig will. Nicht das Streicheln, sondern die Trennung. Doch bevor wir uns das sagen können, nimmt Kontradelle Mickey an die Hand, gibt mir die andere und sagt: „Viel Erfolg für deinen weiteren persönlichen Werdegang."

Eigentlich hätte ich vor ihr salutieren müssen.

Mickey steht neben Mama – und irgendwie auch neben sich selbst. Ein paar Sekunden sehe ich die beiden fassungslos an, dann zeigt Kontradelle mir die Richtung des Ausgangs und zerrt ihr Mittzwanziger-Kleinkind in die unendlichen Weiten des Terminals.

Schluchzend wandere ich durch das Flughafengebäude, als plötzlich mein Handy klingelt und M-E-L aufblinkt.

„Dana, vor mir liegen sechzigtausend in bar. Es könnte schon heute losgehen."

Ja, wenn es nach mir ginge, könnte es das auch.

ICH PACKE MEINEN LKW

Wenn ich schon nicht annähernd so viel Geld wie meine beste Freundin habe, so habe ich wenigstens die gleiche gigantische Summe an Urlaubstagen, die unsere Ausreise schon nach sechs Wochen möglich macht.

Schneller als gedacht wird es also ernst.

Ein sonniger Mittwoch ist mein letzter Tag im Ministerium. Ich kann es kaum glauben. Ein allerletztes Mal inhaliere ich den vertrauten Geruch – eine Mischung aus altem Turnhallenboden und Trödelmarkt. An diesem Tag arbeite ich nicht, sondern verabschiede mich auf Amtsart, was bedeutet, dass ich den ganzen Tag mit selbst gekauftem Gebäck und Aldi-Sekt im kahlen Besprechungszimmer sitze und mit allen Kollegen über alles, nur nicht über meinen Abschied plaudere.

Das hat zur Folge, dass beim Einläuten des Feierabends urplötzlich alle Kollegen mit mir über meinen Weggang rezitieren wollen. Den Anfang macht Markus.

„Dana, ich …", beginnt er und drückt mir den großen ADAC-General-Atlas von 1974 in die Hand. Ein bisschen ratlos schaue ich im Wechsel auf die zerfallene Publikation und den zerzausten Postmann.

„… ich bin immer für dich da. Auf der letzten Seite findest du meine Telefonnummer … und alles, was du sonst noch in Italien brauchst, steht in diesem Buch."

Tatsächlich lese ich dort: „Für unseren Thorsten. Allzeit gute Fahrt wünschen dir Mama und Papa!"

Das aber ist nicht das, was ich brauche, sonst hätte Markus diesen Satz auch nicht sauber mit einem Lineal durchgestrichen.

Ebenso den Satz darüber: „Für Joachim und Rosi, alles Gute zur Hochzeit! Euer Hans."

Mein Kollege hat mir also ein altes italienisches Familienerbstück geschenkt (auch wenn die Namen Thorsten, Joachim, Rosi und Hans nicht zwangsläufig auf italienisches Blut schließen lassen), was bedeuten könnte, dass er mich als Teil seiner Familie sieht. Ich weiß gar nicht, was ich sagen soll, und so beschließe ich spontan, Markus zu umarmen.

„Liebst du mich etwa auch?", fragt Markus daraufhin, und Kollegin Ruth antwortet: „Nein!"

Das nehmen alle anderen zum Anlass, mich zum gleichzeitigen Ziel ihrer Kommunikation zu machen, und das wiederum nehme ich zum Anlass, den Ort des Geschehens augenblicklich zu verlassen.

Da sich mein gesamter Privatbesitz weder auf dem Schreibtisch noch an den Wänden oder in den Schränken, sondern einzig auf dem Computer befindet, nehme ich nur eine gebrannte CD-ROM mit Mickey-Bildern und den alten ADAC-Atlas mit, blicke noch ein letztes Mal in den tristen Flur und verlasse dann den Behördenbunker, während Markus mir etwas Unverständliches über „verlassen" und „verletzen" hinterherruft.

Ähnlich ergeht es Mel. Nein, tut es nicht. Ihr Münchner Großkonzern klotzt und kleckert dabei kein bisschen. Catering und Band, Best-of-Fotoshow und Rednerpult, all das findet nicht nur statt, nein, es wird auch noch von den Kollegen gesponsert.

„Dana, es fehlten nur noch weiße Pferde, die mich in einer goldenen Kutsche von der Firma zu meiner Wohnung bringen. Gut, mein Chef hat mich persönlich nach Hause gefahren, immerhin im weißen BMW mit dreihundert PS. Ja, und stell dir vor: Alle Kollegen haben zusammengelegt und mir ein echtes Gold-Collier geschenkt. Och Mensch. Da musste ich echt weinen …"

Ab da stelle ich meine Ohren auf Durchzug, lege den Telefonhörer zur Seite und blättere mich stattdessen durch die DDR meines ADAC-Atlanten.

Ich bin nicht neidisch auf Mel. Aber das Geldthema nagt an mir – seit dem Tag, an dem Mickey und Kontradelle mit mir Schluss gemacht haben.

„Hach, du bist so schweigsam“, sagt Mel und erinnert mich daran, dass morgen in aller Herrgottsfrühe der Umzugswagen kommt.

Keine zehn Stunden später ist der auch schon da. Inklusive zwei von mir bezahlten Möbelpackern, für die fast meine gesamten Ersparnisse draufgehen.

Nun ist es also so weit: Unser Hab und Gut wird nach Italien gebracht. Lustig, weil ich nichts Gutes habe, zumindest nichts, das es wert wäre, in ein fremdes Land verfrachtet zu werden. Aber Mel meint, ich solle trotzdem alles mitnehmen, ganz egal, ob Ikea oder Picasso. Leider bin ich so arm, dass die Mehrheit meiner Möbel aus den Sechzigern (*also vor* IKEA) oder aus dem Baumarkt stammt.

„Egal. Pack alles ein. Wegwerfen können wir es immer noch – auch in Italien“, meint Mel und weiß zum Glück noch nicht, dass uns zum Thema Müll noch eine italienische Überraschung ins Haus steht *(oder besser gesagt: bereits* im *Haus steht)*. Außerdem hat sie gut reden, weil sich die Gesamtheit *ihrer* Möbel bereits im Umzugswagen befindet und sie dabei nicht wirklich viel Rücksicht auf meinen Platzanspruch genommen hat. Der entspricht nämlich nur noch dem Inhalt einer Telefonzelle.

Wie auch immer. All das, was wir mitnehmen, müssen wir zudem auch noch auflisten, allerdings ohne den Geldwert danebenzuschreiben, weil uns sonst eine gigantische Steuerzahlung an der Grenze bevorsteht (für Sechzigerjahre-Möbel?). Wieder eine wundersame Info von Mels angeblichem Supermakler, die sie mir gerade über das Telefon mitteilt.

„Mir doch egal, ich fahr den Umzugswagen ja nicht“, sage ich ironisch und blicke auf den Fahrer, der wie eine jüngere Ausgabe von Bud Spencer aussieht. Kommt Bud Spencer nicht auch aus Italien? Wie passend.

„Und dem Fahrer ist das auch egal. Der zahlt mit der Kreditkarte vom Umzugsunternehmen“, erklärt Mel, und so wie der Typ blickt, scheint dem wirklich alles am Allerwertesten vorbeizugehen. Vorneweg mein Umzug, denn er rührt keinen Finger, steht nur vor dem Fahrerhäuschen und betrachtet seine tätowierten Arme.

„Und dem Umzugsunternehmen ist das auch egal“, fährt Mel fort und beweist damit mal wieder, dass sie meine Ironie nicht verstanden hat. Mir ist selbst klar, dass das Umzugsunternehmen die Steuern einfach auf unsere Rechnung schreibt, deren Summe sie ohne große Umwege direkt von Mels Konto abbucht. Das wiederum wundert mich nicht. Alle sind im Besitz von Mels Bankdaten, denn Mel zahlt seit jeher per Abbuchungsverfahren. Ihr Vertrauen in das Gute im Menschen scheint schier grenzenlos zu sein.

„Mein Vertrauen ist hin“, meint Mel in dem Moment, „Klaus wollte wissen, ob da ein anderer Mann im Spiel ist, aber der Grund für unsere Trennung ist, dass ich Klaus nicht mehr vertraue.“

Je öfter sie von Klaus spricht, desto eher ist sie bald wieder mit ihm zusammen, denke ich mir. „Ach komm, du liebst Klaus doch noch.“

„Pack jetzt lieber!“, schimpft Mel. „Ich komme um neunzehn Uhr auf Gleis drei an.“

Ja, sie liebt Klaus. Und das ist alles, was zählt. Genauso, wie ich Mickey liebe, der in den vergangenen sechs Wochen seit unserem Abschied nicht ein Sterbenswörtchen von sich hören ließ. Traurig ziehe ich den Stecker meiner Stehlampe und trage sie zum Lkw, der schon mit Mels Möbeln völlig überfordert ist. Nun verstehe ich zumindest den bis dato so unverständlichen Umweg München–Frankfurt–Italien.

„Mensch, Tussi, pack deinen Krempel mal ein bisschen schneller ein! Ich muss heute noch nach Ravensburg“, zischt mir der Fahrer entgegen und tippt mit dem Finger auf die Stelle, die beim Großteil aller Menschen mit einer Armbunduhr versehen ist, bei ihm jedoch mit einer Tarantel. Einer eintätowierten Tarantel.

Wenn er seine Armmuskulatur mal benutzen statt begaffen würde, ginge es sicherlich schneller. Entschlossen winke ich meine beiden bezahlten Umzugshelfer herbei. Moment mal ... Ravensburg?

„Ja, muss dort was für die Auftraggeberin abholen. Und zwar noch heute."

Wahrscheinlich hat meine beste Freundin noch schnell etwas Unsichtbares bei eBay ersteigert und sich die zehn Euro Versand gespart (dank dreihundert Euro Selbstabholungs-Umweg). Würde mich nicht wundern.

Im Klartext: Mel und das Geld sind wie Hänsel, Gretel und ihre Hexe. Entweder man versperrt oder verheizt einen von ihnen. Anders geht es nicht, zumindest nicht gut aus.

„Hopp, hopp!", brüllt Bud Spencer und klatscht dabei so heftig in die Hände, dass seine Tätowierungen zucken.

„Was wird denn in Ravensburg abgeholt?", frage ich, obwohl mir meine Fantasie bereits Puzzle und Spielzeuge der gleichnamigen Firma präsentiert, um Mel in Italien nicht an akuter Langeweile krepieren zu lassen.

Wie putzig!

„Wen juckt das? Steht hier auch nicht. Musst aber trotzdem ein paar Quadratmeter Luft lassen. Verdammt, jetzt pack endlich alles ein!", ist die nette Antwort des brummigen Brummifahrers. Ich tue, wie mir befohlen, auch wenn mich die Ironie geradezu in den Hintern beißt. Ich habe nur zwei popelige Quadratmeter zur Verfügung, und die soll ich jetzt auch noch hergeben? Für etwas Irreales aus Ravensburg? So ist zumindest klar, dass ich mich schon im Voraus von einigen Dingen trennen muss.

Als hätte sie es gewusst, ruft in dem Moment meine Mutter an, denn auch von ihr habe ich mich noch gar nicht so richtig getrennt. Mit einem ziemlich schlechten Gewissen hebe ich ab.

„Mama, tut mir leid, ich habe so viel um die Ohren ..."

„Ach ja? Was denn?“, fragt Mama skeptisch.

„Ich sortiere gerade Spenden für Afrika aus“, erkläre ich, während ich meine Lavalampe und einen löcherigen Sitzsack auf den Bordstein stelle, wo sie sofort von einer alten Dame am Krückstock mitgenommen werden. Wahrscheinlich hat Omis Hörgerät das Wort „Spenden“ aufgeschnappt. Ich wundere mich zwar genauso über die körperliche Fitness meiner Nachbarin wie über deren Interesse an Sitzsäcken und Lavalampen, denke mir jedoch, dass Afrika auf so etwas auch verzichten kann.

„Was willst du denn bitte spenden?“, will Mama wissen.

„Keine Ahnung? Meinen Kühlschrank vielleicht?“

Den lädt nämlich einer meiner Umzugshelfer just in dem Moment aus – und zwar mit den Worten: „Is sich nix wert, hast auch nix Platz.“

Bevor ich das kommentieren kann, kommen zwei rüstige Rentner und nehmen den Kühlschrank mit.

Wahnsinn!

Mama seufzt.

„Den Fernseher behalte ich“, rufe ich seinem Kollegen zu, der meine alte Kiste gerade auf den Bordstein stellen möchte, wo schon der nächste Opa dankbar die Arme ausstreckt.

Also wirklich, kaum gibt es hier mal was umsonst, macht das sofort die Runde. Tatsächlich stehen mittlerweile mehr als zwanzig gebrechliche Menschen mehr *im* als auf dem Weg. Und das wär kein Problem, hätten wir nicht lediglich zwei Stunden Zeit, von denen bereits eine verstrichen ist. Ich habe also viel Stress, meine Nachbarn große Langeweile und meine zwei Umzugshelfer sichtlich Mühe, meine Möbel an Opa und Oma vorbeizubugsieren.

Und als wäre das nicht schon genug, öffnen sich nun auch noch alle umliegenden Fensterluken. Aus dem Augenwinkel sehe ich, wie handgearbeitete Häkelkissen sorgfältig auf den Fensterbänken drapiert und schließlich (der Schwerkraft unaufhaltsam gehorchende) kräftige Oberkörper darauf abgestützt werden. Während meine Zeit in Windeseile abläuft, tun meine Nachbarn nichts anderes, als mich dabei zu beobachten – und das mithilfe von an goldenen Schnüren hängenden Siebzigerjahre-Brillen. Irgendwie hat das was von Muränen in ihrem Felsenriff, die beim Herannahen von Beute sofort mit dauerwelltoupierten Haaren hervorstoßen.

Hauptsache, sie verhalten sich ruhig …

Sachte schiebe ich einen klitzekleinen Opa zur Seite. Prompt schießt aus einem Felsenriff-Fenster der Kopf von Frau Müller, deren Gesicht ohne Übertreibung aus einer einzigen riesigen und endlos beschlagenen Brille besteht.

„Frau Schuster, heute kommt die Müllabfuhr. Nur Ihre Tonne steht noch nicht draußen."

Während ich mich einerseits wundere, warum sie beim Anblick meiner Möbel sofort an die Müllabfuhr denkt, frage ich mich andererseits, wie sie durch ihre milchigen Brillengläser überhaupt noch irgendetwas erkennen kann.

„Ich ziehe aus", rufe ich zurück.

„Sie verschenkt schöne Möbel", krächzt der Mini-Opa neben mir.

„Die Mülltonne muss sie aber trotzdem rausstellen!", brüllt die Brillenbeschlagene.

Da es weder Helfer noch Freiwillige gibt (so schnell habe ich meine Nachbarn noch nie ihre Hörgeräte aus den Ohren nehmen sehen) und Frau Müller-Milchglas seit jeher keine Ruhe gibt, laufe ich einmal um das Haus herum und schnappe mir meine Mülltonne.

Das hätte ja nun wirklich kein anderer für mich erledigen können!

Ein Blick auf die Uhr – samt Aufschnappen von Brummifahrers Gefluche – und ich verstehe den Ernst der Lage. Also zerre ich meine Tonne hektisch auf die Straße. Schon tut es einen Schlag, zwei Plastikkloaken fallen zur Seite und entleeren sich aufwendig auf dem Asphalt. Als wäre das die logische Konsequenz, schießen nun alle Nachbars-Muränen aus ihren Wohnlöchern und versammeln sich im Halbkreis um mich.

Und das bloß, um mir beim Mülleinsammeln auf die Finger zu schauen.

Das ist nicht nur gemein, sondern auch peinlich. Ein paar Tage zuvor habe ich mich nämlich von Dingen getrennt, die zu blamabel für die Öffentlichkeit und Gott sei Dank klein genug für die Mülltonne waren. Darunter ein pinkfarbener Vibrator, den Mickey mir einst aus Paris mitbrachte (nachdem er dort ein romantisches Wochenende mit Kontradelle verbrachte). Und genau der rollt jetzt quer über die Straße. Der Vibrator, nicht Mickey (leider).

Der Dildo brummt, die Umzugshelfer kichern, Bud Spencer flucht, meine Nachbarn ziehen allesamt die Augenbrauen hoch, und ich bin heilfroh über die Tatsache, nie wieder einen Fuß in dieses gott(und sex-)verlassene Dorf zu setzen, was selbstredend erklärt, warum einzig meine Wenigkeit dem Liebesstab hinterherjagt.

Angeekelt und traurig über die nicht vorhandene Hilfsbereitschaft meiner angeblichen Haus*gemeinschaft* werfe ich den Dildo nebst stinkenden Mülltüten in die Tonnen zurück und widme mich wieder meinem Umzug.

„Hallo?“, vernehme ich da plötzlich eine bekannte Stimme hinter mir.

Völlig verdutzt drehe ich mich um.

„Haaaalllloooo!“ Besagte Person scheint schon wieder hinter mir zu stehen.

Mehrmals drehe ich mich im Kreis, bis ich erkenne, dass jenes „Hallo“ aus meiner Gesäßtasche kommt. Schnell hole ich mein klitzekleines Handy hervor, aus dem meine Mama mit Leibeskräften nach mir ruft. Ich dachte, wir hätten längst aufgelegt.

„Wenn du denen wirklich etwas von deinen Sachen spendest, dann schick auch Michael hinterher. Therapeutische Hilfe können die dann nämlich ernsthaft brauchen“, sagt Mama.

Meint sie jetzt meine Nachbarn oder Afrika? Wie auch immer. Mama weiß noch nicht mal, dass Mickey mich verlassen hat. Wir reden wirklich viel zu selten miteinander. Und das behalte ich auch besser so bei.

„Mama, ich muss mich jetzt wirklich beeilen, ich ruf dich an, wenn ich in Italien bin. Tschühüssi …", flöte ich ins Telefon und lege auf.

Kaum ist der Umzugswagen gepackt, rollt Bud Spencer lauthals fluchend nach Ravensburg. Ich spaziere noch ein wenig im Ort herum, setze mich schließlich ins Auto und fahre zum Bahnhof, wo Mel schon sehnsüchtig auf mich wartet. Uns steht eine „Nacht auf dem kahlen Teppichboden"-Erfahrung bevor, auf die wir uns mit Pizza aus dem Pappkarton und Sekt im Plastikbecher einstimmen. Voller Vorfreude nehme ich meine beste Freundin in den Arm, nun gut, sie eher mich, schließlich bin ich der Winzling von uns beiden.

„Die Italienerinnen sind wahrscheinlich noch viel kleiner als du", tröstet mich Mel und lacht.

Ich freue mich über ihre gute Laune – und natürlich auch über die Tatsache, bald nicht mehr die Kleinste zu sein. Habe ich Italien etwa instinktiv ausgewählt?

„Du stinkst ganz schön. Dusch dich mal!", sagt Mel und rümpft das hübsche Näschen.

Tatsächlich riechen meine Hände trotz mehrmaligen Waschens noch immer, als hätte ich sie über Nacht in einer Schale mit Erbrochenem einwirken lassen.

„Das hat mit dem Müll zu tun", sage ich in Gedanken an meine Exmülltonne, meine zukünftigen Exnachbarn und meinen Exdildo, woraufhin mir mein Exfreund wieder in den Sinn kommt und Mel auch prompt fragt: „Mit Muttersöhnchen Mickey? Apropos, deine Mutter hat bei mir angerufen. Sie bittet mich, dir auszurichten, dass es in Italien auch Müllmänner gibt, aber dass du dich dort mal lieber auf meinen guten Geschmack verlässt."

So wurde meine Mama zu guter Letzt doch noch über die Tatsache informiert, dass Mickey mit mir Schluss gemacht hat.

Dank Plaudertasche Mel. Und die steht sicherlich auch nicht für den Inbegriff des guten Geschmacks. Denn das, was Mel mag, ist nicht unbedingt besser als das, was ich gut finde. Klaus zum Beispiel. Er ist zwar oberflächlich betrachtet ein sehr schöner Mann, sieht sogar aus wie der Zwillingsbruder von Colin Farrell. Aber leider auch nur wie der melkende, insekteninteressierte und mit Erdreich eingekleidete Zwillingsbruder von Colin Farrell, der auch noch charakterlich das totale Gegenteil ist. Klaus ist kein Bad Boy, Klaus ist ein Gutmensch. Aber wie schon gesagt kann ich mit derartig unschuldigem Schönkram nichts anfangen, weshalb meine Traummänner noch lange kein Müll sind.

„Geschmäcker sind nun mal verschieden", kontere ich trotzig, und da erzählt Mel wieder, dass fast alle Frauen den gleichen Geschmack haben, nämlich Klaus, *ihren* Klaus.

„Ich dachte, der ist nicht mehr *dein* Klaus. Du hast ihn doch verlassen, oder etwa nicht?"

„Doch, schon. Aber deshalb braucht ihn sich ja nicht gleich die Nächste zu schnappen."

Ach Mel …

Den restlichen Abend verbringen wir also damit, uns über unsere in die Brüche gegangenen Beziehungen auszuheulen, bis wir schließlich tränenverschmiert, aber Arm in Arm auf dem Teppichboden einschlafen.

Am nächsten Morgen piept uns Mels Handy in aller Herrgottsfrühe aus den nicht vorhandenen Federn – und es wird kriminell. Mel holt Klebeband, Schere und Unmengen Geldscheine in Gefrierbeuteln aus ihrem Handgepäck und klebt nun munter Päckchen für Päckchen auf unsere Brüste … und meinen Bauch. Der wiederum hat alles, nur keinen Wachstumsschub nötig, aber egal. Hätte ich noch eine Stereoanlage besessen (die ab sofort nur noch Heintjes Heimatmelodien im Wohnzimmer meines Nachbarn abspielt), hätte ich die Mission-Impossible-Filmmusik laufen lassen. So summe ich diese nur leise vor mich hin, während meine beste Freundin frohlockt:

„Dana, das wird die Reise unseres Lebens. Was für ein Abenteuer!“

Mir ist jetzt schon ganz anders.

Gefühlte und optische zehn Kilo schwerer, steigen wir schließlich in mein klappriges Auto und starten in eine hoffentlich rosige Zukunft.

REISENDE SOLL MAN NICHT (AN DER GRENZE) AUFHALTEN

Eine mehrstündige Fahrt liegt hinter uns, als wir die Grenze zur Schweiz passieren. Na ja, eigentlich hinter *mir*. Mel schläft die ganze Zeit oder schreibt SMS an ihren Verflossenen, während ich das klapprige Auto gen Süden lenke und nun vor Aufregung zittere wie ein eingesperrtes Eichhörnchen.

„Mel, aufwachen!"

„Warum?"

„Grenze ... Angst ... illegal ..." Ich kann nicht mehr in ganzen Sätzen sprechen, denn mein Hirn wird von Ängsten regiert. Die wiederum scheinen sich auch schlecht auf meine motorischen Fähigkeiten auszuwirken. Ich bin nicht mal mehr in der Lage, ein Auto zu bedienen, und würge prompt den Motor ab. Schon legt Mel mir ihre schützende Hand auf den Bauch. Wie erwähnt, haben wir dort den Großteil des Geldes festgeklebt, denn mein Bauch bot sehr viel Fläche, anders als mein ohnehin überfüllter BH (mit Körbchengröße *G(eld)* wollte ich beim besten Willen nicht vor den Grenzbeamten stehen).

„Gaaaannnnnzzzzz ruhhhhiiiiiiig", flüstert Mel, „atme tief ein und aus ..."

Pfffff ...

Das hört sich nicht nur so an, als würde ich gleich ein Kind bekommen, nein, mein „Gerollte Geldscheine in Gefrierbeutel"-Bauch sieht auch wirklich so aus. Zu allem Überfluss übernimmt Mel nun auch noch den Job einer Hebamme.

„Einatmen: hiiiiiii ... und jetzt ausatmen: hoooooo ..."

Verdammt, dieses Baby ist ein kriminelles! Mein Atmen wird heftiger, und ich spüre, wie ich zu hyperventilieren beginne.

„Dana, bleib bitte gaaaannnzzzz ruuuuhhhhhiiiiiiiiig."

Wie jeher bewahrt meine beste Freundin einen erstaunlich kühlen Kopf, vielleicht weil sie einfach viel weniger denkt.

Mein Fahrstil gleicht mittlerweile dem eines Betrunkenen oder dem einer Hochschwangeren, insofern die überhaupt Auto fahren darf.

Darf sie das denn? Oder wäre das gleich der nächste Gesetzesbruch? Oh verdammt! Angst, Angst, Angst!

Ich fahre Schlangenlinien. Und Mel muss jetzt nicht nur mitdenken, sondern auch noch mitlenken. Es wäre wirklich ein Wunder, wenn sie uns nicht festhielten.

Tatsächlich wird das Auto vor uns schon einmal zur Seite gewunken. Und wir stehen zwangsweise dahinter.

„Dana, denk jetzt nicht mehr ... ans Geld!", fordert Mel. Sie kann das sagen. Zum einen, weil es für Mel noch nie ein Problem war, das Denken einzustellen, und zum anderen, weil der Großteil des Geldes nicht an ihr, sondern an mir haftet.

Die Personen vor uns öffnen ihren Kofferraum, und zwei Schäferhunde schieben ihre Nasen ins Innere.

„Da geht es nur um Drogen, nicht um Geld", entgegnet Mel erleichtert, aber ich halte mir trotzdem panisch den Bauch. Zum Glück ist noch immer alles fest verklebt.

Ein weiterer Grenzbeamter winkt uns zu. Jetzt schlägt mein Herz so laut, dass ich nur noch mein pulsierendes Blut wahrnehme. Wie in Trance steuere ich auf ihn zu.

„Verpiepte Piepe", *(ich zensiere das mal an dieser Stelle, denn es ist so derb, dass ich es nicht niederschreiben kann)* brüllt Mel plötzlich mit weit aufgerissenen Augen, „wir sollen weiterfahren – nicht zu ihm hinfahren! Muss ich dir erst eine runterhauen, damit du das raffst?"

Solche Kraftausdrücke in einer derartigen Lautstärke, gepaart mit einem Gesichtsausdruck wie „kurz vorm Amoklauf", habe ich noch nie erlebt. Zumindest nicht beim schönen Schwan Mel. Ja, so etwas traue ich Freddy Krueger, Kontradelle und Co. zu – aber doch nicht meiner besten Freundin. Wer um Himmels willen ist das da auf meinem Beifahrersitz? Eiskalt läuft es mir den Rücken runter. Doch jenes Eis hat auch sein Gutes („kaltes Wasser"-Effekt?). Meine Synapsen werden geweckt, ich reiße das Lenkrad noch gerade so herum, dass meine Aktion nur wie „schlecht steuernde Tussi“ rüberkommt, und passiere schließlich die Grenze.

„Wir haben es geschafft, wir haben es geschafft!“, kreischt Mel und klatscht dabei in die Hände wie ein wild gewordenes Affenweibchen.

Tatsächlich. Wir haben die Schweiz passiert. Ohne Kontrolle.

„Ich liebe dich“, schreit Mel und drückt dabei ihr Gesicht mit den noch immer weit aufgerissenen Augen direkt an meines.

Während wir durch die Bilderbuch-Schweiz fahren, vorbei an Bergen mit vereinzelten Holzhäusern und Wasserfällen, beruhige ich mich allmählich wieder und lasse die Gedanken schweifen. Ich erinnere mich an den Tag, als die zwölfjährige Mel das erste Mal bei mir übernachtete, über ein Plastikpony stolperte, gegen mein Etagenbett stieß und dabei einen Spiegel von der Wand riss, der zu guter Letzt mit der Kante auf ihrem Kopf landete. Während Mel damals meinte, es täte gar nicht so weh, färbte sich ihr blondes Haar wie durch Zauberhand rot, und ich wurde genauso panisch wie heute. Ich wusste absolut nicht, was zu tun sei, und meine Eltern leider auch nicht, weil die nämlich gar nicht da waren (natürlich übernachtete Mel nur aus sturmfreien Gründen bei mir). Dazu litt ich unter einer Blut-Phobie.

„Du musst es bloß desinfizieren“, meinte Mel und blieb ruhig und brav im Bett sitzen, während ich hyperventilierend durch unser Haus stolperte, bis ich schließlich im Badezimmerschrank auf Desinfektionsmittel stieß. Gut, das, was ich fand, nannte sich „Fußpilz-Desinfektion“, aber meiner Meinung nach war das irrelevant, weil Desinfektion gleich Desinfektion ist. Ich sprühte meiner besten Freundin also eine Wagenladung Fußpilz-Ex auf den blutenden Kopf, und … was soll ich sagen … sie blieb noch immer ruhig. Selbst als sie ein paar Sekunden darauf herausfand, dass das auf ihrem Kopf voll für die Füße war, zuckte sie nur mit den Schultern und meinte: „Mal abwarten, was passiert.“

Es passierte nichts. Bis auf die Tatsache, dass ich in meiner Blut-Phobie wieder aus dem Zimmer floh und im Wohnzimmer übernachtete, während meine beste Freundin durch schier nichts zu erschüttern war. Das wiederum war etwas, das ich Mel in all den Jahren sehr hoch anrechnete. Ja, wenn jemand stets einen kühlen Kopf bewahrte (selbst wenn dieser blutete, fußdesinfiziert oder mal wieder nicht in Betrieb war), dann war das sie. Nicht ich.

Was aber war das vorhin? Hatte die Sache mit dem Fußspray am offenen Kopf doch etwas ausgelöst, das sich erst viele Jahre später zeigen sollte? Oder habe ich mir all die Jahre bloß etwas eingebildet? Sind wir am Ende doch keine *Zweimaligkeiten*? Schließlich geht neben unserem Aussehen auch unser Männergeschmack seit jeher in die entgegengesetzte Richtung. Schon in der Schule zog es Mel zu den schönen, sportlichen und netten Jungs. Mich dagegen eher zu den „ausgemergelten Freaks", wie meine Mama damals noch sagte (was übrigens viel netter als „Müll" oder „Unrat" klingt).

Und schon fällt mir ein, dass nicht nur unser Männergeschmack, sondern auch unser Kuscheltiergeschmack sehr weit auseinanderdriftete. Mel hatte gar kein Kuscheltier – sie hatte Kuschelobst. Das, was sie damals unter Kuscheltier verstand, war eine blasse Banane, die ihre Mutter aus ausrangierten Achtzigerjahre-Schulterpolstern zusammengenäht und via Edding zu einem Gesicht verholfen hatte. Bis dahin kannte ich niemanden, der zum Schmusen in der Nacht mit einem selbst genähten Stück Baumfrucht vorliebnimmt. Bis ich auf Mickey traf, vielmehr auf dessen Bett. Als ich die Bettdecke aufschlug, lag da eine schielende Stoffkarotte, die er bis heute totschweigt. Mels Banane wurde nicht totgeschwiegen. Nein, Mel stand hinter ihrer Ban-Anna, bis diese ihre letzte Naht aufgab. In der Hinsicht war ich selbst irgendwie „normaler", insofern es so etwas wie einen Normwert bei Kuscheltieren gibt. Bis vor zwei Jahren schlief in meinem Bett ein „Poppel" (mit Doppel-p, kein Popel!) – ein undefinierbares lilafarbenes Stofftier, das nicht wirklich schön anzusehen war und vielleicht auch deshalb zu einem Ball umgekrempelt werden konnte. Und das war Poppel auch meistens, weshalb Mel ihn als Blaubeere bezeichnete (wahrscheinlich dachte sie, ich stehe ebenso auf Kuschelobst). Das einzig Anormale daran war, dass Poppel auch noch viele Jahre nach meiner Pubertät in meinem Bett wohnte. Ich konnte mich einfach nicht von ihm trennen. Das wiederum übernahm dann meine Mutter – bei einem ihrer seltenen Besuche.

„Dieses hässliche Teil kommt jetzt zum Roten Kreuz", sagte Mama und warf Poppel in einen Spendensack.

Auf Poppel hatte das Rote Kreuz sicherlich nur gewartet ...

Wie auch immer. Mels Kuschelobst nahm ich stets genauso gelassen hin wie all ihre friedfertigen „Flora und Fauna"-Freunde. Vielleicht weil mich das nicht direkt betraf. Monster-Mel von vorhin betraf mich hingegen nicht nur, nein, sie bedrohte mich sogar.

Lautes Sägen reißt mich aus meinen Gedanken. Mel ist schon wieder eingeschlafen. Dabei sind wir kurz vor der italienischen Grenze, und meine Ängste erwachen aufs Neue.

Auch Mel wacht auf. Wegen meines lauten Atmens? Das ist gar kein lautes Atmen, nein, ich stehe kurz vorm Kollaps, während ich immer wieder lauthals „Illegal! Illegal!" japse.

Diesmal legt meine beste – und leider schon wieder hysterisch dreinschauende – Freundin nicht ihre schützende Hand auf meinen Geldschein-Bauch, sondern verpasst mir eine schallende Ohrfeige.

Und als wäre das nicht schon genug, brüllt sie dazu: „Piep, Piep, Piep!"

Ohrfeige? Piep, Piep, Piep?

So kommt es, dass ich an diesem Tag mehr Angst vor Mel (die plötzlich ein ganz anderer Mensch zu sein scheint) als vor der Grenze bekomme. Und da wundert es mich auch nicht, dass aus der Angst Panik und aus der Panik eine regelrechte Panikattacke wird, in der ich Mel reflexartig auch eine scheuere – wenn auch nur aufs Bein.

„Du Piepe! Die halten uns noch wegen dir an. Piep!“, schreit Mel, während sie versucht, meine Hand wieder dorthin zu legen, wo sie hingehört, nämlich ans Steuer.

Es knallt. Wir haben soeben den Bordstein touchiert. Ziemlich unwahrscheinlich, dass sie uns jetzt nicht mehr anhalten.

Trotzdem hat der Schlag dafür gesorgt, dass ich wieder ein wenig zur Besinnung komme und nun langsam an den Grenzbeamten heranrolle. Ziemlich gelangweilt sitzt der Gute in einem telefonzellenartigen Häuschen und beäugt uns so desinteressiert wie einen Topflappen.

Reflexartig kurble ich mein Fenster herunter und strecke ihm ebenso reflexartig unsere Ausweise und einen Prospekt vom Frankfurter Zoo entgegen, während Mel ihr Gesicht in den Händen vergräbt und ein leises „Piep“ in sich hineinmurmelt.

Der Grenzbeamte ist aber weder an Ausweisen noch an Ausflugszielen oder vulgären Ausdrücken interessiert. Er gähnt nur müde und animiert uns mit einer abwertenden Handbewegung zum Weiterfahren.

„Wir haben's geschafft! Wir haben's geschafft!“, schreit Mel, als wir das Italien-Schild passieren, und klatscht dabei wieder affenartig in die Hände. „Oh Dana, ich freu mich so …“

Ich freue mich nicht.

„Du hast mich geschlagen“, sage ich vorwurfsvoll.

Und als wäre es umgekehrt gewesen, fängt Mel jetzt auch noch an zu heulen. Nach fünf Minuten Dauerbeschallung halte ich es nicht mehr aus und sage: „Hör bitte auf zu weinen.“

Mel hört aber nicht auf. Im Gegenteil.

„Mel, weinst du jetzt wegen mir? Oder hat das wieder allergische Gründe?“

Ich wage es nicht, das Thema Klaus anzusprechen. Sonst wird das hier eine Mischung aus „Crying Game“ und „Never ending Story“. Ein paar Minuten vergehen, dann antwortet Mel seufzend: „Nein, ich weine nicht wegen dir. Und das hat auch nichts mit meinen Allergien zu tun.“

Mir schwant nichts Gutes, denn bis auf ihren Affenanfall von vorhin waren Mels Allergien immer der Grund für alles Negative dieser Welt – neben einem angeblich fremdgehenden Klaus natürlich.

„Warum weinst du dann?“, frage ich.

„Weil ich ganz schön in der Kacke sitze.“

Ich blicke auf meine braunen Sitzbezüge, die laut Hersteller Modell „Choco“ und nicht Modell „Kacka“ heißen.

Es vergehen noch vier weitere Minuten, bis Mel mit dem wahren Grund rausrückt.

„Man bekommt keinen Kredit für eine Auslandsimmobilie.“

Mir schwant immer mehr Schlechtes.

„Aber Mel, woher stammt dann das Geld an meinem Bauch?“, frage ich panisch.

„Das kommt schon von der Bank. Aber auch nur deshalb, weil meine Eltern mit ihrem Haus gebürgt haben …“, schluchzt Mel und weint wie ein Schlosshund.

Ach du Sch…

Schlechter Geld-Umgang scheint in Mels Familie zu liegen. Nun muss mir meine beste Freundin nichts mehr erklären. Nein, jetzt verstehe ich sogar ihren Affenanfall, denn an der Grenze ging es für Mel um alles (was ihre Familie besitzt). In dieser heiklen Situation konnte sie nicht anders, als „aus ihrer Haut“ zu fahren. Und genau das erklärt mir Mel nun noch einmal und so detailliert, wie sie sonst nur ihre Allergien beschreibt. Die einzige Frage, die sich mir jetzt noch stellt, ist, warum sie das erst jetzt tut.

„… und deshalb muss unsere Frühstückspension im Monat mindestens tausend Euro abwerfen, sonst komme ich nicht aus den Schulden raus. Und meine Eltern verlieren ihr Haus“, beendet Mel den Monolog, der mich so richtig tief in die Misere zieht. Schließlich habe ich ihr die Idee mit dem Haus im Piemont aufgeschwatzt. Wenn Projekt Italien also nicht klappt, ist Mel nicht nur so pleite wie Griechenland, sondern ihre Eltern verlieren ein Mehrgenerationen-Haus, das sich bis ins siebzehnte Jahrhundert zurückverfolgen lässt und sich seitdem im Familienbesitz befindet (allein das scheint bei deren Kapital-Kalkulationen schon an Zauberei zu grenzen). Auf der anderen Seite hätte ich auch nie gedacht, dass Mel wirklich Nägel mit Köpfen macht. Und das wiederum verwundert mich, denn eigentlich dachte ich, dass ich meine beste Freundin mindestens so gut kenne wie mein Handschuhfach, aus dem ich ihr gerade eine Packung Taschentücher hervorhole.

„Als mir klar wurde, dass Klaus fremdgeht, konnte ich nicht anders, als das Haus zu kaufen“, meint Mel, während sie sich ausgiebig schnäuzt.

Mels Hauskauf ist also bloß eine Verkettung von unserem Frust, Mels Fremdgeh-Gedanken und meinem Fernsehprogramm? Glück gehabt. Obwohl ... eins steht felsenfest: Ich habe den Stein ins Rollen gebracht – egal, wie ich es drehe oder wende.

„Sind wir noch beste Freunde?“, will Mel schniefend wissen.

Ich sehe ihr in die Augen und erkenne einen extrem wirren Blick.

Wenn sie jetzt noch ihren Kopf um dreihundertsechzig Grad dreht, würde mich das auch nicht weiter wundern.

Verdammt noch mal, wer ist das? Meine beste Freundin Mel, sagt meine Vernunft. Die, die genauso tickt wie ich. Die, die vor vier Jahren mit mir aus unserem langweiligen Heimatkaff floh, um es mit dem „Abenteuer Großstadt“ aufzunehmen. Und natürlich auch die, die jetzt meine Unterstützung braucht – genauso wie ich ihre.

„Ach Mel. Natürlich sind wir beste Freunde. Aber eins musst du mir jetzt mal beantworten: Vor vier Jahren bist du doch nicht etwa auch wegen Klaus nach München gezogen, oder?“, frage ich, während ich hoffe, dass sie dies verneint und stattdessen vom „Abenteuer Großstadt“ spricht, wir uns anschließend in die Arme fallen, weil wir erkennen, dass unsere Ziele wie jeher die gleichen sind und wir für immer „die Zweisamkeiten“ bleiben.

„Ja, nur wegen Klaus", sagt Mel stattdessen, und mir läuft ein erneuter Eis-Schauer über den Rücken, „der meinte damals, dass ich genauso landeiig-langweilig bin wie er. Da wollte ich ihm aber mal zeigen, dass ich so was von stadttauglich bin. Sonst wäre ich auch in unserem Dorf geblieben. Ist doch total schön bei uns … wir haben den ältesten Brunnen und den jüngsten Bürgermeister … ja, und wir sind die Einzigen, die zweimal im Jahr Kirmes feiern …"

Das kann jetzt nicht ihr Ernst sein.

Ist es aber, weil Mel nun auch noch von unserem unbenutzten Bahnhof, dem maroden Betonbecken (alias Freibad) und dem hässlichen Bushäuschen schwärmt, als seien es Denkmale des Weltkulturerbes.

Was für ein Pendant: Ich habe mein deutsches Leben aufgegeben, meinen Job gekündigt und Mickey verloren, weil mein bisheriges Leben keinen (tretmühlenfreien) Sinn mehr ergab, während meine Freundin das nur tat, weil sie ein unsichtbares Problem mit ihrem sicherlich nicht fremdgehenden Freund hat und auch sonst ganz andere (oder einfach gar keine) Gedanken hegt? Das verspricht nichts Gutes …

Das Einzige, was mir jetzt noch hilft, ist es, das Beste aus dieser abstrusen Situation zu machen. Und so schlecht ist die ja nun wirklich nicht. Immerhin leben wir bald im Piemont-Weinberg-Paradies.

„Es muss einfach klappen", sagt Mel, „sonst verlieren wir alles. Aber hey, keine Angst, meine Eltern vertrauen dir. Die haben schon immer gesagt, dass du nicht nur die Klügere, sondern auch die Vernünftigere von uns beiden bist. Darauf verlass ich mich jetzt einfach auch."

Schon gleitet der immense Druck von Mels Schultern auf meine über.

„Und auf den Makler verlass ich mich auch", meint Mel – und da verliere ich schlagartig den letzten Funken Hoffnung.

WELKAMME TU ITALIE-JA!!!

Wir sind gleich da!", rufe ich, als ich sehe, dass es nur noch wenige Kilometer bis Alice Bel Colle sind. Der Name unseres neuen Zuhauses klingt ein wenig nach *Alice im Wunderland*, und von den Weinbergen einmal abgesehen ist das auch gar nicht so weit hergeholt. Die Dinge, die kurz vorm Ziel unseren Weg kreuzen, würden sich gut in einem Wunderland machen, zumindest in einem deutschen. Gerade bin ich beim Anblick einer Gruppe alter Opas, die so adrett gekleidet waren wie bei uns nur Großstädter mit eigenem Stilberater, vor Staunen fast gegen ein römisches Aquädukt gefahren, das hier einfach so auf der Straße rumsteht wie Kühe in den Bergen.

Himmel! Was kommt als Nächstes? Dinosaurier?

Schlafmützen-Mel schreckt hoch:

„Oh mein Gott, wo sind wir? Dana, wo?"

„Kurz vor unserem neuen Wohnort."

„Das sieht aber ganz schön ‚alt' aus hier", stellt Mel leicht enttäuscht fest. Und auch genau in dem Moment gibt mein altes Navi seinen Geist auf.

„Bitte wenden … bitte wenden …", ist das Einzige, was es uns noch zu sagen hat.

Mel öffnet ihren Rucksack und holt seufzend einen Stapel Papier hervor.

„Ha, hier ist die Wegbeschreibung von meinem Makler."

Ich werfe einen Blick darauf. Der Gute hat sogar Fotos geschossen, die uns den Weg weisen sollen. Nur scheinen diese entweder überbelichtet oder nicht von hier zu sein. Es sieht aus, als wäre alles schneebedeckt.

„Hier kann es doch gar nicht schneien", schimpft Mel auch prompt, „mein Makler hat mir versichert, das dies der sommerlichere Teil vom Piemont ist."

Sie stutzt, als ich das Auto über die momentan nicht mit Schnee bedeckte Brücke steuere. „Ja, und Dana, du hast doch auch immer von karibischem Klima gesprochen, oder?"

Das klingt mir doch sehr nach einer rhetorischen Frage. Hervorgebracht in einem Tonfall, den Mel wahrscheinlich auch draufhätte, wenn sie ihren Stern umtauschen wollte und erkennen müsste, dass man nichts umtauschen kann, was de facto nicht existiert. Auf der anderen Seite hatte ich bei meiner übertriebenen Piemont-Promo vor Mel auch nie die Möglichkeit von Winter erwähnt. Ganz einfach, weil ich nicht von so etwas ausgegangen (und ebenso wenig im Besitz von schneebedeckten Piemont-Pictures) war. Nein, in Gedanken war ich doch meist ... bei Mickey *(schnief)*.

„Echt toll, Dana!“, schimpft Mel und lässt die Wegbeschreibung angewidert auf mein Bein sinken.

„Hast du da vorher keinen Blick drauf geworfen?“, frage ich und halte ihr das Winter-Wonderland erneut unter die Nase.

„Nein, nicht auf die Wegbeschreibung. Dana, du hast gesagt, das Piemont ist ein Paradies. Und ich kenne kein Paradies, in dem es schneit.“

Ich auch nicht. Außerdem schneit es hier ja auch nicht, zumindest nicht im Moment. Die Sonne scheint. Trotzdem ziehen wir beide ein Schlechtwettergesicht sondergleichen. Und Mel beginnt schon wieder zu weinen.

„Mel, bitte! Lass uns jetzt erst einmal das Haus suchen“, flehe ich meine beste Freundin an.

„Ohhhh...kay ...“, seufzt Mel.

Und so denken wir uns den Schnee auf den Fotos weg, fahren an unzähligen Tankstellen vorbei, dann durch Wälder und Weinberge, mitten durch eine aufblitzende Radarkontrolle und plötzlich durch eine antike Stadt, die wahrscheinlich schon seit Hunderten von Jahren nicht mehr bewohnt ist. Zumindest erblicke ich dort keinen einzigen Menschen, leider aber kurz darauf das Ortsschild: Alice Bel Colle.

„Scheiße!“

Mel spricht das aus, was ich denke.

Doch zum (Un-)Glück wohnen wir nicht in dieser Geisterstadt. Nein, laut Wegbeschreibung geht es noch weiter über den

Hügel, hoch auf einen Berg, einen unglaublich hohen Berg, was der Sache einen noch derberen Beigeschmack verpasst.

Piemonte heißt „Fuß der Berges“, kommt es mir in den Sinn. Ich beiße mir auf die Unterlippe.

„Wie soll unser Möbelwagen hier hochkommen?“, fragt Mel, und ich kontere in Gedanken an die unzähligen Tankstellen: „An Benzin wird es ihm nicht mangeln.“

Doch als die Fahrt auch Minuten später kein Ende zu nehmen scheint, frage ich mehr schockiert als im Scherz: „Jetzt mal im Ernst: Liegt das Haus echt auf dem Gipfel?“

„Nein, eigentlich nicht. Mein Makler sagte nur ‚*above*‘“, beschwichtigt Mel, und ich schaue sofort in den Himmel und bitte den Herrn um Verständnis dafür, dass ich Mel heute noch mit meinem Vokabelbuch verkloppen werde.

Wir fahren also weiter, einmal fast über ein einsam umherstreunendes Huhn, einmal fast in einen Graben. Und dann erreichen wir tatsächlich den Gipfel und blicken auf Mels Haus – oder auf unser Haus, das Mel bezahlt hat und für das ich ab sofort die Verantwortung übernehmen soll.

Ehrfürchtig stoppe ich das Auto, steige aus und atme tief ein.

„Bitte lass dieses Haus ein Traumhaus sein“, bete ich leise vor mich hin, während ich die frische und angenehme Luft genieße.

Was für ein Pendant zur Großstadt …

„Machst du jetzt eine Pause? Wo wir schon fast da sind?“, fragt Mel irritiert, und ich steige schnell wieder ein.

Kaum erreichen wir unseren Parkplatz, staune ich dann wie ein Städter im Dschungel. Wenn es so etwas wie die beste Lage geben sollte, dann hat unser Haus die auf jeden Fall. Wir befinden uns auf dem höchsten Weinberg, umrahmt von kleineren und einer traumhaften Geräuschkulisse aus plätschernden Bächen, feinstem Vogelgezwitscher und zirpenden Grillen. Ein kleines Kaninchen hüpft durch unseren Garten. Eidechsen sonnen sich auf den schön drapierten Steinen. In der Ferne erkenne ich ein Reh. Einfach märchenhaft.

„Das ist wirklich wunderschön“, gebe ich fassungslos von mir und frage mich, wie dann erst Mels unsichtbarer Stern aussehen mag.

„Wie kann man so etwas nur verkaufen?“, fragt Mel, und ich kann ihr nur zustimmen.

„Lass uns dem gekauften Gaul mal ins Maul schauen“, sage ich nach weiteren Minuten des starren Staunens und öffne die Tür, die zu meiner Überraschung noch nicht einmal abgeschlossen ist.

„Komisch. Eigentlich wollte der Makler uns den Schlüssel bringen“, murmelt Mel, und ich werfe die Tür augenblicklich wieder ins Schloss.

Am Ende ist das gar nicht unser Haus …

Ein Blick auf die Fotos und die Hausnummer verrät jedoch: Das ist unser Haus.

Also nähern wir uns wieder der Tür und stehen kurz darauf in einer komplett aufgebauten und obendrein eingerichteten Küche. Mel strahlt über das ganze Gesicht.

„Die muss nicht mal ausgetauscht werden.“

„Nein, die muss nur mal ordentlich geputzt werden“, sage ich mit Blick auf Staub und Dreck, öffne den Wandschrank und stelle fest: „Hier ist alles fix und fertig.“

Ja, in den prall gefüllten Schränken wartet sogar schon antikes Geschirr auf seinen Einsatz.

„Das ist ja wie im Märchen“, meint Mel mit Blick auf das uralte Kaffeeservice. „Dana, wenn jetzt nebenan noch ein frisch bezogenes Bett auf uns wartet, dann sind wir wirklich im Paradies.“

„Und wenn es benutzt ist, dann sind wir bei den sieben Zwergen“, kichere ich in Gedanken an die sieben Weinberge, die unser Haus einrahmen.

Im Nachbarzimmer befindet sich tatsächlich ein Bett, ein sogar bezogenes Bett samt Decken und Kissen, auch wenn es hier nicht ganz so frisch duftet. Nein, es stinkt eher nach einer Mischung aus vergammeltem Käse und verbrauchter Luft.

Mel öffnet flugs die Fenster und sagt fortan immer das Gleiche: „Paradies."

Ja, das hier kommt dem Paradies wirklich sehr nahe, auch wenn dort sicherlich ein anderes Aroma herrscht.

Nach ein paar Minuten gelangen wir zu dem Schluss, dass die Ferienwohnungen allesamt bezugsfertig sind und wir rein theoretisch nach einer nächtlichen Lüftungs- und anschließenden Putzaktion schon am folgenden Tag die ersten Gäste empfangen könnten.

„Da muss ich aber gleich morgen früh zur Gemeinde fahren, wir brauchen für so was ja eine Anmeldung", sagt Mel mit erhobenem Zeigefinger. Ja, das sollte sie tun. Die Betonung liegt auf dem *sie*, denn ich habe ja weder Geld noch einen Codice Fiscale und deshalb auch nichts zu melden. Die Zeit könnte ich dann für „la dolce vita" nutzen. Könnte ich, wenn ich nicht Vernunftwoman wäre, die Mel vor … ähem … dummen Entscheidungen bewahren muss. Nein, ich kann Mel unmöglich allein in eine italienische Behörde marschieren lassen. Das hätte Folgen – für Italien. Und vielleicht auch für Deutschland.

Jetzt aber kann ich es kaum erwarten, den Wohnteil des Hauses zu betreten, lasse aber dennoch meiner besten Freundin den Vortritt, da sie schließlich unsere Gönnerin ist.

Mel läuft die Außentreppe nach oben, öffnet die ebenso wenig verschlossene Haustür und landet dann unsanft auf ihrem Hinterteil.

Warum muss der Boden auch komplett mit Planen ausgelegt sein? Sehr seltsam. Aber nur so lange, bis wir unzählige Farbeimer erspähen. Hier wurde kürzlich renoviert. Alle Wände erstrahlen in reinstem … Gelb. Sieht aber trotzdem ganz nett aus.

„Das muss gute Farbe sein", strahlt Mel. „Ich reagiere gar nicht allergisch."

Tatsächlich. Bis auf den Farbduft oben und den Käsemief unten scheint alles gut zu sein. Darüber freue ich mich und nehme nach und nach die anderen Zimmer in Augenschein. Sie sind allesamt wunderschön. Zudem ist unsere Wohnung mit einer ebenso funktionsfähigen Küche ausgestattet. Das Einzige, was hier fehlt, sind Betten, was aber nicht schlimm ist, da morgen unser Umzugswagen mit zwei Betten eintrifft.

„Bis dahin können wir auch in der Ferienwohnung übernachten“, sage ich und Mel fällt mir vor Freude in die Arme.

Weil alles so toll und allergenfrei ist, werden wir uns auch sofort einig, wer von uns welches Zimmer nach erfolgtem Einzug sein Eigen nennen darf, und auch sonst ist die Stimmung perfekt. Leider nur so lange, bis Mel sich urplötzlich erst die Klamotten und dann das angeklebte Geld vom Körper reißt, um schließlich splitterfasernackt vor mir zu stehen. Während ich reflexartig zurückweiche, kommt Mel immer näher und haucht mir zu guter Letzt ins Ohr: „Weißt du, auf was ich jetzt Lust habe?“

Ich denke daran, dass sie mich vor ein paar Stunden zum ersten Mal geschlagen hat. Kein Wunder, dass ich etwas Panik vor ihren (neuartigen) Gelüsten bekomme.

„Auf ein Bad in unserem Pool“, grinst Mel und schlüpft in ihr Bikinihöschen.

Unser Pool? Meine Güte, wie das klingt …

Ruck, zuck reiße auch ich mir das Geld vom Bauch, quetsche mich in meinen viel zu engen Bikini und folge Mel, die sich nicht die Mühe gemacht hat, ein Bikini-Oberteil anzuziehen. Das könnte ich mir schon aus Gründen totaler Blass-Brüste (im Einklang mit gerissenem Gewebe) nicht erlauben. Was ich mir aber erlaube, sind ein paar Ätsch-Gedanken an mein altes Leben, denn normalerweise würde ich um diese Zeit stocksteif im Amt sitzen.

Wöhöhö …

Oder auch nicht, denn heute ist Feiertag in Deutschland. Und im übertragenen Sinne auch hier bei uns. Ja, wir feiern unseren italienischen Einstand. In unserem Pool.

Wöhöhö …

„Dann lass uns mal unser neues Leben zelebrieren“, rufe ich Mel wonnetrunken hinterher, die mit ihren endlos langen Gazellenbeinen und anscheinend schmerzfreien Fußsohlen in

Sekundenschnelle den Pool erreicht, während ich nur mühsam und langsam durch den schmerzenden Kies hinterherstakse.

Am Pool angekommen, scheint Mel von Blüten, Pollen oder sonst einer Allergie in Empfang genommen worden zu sein, denn sie macht ein bedrücktes Gesicht.

„Dana, der Pool ist leer."

Tatsächlich. Das Einzige, was noch drin ist, sind ein paar ausgetrocknete Algen und Käfer in allen Formen, Farben und Formaten. Blöd, denn das erinnert meine beste Freundin garantiert an ihren Verflossenen. Ja, und Mel verzieht auch sofort das bedrückte Gesicht zu dem einer Heulboje.

„Dana, ich vermisse Klaus."

Ich vermisse Mickey auch. Aber es ist, wie es ist.

Und hey, dafür ist es richtig gut …

„Lass uns lieber glücklich über unser neues Leben sein", sage ich und breite mein Handtuch neben dem Pool aus. „Dann ist unser erstes Bad hier eben ein Sonnenbad."

Mit diesen Worten mache ich es mir auf meinem Handtuch bequem und lächle meine beste Freundin auffordernd an.

Mel zuckt die Achseln und versucht tapfer, an etwas anderes als an Käfer, Käffer und Klaus zu denken. Nach ein paar mimosenhaften Minuten legt sie sich endlich neben mich und lässt sich die paradiesische Sonne auf den Körper scheinen.

Beinahe ehrfürchtig seh ich sie an. Mel ist wunderschön, gesegnet mit dem Körper eines Topmodels und der Haut eines Babys. Gut, ihre Stimme klingt ein bisschen herb-männlich, was vielleicht auch auf die intensive Natur-Zeit mit Klaus geschoben werden könnte, aber sonst? Sonst liege ich neben einer Frau, die wahrscheinlich bald ganz Piemont mit ihrer Erscheinung in den Wahnsinn treiben wird. In den hormonellen natürlich (und hoffentlich). Bei mir bin ich da nicht so sicher. Einerseits bin ich so klein, dass ich schon unter den Kleinen oftmals übersehen werde. Andererseits ist das einzig Dünne an mir mein Haar, das ich aus diesem Grunde auch stets omahaft zusammenknote. Und als Letztes kommt mein unvorteilhaft verteiltes Körperfett hinzu, das mich laut Frauenzeitschrift in die Abteilung „Apfel mit Baumstammbeinen“ einordnet. Missmutig sehe ich an mir hinunter, über meine gigantischen Brüste zu meinem noch gigantischeren Wohlstandsbauch, bis hin zu meinen unvorteilhaften, da recht kurz geratenen Stampfbeinchen. Das Einzige, was ich an mir mag, ist mein Gesicht mit den großen Kulleraugen, das auf Bildern immer recht hübsch zur Geltung kommt. Mickey sagt, es gibt nichts Niedlicheres als Danas „Strahlegesicht“. Mel sagt, ich sehe aus wie Liselotte Pulver – allerdings bevor die ihr Pulver verschossen hat. Ob das stimmt, weiß ich nicht, denn Mel sagt ja auch, dass Klaus fremdgeht. Das sehe ich anders. Klaus würde Mel niemals betrügen. Eher würden Schweine fliegen.

„Ein Schwein!“, schreit Mel in dem Moment.

Tatsächlich erspähen wir zwischen den Reben ein rosafarbenes, zum Teil behaartes und hektisch umherhuschendes Etwas.

„Mel, hier gibt es keine Schweine.“

Höchstens Wildschweine, aber das behalte ich lieber für mich. Blöd nur, dass ich das fleischfarbene Etwas auch sehe.

„Es geht weg …“, ruft Mel erleichtert.

Es „geht“. Tatsächlich. Ja, für einen Moment sah es so aus, als könne das Teil auf zwei Beinen laufen. Zehn Minuten blicken wir wie angewurzelt in Richtung rosa Sonstwas, legen uns dann aber wieder auf unsere Handtücher.

An ein paar neue Tiere gewöhnen wir uns sicherlich problemlos. Schließlich sind wir große Tierfreunde. Ich mehr auf praktischer, Mel eher auf finanzieller Ebene. Während ich mich seit Jahren vegetarisch ernähre und einmal die Woche fünf Tierheimhunde ausführe, überweist Mel unglaubliche Summen an PETA. Ja, wir lieben Tiere. Und selbstverständlich auch italienische.

Ich schließe die Augen, genieße die intensive Wärme und höre nebenbei, dass meine beste Freundin schon wieder im Land der Träume angekommen ist und dabei ganze Wälder zersägt. Gute Idee, denke ich noch, und schon schlafe auch ich.

Ein lautes „Mamma mia“ holt mich kurz darauf aus dem wohlverdienten Tiefschlaf. Zeitgleich öffnen Mel und ich die Augen und blicken in das von Sonne und Dreck gegerbte Gesicht eines alten, kleinen Mannes im rosa T-Shirt, der glasklar auf unsere Brüste starrt. Ungünstig, wenn man bedenkt, dass mein Bikini-Oberteil verrutscht ist und Mel gar keins trägt. Kreischend springen wir auf und fallen fast in den leeren Pool.

Komischerweise schreit der kleine Mann auch. Aber nicht vor Schreck, sondern vielmehr vor Wut. Ja, tatsächlich schimpft er uns aus. Allerdings auf Italienisch und in einem solchen Tempo, dass ich nicht einen Fetzen davon verstehe.

Während ich meinen Bikini zurechtziehe und mich in ein Handtuch wickle, fällt mir ein, dass Italiener zum Großteil katholisch sind. Vielleicht haben wir durch unsere Brustentblößung eine Kirchenregel gebrochen? Obwohl … in unserem eigenen Garten? Können wir da nicht tun und lassen, wonach katholischen Priestern auch hinter ihren Mauern der Sinn steht?

Apropos, was treibt dieser respektlose Großvater eigentlich auf unserem Grundstück?

„Dana, bitte sag mal was, damit der mit dem Geschimpfe aufhört“, fordert Mel, die ihren Traumkörper zwischenzeitlich auch in ein Handtuch gehüllt hat. Okay, Vernunftwoman ist gefragt, und die sollte es auch ohne Superkräfte zustande bringen, einen senilen Sack in dessen Schranken zu weisen.

„*Scusi … Tedesco …*“, rufe ich dann aber doch ziemlich unsicher. Warum auch immer, verstummt der Alte daraufhin, als hätte ich ihm eine Knarre an den Kopf gehalten. Ja, er dreht sich sogar um, wandert vier Meter nach links und holt … oh … eine Heckenschere aus einem Holzeimer …

Oh nein, der wird uns doch jetzt nicht allemachen?

Nein, tut er nicht. Stattdessen schneidet er ein paar Tomaten vom Strauch.

„Ist das vielleicht dein Gärtner?“, frage ich Mel und erschrecke erneut, weil der Mörder doch letzten Endes immer der Gärtner ist.

„Ich habe keinen Gärtner!“, schreit Mel panisch zurück.

„Aber was macht der dann hier?“

„Keine Ahnung ...“, erwidert Mel, und mir wird angst und bang bei dem Gedanken, dass es sich bei diesem zerzausten Opa um Mels Supermakler handeln könnte.

„Und das ist auch nicht mein Makler. Giuseppe sieht anders aus. Ich habe ihn auf Bildern gesehen“, erklärt Mel, so als könne sie meine Gedanken lesen. Das beruhigt mich keinesfalls. Nein, mir wird ganz anders, ganz ... schlecht. Denn der alte Mann stinkt selbst auf sichere Entfernung wie jener Käse, den meine Mutter immer in luftsichere Tubberdosen packen musste, damit ich nicht auf den Frühstückstisch reierte. Schon wird der Geruch intensiver, denn er kommt zurück. Wir stehen noch immer mit umgewickelten Handtüchern vorm ausgetrockneten Pool – wie Rollmöpse, deren Glas ausgelaufen ist. Oder wie Touristen, die den Strand nicht finden. Beim Stichwort Strand kommt mir eine gute Fluchtidee in den Sinn.

„Mel, lass uns doch *jetzt* nach Genua fahren. Zum Strand“, schlage ich vor. „Und bei der Gelegenheit können wir dann auch noch ein Wörterbuch kaufen ...“

Denn meins befindet sich saublöderweise im Umzugswagen.

„Weiß nicht ...“, sagt Mel.

„Babaaaa, Babaaaaa, Babaaaaa ...“, gackert der Gärtner.

Mel weiß nichts *(wie immer)*, ich verstehe nichts, und der Alte scheint nicht ganz bei Verstand zu sein. Nicht die beste Basis.

Also ziehe ich den Fluchtweg vor und meine beste Freundin am Arm hinter mir her. Der Gärtner folgt uns. So was wie Respekt oder Ehrfurcht vor Hausbesitzern kennt der wohl überhaupt nicht. Nein, der kommt sogar mit ins Haus und brabbelt weiter auf uns ein.

Kaum stehen wir im Korridor, schnappt sich Mel ihre Klamotten und schließt sich im Klo ein, während mir das Handtuch vom Körper rutscht.

Bevor ich es aufheben kann, stellt sich der Gärtner vor mich und fasst in seine Hose.

Oh nein …

Reflexartig schließe ich die Augen und bete, dass es nicht dieser kleine, übel riechende und uralte Mann ist, der mich heute noch vergewaltigen wird.

Es tut sich … nichts, also öffne ich die Augen wieder und blicke auf ein paar tote Käfer, die auf einem verdreckten, viereckigen Fetzen Papier liegen, den mir der Gärtner unter die Augen hält und mit lautstarkem „Bababaaaa" unterstreicht.

Da ich nicht darauf reagiere, weil ich auch überhaupt keine Ahnung habe, was das jetzt soll, fächert er wild mit dem bunten Papier vor mir herum, wodurch die Mehrheit der Käfer in mein Dekolleté kullert.

Puh, ich muss mich wirklich zusammenreißen.

Prompt hält er mir das käferfreie Pergament so nah an die Augen, dass ich wieder nichts erkennen kann.

Jetzt reicht's aber!

Ich reiße ihm den vergilbten Fetzen aus der Hand. Es ist ein Foto. Darauf zu sehen sind der Gärtner selbst und zwei gut aussehende Männer, ungefähr in unserem Alter, also in meinem, nicht dem vom Gärtner, der locker mein Opa sein könnte. Sie alle stehen in unserem Garten … ähem … in dem Garten, der zu diesem Haus gehört. Wild tippt der Gärtner auf den Abzug und sagt immer wieder: „Babaaaa, Baaaabaaaa, Baaaabaaaaa."

Basar? Ist der hier auf Brautschau, oder was?

Das alles verwirrt mich zusehends. Dazu ist es für jemanden wie mich sehr unangenehm, im Bikini vor einem (nach Fäulnis riechenden) Fremden zu stehen – mit modrigen Mistkäfern im Dekolleté und keinem blassen Schimmer, was das alles zu bedeuten hat.

Kraft Gedankenübertragung (hoffe ich doch) kommt just die mich erlösende Mel von ihrem WC- und Anzieh-Gang zurück.

„Und, was will er?", fragt sie, während ich mit einem Berg Bekleidung das befreiende Badezimmer aufsuche.

„Keine Ahnung, ich versteh ihn nicht“, rufe ich, und der Gärtner wiederholt sein unverständliches „Baaaabaaaaaaa“.

Ich werfe mich in meine erstbeste Garderobe, und meine beste Freundin gibt sich des Gärtners Gartengang. Nach ihrer Begutachtung meint Mel: „Das sind bestimmt seine Söhne, für die er noch Frauen sucht.“

Den Gedanken hatte ich zwar auch schon, sage aber trotzdem: „Mel, wir sind hier in Italien – nicht in Indien.“

„Außerdem sind die viel zu hässlich“, stänkert Mel.

Finde ich überhaupt nicht. Ehrlich gesagt sehen die richtig hübsch aus. Aber da ich noch um Mickey trauere, verdränge ich den Gedanken an andere Männer schnell wieder.

Als hätten wir nicht schon genug Verständigungsprobleme, kommt nun auch noch ein zweiter Italiener anspaziert, allerdings im feinen Zwirn.

„Was für ein Glück“, triumphiert Mel und fällt dem Anzug-Mann in die Arme.

Irritiert bleibe ich, wo ich bin.

„Dana, das ist Giuseppe, mein Makler.“

„Wälkamme tu Italijaaaa, wälkamme tu Piehhhmonteeh!“, quakt Giuseppe mit breitem Grinsen, während Mel ihm unzählige illegale Geldscheine in Gefrierbeuteln in die geöffneten Hände drückt.

Ja, das hat was vom „Paten“. Erst recht, als Giuseppes Blick auf den Gärtner fällt.

Panisch laufe ich durch die Küche und öffne sämtliche Schranktüren. Pflaster? Küchenrolle? Fehlanzeige! Ich renne hektisch zum Auto, öffne mein Handschuhfach und hole die altbekannte wie -bewährte Packung Taschentücher hervor.

„Dana, was wird das?“, fragt Mel.

Ja, was wohl? Unblutig geht das hier wohl nicht aus.

Das „Bababbababababa“ des Gärtners geht im „Bababbabababa“ des Maklers völlig unter. Und so wie der Makler aussieht, dauert es auch nicht mehr lange, bis das Gärtnerblut spritzt. Stattdessen tropft es. Es regnet. Noch ein Grund mehr, mich nur am Rande einzumischen. Da meine (Vernunft-)Dienste noch anderweitig (und zwar von Mel) gebraucht werden, werfe ich den beiden Streithähnchen (wenn die schon kaum größer sind als ich selbst, wie klein sind dann erst die Frauen?) bloß die Taschentücher vor die Füße. Irritiert starren sie auf die Tücher - und dann auf mich.

Ich schüttle nur den Kopf – sollen die sich doch selbst um ihre anschließenden Blessuren kümmern – und sprinte zu Mel auf den überdachten Balkon. Aus sicherer Entfernung beobachten wir die lautstarken Streitigkeiten zwischen Makler und Mastro. Letzteres scheint die namentliche Bezeichnung des Gärtners zu sein, die ich aus Giuseppes „Bababbababababa“ entnehme.

„Kannst du diesem Mastro eigentlich kündigen?“, frage ich Mel, als mein Blick eine verdorrte Hecke trifft.

Mel zuckt mit den Schultern. Bei genauerem Hinsehen zuckt sie gar nicht. Nein, sie zittert. Und zwar wie Espenlaub.

Ich kann nicht anders, als meine beste Freundin in den Arm zu nehmen. Und das hilft Mel, all ihre Ängste herauszuheulen (blöd, dass ich ihr jetzt nicht einmal ein Taschentuch reichen kann).

„Himmel, Herrgott, was hab ich nur getan?“, bringt Mel unter lauten Schluchzern hervor.

„Aber Mel, das Haus ist doch toll. Und den Rest bekommen wir schon irgendwie hin. Ich lass dich nicht im Stich."

Nein, dafür steck ich viel zu tief mit drin.

„Wie soll ich diesen Gärtner nur bezahlen?", jammert meine beste Freundin.

„Gar nicht, der macht doch einen Scheißjob", sage ich und zeige auf all das verdorrte Grün um uns herum.

„Kennst du dich mit dem italienischen Kündigungsrecht aus?", fragt Mel mit hoffnungsvollem Blick, und da sage ich lieber gar nichts mehr. Dazu komme ich auch nicht, denn Mastro und Giuseppe haben fertig gestritten – absolut unblutig. Gemeinsam schreiten sie zu uns auf den Balkon, und zwar Arm in Arm.

Schon bekommt der Begriff Hass-Liebe eine ganz neue Bedeutung.

„*Siese iese orlte Auna. Mastro hies neym*", sagt Mels Makler langsam und betont, während er Mastro auf die Schulter klopft.

Ja, und da lächle ich wieder.

„Hä?", fragt Mel, und ich frage: „Really?"

Giuseppe und Mastro nicken einvernehmlich, während Mel überhaupt nichts mehr versteht.

„Dana, sprichst du etwa doch perfekt Italienisch?"

Bevor ich antworten kann, fallen ihr Makler und Mastro in die Arme. Es entsteht ein wildes Gewusel aus Umarmungen, und … hat Mastro gerade an Mels Po gepackt? Wie auch immer. Höchste Zeit, dass ich Mel einweihe, denn die sieht mittlerweile nur noch wie ein vergewaltigtes Fragezeichen aus. Bevor ich das jedoch tue, drückt mir Mastro meine feuchten Taschentücher in die Hand und parallel einen noch feuchteren Käse-Kuss auf die Wange.

Pfui Teufel …

Ungläubig sieht Mel mich an, während ich mir den Käseschleim von der Wange wische.

„Dana, was bedeutet das?"

Wohl nichts anderes als das, was Makler Giuseppe gerade veranstaltet, wenn auch in einer weniger widerlichen Version. Auf Mels Brüste schielend, flötet er: „*Schieß soho bieee-uttifullieeee.*"

„Dana, ich verstehe überhaupt nichts mehr. Ist der Gärtner jetzt gekündigt?", fragt Mel.

„Welcher Gärtner?", stelle ich die Gegenfrage, weil Rätselraten irgendwie auch Spaß macht. Und weil ich auch selbst nicht weiß, was Mastro hier noch verloren hat.

„Na er", sagt Mel und zeigt auf Mastro, der das als Aufforderung zur nächsten Belästigung nimmt und seinen muffigen Minikörper postwendend an Mels Beauty-Body presst.

„*Wälkamme tu Idahlijaaaa!*", wiederholt der Makler (seine englischen Sprachkenntnisse scheinen bereits ausgeschöpft zu sein). Und weil Mel auch das nicht versteht, führt Vernunftwoman sie schließlich in die Geheimnisse von italienisch akzentuiertem Englisch ein. Und weil Mel daraufhin erst recht auf dem Schlauch steht, erläutere ich ihr die Tatsache, dass der Gärtner gar kein Gärtner, sondern der ehemalige Besitzer unseres Hauses ist. Und dass er Mastro heißt.

Mel strahlt wie ein Marzipanschweinchen. Gut, dass nun alles geklärt ist. Alles, bis auf die Tatsache, warum Mastro noch hier ist. Ein mulmiges Gefühl erfasst mich. Mel nicht, sie sieht das Ganze recht locker. Vielleicht weil ihr Kopf von der gesparten Gärtner-Gage erfüllt ist, während Vernunftwoman sich ihren mal wieder zerbricht.

Erst mitten in der Nacht verabschieden sich Makler und Mastro. Ich dachte schon, die würden wir niemals wieder loswerden. Auf der anderen Seite war das aber zum Teil auch unser eigenes Verschulden, schließlich hatten wir die seltsame Idee, unseren Einstands-Sekt mit ihnen zu teilen.

Mit Mühe und Not hievt Makler Giuseppe den miefigen Mastro aus *dessen* (ehemaligem, da verkauftem) Bett, in das er wiederum vor zwei Minuten mit einem lauten „Buona notte" hineingeplumpst ist.

„Mel, dieser Mastro hat bis heute hier gewohnt", erkläre ich, während Mel die von Mastro erneut verschlossenen Fenster wieder aufreißt.

„Ja, und?", meint sie. „Sein gutes Recht. Und das hat er ausgenutzt, bis wir angekommen sind. Nun muss er den Dingen ins Auge sehen: *time to say goodbye*."

Genau dieser Satz war es, der meine Beziehung zu Mickey beendete. Hoffentlich ist es kein schlechtes Omen für meine Freundschaft zu Mel. Denn während Mel das sagt, erkenne ich ein leichtes Zittern, das sich über ihren gesamten Körper ausbreitet.

„Huh, jetzt ist es aber kalt geworden", kontert sie auf meinen fragenden Blick und streift sich einen Pullover über.

Von wegen. Meiner besten Freundin gehen bestimmt dieselben Gedanken durch den Kopf, die auch in meinem Hirn herumgeistern und immer wieder verkünden: „Den Vorbesitzer werden wir nicht mehr los."

Das hoffe ich zumindest (dass unsere Gedankenmuster noch immer und trotz allem zweisam sind) – und so ist es auch (dass wir Mastro nicht mehr loswerden). Keine zwei Sekunden darauf sehen und hören wir ihn schon wieder. Lallend steht der verlorene Greis vorm verschlossenen Gartentor.

Vor nicht einmal zehn Minuten empfahl uns Mels Makler, jenes mit übertrieben vielen Schnörkeln versehene und vollends eingerostete Teil zum ersten Male (seit seiner Existenz) zu schließen, was sich gar nicht einfach gestaltete, aber mit der Hilfe von allen (auch der von Mastro, der zu besoffen war, um noch zu verstehen, warum er sich gerade selbst schadete), schafften wir es dann doch.

Wie ein ausgesperrter Hund steht der ehemalige Hausherr nun davor. Und wir Tierfreunde bekommen tatsächlich Mitleid mit ihm.

„Ach Mensch, der arme Kerl, das können wir echt nicht bringen", sagt Mel und kaut dabei angestrengt auf ihrer Unterlippe.

Nein, das können wir wirklich nicht.

„Aber Mel, wenn der einmal hier drin ist, dann werden wir den nicht mehr los“, sagt meine vernunftgesteuerte Hirnhälfte, auf die Mels Eltern sogar ihr Haus gesetzt haben.

„Das klingt ja fast, als sei Mastro ein Hund“, stellt Mel mit etwas Nachlauf fest, und unverzüglich fängt der verkalkte Kerl auch noch an zu winseln. Ich versuche, nicht darauf einzugehen, doch da geht Mel schon zum Gartentor und lässt Mastro mit einer Handbewegung und einem milden „Komm, Kleiner“ herein.

Mein Hirn warnt noch immer. Allerdings auch noch aus einem anderen Grund. Aus einer Ecke unseres Schlafzimmers vernehme ich ein lautes Rascheln.

„Mel, hier ist ein Tier!“, brülle ich.

„Wenn es süß ist, nehmen wir es auch noch auf“, kontert meine beste Freundin, die ihre Tierliebe neuerdings nicht mehr nur auf Überweisungsträgern ausdrückt.

Leider wird das Rascheln von einem weniger süßen Knurren begleitet.

„Ich glaube, das Tier ist gefährlich“, rufe ich, und Mel entgegnet: „Dann bring es lieber weg.“

Das hat ja schon beim jaulenden Mastro nicht geklappt …

„Schließlich bist du der größere Tierfreund von uns beiden“, ergänzt Mel.

Bei dem Thema nehmen wir uns eigentlich nicht viel. Dass Mel äußerst tieraffin ist, zeigen nicht nur ihre großzügigen Spenden – nein, diese Sympathie manifestiert sich vor allen Dingen auch in ihrer Liebe zu Kriechtier-Kumpane Klaus. Ja, und natürlich auch darin, dass sie gerade mit Mastro im Schlepptau um die Ecke gebogen kommt. Für seine Promillezahl (und seine Tierlaute) läuft dieser noch erstaunlich aufrecht.

„Und, hast du das Tier schon weggebracht?“, fragt Mel, während sie von Mastro mit einem dankbar-treuen Hundeblick beschenkt wird.

Ich schüttle den Kopf. Mit italienischen Tieren habe ich bisher noch keine direkte Bekanntschaft geschlossen. Aber irgendwann ist immer das erste Mal. Warum also nicht jetzt? Vielleicht kann mir Mastro sogar dabei helfen. Für so was ist man doch nie zu besoffen. Ich führe die beiden zu der Stelle, aus der ich das Rascheln vernommen habe. Mastro neigt sein kleines Köpfchen zur Seite und sagt dann: „*Una pantegana.*“

Ich kenne kein Tier namens Pantegana, und so wie es klingt, könnte das durchaus eine riesige Giftschlange sein – oder eine Menschenfleisch fressende Raubkatze.

Mel zaubert ein kleines Wörterbuch hervor.

„Giuseppe war wirklich ein Glücksgriff. Schau, das hat er mir eben noch in die Hand gedrückt.“

Aufgeregt blättert Mel das kleine Büchlein durch, das so alt und zerfleddert aussieht, als habe es Makler Giuseppe vorhin noch aus dem Müll gezogen. Trotzdem zweifelsohne ein Glücksgriff. Schließlich werden wir gleich wissen, welches Tier – neben Mastro – unser heutiges Schlafgemach zu seinem Eigen macht.

Irgendwann lässt Mels hektisches Blättern nach, ihre Augen werden größer, und schließlich … bekommt sie einen Lachanfall.

Hä?

Da sie in ihrer Lage nur noch lachen kann, reiße ich ihr das Buch aus der Hand.

„Pantegana“ steht für „Wanderratte“ oder „Brückenmaus“ – gleichzeitig aber auch für „Prostituierte“.

Na toll!

Während ich mich noch frage, welche der drei Möglichkeiten Mastro in Betracht gezogen hat oder ob er vielleicht auf etwas ganz anderes hinauswill (was sein starrer Blick auf meine große Oberweite vielleicht schon im Ansatz verrät), kann Mel sich gar nicht mehr einkriegen. So lange, bis es einen Schlag tut und das Licht ausgeht.

In dem Moment bin ich natürlich froh, dass der Vorbesitzer noch bei uns ist, doch Mastro nickt nur im leichten Licht des Mondes und gibt wirres „Bababa“ von sich.

„Ach, das hat Giuseppe schon gesagt", meint Mel nach kurzem Überlegen.

„Ach ja? Er hat dir gesagt, dass es einen Stromausfall geben wird?", frage ich ungläubig.

„Nein, dass wir erst Strom bekommen, wenn wir den anmelden. Ich hatte mich schon gewundert, warum hier überhaupt Strom fließt, aber das haben wir wohl ihm zu verdanken ..."

Mel zeigt auf Mastro, als sei er König Ludwig und das hier Schloss Neuschwanstein. Das würde uns im Dunkeln aber genauso wenig bringen. Ich lasse mich seufzend auf den Boden fallen, als es neben mir wieder raschelt und ich sofort schreiend aufspringe: „Dieses prostituierte Brückending muss weg. Wir brauchen eine Kerze."

„Oder eine Katze", kontert Mel kichernd.

Als hätte er uns verstanden, nickt Mastro und deutet dann mit einem Fingerzeig an, ihm zu folgen, und da wir keine andere Wahl haben, tun wir das auch. Er öffnet eine kleine Tür zu einer Art Vorratsraum, und wir sehen das, was rumänische Landstreicher wohl in ihrer Freizeit sammeln. Unendlich viele Kartons, die ordentlich Gestank verbreiten. Suchend blicke ich mich um. Aus einer der mit Schrott und Müll gefüllten Pappkisten sehe ich eine Art Kerzenrumpf hinausspähen. In Ermangelung einer anderen Lichtquelle entschließe ich mich, es damit zu versuchen, und ziehe das Teil heraus.

Heilige Maria!

Es handelt sich um die auf ein Drittel heruntergebrannte und mit sakralem Wachs ornamentierte Kerze von ... tja ... Mastros Erstkommunion? Das jedenfalls würde die dicke Staubschicht erklären. Zögernd blicke ich ihren katholischen Besitzer an, der aber brabbelt nur weiter und entzündet schließlich das heilige Feuer in meinen Händen.

Großer Gott, denke ich mir, ergreife noch eine weniger gesegnete Plastiktüte und schleiche dann zurück in unser Schlafgemach.

Ob ich durch das Entweihen sakraler Symbole nicht vielleicht im ewigen Fegefeuer enden könnte? Diesen Gedanken verwerfe ich sofort, als aus der altbekannten Ecke ein erneutes Rascheln ertönt.

All meinen Mut zusammennehmend, versuche ich, den schwachen Lichtschein zur Quelle des Geräuschs zu führen, und halte die heilige Kerze in die Ecke.

Aus der Dunkelheit schießt ein dackelgroßer behaarter Kopf mit riesigen Reißzähnen, und eine mindestens fünf Kilo schwere Ratte beißt die Spitze der heiligen Kerze ab. Dieses Teufelstier hat allem Anschein nach Mastros heilige Kerze mit einem Hightech-Maiskolben verwechselt. In der nun plötzlich wieder eingetretenen Dunkelheit vernehme ich lediglich ein zufriedenes Schmatzen.

Schreiend schieße ich aus dem Zimmer. Mel stürzt – durch meinen hysterischen Ausbruch angelockt – in meine Richtung und rennt dabei fast den desillusioniert an der Wand lehnenden Mastro über den Haufen.

„Scheiße, das war ein Werwolf!“, kreische ich, und Mel zeigt auf Mastro und antwortet: „Nun übertreib mal nicht. Wahrscheinlich hast du das Tier nur mit ihm verwechselt. Er mieft schon etwas streng.“

Mastro ist zwar auch kleintiergroß, behaart, und wenn er nicht brabbelt, dann steckt er seine Hände in die Hosentaschen und raschelt auf diese Weise, aber trotzdem kann ich Tiere noch immer von Menschen unterscheiden. Zudem ertönt in jenem Moment ein Rülpser aus dem Pantegana-Zimmer.

Vernunftwoman muss handeln. Und so begebe ich mich noch einmal „vor“ die Höhle des Tieres und schließe die Tür mit der Gewissheit, dass es vollkommen egal ist, ob dieses Haus zehn oder neun Zimmer hat und dieser eine Raum von mir aus eben für immer das haarige Böse beherbergen soll.

„Morgen früh mauern wir die Tür zu.“

„Und wo schlafen wir dann heute?“, fragt Mel.

Gute Frage, die Mastro beantwortet, indem er mit seinem kleinen, gebogenen Zeigefinger andeutet, ihm in ein anderes Zimmer zu folgen. Erneut komme ich mir vor wie im Märchen. Nun allerdings wie bei Hänsel und Gretel. Mel macht ganz einen auf Hänsel, krümelt ihr letztes Brötchen auf den Boden und folgt dann dem alten Hexerich ins Knusperhaus, wo er sie mit Gewissheit in einen Käfig stecken wird. Ich bleibe noch ein wenig draußen stehen. So lange, bis die Mückenattacken nicht mehr auszuhalten sind und ich zwangsweise Mels Brotkrumenspur ins Hausinnere folge.

Ich hatte mich schon gewundert, wie der Eigengestank eines Zimmers trotz geschlossener Fenster und Türen in die anderen Räume ziehen konnte. Nun stelle ich fest, dass Mastro in allen drei Zimmern lebt – und das sehr intensiv. Während er zwanzig (unheilige!) Kerzen herbeizaubert *(na, danke auch)*, entzündet und dabei lautstark furzt, bietet er uns mit freundlichen Gesten eines seiner vollgepupsten Betten für die Nacht an.

Grundgütiger … *seine* Betten?

Mag ja sein. Allerdings stehen die nicht mehr in *seinem* Haus.

Das sieht Mastro natürlich anders. Er macht keine Anstalten, den Raum zu verlassen. Selbst dann nicht, als Mel und ich andeuten, uns jetzt umziehen zu wollen.

Verdammte Axt, denke ich noch, und da sehe ich schon eine. Neben dem Bett liegt tatsächlich eine Axt. Nun bekomme ich wirklich Panik. Weitaus mehr Panik als vor ein paar Stunden an der Grenze, denn da ging es nur um Gesetzeswidrigkeiten – jetzt geht es um Leben und Tod.

Zitternd zeige ich auf das riesige Werkzeug. Mel zuckt bloß mit den Schultern, während Mastro sich in einen Schaukelstuhl fallen lässt und uns erwartungsvoll anblinzelt.

„Wir müssen den loswerden", sage ich, und meine Stimme zittert.

„Also, ich glaube, ich bin ganz froh, dass er hier ist. Weil, er hilft uns doch", äußert Mel in Kindersprache, während sie sich eine blonde Haarsträhne verlegen um den Finger wickelt und mich mit großen Augen ansieht.

„Aber Mel, wir verstehen ihn doch überhaupt nicht. Und um die prostituierte Brückenmaus durfte ich mich kümmern“, kontere ich.

„Und das hat auch nicht geklappt …“, murmelt Mel mehr zu sich selbst, aber meine Antennen haben es trotzdem empfangen.

Jegliche Form des Versagens darf Vernunftwoman natürlich nicht auf sich sitzen lassen. Doch meine beste Freundin hat recht. Seit unserer Abreise werde ich zunehmend von Ängsten regiert, die meine positiven Bemühungen boykottieren. Auf der anderen Seite hat Mel natürlich keine Ahnung, wie es ist, die Verantwortung für ihre verrückten Handlungen zu übernehmen. Mir ist klar, dass ich es bin, die diese Frühstückspension zum Laufen bringen muss, während meine beste Freundin nichts Besseres zu tun hat, als neue Probleme ins Haus zu holen.

Ein wenig irritiert blicke ich Mel an, die genauso irritiert zurückblickt. Da wäre wenigstens wieder eine Gemeinsamkeit.

Ich möchte gerade erleichtert aufatmen, als mein Blick erneut die Axt streift.

„Also wegen diesem Ding hast du Angst?“, fragt Mel, so als sei dies keine Axt, sondern ein kleiner Apfel.

Nach zwei weiteren Minuten, in denen meine hysterischen Augen am Hackebeil hängen, meint Mel: „Mastro ist doch nur ein armer Holzfäller.“

Ja klar. Wahrscheinlich hat er seine zwei Kinder auch allein im Wald – Pardon, im Weinberg – ausgesetzt und belästigt seitdem seine wenigen sozialen Kontakte mit einem Bild aus glücklich vereinten Tagen.

„Mel, das hier ist kein Märchen. Er und Holzfäller? Hat er dir das etwa gesagt?“

„Wenn ich ihn richtig verstanden habe, dann ja.“

Allein das ist schon ausgeschlossen …

„Dann sag mir doch bitte, welches Holz man in den Weinbergen fällt?"

Mel kaut verschämt an ihren Fingernägeln.

Ich hatte nicht das Bedürfnis, (verbal) auf sie einzuhacken, aber manchmal sind die Hirn- und Handlungsaktivitäten meiner besten Freundin einfach nicht in Einklang zu bringen.

„Und wenn dem wirklich so wäre und er ein glücklicher Holzfäller ist, wäre das dann auch ein Grund, seine Axt mit ins Bett zu nehmen?", hake ich weiter nach.

„Vielleicht. Mein Chef hat seinen Laptop auch immer neben dem Bett stehen."

Ich will gar nicht wissen, woher Mel weiß, was neben dem Bett ihres Chefs steht. Aber ich hätte gerne einen Beleg dafür, dass Mastro der Vorbesitzer unseres Hauses ist. Soweit ich mich nämlich entsinnen kann, hat Mel das Haus von zwei Söhnen gekauft. Und es war zudem ein Notverkauf, weil jemand gestorben war.

Gestorben? Grundgütiger!

Ist Mastro am Ende vielleicht ein wandelnder Toter (dem Geruch nach zu urteilen wäre das gar nicht so abwegig) – mit einem ebenso untoten Ungeheuer alias Pantegana an der Seite? Uiuiui …

Bevor ich vor Angst eingehe, beschließe ich, es Mastro so lange recht zu machen, bis ich sicher bin, dass er kein Untoter ist, und verhalte mich ab da so unauffällig wie möglich, ergo wortlos. Zwanzig geschlagene Minuten sitzen Mel und ich mit Mastro im Gästezimmer und unternehmen … nichts. Mastro sitzt in seinem Schaukelstuhl, wippt hin und her und sieht uns dabei erwartungsvoll an, während ich hoffe, dass er einfach nur geht (von mir aus auch gerne durch die Wand oder schwebenderweise durch die Luft). Das passiert aber nicht. Mastro scheint ein sehr geduldiger Mensch (oder was auch immer er ist) zu sein. Ich nicht, weshalb ich ein paar Minuten darauf doch noch Vernunft-Taten folgen lasse. Unter Mels fragenden Blicken greife ich nach der Axt und bringe sie kommentarlos nach draußen.

Allerdings macht das alles noch schlimmer. Kaum lasse ich das Mordinstrument nämlich in einen alten Weidekorb neben dem Haus fallen, erblicke ich dort im Schimmer des Mondes ein Gewehr.

Ach du Sch…

Während eine Axt nur als zweitrangiges Mordwerkzeug fungiert, ist es bei einem Gewehr umso eindeutiger.

Ich kann nicht anders und rufe: „Mastro tötet! Mastro schießt!“

„Nein, Dana, der schaukelt bloß“, ertönt es aus dem Hausinnern.

„Nein, hier liegt ein Gewehr.“

Ha, nun wird auch Mel Panik bekommen …

Doch stattdessen passiert nichts. Überhaupt nichts.

Wieder warte ich zwanzig Minuten, in denen die Mücken mich meiner letzten Blutreserven berauben *(besser die als Mastro!)*, und wanke dann ins Haus zurück, wo die Zeit stehen geblieben zu sein scheint.

Mastro schaukelt, und die schöne Mel sitzt einfach nur auf dem stinkenden Bett. Wortlos nehme ich neben ihr Platz. Bis ich vor Müdigkeit (oder durch den anhaltenden Schwefelgeruch) umfalle und augenblicklich einschlafe.

ITALIEN, TAG 1: GUTEN MORGEN, LIEBE SORGEN

In dieser ersten italienischen Nacht träume ich von Mülldeponien und Kläranlagen, von Stinktieren und Käsefüßen.

Als ich am nächsten Morgen aufwache, stecke ich noch immer in meinen Klamotten und bin noch müder als am Vortag. Wahrscheinlich habe ich gar nicht richtig geschlafen, denn kaum schlage ich die Augen auf, bekommt der Gestank ein allgemeingültiges Bild. Ich sehe geradewegs ins Innere des kleinen Mastros. Mit offenem Mund liegt er ganz eng an mich gepresst, körperlich zwar nah, aber die geöffneten Mundwinkel dennoch so weit auseinander, dass ich bis zu seinem letzten Abendmahl sehen kann.

Schnell lenke ich den Blick aufs Kopfkissen, aber das macht die Sache auch nicht appetitlicher. Ein Speichelfaden verläuft von Mastros Kinn zum Kissen, das eine ballgroße nasse Stelle preisgibt, die „Eau de Fäulnis" verbreitet, was der Luft in unserem Zimmer aber kaum noch etwas anhaben kann.

Ich glaube nicht, dass es eine Steigerung zu „verwesendem Komposthaufen" gibt.

Vorsichtig und leise stehe ich auf, um Mel (kuschelt sich von hinten an mich) und Mastro (klebt geradezu an mir) nicht zu wecken. Das ist jedoch gar nicht so einfach. Denn nachdem meine Nase und Augen soeben Bekanntschaft mit Mastros Magenzugang geschlossen haben, schaue ich jetzt auf seine schwarz gelockten Käsefüße. Ich stehe unmittelbar davor, einen hysterischen Schrei von mir zu geben, sammle mich jedoch in allerletzter Minute und tapse dann auf unbehaarten Zehenspitzen ins Badezimmer, wo ich eine befreiende – wenn auch eiskalte – Dusche nehme und zu meiner Freude sogar Duschgel vorfinde. Gut, es ist zwar nur „For Men" und dem ehemaligen Kölnisch-Wasser-Geruch nach zu urteilen wahrscheinlich „For *extrem old* Men", aber ich will es hier mal nicht übertreiben, schließlich könnte ich auch einfach in den

Pantegana-Raum gehen und meinen Koffer herausholen. Aber dafür bin ich zu feige, zu ängstlich oder zu blöd, denn so bin ich nach meinem Zehn-Grad-Duscherlebnis gezwungen, wieder in meine alten, muffigen Klamotten zu schlüpfen, die zum Glück noch Körpertemperatur haben.

Zurück im Stinkzimmer stelle ich fest, dass Mel und Mastro noch immer seelenruhig im Bett schlummern, tief und fest. Da haben sich wohl zwei Träumer gesucht und gefunden.

Aber nicht mehr lange, denke ich mir, lasse meinen Körper mit voller Wucht aufs Bett fallen und rufe dabei ein lautes: „*Buongiorno!*“

Mel zuckt zusammen, und Mastro fällt sogar vom Bett. Das hatte ich nicht gewollt. Obwohl ich seit gestern nichts gegessen habe, ist meine Fliehkraft hoch wie eh und je.

„*Porco cielo*“, brummt Mastro.

„Blöde Dana!“, schimpft Mel.

„Tschuldigung!“, sage ich.

In meiner Erinnerung war Mel kein Morgenmuffel, aber da lagen wir auch nicht mit einem alten Mann auf einer abgestandenen Matratze. Ich nehme mir ihr Wörterbuch zur Hand und beginne darin zu blättern. „Porco“ heißt „Schwein“. Und „cielo“ so etwas wie „du lieber Himmel“. Okay. Dass Mastro nicht begeistert von meiner Aktion war, kann ich gut nachvollziehen. Aber *Schwein*? Entrüstet blicke ich auf meinen Wohlstandsbauch, der größentechnisch locker mit dem von Mastro mithalten kann.

„*Sì, strippare!*“, sage ich und klopfe mir auf den Bauch, während Mastro mich ansieht, als sei ich nicht ganz bei Trost.

Als habe sie Pantegana vergessen, läuft Mel just in deren Zimmer und holt ihren Koffer, dann verkrümelt sie sich ins Bad. Mastro richtet sich währenddessen in Zeitlupe auf. Seine Knochen knacken dabei so laut wie Pistolenschüsse, und er schmatzt wie ein aus dem Fluss saufender Bernhardiner. Ich weiß gar nicht, wo ich hinschauen soll, also sehe ich so lange auf meine Füße, bis Mastro einen ohrenbetäubenden Furz in den Raum schießt, der mich geradewegs zu Mel ins Badezimmer treibt.

„Wir könnten doch heute Morgen zur Gemeinde fahren", überlegt Mel, bevor sie übelst zu übertreiben anfängt. „Ah ah ah ... die Dusche ist so kalt. Hilfe! Ich sterbe."

Sicherlich ist die Dusche nicht „cooler" als Mels gestrige Reaktion auf Mastros Mordinstrumente. Aber so ist zumindest klar, dass der heutige Morgen den Dienstgängen gehört. Als wäre er ein Teil von uns, kommt Mastro auch prompt mit. Weil Mel meint, er könne uns helfen *(hahaha)*, weil er selbst wahrscheinlich sowieso nichts Besseres zu tun hat und weil ich auch nichts anderes erwartet habe. Mastro haben wir jetzt an der Backe. Was soll's?! Es gibt Schlimmeres. Im Gegensatz zu meiner ehemaligen Schwiegermutter könnte ich mich an jemanden wie Mastro, der zwar stinkt, aber sich sicherlich nicht zwischen Mel und mich drängt *(wie auch, bei den Kommunikationsschwierigkeiten?!)*, sehr schnell gewöhnen. Nicht gewöhnen kann ich mich dagegen an die kilometerlange Warteschlange vor dem kleinen Gebäude der örtlichen Gemeinde, das wir heute Morgen als erstes aufsuchen, um unsere Frühstückspension anzumelden (*n*ach fünfmaligem Hin und Her*(fahren)* entschied sich die unentschlossene Mel für Geldgewinne vor warmem Wasser). Die Menschen stehen gut gelaunt hintereinander, brabbeln lautstark um die Wette, während Mel ihre unzähligen Unterlagen erst nach Datum, dann alphabetisch, wieder nach Datum und zu guter Letzt auch noch nach den Farben des Regenbogens sortiert – und mein Magen das Ganze mit höllisch lauten Knurrgeräuschen unterstreicht. Seit fünfzehn Stunden habe ich nichts mehr gegessen, und das ist mein Körper absolut nicht gewohnt. Kein Wunder, dass mir zusehends schwindliger wird. Plötzlich scheint der Boden aus Pudding zu sein, was ich noch so lange auf die schlecht gepflasterte Mittelalterstraße in Verbindung mit den hohen Temperaturen schiebe, bis es mich doch noch umhaut und ich in Ohnmacht falle.

„Ach, Dana. Was machst du denn?", ertönt Mels vorwurfsvolle Stimme, als ich langsam wieder zu mir komme. Ich kann aber nicht auf ihre abwegigen Worte eingehen, weil ich stattdessen auf Mastros geöffneten Mund blicke, der – den Speichelfäden nach zu urteilen – kurz zuvor an meinem klebte. Ich schreie wie am Spieß.

Hat Mastro mich gerade geküsst? Und hat Mel das einfach so zugelassen?

„Mastro hat dich Mund zu Mund beatmet", entgegnet Mel so nonchalant, als sei es das Normalste der Welt.

Der Geschmack in meinem Mund war schon vorher nicht der beste. Den Nachgeschmack, den Mastro gerade bei mir hinterlassen hat, kann ich gar nicht beschreiben, und wenn ich es müsste, dann wären abgestandene Schlachtabfälle noch untertrieben.

Meine sogenannte „beste" Freundin belohnt den kleinen Perversling durch stolzes Schwitz-Schulter-Getätschel und meint: „Ohne Mastros Hilfe wärst du noch immer im Traumland."

Und das wäre mir eindeutig lieber!

Ich kann mir das alles nur so erklären, dass Mels Logik sie vor der Realität bewahrt wie eine weiße Tennissocke ihren Besitzer vorm Angebaggertwerden.

Leider kann ich Mel hier nicht zum Teufel und Mastro nicht in die Luft jagen, weil uns geschätzte achtzig italienische Augenpaare beobachten. Und wie wir nun erfahren, auch noch zwei aus der Schweiz.

„Sali, ich bin der Hans", sagt ein freundlicher Schweizer in Mastros Alter, allerdings ohne Kompostgeruch, dafür mit einer gleichaltrigen und ebenso freundlichen Schweizerin an seiner Seite, die mir erst vorsichtig auf die Beine hilft und sich dann vorstellt. „Grüezi, ich bin die Heidi."

Hans und Heidi aus der Schweiz. Wie klischeehaft …

Bevor wir unsere Namen preisgeben, platzt es aus mir heraus: „Wohnt ihr etwa hier?"

Hans und Heidi schauen ehrfürchtig gen Himmel und antworten dann einstimmig: „Moll, dort oben."

Auch wenn uns der Himmel diese beiden schickt, bin ich mir sicher, dass sie auf einem der umliegenden Weinberge wohnen.

Vernunftwoman hat also Verstärkung bekommen, nun ja, in erster Linie Dolmetscher. Auch wenn es einem Überfallkommando gleichkommt, bitte ich Hans und Heidi sofort um ihre Telefonnummer, ihre Anschrift und auch gleich um Hilfe, denn nun sind wir an der Reihe und werden von einem klitzekleinen Schaltermann dermaßen kritisch beäugt, als hätten wir uns nicht nur im Schalter, sondern im Land geirrt. Nach einer Ewigkeit, in der er Mels Unterlagen hin und her sortiert, sich anschließend nett mit Mastro über *tempo* (Wetter) und *stranieri* (Ausländer) unterhält, gibt er uns den Papierberg zurück und schüttelt den Kopf.

Was soll das jetzt heißen?

Mastro guckt bloß Löcher in die Luft, aber Hans kann uns zum Glück erklären, dass wir am falschen Schalter stehen. Der richtige befindet sich gleich nebenan. Wie gut. Und wie schlecht, dass sich auch davor eine unendlich lange Warteschlange gebildet hat.

Auf diese Weise wird man seine Zeit auch los.

Wieder stellen wir uns brav an, und ich nutze die Gunst der Stunde(n), Hans und Heidi mit Fragen zu löchern, wie man es sonst nur mit Schweizer Käse tut. Und ich erhalte Antworten, auf die mir nicht mal die Fragen eingefallen wären, zumindest nicht die italienischen. Zum Beispiel, wo genau wir unseren Strom anmelden, wie man einen Telefonanschluss bekommt und dass man Italiener mit Doktortitel nur mit deren Doktortitel ansprechen darf. Wir erfahren außerdem, dass Hans und Heidi die Schweiz vermissen, ganz besonders die Pünktlichkeit, Verlässlichkeit und Treue ihrer Landsleute, woraufhin sich Mastro auch augenblicklich verdünnisiert.

Nach zwei weiteren Stunden kommen wir endlich beim richtigen Schaltermenschen an, und eben der schickt uns nach erneutem „Unterlagen-hin-und-her-sortieren“ zurück zum Schalter von vorhin – mit der von Hans übersetzten Info, sein Kollege hätte sich wohl geirrt, denn er sei doch für uns zuständig.

Während unsere Augen allmählich die Größe unserer weit geöffneten Münder annehmen, meint Heidi nur: „Das ist hier Standard. Du kannst dich auf nichts und niemanden verlassen.“

Am wenigsten auf Mastro, der vor seiner Flucht noch schnell meine Schuhe mit seinem Eis bekleckert hat (um das ich ihn ehrlich beneide). Mein Magenknurren ist bestimmt schon bis nach Deutschland hörbar.

Wieder stellen wir uns in die altbekannte Schlange, jetzt mit neuen Gesichtern. Das ist selbst für unsere Dolmetscher zu viel des Wartens, und sie verabschieden sich mit einem einstimmigen: „Uf widerluege!“

Lüge?

Zwei Stunden später sind wir endlich an der Reihe. Just in dem Moment taucht wie aus dem Nichts der kleine Mastro auf (kann aber auch sein, dass wir ihn zuvor übersehen haben), um sofort eine aufgeregte Diskussion mit dem ebenso winzigen Schaltermenschen zu beginnen. Gemeinsam gehen sie unsere Unterlagen durch.

„Mel?“, frage ich.

„Ja, Dana?“

„Vertraust du Mastro?“

Mel nickt. Ihr Gesicht spricht aber eine andere Sprache. Keine italienische, nein, mehr eine kryptische.

Doch meine düsteren Gedanken und Mels mehrdeutige Miene sind in diesem Fall unbegründet. Denn zum Glück kann unser erster Schaltermensch seinen vorherigen Fehler dahingehend korrigieren, dass er nun auf Englisch zu uns spricht. Mit viel Anstrengung (italienisches Englisch sollte als eigene Fremdsprache anerkannt werden) erfahren wir, dass es das Schicksal gut mit uns meint *(ach ja?)*. Denn unsere Pension verfügt lediglich über drei Schlafzimmer, und so bekommen wir eine Bewilligung ohne Mehrwertsteuer, was uns angeblich eine komplizierte Buchhaltung erspart. Das ist das, was ich verstehe und augenblicklich an Mel weitergebe, die daraufhin lautstark „Ich vertraue Mastro“ verkündet und dem kleinen Gnom einen Kuss auf dessen wässrige Wange drückt. Klar, dass auch das wieder zu einem Verständigungsproblem führt, in dessen Folge Mastro besitzergreifend seinen Arm um Mels Hüfte legt (weiter hoch kommt er nicht) und stolze Blicke zum Schaltermenschen sendet.

Ich bin noch immer skeptisch. Zum einen, weil mich Mels Eltern nicht grundlos zu Vernunftwoman ernannt haben. Zum anderen, weil es für mich eine logische Konsequenz ist, dass wir Mastro nur so lange vertrauen können, bis der sich nicht länger zurückhält und Mel richtig angräbt (ich kam ja bereits in den Genuss). Spätestens darauf folgt ein Frustrations-Feuerwerk meiner schönen Freundin, das sich in einer atemberaubenden Allergie äußert und bei dem letztendlich ein Giftzwerg das Feld räumen muss (entweder Mastro oder meine Wenigkeit). Vielleicht bin ich aber auch seit der Grenze zu einer angstzerfressenen Pessimistin geworden.

Einige Stunden später stelle ich dann fest, dass ich keine Pessimistin bin, nein, mehr so ein hellsichtiges Wesen. Denn ja, Mastro denkt tatsächlich, da könnte was mit Mel laufen – und parallel auch mit mir. Und so einfach war das mit der Genehmigung für unser Bed & Breakfast dann auch wieder nicht.

Selbst wenn wir von der Mehrwertsteuer befreit sind, so mussten wir vorhin trotzdem zu einer Gesundheitsbehörde – kurz ASL –, um unsere Frühstückspension anzumelden. Keine Ahnung, was Bed & Breakfast mit einer Gesundheitsbehörde zu tun hat. Vielleicht nur eine *italienische* Möglichkeit, die Kassen des Gesundheitssystems aufzufüllen, denn die Anmeldung hat uns satte fünfhundert Euro gekostet, was Mel wieder zum Heulen und Mastro zum Mel-Trösten (auf seine anbaggernde Art) brachte. Ja, und mich fast zum Kotzen, was aber deshalb nicht ging, da ich zu diesem Zeitpunkt schon seit mehr als vierundzwanzig Stunden ohne Nahrung war. Kurz darauf fuhren wir mit Mastro zurück in unser gemeinsames Zuhause, nicht weil nun alles erledigt war, sondern weil Mastro dort noch wichtige Genehmigungsunterlagen aufbewahrt hatte, die für unsere Anmeldung jedoch unabdingbar waren (ja, ich fragte mich auch, warum er die nicht gleich mitgenommen hatte).

Und schon meinte es das Schicksal wieder gut mit uns. Nun ja, vielleicht. Mastro fand die Genehmigungen auf Anhieb. Als ich sie sah, kam das jedoch einem Schicksalsschlag gleich, denn es handelte sich um zwei verdreckte, verklebte und eingerissene Schmierzettelchen. Auch die Mastro so vertrauende Mel wunderte sich.

„Dana, du kennst dich doch mit Behörden aus. Welche Behörde hat denn als Logo eine Toilettenschüssel?"

„Keine natürlich", antwortete ich. Selbst die „Untere Wasserbehörde" des Amtes, in dem ich einst meine Ausbildung absolvierte, nahm vorlieb mit einem soliden Strich.

„Und, Dana, es gibt auch keine Behörde, deren Logo eine Glühbirne ist, oder?"

Ich zuckte mit den Schultern, denn vielleicht war das in Italien anders. Wie auch immer. Mastro zeigte erst auf seine nicht vorhandene Armbanduhr – und dann auf mein Auto.

Ab da sagte ich gar nichts mehr, ließ mich stattdessen durch den italienischen Fluss der Sinnlosigkeit treiben und hoffte, dass er mich irgendwann an eine sinnvolle Stelle spülte – zum Beispiel nach Florida, direkt in Mickeys Arme.

Dass Klempner und Elektriker in Italien zur oberen Entscheidungsliga von Frühstückspensionen zählen, war für Mel absolut unverständlich – aber nur so lange, bis der freundliche Herr von der Gemeinde ihr offenbarte, dass wir unsere Frühstückspension erst dann eröffnen dürften, wenn wir in jedem Zimmer eine sechsteilige Steckdosenleiste nachrüsteten.

„Ich kann nicht mehr", jammerte Mel, aber da waren wir schon auf dem Weg zur Tourismusbehörde, wo wieder etwas zu genehmigen war. An der Stelle hätte mich selbst eine Tour zum Vatikan – um vom Papst eine Genehmigung für unseren Backofen einzuholen – nicht weiter gewundert. Anschließend ging es noch zum Stromanbieter – Enel –, um unseren Strom anzumelden, was komischerweise absolut problemlos und schnell vonstattenging.

Und nun sind wir auf dem Rückweg. Mel fährt mein Auto, und ich sitze mit Mastro auf der Rückbank, da Mel den unglaublichen Stapel mit Unterlagen auf dem Beifahrersitz platziert und sogar vorschriftsmäßig angeschnallt hat.

Seit zwei Stunden rede ich kein Wort, weil mir das alles zu viel geworden ist. Besonders die Tatsache, dass Mastro mir unentwegt in den Ausschnitt schielt. Ja, meine Brüste sind groß, und egal, was ich anziehe, es sieht immer irgendwie „gewagt" oder „aufreizend" aus, aber das ist kein Grund, derartig ungeniert zu gaffen.

Meinen „Ich töte dich"-Blick nimmt Mastro nicht ernst, was aber vielleicht auch daran liegt, dass ich überhaupt nicht böse aussehen kann. Das jedenfalls hat Mel mal vor Kurzem behauptet und auch als Grund genannt, warum ich nicht in der Lage war, mich bei Kontradelle durchzusetzen. Plötzlich fällt es mir wie Schuppen von den Augen, ja, es ist immer das Gleiche: Ich will einfach nur mit meiner (oder meinem) Lieben glücklich sein, und prompt steht jemand zwischen uns.

„Ich bin so froh, dass Mastro bei uns ist", seufzt Mel in dem Moment, und ich denke daran, wie oft Mickey von seinem Mutter-Glück gesprochen hat. Meine Vorahnung hatte recht. Vom Mama-Problem zum Mastro-Problem. Wahrscheinlich ist es mein Schicksal, um meine Freundschaften zu kämpfen. Ein anstrengendes und im Moment auch sehr unangenehmes Schicksal, denn Mastro rutscht von Sekunde zu Sekunde näher an mich heran. Das Thema Privatsphäre juckt ihn genauso wenig wie Kontradelle.

Verdammt, der Mann ist harmlos, hämmere ich mir ins Hirn. Vielleicht kurios, stinkig und ein wenig sexistisch, ansonsten aber harmlos.

Also, noch lange kein Grund, durchzudrehen, sage ich zu mir selbst, und schon drehen die Reifen durch.

Mel hat mein Auto festgefahren. Auch das noch.

Schnell steigen wir aus und begutachten den Schaden. Ja, und der hat es wirklich in sich. Die vorderen Reifen haben sich bereits einen halben Meter tief in den Sand gegraben. Von allein wird mein altes Auto da nicht mehr herauskommen. Blöd, dass wir erst die Hälfte des Berges hinter uns gebracht haben. Wie es seit Menschengedenken der Fall ist, setzen wir hilflosen Frauen all unsere Hoffnung *(welche?)* auf den (weniger) männlichen Mastro, der aber nur mit den Schultern zuckt – und kurzerhand davonläuft.

„Das ist jetzt nicht sein Ernst!“, schimpfe ich, und Mel wirft ihm einen Steinbrocken hinterher.

Ich wusste es doch. Mastro macht genauso viel Sinn wie Kontradelle. Nämlich keinen. Okay, fast keinen. Denn ohne Kontradelle gäbe es schließlich auch keinen Mickey. Schon sind meine Gedanken wieder bei meinem Verflossenen, und ich gebe einen lauten Seufzer von mir. Mel auch.

„Ach Dana, du liegst immer richtig. Mastro kann man nicht vertrauen. Ich hätte dir glauben sollen“, jammert sie, und ich streichle ihr wortlos über die Wange. Instruktionen über irreführende Italiener bringen uns im Moment auch nicht weiter.

Eine gefühlte Ewigkeit stehen wir sinnlos neben meinem festgefahrenen Gefährt, bis sich Mel schließlich mit einem lauten Schrei der Verzweiflung in den Sand plumpsen lässt, jedoch sofort wieder hochschreckt, weil eine Schlange unseren Weg kreuzt.

Und was kommt als Nächstes? Der lang ersehnte Dinosaurier?

Panisch flüchten wir ins Auto.

„War das eine Mamba?“, frage ich.

„Nein, Mastro!“, ruft Mel erfreut.

Wie bitte?

Irritiert schaue ich zur Seite und erkenne Mastros Minigestalt, gefolgt von zwei Männern. Und zwar jene Männer, die uns zuvor auf einem verdreckten Foto präsentiert wurden.

„Ich wusste es doch, wir können Mastro vertrauen", triumphiert Mel.

Ja, was denn nun?

Bevor ich ihr die planlose Birne poliere, bleibt mir die Luft weg, denn einer der Männer ist … Mickey?!

„Oh mein Gott! Der eine sieht aus wie Prinz Harry, und der andere … ha … schau mal … der sieht aus wie dein Mickey", bringt Mel lachend hervor.

Bei näherem Hinsehen erkenne ich dann aber doch ein paar Unterschiede. Italien-Mickey ist viel kleiner als Deutschland-Mickey, seine Ohren sind dafür größer und stehen zudem beachtlich ab. Und noch erkenne ich nicht, ob das, was sein Gesicht überzieht, gigantisch große Sommersprossen, Verbrennungen oder ungünstig platzierte Pickel sind.

Einzig ihre Frisur Marke „Mecki" scheint nahezu identisch zu sein, auch wenn Italien-Mickey weitaus längere Haare hat, die wirr nach allen Seiten abstehen.

Vor meinem geistigen Auge erscheint meine Mama mit hochgezogenen Augenbrauen.

„Meine liebe Tochter, dieser junge Mann sieht aus wie ein Meerschweinchen, an dem man die gleichzeitige Wirkung von Heroin und Haarspray getestet hat. In ihn darfst du dich nicht verlieben."

Zu spät …

„Oh nein! Dana, sag nicht, dass … nein … bitte nicht … nicht wieder so ein …", stottert Mel.

„So ein *was*?", frage ich kess zurück.

„Na, so ein … so ein … so ein Unschöner."

Unschöner klingt schon mal besser als *Untoter*. Denn wie ein Untoter, ja, wie ein Zombie klopft Mastro in diesem Moment ans Fenster und schenkt Mel seinen wirrsten Blick.

„Wir sollen wohl aussteigen“, entziffert Mel, und ob das nun stimmt oder nicht, ich springe aus dem Auto wie ein feuchtfröhlicher Frosch. Gänzlich erfüllt vom Glück, dass mich nur noch wenige Zentimeter von diesem Traummann trennen, der sich gerade Kaugummi kauend am Auto hinunterbeugt und dem Prinz-Harry-Verschnitt beim Freischaufeln zusieht. Plötzlich dreht er sich zu mir, und ich erstarre.

Was für ein …

„Mann! Was für ein Tag …“, klagt Mel, und Mastro klatscht in die Hände.

Mein Bauch ist voll. Zwar nicht mit Essen, denn das ist seit mehr als einem Tag nicht mehr in meinen Magen gelangt. Stattdessen voll von Schmetterlingen – in den schillerndsten Farben, hauptsächlich aber rosarot. Sie schlagen wild mit ihren Flügeln, mitunter sogar Purzelbäume. Und ich starre. Auf Italien-Mickey, der eigentlich Alessio heißt und auf unserer Veranda steht, während ich neben Mel auf dem Bett sitze und verliebte Blicke durch die geöffnete Tür auf Alessios Rücken werfe.

ALESSIO – kann es einen göttlicheren Namen geben?

„Da-na …“, jammert Mel.

Sie findet das alles gar nicht lustig. Ist es auch nicht. Zum einen, weil ich mir fest vorgenommen habe, mindestens ein Jahr lang um Mickey zu trauern, und es mich dann prompt am ersten Tag in Italien voll aus den Socken haut. Zum anderen, weil das alles auch Mastro aus den Socken gehauen hat. Barfuß steht er mit seinen behaarten Füßchen vor uns und verbreitet den altbekannten Käseduft.

„Da-naa …“ Mel verzieht das Gesicht. Und die Art und Weise, wie sie mich dabei ansieht, vermittelt mir, dass das nichts mit Mastros Fahne oder Füßen zu tun hat.

„Für meine Gefühle kann ich nichts“, schluchze ich und hoffe, dass Alessio noch nichts von meiner Leidenschaft bemerkt hat.

Tief im Innern höre ich die Stimme meiner Mutter.

„Dana, wie oft willst du eigentlich noch die hässlichsten Kröten aus dem Sumpf ziehen?“

Mama ist so gemein. Selbst wenn sie gar nicht da ist.

„Er ist nicht hässlich“, schimpfe ich. Leider laut.

„Wer? Alessio?“, fragt Mel in einer Lautstärke, die augenblicklich Alessios Aufmerksamkeit auf uns lenkt. „Doch, der ist sogar sehr hässlich.“

„Noch hässlicher als ein Verkehrsunfall mit der Müllabfuhr“, ergänzt die mütterliche Stimme in meinem Kopf, „du bist höchstwahrscheinlich die erste Frau, die diesen Kehricht überhaupt mal ansieht.“

Und das tue ich mit Freude.

Ich kann überhaupt nichts Hässliches an Alessio finden. Im Gegenteil. Er ist wunderschön. Prompt treffen sich unsere Blicke, und ich spüre die Funken nur so fliegen. Da ist schon jetzt etwas Magisches zwischen uns.

„Ja, wenn du Frankenstein-Magie meinst, dann schon. Aber gut, hauch diesem wiederbelebten Müllmonster ruhig etwas Leben ein. Es weiß bestimmt nicht mal, wie man flirtet.“

Mamas Vision scheint keine Ahnung von Italienern zu haben. Denn Alessio weiß sehr wohl, wie man flirtet. Schon kommt er näher – und reicht mir eine rote Rose. Meine Knie werden butterweich.

„Na toll, das war die letzte Blume, die noch geblüht hat. *Hatschi*“, lamentiert Mel und fängt an zu husten. „Und die rupft der einfach aus. Ah, ich krieg kaum noch Luft …“ Ihr Husten geht in ein lautes Bellen über. Das könnte Taktik sein (Frauen, die bellen, beißen immerhin nicht) – oder Logik, denn wenn es nicht so läuft, wie Mel das will, dann reagiert sie allergisch. In diesem Fall sogar auf ein Symbol der Liebe. Dumm, dass dies nicht die letzte, sondern die vorletzte Rose war. Die letzte Rose wird gerade von Prinz Harry alias Romeo abgerissen, und … oh nein … schon streckt er sie Mel entgegen.

„*Hatschi*. Verpissimo! *Haaatschi*“, schreit Mel und wedelt so wild mit ihren Armen wie eine Ecstasy-betriebene Windmühle. Romeo weicht einen (un)sicheren Schritt zurück.

„Mel, mach mal halblang! Er wollte dir nur eine Blume schenken“, schimpfe ich, denn der schüchterne Romeo tut mir wirklich leid.

„*Hatschi*. Aber Dana, die gehörte mir auch schon vorher“, rechtfertigt sich Mel. Für meinen süßen Geschmack ist sie einfach etwas zu sauer. Ja, mich hat es total erwischt.

Verdammt noch mal, das kann ich nicht bringen!

Zumindest noch nicht, denn noch könnte es eine zweite Chance für Mickey und mich geben. Kaum sind meine Gedanken wieder bei Kontradelles Sohn, stellt sich in altgewohnter Manier der kleine Mastro zwischen Alessio und mich, allerdings scheinen ihm meine schmachtenden Blicke nichts auszumachen. Im Gegenteil. Ganz wie die junge Maren Gilzer vom Glücksrad präsentiert er mir seinen erstgeborenen Stammhalter, als sei der ein besonders oft aufblinkender Buchstabe.

„Ja, diese Lachnummern leuchten in der Tat", spricht die Vision meiner Mutter. „Der eine dank purpurroter Perücke und der andere dank purpurroter Pickel."

„Ist dir eigentlich aufgefallen, dass diese beiden die Söhne vom Foto sind, also höchstwahrscheinlich die Söhne, denen du *nur* jeweils fünfzigtausend Euro für ein Haus gegeben hast, das einen dreimal so hohen Wert hat?", unternehme ich einen Versuch, den Marktwert der beiden Männer zumindest bei Mel wieder zu erhöhen.

„Ach, stimmt ja. Alessio und Romeo. Die haben das Geld von Giuseppe bekommen", antwortet Mel und schenkt den beiden daraufhin einen mehr armseligen als anerkennenden Blick.

Romeo alias Prinz-Harry-Verschnitt schnappt völlig verzückt seinen Namen aus Mels Mund auf und streckt ihr erneut seine/ihre Rose entgegen.

Mel niest und nörgelt daraufhin bloß: „*Let me alone.*"

Romeo blickt Hilfe suchend zu mir (jetzt erkennen sogar schon die Italiener, dass ich *Vernunftwoman* bin), während Mels Blick eine deutliche Sprache spricht. Ich möchte Mel gerade erneut darum bitten, sich zusammenzureißen, als ich erkenne, dass Alessio seinem Vater einen noch viel fieseren Blick zuwirft. Dabei müsste es doch eigentlich umgekehrt sein. Mastros Söhne haben schließlich ein Haus an Mel verkauft, in dem ihr Vater offensichtlich noch wohnt. Entweder weiß Mastro nichts davon, oder er ist einfach nur verkalkt. Aber auch das erklärt nicht, warum Alessio seinen Vater ansieht, als wolle er ihn umbringen. Tja, und das, was er ihm zubrabbelt, verstehe ich natürlich ebenso wenig. Während ich es bereue, im Italienischunterricht hauptsächlich von Eros Ramazzotti geträumt zu haben, anstatt Vokabeln in meinem Hirn abzuspeichern, wandert Mastro brabbelnd ins Badezimmer, schließt zwar die Tür, doch seine Stöhn- und Klogeräusche dringen trotzdem zu uns durch.

„Wenn die nicht bald gehen, muss ich mich übergeben“, schluchzt Mel.

„Hast du schon vergessen, dass die uns aus dem Schlamassel gezogen haben, in den du uns gefahren hast?“, entgegne ich.

„Das war kein Schlamassel, das war doch nur Sand“, lamentiert Mel.

Und damit hat sie nicht unrecht, denn im Schlamassel stecken wir noch immer. Ohne sechsfache Steckdosenleisten in jedem Zimmer dürfen wir unsere Pension nämlich nicht eröffnen – und ohne Pension verdienen wir kein Geld. Ohne Geld kann Mel den Kredit nicht abzahlen, und ihre Eltern verlieren das Haus, das sie auf meine Vernunft gesetzt haben.

Nun beginnt Mel auch noch zu weinen. Romeo kommt näher, aber ich erhebe sofort die Hand und halte ihn auf Abstand. Zu seiner eigenen Sicherheit. Schließlich ist Mel so unberechenbar wie unentschlossen.

„*Hatschi.*“

Und allergisch.

„Dana, ich vermisse Klaus.“

Und unglücklich verliebt.

„Ach Mel …“, liebevoll nehme ich meine offensichtlich gerade sehr einsame Freundin in den Arm, während Romeo nach draußen geht und seine Rose durch Mastros Axt ersetzt, „… aller Anfang ist schwer.“

In dem Moment tut es einen schweren Schlag.

Endlich ist er da: der Möbelwagen. Ganz egal, dass der Fahrer (alias Bud Spencer) anscheinend ebenso schlechte Augen wie sein berühmtes Ebenbild hat und in der Folge unser Gartentor übersehen hat, das nun im Fahrerhaus steckt. Ganz egal, dass wir Romeo daraufhin nur mit Mühe und Not davon abhalten konnten, mit der Axt auf Bud Spencer loszugehen. Ganz egal, dass Bud Spencer meinte, er habe für uns drei schlechte und eine gute Nachricht, die sich darauf bezieht, heil am Ziel angekommen zu sein. Nein, Letzteres ist nicht egal, denn wenn das eine gute Nachricht sein soll, was bitte sind dann erst die schlechten?!

„Nie wieder werde ich einen Umzugswagen nach Italien lenken. Beim Leben meiner italienischen Mutter. Nie wieder! So eine Scheiße kann einem nur hier passieren. Was ist das überhaupt für ein beschissener Berg?", schimpft der korpulente und bärtige Mann wütend und schnauft, während sich die Schweißperlen von seiner Stirn den Weg über sein Gesicht bahnen.

Der Typ sieht nicht nur aus wie ein italienischer Haudegen, er ist sogar in Bella Italia aufgewachsen, und wir erfahren außerdem, dass er fließend Italienisch spricht (hoffentlich nicht im gleichen Tonfall). Umso verwunderlicher, dass er nie wieder nach Italien fahren möchte.

„Was ist denn nur passiert?", frage ich und schäme mich, dem Guten nicht einmal etwas zu essen oder wenigstens ein Getränk anbieten zu können. Wir haben leider nichts, während Mastro sich anscheinend von Lichtnahrung ernährt, die sein Körper in Gestank umwandelt. Wie auch immer. Eins ist klar: Wir sind schon jetzt die schlechtesten Frühstückspensions- … ähm … -Führer … -Leiter … -Pensionäre? Keine Ahnung, wie man das nennt. Auf jeden Fall haben wir es schon jetzt nicht im Griff.

„Wo soll ich nur anfangen …", beginnt der Fahrer, und schon erzählt er von Ereignissen, die schier bescheuert klingen.

„Also, euren Motorroller seid ihr schon mal los."

Das ist schon deshalb total bekloppt, weil ich gar nicht wusste, dass *wir* einen Motorroller haben.

„Es sei denn, ihr Tussen gondelt morgen an die Grenze und bezahlt fünftausend Kröten für die Kiste."

Fünftausend Euro. Und schon verzieht sich Mels Mund zu dem einer Mimose, während ich mich frage, seit wann – und vor allen Dingen, warum – sie im Besitz eines Motorrollers ist. Mit ihren toupierten Haaren und den bügelglatten Bürokostümchen kann ich sie mir partout nicht mit Helm und Zweirad beim Durchqueren regennasser Schicki-Straßen – vorstellen. Nein, das passt nicht zusammen.

Mel passt es auch nicht. „Fünftausend Euro? Sag mal, Dana, muss das jetzt auch noch sein?!"

Das klang nun fast wie ein Vorwurf – an mich.

Ich wusste ja noch nicht einmal, dass du einen Motorroller hast, denke ich, während Mel im selben Moment genau das ausspricht – und damit die Verwirrung komplett macht.

„Ich habe keinen Motorroller", sage ich.

Mel zieht ihre Augenbrauen hoch und erklärt: „Ich auch nicht."

Fragend blicken wir Bud Spencer an, der sich irritiert am Kopf kratzt.

Liegt hier eine Verwechslung vor? Bekommen wir gleich das dunkle Kirsch-Mobiliar von Manfred und seiner Motorroller fahrenden Matilde aus Mettmann ausgehändigt? Wie hässlich das auch sein mag, allein ein nicht vorhandender Roller wäre schon wertvoller als mein gesamter Besitz. Bei Designer-Möbel-Mel sieht das jedoch anders aus. Ganz anders. Zur Eissäule erstarrt, blickt sie mit weit offen stehendem Mund auf Bud Spencer, der sofort in sein Fahrerhäuschen flieht, um kurz darauf wieder selbstbewusst und mit einem Schutzschild aus Dokumenten zu uns zu stoßen. Zuerst liest er unsere Namen vor – und dann schließlich den Vermerk von Makler Giuseppe, einen in Ravensburg abgeholten Motorroller an dessen Privatanschrift zu liefern.

„Ach so, die Kiste gehört euch beiden ja gar nicht."

Das erleichtert mich. Mel komischerweise nicht. Ich versuche, sie aufzumuntern.

„Schon sind alle Ravensburger-Puzzle-Teile zusammengefügt", bringe ich lachend hervor, aber Mel verzieht keine Miene. Gut, der Spruch war mehr schlecht als recht – aber noch lange kein Grund, Trübsal zu blasen. Mel ist im Besitz ihrer Vermögens-Möbel – und hat auch keine futschen fünftausend Flocken. Oder habe ich da etwas falsch verstanden?

„Wusstest du, dass unser Umzugswagen etwas für den Makler mitnehmen sollte?", frage ich Mel so skeptisch, als stünde bereits fest, dass dem nicht so ist (immerhin sprach Bud Spencer bei meinem Auszug noch davon, in Ravensburg etwas für die Auftraggeberin abzuholen). Aber da die Dinge bei mir seit Längerem nicht mehr das sind, was sie zu sein scheinen, antwortet Mel: „Ja, das wusste ich. Nur nicht, dass es ein Motorroller ist. Giuseppe sprach von einer klitzekleinen Gefälligkeit. Für seinen Sohn."

Und da Mel meist nur das versteht, was sie verstehen will (und auf Englisch im Vornhinein scheitert), war so was ja abzusehen.

„Ja und? Dann ist das Giuseppes Problem, nicht unseres", sage ich entschieden, aber Mel will vom Fahrer wissen: „Warum wurde der Roller überhaupt beschlagnahmt?"

„Weil der Arsch an der Grenze die Idee bekam, das Teil sei geklaut", antwortet Bud Spencer im gewohnten Asi-Ton.

So, wie Makler Giuseppe aussieht, hat der vieles nötig, aber sicherlich keinen Motorrollerdiebstahl. Andererseits … warum konnte der sich seinen verfluchten Roller eigentlich nicht selbst abholen?

„Der Roller war nicht geklaut. Giuseppe wollte, dass wir ihm aus Deutschland ein ‚kleines' Geschenk für seinen Sohn mitbringen", meint Mel, aber das heißt ja bekanntermaßen nichts.

„Yepp, das hab ich dem Arsch auch gesagt. Also, dass das Teil nicht geklaut ist, sondern gekauft. Aber das wollte der Pisser nicht glauben", erwidert Bud Spencer schnaufend.

Tja, spätestens an der Grenze hört das grenzenlose Vertrauen wohl auf.

„Wisst ihr, was scheiße war?“, fragt Bud Spencer, und darauf könnten wir natürlich so einiges antworten, schütteln aber trotzdem synchron den Kopf.

„Es war scheiße, dass die Papiere auf einen anderen Namen ausgestellt sind. Total egal, dass die als ungültig abgestempelt waren, der Roller abgemeldet war und auch noch ein Kaufvertrag dabeilag. Übrigens hat das Teil nur fünfhundert Flocken gekostet. Das totale Schnäppchen – von der schwulen Lackierung mal abgesehen.“

Auf Schnäppchen scheint sich Giuseppe spezialisiert zu haben.

„Ja, und warum sollen jetzt fünftausend dafür bezahlt werden?“, frage ich schockiert.

„Keine Ahnung. Ich glaube, die Summe hat sich der Penner mal eben so zusammengereimt. Das hat er davor auch schon gemacht. Mit diesen kleinen rosa Paketen.“

„Oh mein Gott! Meine Slips …“, schreit Mel aufgebracht.

Das kann ich – zumindest im Ansatz – verstehen. Denn bei ihrer Unterwäsche handelt es sich um spezielle Allergie-Slips, die Mel jeden Monat bestellt, um nicht auch noch im Intimbereich mit Empfindsamkeiten zu glänzen. Ob's was bringt, weiß ich nicht. Aber ohne die Teile ist Mel nicht lebensfähig. So viel ist sicher.

„Ganz ruhig, Blondie“, sagt der Fahrer und gibt Mel einen Klaps auf den Allerwertesten. Welch Dreistigkeit. Die aber scheint Mel gar nicht mitzubekommen. Nein, sie ist total auf ihre beschlagnahmten Baumwoll-Buchsen fixiert, wird zunehmend kreidebleich. Und schließlich auch noch kurzatmig.

„Was ist nun mit ihren Unterhosen?“, frage ich für Mel, die kurz vorm Kollaps steht.

„Na, zum Glück waren auf den Kartons noch die Preisschilder. Da hat der Spacko 'nen Taschenrechner rausgeholt und ist mit den rosa Paketen davongelaufen. Zwei Stunden stand ich vorm Lkw, während der die Teile anprobiert hat."

Sinnlos herumstehen gehört wohl zum italienischen Alltag. Zumindest wissen wir nun, warum unsere Möbel so spät kommen: wegen zu berechnender rosa Reizwäsche. Der von Mel wohlgemerkt.

„Sind meine Slips jetzt weg?", fragt Mel panisch.

„Nup! Als ich schon nicht mehr dran geglaubt hab, kam der Vollpfosten mit den Paketen zurück und meinte, das macht jetzt zweihundert Euro."

„Wieeee bitteeeee?!", schreien wir im Chor.

„Ganz ruhig, Mädels. Ich hab ihm gesagt, dass das wohl ein bisschen viel für ‚rosa Kartönsche' ist, und dann ist er wieder abgedampft. Noch 'ne Stunde stand ich mir die Beine in die Wampe. Dann kam der Dreckskerl endlich zurück und meinte, jetzt koste es null Euro. Was für ein Penner."

„Puhhh ...", atmet Mel erleichtert auf, während bei mir die Ausrufezeichen pulsieren: Können italienische Behörden etwa tun und lassen, was sie wollen, während ich in Deutschland schon bei einer kursiven Betreffzeile mit einer Abmahnung rechnen muss?

„Nichts da mit Puhhh!", schimpft Bud Spencer. „Da ging's nämlich erst richtig los. Ich hatte so 'nen Hals wegen der scheiß Warterei. Und da hab ich ihm gesagt, dass er lieber noch mal nachrechnen soll, vielleicht bekomm ich ja jetzt Geld von ihm."

Also, ein Grenzbeamter, der seine Grenzen nicht kennt, und ein Fahrer, der daraufhin in Fahrt kommt, rechtfertigen den Spruch am Ende noch, aber hätte er sich den nicht trotzdem verkneifen können?

„Ich hätt mir diesen Spruch echt verkneifen sollen. Schon sah der Kackarsch rot – na ja, eher rosa. Ich musste den Roller ausladen. Und alle Papiere rauskramen. Die hat er natürlich nicht in sein Spatzenhirn bekommen. Also fragt mich der Trottel, ob ich den Roller gestohlen habe. Also echt. Was will ich mit 'ner pinken Pupskiste?"

Ja, wer diesen korpulenten Lkw-Fahrer mit seinen tätowierten Armen und dem eindrucksvollen Spencer-Gesicht sieht, der könnte ihn sich überall, nur nicht auf einem pinkfarbenen Motorroller vorstellen. Moment mal. War das Teil nicht für Giuseppes *Sohn* bestimmt? Auf den sollten wir bei Gelegenheit auch mal einen Blick werfen.

„Wie auch immer. Der Roller ist noch an der Grenze. Für fünf Mille ist es wieder eurer. Oder der von diesem Giuseppe."

Mel rennt sofort los, um das Innere des Lkw nach ihren Slips abzusuchen. Als fühlte er sich etwas vernachlässigt, folgt ihr der winzige Mastro mit einem breiten Grinsen. Sollen die doch nach Mels kostbaren wie knappen Höschen suchen. Dass meine Möbel wertlos sind, haben mit Sicherheit sogar die italienischen Grenzbeamten erkannt.

Doch stopp!

„Sagten Sie nicht was von *drei* schlechten Nachrichten?", will ich von Bud Spencer wissen, der daraufhin nach einem Getränk fragt, was ich ihm leider nicht bieten kann. Schnell laufe ich in die Küche und fülle ihm deshalb etwas Leistungswasser in eines von Mastros geschmacklos grünen Gläsern.

„Ey Tussi, eine Flasche tut's auch. Ich trink sowieso lieber aus der Pulle", tönt mir der brummbärhafte Brummifahrer entgegen.

„Ist schon gut", sage ich und versuche dann schnell das Thema erneut auf die noch fehlenden schlechten Nachrichten zu lenken. Doch der Fahrer hat stattdessen wieder Durst, und so gibt es statt der erhofften zwei Nachrichten zwei weitere Wassergänge, die ich für weitere Gedanken nutze: Wenn Mastro wirklich bis heute in unserem Haus gelebt hat, von was, um alles in der Welt, hat der dann gelebt? Sein Kühlschrank ist leerer als Ramses Grab, und unseren kostenlosen Stadtfahrservice gibt es auch erst seit heute. Fragend blicke ich im Wechsel vom Fahrer zum Lkw, bis Bud Spencer endlich zu erzählen beginnt.

„Eure bekackte Liste war nicht vollständig. Aber das war noch nicht mal das Problem. Nee, noch beschissener war, dass ihr die auf Englisch ausgefüllt habt. Die hellsten Kerzen auf der Torte seid ihr wohl auch nicht, was?!“, meint er vorwurfsvoll.

Die Weltsprache in Italien scheint tatsächlich Italienisch zu sein. Die Info, dass ich meine Möbel auf Italienisch auflisten sollte, hat mir Mel zudem vorenthalten (oder vielmehr durch überflüssige Kotz-Fische ersetzt). Gequält zucke ich mit den Schultern.

„Hier ist die Quittung für eure Hirnquaste. Der Wichskopf wollte nur Bares. Ich hab das jetzt vorgestreckt und will die Kohle natürlich zurück. Also bitte bare Asche in mein Händchen.“

Spricht’s und klatscht mir ein verdrecktes Blatt Papier aufs Dekolleté. So schlecht mein Italienisch auch ist, ich erkenne trotzdem, dass es sich um einen Gebührenbescheid handelt. Genauer gesagt um knapp fünfhundert Euro hohe Gebühren. Für was eigentlich? Ich halte den Atem an, denn dies wird Mel selbigen rauben, ganz gleich, ob mit oder ohne Begründung.

„Für was genau wurden jetzt fünfhundert Euro fällig?“, flüstere ich dem Fahrer nach einigen Sekunden betretenen Schweigens zu, der das zum Anlass für einen Lautstärketest nimmt und über den ganzen Berg brüllt: „Du willst wissen, für was ihr fünfhundert Flocken blechen sollt? Kannst du kein Italienisch?“

Ich kann auch nicht mit lauten Menschen, die sich aber trotzdem gerade um mich herum versammeln.

„Fünfhundert Euro? Für was?“, kreischt Mel direkt in mein Ohr, und augenblicklich vernehme ich einen fiesen Piepton.

Daraufhin verfällt Bud Spencer wieder in eine normale Lautstärke und antwortet: „Na, allgemein – für die Zeit, die der Arsch mit eurem Umzugsgut verbracht hat, während ich blöd rumgestanden habe.“

So wird aus Umzugsgut Umzugs*schlecht* …

Mel stöhnt laut auf, und ich beschließe, es mir nun richtig zu geben.

„Das ist also die zweite schlechte Nachricht. Und die dritte?", frage ich, in der Hoffnung, dass nun alles, nur nichts Finanzielles kommt.

„Die betrifft eure Flimmerkisten. Die sind weg, beschlagnahmt. Weil ein Anmeldebeleg für die TV-Gebühren fehlt. Müsst euch halt fürs Fernsehen anmelden. Dann könnt ihr die Teile auch an der Grenze abholen."

Zum Glück betrifft die dritte schlechte Nachricht mehr das Materielle als das Finanzielle. Trotzdem vernehme ich einen gellenden Schrei aus Mels Mund.

Meine beste Freundin steht unmittelbar vor einem Nervenzusammenbruch, während ich nur noch Millimeter vom Hörsturz entfernt bin und Mels Reaktion nur im Ansatz verstehe. Zwar ist sie nicht im Besitz eines herkömmlichen Fernsehers, sondern eines leinwandgroßen Privatkinos eines bekannten japanischen Herstellers, bei dem jede Pore der Hauptdarsteller sichtbar wird – auf HD und 3-D und in sechs Milliarden Farben. Und okay, das Teil ist zusätzlich auch noch eine Art Computer mit eigener Festplatte, DVD-Spieler, Kamera und hat mit Sicherheit eine Unsumme gekostet. Aber trotzdem. Muss Mel jetzt auch noch dermaßen materiell werden?

„Zum Glück hat die schlechteste Nachricht deinen Makler getroffen", muntere ich meine beste Freundin auf, doch Mel schluchzt unter heftigem Kopfschütteln: „Mein Fernseher hat mehr als fünftausend Euro gekostet."

Da Mel auch mehrere tausend Euro für einen unsichtbaren Stern ausgegeben hat, bin sogar ich von dieser Summe ausgegangen, aber Mels Kummer hat noch einen anderen Grund.

„Aber noch viel schlimmer sind die Filmchen ... die gespeicherten Filmchen ... auf der Festplatte ..."

„Filmchen?", frage ich verdattert.

„Ja, Filmchen ... von mir und Klaus ... niemand darf die sehen. Ich brauch den Fernseher ... sofort!"

„Alte, du bist ’ne Pornodarstellerin!“, ruft Bud Spencer verzückt. „Wenn ich das gewusst hätte, dann hätt ich mir die Wartezeit aber anders vertrieben. Höhöhö …“

Mel, diese märchenhafte Prinzessin – und maßlos unbeherrschte Pornos? Inklusive (dem mehr guten als geilen) Klaus? Niemals.

Während ich ihn nur schütteln kann, schlägt meine beste Freundin ihren schönen Schädel entschieden gegen das Lkw-Blech. Und so versucht Vernunftwoman die Situation zu entschärfen.

„Dann fahren wir eben mit Giuseppe an die Grenze und melden uns vorher für die TV-Gebühren an. Er muss doch sowieso seinen pinken Roller abholen, dann soll er uns einfach mitnehmen. Ruckzuck hast du deine Klaus-Clips wieder“, sage ich salopp, obwohl mir bereits klar ist, dass die Wahrscheinlichkeit, in eintägigen Warteschlangen und anschließendem Finanz-Fiasko zu enden, sehr hoch ist. Sehr, sehr hoch.

Mel meint aber, dass sie ihren Fernseher zurückhaben muss, bevor auch nur ein Grenzbeamter einen Blick auf den Inhalt der Festplatte werfen kann – also auf sie und Klaus. Das ist leider ausgeschlossen. Zeitreisen in die Vergangenheit sind beim besten Willen nicht drin. Doch Mels schockartige Exaltation macht mich nun auch stutzig.

„Was genau für Filmchen sind das denn?“, frage ich.

Mel sieht mich an, als hätte ich sie beim „In die Hose“-Machen erwischt.

„Ähm … also … ähm … wir müssen an die Grenze … wirklich.“

„Was für Filmchen, Mel?“

„Ähem, Kurzfilme … mit Käfern … und Knospen … aber keinen echten … so was halt.“

„Kannst du dich bitte etwas genauer ausdrücken?“

Mel atmet einmal tief durch.

„Wir tun halt das, was die Natur tut.“

„Pornos“, platzt es aus Bud Spencer.

„Nein, Natur“, kontert Mel. Wobei das eine ja das andere nicht ausschließt.

„Also Mel, ich bin echt schockiert …“, sage ich ehrlich. Seit der Hinfahrt wird mir meine beste Freundin zunehmend suspekter.

„Nein, Dana, ich bin doch nur Emily Erdbeere …“

„Du bist WAS?“, frage ich – noch verdatterter als zuvor.

„Verdammt, ich stecke in einem Erdbeerkostüm. Und Klaus ist ein Käfer, ein Erdbeerblütenstecher, der mir an die Blüte will … und an die Blätter. An die Knospen gehen nämlich nur die Weibchen, wegen der Eier …“

Ich weiß nicht, ob ich lachen oder weinen soll. Ich hoffe sogar, dass ich nur träume.

Mel und ihr Lover im Erdbeer-Land? Unglaublich. Auf der anderen Seite: Gab Mel sich nicht auch schon früher mit Kuschelobst zufrieden?

„Bist du nicht gegen Erdbeeren allergisch?“, frage ich ironisch.

„Dana, wir wollten doch nur spielen.“

Ja, so wie die Schäferhunde der Grenzbeamten, die sich wahrscheinlich gerade zerfleischen, während ihre Herrchen auf unzensierte Erdbeer-Erotik starren.

„Außerdem macht Klaus das ganz geschickt … Du musst nämlich wissen, dass der Erdbeerblütenstecher ein Rüsselkäfer ist … mit seinem Rüssel kommt er überallhin … auch an meine tiefsten …“

Sie redet zwar weiter, aber ich stelle mich trotzdem taub, da ich nicht noch mehr vertrage.

Ja, mittlerweile weiß ich nicht einmal mehr, was schlimmer ist: Mels „wahnsinniges“ Kriechtier-Know-how – oder der wandelnde Komposthaufen (Mastro) neben mir? Ich bin schon jetzt fix und fertig, dabei sind wir noch nicht einmal eingezogen. Anders als Mastro, der auch weiterhin keine Anstalten macht, aus seinem ehemaligen Haus auszuziehen. Nein, das Gegenteil ist der Fall. Seine Söhne scheinen heute auch die Nacht bei uns verbringen zu wollen, was nicht gerade hilfreich für meine verwirrten Gefühle ist. Krampfhaft versuche ich, meinen Schmetterlingen die Flügel zu stutzen. Das bin ich Mickey einfach schuldig.

Doch es kommt noch kurioser. Kaum gibt Mel Bud Spencer seine vorgestreckten fünfhundert Euro zurück, rennt der aufs Klo. Mittlerweile ist eine Stunde vergangen, und der Typ ist noch immer in unserem Haus und macht keinerlei Anstalten, wieder herauszukommen.

Dafür kommt plötzlich der, der mein Herz höher schlagen lässt, geradewegs auf mich zu. In Zeitlupe bringt Alessio eine wirr abstehende Haarsträhne, die ihm gerade sexy in die Stirn gefallen ist, erneut zum Stehen. Und zwar kerzengerade in die Höhe. Ein wenig erinnert mich sein Look an die Freiheitsstatue. Hach … Freiheit, Unabhängigkeit und Alessio – verführerischer geht es nicht.

Und verführerisch ist schlecht. Schlecht für jemanden, der seinem Ex ein Jahr lang nachjammern wollte. Mindestens. Ich muss schleunigst woandershin sehen, aber da bliebe nur Mastro, der mir ohnehin schon seit einer Stunde in den Ausschnitt schielt. Ach, das alles hier ist so verquast, dass mein altbekannter Fluchtinstinkt erwacht. Passend zu Alessios Freiheitsstatuen-Look wären die USA vielleicht nicht das schlechteste Ziel, auch wenn es mich nicht nach New York, sondern nach Florida zieht. Die Menschen im sonnigen Süden Amerikas sind sicherlich immerzu entspannt und gut gelaunt – selbst wenn Kontradelle im Land weilt.

„Bellissima“, sagt Alessio und legt seinen Arm um mich.

Himmel, warum wird es mir nur immer so schwer gemacht?

Als sei das noch nicht genug, klingelt in dem Moment mein Handy. Ich hoffe – ausnahmsweise – auf meine Mutter. Aber es ist Mickey.

„Mickey!“, gackere ich wie ein glückliches Huhn in den Hörer.

„Mi dica?“ (Wie bitte?), fragt daraufhin Alessio, und der Fahrer, der sich gerade nasepopelnd aus dem Badezimmerfenster lehnt, brüllt als Krönung auch noch in Sonderlautstärke:

„Nichts geht über einen kräftigen Abendschiss ... Ich penn heut bei euch Tussen!"

Schockartige Stille setzt ein. Mickey muss sich wohl zu (gestörtem) Gehörtem erst einmal seine Gedanken machen.

„Dana, bei wem bist du?", fragt er plötzlich – und viel früher als erwartet.

Die Frage wäre umgekehrt besser angebracht. Was können wir für die Freaks, die sich bei uns einnisten?

„In unserem neuen Haus", antworte ich leise.

„Und wer ist bei euch?", fragt Mickey wie aus der Pistole geschossen.

„Die Familie vom ehemaligen Eigentümer ... ja, und der Fahrer unseres Umzugswagens."

„Und der schläft heute bei euch?"

Ist Mickey etwa eifersüchtig? Stimmt mein Bauchgefühl also doch? Gibt es für uns noch eine Chance?

„Er ist eben gerade erst gekommen ... *an*gekommen, meine ich natürlich."

Bevor Mickey darauf reagieren kann, ruft Alessio: „Bellissimaaaa Danaa", und das versteht sogar Mickey.

„Hey, was treibt ihr da nur?", entfährt es ihm.

Bevor ich zum Antworten komme, nähert sich Mel und brüllt mir in das noch freie Ohr: „Wenn die Filmchen schon zugänglich sind, dann können wir jetzt auch alles tun, um an Geld zu kommen. Alles! Denn wir brauchen jeden Cent."

Bevor ich dazu etwas sagen kann, tutet es in der Leitung. Das Netz ist zusammengebrochen. Oder Mickey selbst.

Das alles ist jetzt auch zu viel für mich. Zum zweiten Mal an diesem Tag falle ich in Ohnmacht.

Als ich wieder zu mir komme, höre ich Mastros Gebrabbel, schaue in eine kleine, flackernde Kerze (leider keine *Duft*kerze) und liege auf einem von Mastros Betten, das den Geruch von zweihundert Schweißfüßen gleichmäßig im Raum verteilt. Alle Fenster sind verschlossen, und Alessio fächert mir aufopferungsvoll die vollends verbrauchte, faule Luft zu. Ein Wunder, dass ich aufgewacht bin. Wahrscheinlich nur wegen Alessio. Er selbst stinkt nicht. Er riecht neutral. Ich kann ihn also riechen. Nicht unbedingt gut, sondern nur neutral, aber besser als seinen Vater, der mir mittlerweile ziemlich stinkt.

„Babababababaaaaa", sagt Mastro und klopft mir auf den Kopf, als sei ich ein Huhn vom Bauernmarkt, das er seinem Sohn schmackhaft machen möchte, während der kleine Romeo-Prinz-Harry uns vom Türrahmen aus beobachtet (und so wohl für die Zukunft vorarbeitet).

Alessio lächelt mich aufmunternd an, und Mel spricht im Nachbarzimmer ... mit dem Fahrer ... über die Erfordernis ihres Fernsehers.

Das gibt es doch nicht. Ich falle in Ohnmacht, und meine beste Freundin schert sich nicht darum.

„Mel!", brülle ich so laut ich nur kann.

Schon kommt Mel ins Zimmer.

„Dana, ich weiß, dass du müde bist. Ich komme auch gleich ins Bett."

Den Unterschied zwischen Nickerchen und Nervenzusammenbruch werde ich ihr wohl nachher noch erklären müssen. Und bei der Gelegenheit sollte ich ihr auch nahelegen, dass Freundschaften über Fernsehern stehen, ganz egal, was diese auch abspielen. Jetzt aber hat Mel Wichteres zu tun, nämlich wieder zu verschwinden.

Während Alessio meine aufgerissenen Augen als Anlass nimmt, seinen verfaulten Vater aus dem Zimmer zu jagen, lasse ich mich rücklings auf das Bett fallen. Eine große Dunstwolke entweicht. Es riecht nach ... Verwesung.

Was um alles in der Welt tue ich mir hier eigentlich an?

Ja, *das* ist eine gute Frage. Ich bin in Italien, und keiner versteht mich (was nicht nur daran liegt, dass ich kaum Italienisch spreche), selbst Mel und Mickey bekommen alles ins falsche Ohr. Tja, wie ich es auch drehe und wende, es läuft doch immer darauf hinaus, dass meine bisherigen Entscheidungen keinesfalls von Vernunft – sondern vielmehr von Flucht – geprägt waren. Ich sollte mich also ernsthaft fragen, was ich – selbst ernannte Vernunftwoman – eigentlich getan habe? Und dabei sollte ich vielleicht auch das WO *(italienisches Irrenhaus)* und das WEM *(egoistische Erdbeere)* nicht außer Acht lassen.

Etwas seelische Unterstützung kann in dieser Situation nicht schaden, also schnappe ich mir mein Handy und wähle Mickeys Nummer. Es klingelt, aber er geht nicht ran.

Zwei knappe Monate meldet sich mein Herzensmann nicht, und dann versteht er innerhalb von zwei Minuten alles falsch. Alessio scheint es ähnlich zu gehen. Denn schon legt er seinen – zugegeben sehr muskulösen – Arm um meine geschwächte Schulter.

Da kommt Mel zurück. In einem kleinen Hängerchen. Verdammt sexy sieht sie aus. So sexy, dass auch Alessio den Mund nicht mehr zubekommt, während sein Arm noch immer auf meinen Schultern ruht.

Ist Alessio ein hormongesteuerter Macho? Es scheint so. Und deshalb könnte er es auch nie mit Mickey aufnehmen. Ob der wiederum nun endlich mal abnimmt? Ich betätige die Wiederwahltaste meines Handys, und erneut geht der Anruf ins Leere.

Mel setzt sich aufs Bett und schenkt Alessio einen unglaublich fiesen Verpiss-dich-Blick.

Den kannte ich auch noch nicht.

Alessio berichtigt daraufhin sein Beuteschema und umklammert mich noch fester. Warum muss Mickey auch gerade jetzt eingeschnappt sein und diese italienische Mickey-Version zu allem Überfluss auch noch so verdammt gut aussehen? Apropos: Wie Alessio wohl unter dem T-Shirt aussieht? Ob sein Bauch auch braun gebrannt ist? Und sein Hintern? Mmmmhh. Ob sich diese Sommersprossen, na ja, diese Sommerflecken auch auf den – jetzt noch – verdeckten Körperteilen befinden? Ob er …

„Er soll gehen", befiehlt Mel, während sie eifrig im Wörterbuch blättert. „Weil, sonst schlafe ich bei …"

Ja, nun wird's interessant. Vor meinem geistigen Auge taucht ein Herzblatt-Moderator auf und sagt: „Nun, liebe Mel, für wen wirst du dich entscheiden? Für Zimmer eins mit dem senilen, stinkenden Mastro und dessen pubertierendem Rothaarspross Romeo, die dir garantiert nachts ins Hängerchen greifen?

Oder für Zimmer Nummer zwei mit der starken und italienisch wie deutsch sprechenden Schulter eines einsamen, tätowierten und adipösen Truckers im Alter deines Vater, der wahrscheinlich nur auf eine Pornotussi wie dich gewartet hat?

Oder doch für Zimmer drei mit deiner besten Freundin, die derzeit die Welt – inklusive dir – nicht mehr versteht und wohl auch deshalb eine Schulter zum Anlehnen an ihrer Seite hat, die aussieht wie die Liebe ihres Lebens?"

Erwartungsvoll blicke ich Mel an. Die zieht plötzlich eine Klein-Mädchen-Schnute sondergleichen, zeigt auf Alessio und fordert: „Bitte, Dana. Der soll einfach nur gehen. Bitte."

Zumindest zieht Mel meine Wenigkeit alten Opas, schwitzenden Truckerfahrern und Männern, die nicht ihrem Klaus-Typ entsprechen, vor. Noch ist also die Hoffnung auf unsere bestehende Freundschaft nicht erloschen. Und das hat nun mal alleroberste Priorität. Schon allein, weil ich … ähem … Vernunftwoman bin.

Ich nehme Mel das Wörterbuch aus der Hand. Ein paar Minuten vergehen, dann sehe ich Alessio in die wunderschönen Augen. Meinen Körper überzieht eine Gänsehaut. Es fällt mir nicht leicht, das Nachfolgende zu sagen, aber leider habe ich keine andere Wahl.

„Scusi, soletto donna!"

Irritiert sieht Alessio im Wechsel von Mel zu mir. Dann fällt sein Blick auf mein billiges Plastikarmband, das mit Kreuzen und Heilige-Maria-Abbildungen versehen ist (momentan der letzte Schrei am Modehimmel der kleinen Geldbeutel). Er nickt bedauernd, streichelt mir noch einmal liebevoll über den Kopf und verlässt dann unser Zimmer mit einem freundlichen: *„Buona notte."*

„Sì!“, sagt Mel nach einem Blick ins Wörterbuch, und ich sehe Alessio sehnsüchtig hinterher.

Was für ein Mann!

„Was kann eigentlich noch alles schiefgehen?“, meint Mel und erzählt mir dann detailliert von ihren Klaus-Clips, die mich immerhin einschlafen lassen und vielleicht auch dafür sorgen, dass ich einen sehr eigenartigen Traum habe. Und zwar von einer übergroßen Raupe mit Mels Kopf, die sich erst verpuppt und dann als menschengroßer Tourette-Syndrom-Sellerie durch Italien fliegt und dabei im Wechsel „Ihr Wichsköpfe!“ und „Ihr Wahnsinnigen!“ schreit.

Außerordentlich, wozu mein Hirn auch ohne Nahrung imstande ist.

ITALIEN, TAG 2: DETEK-TIEFE

Am nächsten Morgen wache ich zum Glück nicht mit Blick auf Mastros Mageninhalt auf, aber auch nicht mit Mel.

Ich liege ganz allein im muffigen Bett und höre Stimmen. Ganz abgedreht bin ich (trotz Aasgestank und Albtraum) aber noch nicht, denn die Stimmen kommen weder aus meinem Kopf noch aus dem Jenseits. Nein, sie gehören Mel – und Bud Spencer. Beide stehen auf der Terrasse und verschwören sich. Und so wie es klingt, verschwören sie sich gegen … mich?!

„Gut, dass du mir das gesagt hast", flüstert Mel.

Aha, sie sind schon beim Du.

„Ja, gern, Blondie. Wie soll ich mich sonst für die Nacht revanchieren? So etwas Aufregendes hatte ich lange nicht mehr", flüstert der Fahrer, der sehr wohl auch leise und unvulgär kann.

Ach du meine Güte!

Mein tiefer Schlaf schockt mich zutiefst. Mel und der Fahrer?

„Vielleicht Mord?", fragt Mel.

„Braucht es nicht. Dahinraffende Krankheiten gab's schon immer wie Sand am Meer. Ist auch schnurzpiepegal, die Polizeiwichser in Italien finden das sowieso nie raus."

Oh mein Gott!

„Tja, durch den Verkauf ist Mastro zwar weg, aber wie werde ich die jetzt los?", fragt Mel.

Die? Ich? Schließlich gibt es neben mir nur eine weitere Frau, und sich selbst will Mel sicherlich nicht loswerden.

„Blondie, das ist dein Problem. Und das kannste nur mit Zaster lösen."

Mel will mich wirklich loswerden …

„Ich hab doch schon bezahlt. Wenn das für die nicht genug ist, dann weiß ich auch nicht weiter", jammert Mel.

Will Mel mich mit einem unterbezahlten Auftragskiller loswerden?

Ich zittere am ganzen Körper und habe nur noch eine Wahl. Bevor sie ihre Mordpläne weiter ausfeilen, werde ich ihnen zuvorkommen.

„Was redet ihr da?“, platze ich in ihre unheimliche Unterhaltung.

Unheimlich schockiert sieht mich auch der Fahrer an. Aber anscheinend aus einem anderen Grund. Ich trage nur ein halbdurchsichtiges Unterhemd, das meine Problemzonen ungünstig hervorhebt. Doch nun gibt es Wichtigeres als mein Aussehen, jetzt geht es um mein (Ab-)Leben.

Mel beginnt mal wieder zu stottern: „Dana, ich … ich …“

„Erzähl es ihr doch“, raunt ihr Bud Spencer konspirativ zu und sieht mich dabei so mitfühlend an, als müsse er mich gleich darauf notschlachten.

Mein Herz rast wie verrückt.

„Mastro und seine Söhne sind zerstritten“, erklärt Mel.

Wie bitte?

Das ist ja nun wirklich der größte Mist, um von Mordplänen abzulenken. Vielleicht hat Alessio seinen Vater gestern mit einem bitterbösen Blick bestraft und ihn aufgrund seines Abfall-Atems des Zimmers verwiesen, aber jetzt schlafen sie doch ganz friedlich. Vielleicht sogar in einem Raum, denn die Schnarchgeräusche kommen aus ein und derselben Richtung. Mel ist eine ganz miese Lügnerin. Das könnte ja sogar ich besser.

„Nein, wirklich“, betont Mel, „das alles hat angefangen, als Mastro Alessio die Freundin ausgespannt hat.“

Wie bitte? Der Vater hat dem Sohn die Freundin ausgespannt?

Perplex blicke ich die beiden an.

„Sie war sogar Alessios *erste* Freundin. Magdalena. Knapp dreißig Jahre jünger … als Mastros Ehefrau“, klärt Mel mich auf.

Und damit wohl mindestens vierzig Jahre jünger als Mastro.

„Eine Geliebte in unserem Alter?“, frage ich.

„Yepp, damals war die Schlampe vierzehn. Und sie heißt Maddalena, nicht Magdalena“, zischt der Fahrer.

„Ihr habt doch eben von *Mord* gesprochen“, entgegne ich, weil ich nun wirklich Angst bekomme. Vor Mel. Vor Mastro. Und vor Vierzehnjährigen, die im Allgemeinen auf ältere Männer und im Besonderen auf ältere Mastros stehen. Und natürlich auch vor dem mordslustigen Bud Spencer, der meint: „Ich habe nie von Mord gesprochen“, dabei aber trotzdem meine Brust mit seinen Blicken durchbohrt.

„Wart's ab“, sagt Mel, „also, die Sache liegt schon zehn Jahre zurück. Alessio war damals fünfzehn. Nur zwei Wochen nachdem er Magdalena zum ersten Mal seinen Eltern präsentierte, erwischte er sie in flagranti mit seinem Vater.“

„Armer Alessio.“ Ich verspüre das tiefe Bedürfnis, ihm über die abstehenden Haare zu streicheln und ihm vielleicht auch einen Kuss zu geben. Wie er wohl schmeckt? Bevor ich weiterträumen kann, melden sich meine Vernunft-Synapsen und halten ein Mickey-Schild in die Höhe. Gut, dass es diesen Teil meines Hirns noch gibt. Wie schnell man doch die altgeliebten Menschen vergisst.

Auch deshalb frage ich: „Und was ist mit Mastros Frau? Was hat die dazu gesagt?“

Und wo ist die überhaupt?

„Die Alte ist vor einem Jahr gestorben“, wirft Bud Spencer ein.

„Ermordet? Von Maddalena? Von Mastro?“, will ich wissen.

Oder von Bud Spencer, denn der wird plötzlich feuerrot.

„Ey, was seid ihr eigentlich für Terrortussen? Müsst ihr immer gleich das Schlimmste annehmen? Ist doch egal. Tot ist tot“, schimpft er, so als müsse er sich noch heute für sein Handeln rechtfertigen.

„Das hab ich auch schon gefragt“, sagt Mel, und so makaber das in dieser Situation auch klingen mag, freue ich mich, dass unsere Schlussfolgerungen wieder in ähnlichen Bahnen verlaufen. „Mastros Ehefrau wurde nicht ermordet ... heißt es jedenfalls. Stattdessen hatte sie Krebs … viele Jahre. Vor einem Jahr ist sie daran gestorben, aber die Polizei in Italien hat da bis heute nicht wirklich nachgehakt. Finde ich auch komisch. Ein Mordmotiv hatte Mastro ja schon."

Allerdings …

Bud Spencer verdreht seine kaum vorhandenen Augen, ich aber frage: „Woher wisst ihr das alles?"

„Ich hab heut Nacht mit Alessio im Pool gepennt", entgegnet Bud trocken, und daraufhin werde ich – warum auch immer – purpurrot, und meine Gedanken schimmern … pink? Wahrscheinlich spricht mein Blick Bände, und deshalb ergänzt Bud noch: „Nicht das, was du denkst, Specki."

Specki?

„Ey, ich lag schon im Bett, als der Alte, dieser Mastro, reinkam und sich zu mir rollte", erzählt er ungerührt weiter.

Ja, das kennen wir.

„Am liebsten hätt ich dem eins aufs Köpfchen gegeben, aber der hat sofort gepennt. Und ich kann mir nicht schon wieder Ärger mit den Bullen erlauben. Da bin ich halt ins nächste Zimmer, wo 'ne Mischung aus Pumuckl und Pipi Langstrumpf im Bettchen lag – und, so wie's roch, auch reingepisst hat. Also bin ich ab zur nächsten Tür."

Mein Puls steigt auf hundertachtzig.

Mel und ich im Bett mit Bud? Deshalb der Traum vom skandalösen Sellerie?

„Aber Blondie und Specki hatten 'nen Wachhund. Vor eurer Tür stand Alessio. Hat mir dann als Alternative den Pool angeboten. Und irgendwie haben wir uns dort festgequatscht. Hey, der Typ ist echt in Ordnung."

Ich finde Alessio auch in Ordnung. Sogar noch mehr als das.

Seufz!

„Aber die Kröte, die sich sein Vater nennt, scheint ordentlich in seine Karotten gepisst zu haben. Alessio hat so einiges vom Stapel gelassen." Mit diesen Worten zieht Bud Spencer all seine Rotzreserven nach oben und spuckt eine Lache grünen Schleims in die Weinberge. Gut, dass mein Magen noch immer leer ist und sich so nicht umdrehen kann.

„Und wie ging's mit Alessios Mutter weiter? Wie hat sie auf Mastro und Maddalena reagiert?", will ich wissen. Während wir uns gestern *nur* im bekloppten Chaosland befanden, stecken wir allem Anschein nach heute in einem erstklassigen Krimi.

„Als die Krankheit schlimmer wurde, hat Mastros Frau ihr Testament geändert", sagt Mel.

„Und schon gehörte die Bude den Bubis. Alessio und ... diesem Pumuckl-Gemisch", ergänzt Bud Spencer. „Der Alte hat hier sowieso nie was besessen. Und er sollte die Bude auch nicht nach dem Tod seiner Tussi erben."

Ein weiterer Grund, mich darüber zu wundern, was Mastro dann noch hier verloren hat.

„Mastros Frau wollte nicht, dass ihr Mann hier mit Mannalena lebt", meint Mel.

Damit erklärt sich, warum Mel einst von „verstorbenen Eigentümern" sprach. Langsam schließt sich der Kreis meiner Fragezeichen.

„Blondie, sie heißt Maddalena", erklärt Bud Spencer ein weiteres Mal. „All das hat den Alten aber nicht gejuckt. Kaum war sein erstes Weib tot, holte er die Zweitbraut ins Haus."

Und endlich verstehe ich, warum Mels Häuserkauf ein Notverkauf war.

„Und deshalb war das Haus auch so günstig. Alessio und Romeo haben sogar den Makler aus eigener Tasche bezahlt", sagt Mel. „Das war das Mindeste, was sie für die Ehre ihrer verstorbenen Mutter tun konnten."

Tja, und selbst das brachte nicht den gewünschten Erfolg.

„Warum lebt Mastro noch hier?", frage ich mich und alle anderen.

„Das ist ja das Problem", sagt Mel, und schon komme ich ins Stocken. Gibt es noch mehr Leichen im nicht vorhandenen

Keller? Vielleicht eine namens Maddalena, denn die ist schließlich bis heute noch nicht in Erscheinung getreten? Bevor ich mir weitere Horrorszenarien ausmalen kann, serviert Mel mir die Lösung.

„Keiner konnte Mastro bisher aus dem Haus jagen. Die Geliebte dafür schon. Magdalena hat vor zwei Tagen die Flucht ergriffen. Und seitdem sitzt Mastro allein hier oben."

„Das hätte ich nicht gedacht", sage ich und beziehe das darauf, dass diese Maddalena zum Glück nicht tot und in der Hölle, dafür aber auch alles andere als ein Putzteufel ist. Gerade eben habe ich nämlich Staub von vor fünf Jahren aufgewirbelt, und das nur durch das Öffnen eines simplen Fensters. Auf der anderen Seite erklärt das aber auch, wie Mastro bis vorgestern an Nahrung gekommen ist.

„Mastro ist ein richtiges Schwein", stoße ich aufgebracht hervor.

Wie kann man seinem Sohn nur die erste Freundin ausspannen? Wie kann man seine kranke Ehefrau nur dermaßen hintergehen? Auch noch nach deren Tod?

„Kann man Mastro nicht mal verübeln", sagt Mel.

Wie bitte?

„Eine schönere Lage gibt es bestimmt in ganz Piemont nicht", ergänzt sie, und da atme ich erleichtert auf.

„Tja, für mich ist diese Lage scheiße", beanstandet Bud Spencer. „Keine Ahnung, wie ich meinen Truck wieder heil nach unten bringe. Es war schon ein Ding der Unmöglichkeit, hier hochzukommen."

„Zum Glück ist es jetzt hell", muntert Mel ihn auf.

Und mit dem schützenden Gartentor in der Stoßstange wird sich ihm sicherlich niemand in den Weg stellen.

„So krank ihr Tussen auch seid – ich find euch okay. Also, passt gut auf euch auf, holt eure Flimmerkisten ab, schmeißt 'ne coole Frühstückspension und ... gaaaanz wichtig ... werdet den verrückten Alten los. Tschö mit ö", brummt Bud Spencer, bevor er von dannen zieht.

Auf die Entfernung vernehmen wir quietschende Bremsgeräusche, dumpfe Schläge, erschrockenes Hühnergackern und lautes Gebrabbel.

„So, jetzt dürfte er unten sein", stellt Mel fest, „und wir müssen nur noch Alessio, Romeo und Mastro loswerden."

Tja, und Letzterer scheint wohl der Härtefall zu sein.

„Warum hat sich der Fahrer eigentlich bei dir für die letzte Nacht bedankt?", frage ich irritiert.

„Weil er eine angenehme Zeit mit Alessio hatte", antwortet Mel, „ja, und natürlich, weil er hier übernachten durfte."

„Und wer hat die Möbel ausgeladen?", frage ich, weil mir wieder in den Sinn kommt, dass der dankbare Bud bei meinem Auszug keinen Finger gerührt hat, nun aber all unsere Möbel kreuz und quer über die gesamte Terrasse verteilt auf ihren Einzug warten.

„Dreimal darfst du raten", spricht Mel und verschwindet.

Ist auch egal, denke ich mir, schlüpfe in ein Kleid und schreite dann langsam den mit weißen Kieselsteinen gesäumten Weg zum Pool hinunter. Es ist frühmorgens und bereits wohlig warm. Dazu riecht es nach Sommer, nach Blumen und nach guter Laune. Die Vögel zwitschern, und die Grillen zirpen. Der Ausblick auf die umliegenden Weinberge ist atemberaubend.

Der auf Alessio allerdings auch. Er sitzt auf der Schwimmbadkante und lässt sich die Sonne ins Gesicht scheinen. Seine Allergie scheint etwas schlimmer geworden zu sein. Gut, ich sehe ihn jetzt auch zum ersten Mal bei Tageslicht, denn bei unserem gestrigen Kennenlernen dämmerte es bereits.

Schüchtern schaue ich ihn an, während in meinem Kopf Gedanken an vierzehnjährige Mädchen aufblitzen, die sich seinem Vater an den Hals werfen – oder umgekehrt. Eine Mischung aus Mit- und Hochgefühlen erzeugt in mir ein unbändiges Verlangen: Ich möchte diesen Mann einfach nur tröstend und liebevoll umarmen, hätte bei der Gelegenheit aber auch nichts dagegen, wenn aus der Umarmung mehr werden sollte. Und wenn wir schon so weit wären, würde ich Alessio auch gerne küssen – auf seine schönen, sinnlichen Lippen ... Stopp! Ich muss mich zusammenreißen. Wenn schon nicht für mich, dann zumindest für Mickey.

Alessio zwinkert mir zu und klopft auf den Platz neben sich. Etwas zögernd nehme ich Platz. Auch dieses Kleid ist nicht gerade vorteilhaft. Nein, es ist viel zu eng – und viel zu durchsichtig. Aber das kann ich jetzt auch nicht mehr ändern. Schnell bedecke ich meinen (im Sitzen sogar mehrfach) gewölbten Bauch mit den Händen und frage mich, warum der nach langer Nahrungsabstinenz noch immer aussehen muss, als hätte ich einen Elefanten verschluckt. Anscheinend bläst mich die Hitze auf wie einen Ballon. Wie unfair. Erklär das mal deinen Mitmenschen: „Ich bin nicht dick, ich bin hitzemäßig aufgeschwemmt." Und dann noch auf Italienisch. Nein, das bekomme ich ja nicht mal auf Englisch hin, frage Alessio aber trotzdem: *„Do you speak English?"*

Alessio murmelt: *„Così, così."*

Ich glaube, das heißt „so lala", und das macht es für mich aussichtslos, weitere Fragen zu stellen. Zum Glück übernimmt das nunmehr Alessio, wenn auch nicht in ganzen Sätzen.

„Internet?", fragt er, und ich hoffe, das beinhaltet nicht sein gesamtes englisches Vokabular.

Außerdem: Was soll ich auf so eine Frage antworten? War das überhaupt eine Frage? Können diese verdammten Schmetterlinge bitte aufhören, mein Gehirn zu vernebeln?

Alessio verleiht seiner Frage mit hochgezogenen Augenbrauen und aufgerissenen Augen nun auch noch Nachdruck, also schenke ich ihm im Gegenzug mein sinnlichstes Lächeln, was ihn allerdings augenblicklich aufstehen lässt *(ich sollte das vor dem Spiegel unbedingt noch einmal überprüfen).*

Bevor ich mir weitere Gedanken machen kann, greift Alessio nach meiner Hand und zieht mich hinter sich her.

Oh, nun wird's aber spannend!

Alessios Hände sind sehr klein – viel kleiner als die von Mickey. Dafür sind Mickeys Hände samtweich, während Alessios raue Haut von harter, körperlicher Arbeit zeugt. Überhaupt scheint der Gute ziemlich durchtrainiert zu sein – nicht so spargeltarzanmäßig wie Mickey. Aber dafür ist er auch nicht so groß. Nein, Alessio überragt mich um höchstens zehn Zentimeter. Er ist definitiv kleiner als Mel. Wahrscheinlich würde es mir weniger Probleme bereiten, meine Klamotten mit Alessio als mit Mel zu tauschen. Problematisch ist dagegen die Verständigung. Aber das war bei mir und den Männern schon immer der Fall. Mit Mickey klappte die Kommunikation auch nicht einwandfrei. Mal lag das an Kontradelle, mal am Handynetz, mal an Mickeys Schweigsamkeit und gestern an was auch immer *(ja, warum hat er eigentlich aufgelegt, nicht noch mal angerufen und schon gar nicht wieder abgehoben?).*

Vorm Haus angekommen, siegen meine Vernunft-Synapsen (Mickey) dann doch über die Schmetterlinge (Alessio) und zwingen mich, unseren Handgriff zu lösen. Das scheint Alessio auch ganz recht zu sein, denn nun kann er ganz unbesorgt in seine Reisetasche greifen.

Unter meinem wachsamen Blick zieht er das gigantische allererste Modell eines Laptops heraus, und ich verstehe endlich, was er mir sagen – oder vielmehr anbieten – wollte.

„E-Mails? Leggere?", fragt Alessio und stellt die monströse Klapperkiste, die wie ein zum Laptop umgebauter Commodore 64 aussieht, auf den rostigen Tisch.

Computer ist Computer. Warum also nicht? Ich nicke und sage: *„Sì, grazie!"*

Vielleicht habe ich ja eine E-Mail von meiner Mutter bekommen – oder von Mickey. Es ist ja schon einmal ein sehr gutes Zeichen, dass es hier oben überhaupt so etwas wie Internet gibt. Mel ist mit dem Kauf dieses Hauses tatsächlich nicht übers Ohr gehauen worden. Auch wenn wir Mastro an der Backe haben. Allerdings gäbe es ohne Mastro auch keinen Alessio, und das wäre doch verdammt schade. Bevor ich wieder in weitere Schwärmereien verfalle, logge ich mich schnell ein. Schnell? Das Teil rechnet und klappert, blubbert, grunzt und gurgelt wie ein Opa im Badezimmer. Einige Minuten vergehen, dann öffnet sich endlich mein Posteingang.

Neben unzähligen Spam-E-Mails habe ich tatsächlich zwei Nachrichten bekommen ... von niemand Geringerem als Menschenkenner Mickey.

Mit einem leisen „Wow" öffne ich die erste E-Mail, was Alessio dazu nötigt, mir neugierig über die Schulter zu schauen. Das ist mir zwar nicht gerade angenehm, auf der anderen Seite habe ich aber auch keine Ahnung, wie ich ihm (mit meinem kaum vorhandenen Italienisch) das mit der Privatsphäre erklären sollte. Ist aber eigentlich auch egal, denn Alessio versteht ohnehin kein Deutsch, und Mickey schreibt mir sicherlich nicht auf Englisch (was Alessio aber allem Anschein nach auch nicht beherrscht).

Der langsame Rechner knattert und röchelt wie ein Trabant. Wenigstens bleibt mir so genügend Zeit, mich gegen herzerweichende Zeilen, rührselige Gedichte und Erinnerungen an lang zurückliegende, wunderschöne Liebesstunden zu wappnen.

Doch es kommt ganz anders. Als sich die E-Mail endlich öffnet, kann ich mir einen Aufschrei nicht verkneifen. Selbst Alessio schreit vor Schreck. Mel, Mastro und Romeo kommen sofort aus verschiedenen Teilen des Hauses angerannt und stieren nun allesamt auf den Monitor. Und was der uns zeigt, hat es wirklich in sich.

Wir alle sehen ein viel zu hell ausgeleuchtetes Foto, auf dem Mickey kreidebleich und (das ist in diesem Fall wirklich schlimm) splitterfasernackt auf einer Tigerfellimitation liegt. Ich hätte ja mit vielem gerechnet, aber nicht mit einer Bildnachricht.

Das Erste, was mir ins Auge fällt, ist Mickeys nicht erigierter Penis, der durch einen extrem unvorteilhaften Schattenwurf fast vollständig in der wuchernden Schambehaarung verschwindet.

Schockiert wie ich bin, will ich den Blick sofort zu Mickeys Gesicht lenken, lasse ihn dann aber doch zuerst über eine (in

Amerika neu angezüchtete) hügelige Bauchlandschaft gleiten, um ihn dann auf der stoppeligen, rosa-weiß gefleckten Brust haften zu lassen, die in ihrem halb rasierten Zustand das Aussehen eines Hähnchens vor dem Braten hat. Mickeys Hals, an den ich mich zu erinnern glaubte, wird vollständig von einem Doppelkinn verdeckt, und seinen rechten Arm ziert eine frische Tätowierung in Form eines Totenkopfes, dem man eine Rose zwischen die Zähne geklemmt hat.

„Ha … ha … *ha…atschi*!“, meldet Mel sich auf ihre ganz besondere Art „zu Wort“.

Ihre Mischung aus Lachanfall und Allergie wundert mich nicht. Denn als ob das alles noch nicht genug ist, muss Mickey auf dem Foto auch noch einen Kussmund machen und die Augen zusammenkneifen, was ihm das Aussehen eines an Nervengas zugrunde gegangenen Maulwurfs verleiht.

„Ich habe ja auch schon gehört, dass Liebe blind macht, aber das hier ist ungelogen ein totaler Witz. Das kann unmöglich der Mann deines Lebens sein, Dana“, vernehme ich die imaginäre Stimme meiner Mutter.

Ich gebe es zu: Das ist das mit Abstand ungünstigste Foto, das jemals von Mickey aufgenommen wurde. Eigentlich wird es von Betrachtung zu Betrachtung schlimmer. Jetzt mache ich auch noch Krampfadern, Schwangerschaftsstreifen und Cellulitis aus, die Mickeys blaublasse Beine in dreidimensionale Landkarten verwandeln. Irgendwie hatte ich seinen Körper anders in Erinnerung. Ganz anders.

Aber was soll's? Das mag jetzt komisch klingen, aber meinen Gefühlen tut selbst das keinen Abbruch. Trotzdem (und vielleicht auch gerade deshalb) ist Mickey noch immer der Mann meiner Träume.

Mit einer krakeligen Paint-Kinderschrift hat er zwei Sätze unter das Foto geschrieben:

Schau, wie gelangweilt ich ohne Dich bin. Ich vermisse Dich, Dana.

Wie süß …

„Siese ies?“, fragt Alessio.

Bevor ich überhaupt irgendetwas antworten kann, übernimmt das meine bessere Hälfte: „Danas Exboyfriend“, triumphiert Mel.

Alessio und Romeo erstarren zu Eissäulen und Mastro (dem Geruch nach) zu einer schmelzenden Salzsäule. „Dana, dein Männergeschmack ist unschlagbar“, grölt Mel, und daraufhin landet meine Hand in ihrem Gesicht.

Oooppps!

„Oh Gott, oh Gott, das tut mir so leid, Mel“, stammle ich.

Seitdem wir Deutschland verlassen haben, wird unsere Freundschaft etappenweise auf die Probe gestellt. Aber davon abgesehen rechtfertigt selbst das keine Schläge.

„Wir spinnen ganz schön, seit wir in Italien sind“, kontert Mel – wesentlich gelassener als erwartet –, und das veranlasst mich dazu, ihr einen Kuss auf die Stelle zu geben, an der kurz zuvor noch meine Hand geklebt hat. Ja, unsere Freundschaft ist doch so viel fester als angenommen.

Ganz benommen stehen dagegen Mastro, Alessio und Romeo hinter mir und starren noch immer auf den Monitor (wahrscheinlich haben sie meine Misshandlung gar nicht mitbekommen). Sie können sich nicht von Mickeys Anblick lösen. Dabei ist sogar auf diesem Bild die verblüffende Ähnlichkeit zwischen Mickey und Alessio nicht abzustreiten. Zumindest was das Gesicht betrifft …

Erst nach einigen Minuten tauen die drei wieder auf, und Mastro beginnt verhältnismäßig leise zu brabbeln. Ich nutze die Zeit und wechsle zurück in den Posteingang, wo eine zweite Nachricht von Mickey auf mich wartet. Da es mit Sicherheit kein schlimmeres Bild von ihm gibt, können mir die drei Italiener ruhig wieder über die Schulter schauen. Alessio sieht das anders. Noch bevor ich die Nachricht öffne, schiebt er mich so freundlich wie möglich beiseite, kappt sämtliche Verbindungen, schaltet die alte Computerkiste aus und packt sie in Sekundenschnelle zurück in die Reisetasche.

Gut, dann eben telefonisch. Während ich den Wiederwahlknopf meines Handys betätige, kommt Mel auf mich zu und jammert: „Dana, wir *müssen* heute noch einziehen."

Da hat sie wohl recht. Auf der gesamten Terrasse liegen unsere Möbel verteilt wie Brotkrumen auf einem Teller. Wer auch immer diese ausgeladen hat, die Sache wurde nicht zu Ende gebracht. Möbel gehören schließlich *ins* Haus. Auch wenn das wiederum noch nicht *leer* geräumt ist. Dafür klingelt mein Handy bei Mickey mal wieder ins Leere, und ich mache ein betrübtes Gesicht. Auch Mel wirkt ein wenig bekümmert.

„Meinst du, die drei könnten unsere Möbel ins Haus tragen?", fragt sie ratlos.

Und gleichzeitig Mastros Möbel heraustragen? Ha, das wäre eine gute Idee. Aber so blöd ist Mastro bestimmt nicht zweimal. Obwohl ...

„Frag du sie, Mel. Vor mir haben sie bestimmt noch Angst", sage ich in Gedanken an Mickeys Bild und die Backpfeife. Außerdem kann kein Mann einer Schönheit wie Mel einen Gefallen abschlagen.

Mel zeigt auf mein Bett und dann auf eines der Gästezimmer ... und – *schwupps* – tragen Romeo und Alessio das schwere Teil ins Hausinnere, wo Mastro aber mit lautem Gebrabbel sofort den Rückwärtsgang diktiert.

Wusste ich's doch. Diesen kleinen Kerl sollte man nicht unterschätzen.

„Das ist ja wohl der Gipfel", schimpft Mel. „Das ist *unser* Haus. Nicht seins. Capice?"

Weil sie nur ein italienisches Wort gesagt hat, schütteln die drei verständlicherweise ihre Köpfe. Ich denke mir noch, dass das ja heiter werden kann. Ja, und als hätte ich in jenem Moment in die Zukunft geschaut, wird es das auch.

Zumindest verstehe ich nun, warum Mastro bis jetzt in unserem Haus leben konnte. Er ist zwar klein und mag auch keinen Rückhalt haben, aber sein Rückgrat ist ausgeprägter und stärker als jenes von Herkules. Mastro ist eine harte Nuss, die sich nicht so leicht knacken (oder zum Auszug bewegen) lässt.

„Dana“, schreit Mel plötzlich, „ich habe die Lösung.“

„Ach ja? Die Lösung?“, frage ich ungläubig, weil wir de facto mehr Probleme (spontan fallen mir fünf ein) als Lösungen (eine, und die stammt auch noch von Mel) haben.

„Ja, wir müssen eine Frau für Mastro finden. Eine, bei der er einziehen kann. Anders werden wir den nämlich nicht los.“

„Toll“, sage ich im ironischen Ton, „übernimmst du diesen Job?“

Das findet Mel überhaupt nicht lustig (und die Ironie versteht sie nicht), nein, sie wird daraufhin sogar richtig zickig, verfällt in einen Befehlston und leiert noch einmal die To-dos des Tages herunter:

„Zuerst müssen die Möbel ins Haus.“

… weil sonst morgen Unmengen von Panteganas darin leben oder sie wegen des fehlenden Gartentors geklaut werden.

Ich nicke.

„Dann müssen wir die TV-Gebühren anmelden und mit Giuseppe die Fernseher an der Grenze abholen.“

Ich nicke …

„Dann sollten wir auch heute noch den Strand besuchen, den wir unseren Gästen empfehlen.“

Welchen Gästen? Alessio? Romeo? Mastro???

Ich nicke trotzdem …

„Ja, und die Steckdosenleisten müssen wir anbringen lassen, damit wir unsere Pension spätestens morgen eröffnen können. Verdammt, wir brauchen doch das Geld.“

Zur Not könnten wir auch mit Mels Filmchen an Geld kommen. Oder auch nicht. Denn allein schon der Titel *Emily Erdbeere und der Erdbeerblütenstecher* würde wohl eher im Kinder- als im Erotikkanal ankommen und es dort sicherlich nicht zu Kohle bringen.

„Dana, Geld ist jetzt das Allerwichtigste.“

Oje, Mel steht wirklich unter Druck. Wie eine Irre durchwühlt sie ihre Unterlagen, kramt dann ihr Handy hervor und ruft Makler Giuseppe an. Wenn der auch sonst nicht schnell bei Fuß ist, so dauert es in diesem „pinkfarbenen“ Fall keine halbe Stunde, und er steht mit heulendem Motor dort, wo zuvor ein Gartentor hing, und bittet uns ins Fahrzeuginnere.

Mel zeigt noch einmal auf all ihre Möbel, gibt ein schroffes „Capice?“ von sich und steigt dann zu uns ins Auto.

„Du glaubst echt, dass die jetzt unseren Einzug bewerkstelligen?“, frage ich, und Mel meint: „Ja. Und wenn nicht, dann werfe ich die heute Abend höchstpersönlich raus.“

„Wen genau?“, frage ich irritiert, „die Möbel oder die drei Italiener?“

„Den Vater, den Sohn und deinen heiligen Alessio“, zickt Mel.

Da liegt sie gar nicht so falsch. Alessio hat wirklich etwas Heiliges an sich. Seit ich ihn kenne, lässt er nur gute Taten sprechen, selbst wenn er nicht gut auf seinen (unheiligen) Vater zu sprechen ist.

„Das einzig Gute, was Alessio getan hat, war das Ausladen unserer Möbel“, gibt Mel dem Kind einen Namen.

Das hatte ich mir allerdings auch schon selbst gedacht – nicht nur, weil Alessios raue Handflächen Bände gesprochen haben, sondern auch, weil Fäulnis-Faulheits-Mastro, Bewegungslos-Bud-Spencer und Kleinkind-Romeo von vornherein als Umzugshelfer ausgeschieden sind.

„Und Romeo hat ihm dabei geholfen“, ergänzt Mel.

Okay, weil Mastro und Bud von vornherein ausgeschieden sind.

Die einzige Frage, die sich mir noch immer stellt, ist: Wie konnte Alessio parallel ein langes Gespräch mit Bud Spencer führen – im Pool wohlgemerkt? War ich am Ende die Einzige, die letzte Nacht geschlafen hat? Es scheint ganz so, denn Mel sagt: „Um drei Uhr nachts haben die angefangen – und um fünf Uhr morgens waren sie fertig.“

„Warum haben die das überhaupt gemacht?“, frage ich.

„Weil der Fahrer ihnen sagte, dass sie das tun müssen. Unser Einzug sei nämlich im Hauskauf inklusive.“

„Oh Mel, und die haben ihm das allen Ernstes abgenommen?“, frage ich total konsterniert, woraufhin Mel nur unsicher an ihren Fingernägeln kaut und schließlich kleinlaut anfügt: „Ja, deshalb haben die doch auch bei uns übernachtet, oder etwa nicht?“

Auch wenn das alles selbstredend für meinen bekloppten Traum und Mels Befehlstöne ist, finde ich es nicht in Ordnung. Erst recht nicht, als Mel auch noch nachtreten muss.

„Ach Dana, ich habe denen doch genug Geld gegeben. Dafür können die ruhig mal mit anpacken.“

„Nein, du hast für viel zu wenig Geld ein riesiges, renoviertes Haus bekommen, während die Jungs den Großteil ihres Geldes auch noch an Giuseppe abtreten mussten“, schimpfe ich, und Giuseppe, der gerade seinen Namen aufgeschnappt hat, mustert mich dabei interessiert. Im Gegensatz zu Alessio kommt Giuseppe einfach nur gestriegelt, geleckt und gekünstelt rüber. Aber immerhin weiß er, wo Mel ihre TV-Gebühren anmelden muss. Lieblos schiebt er uns in die entsprechende Warteschlange und verabschiedet sich auf einen Latte Macchiato.

„Wenn der wirklich so in Ordnung wäre, wie du denkst, dann würde er uns einen Kaffee mitbringen“, erkläre ich schmatzenderweise, denn soeben landet der sechste Pfirsich in meinem Mund. Sein süßer Saft hilft meinen Vernunft-Synapsen, über Mels nicht vorhandene Menschenkenntnis hinwegzusehen. Neben dem Parkplatz ist heute großer Wochenmarkt, und da habe ich unter Giuseppes erschrockenem Blick sofort zugeschlagen: zwei Kilo Pfirsiche, zwei Packungen Kekse und eine Flasche Cola, aus der Mel gerade einen kräftigen Schluck nimmt, bevor sie vom Thema ablenkt.

„Das Wetter ist heute wirklich traumhaft.“

Nur blöd, dass wir nicht viel davon mitbekommen, denn wir stehen in einer Warteschlange einer überdachten Piazza.

Und damit das nicht den ganzen Tag so weitergeht, entscheide ich spontan: „Wir geben Giuseppe nachher die Anmeldung und unsere Ausweise mit. Er fährt ja sowieso zur Grenze, da kann er auch die Fernseher mitbringen."

Und Mel, der damit eine blütenstechende Blamage vor den Beamten des Grenzpostens erspart bleibt *(„Schaut mal, die Hauptdarstellerin!")*, jauchzt: „Super Idee, Dana."

Hingegen meiner fiesen Vorahnung geht das mit den TV-Gebühren recht fix (ein Hoch auf die Steuernummer!), und Giuseppe erklärt sich zudem bereit, unsere Fernseher mitzubringen. Das ist auch das Mindeste, denn vom mitgebrachten Kaffee fehlt jede Spur. Nichtsdestotrotz steckt Mel Giuseppe auch noch einen Hunni zu und sagt: *„My TV goes overall. Bring me my TV."*

Ich schweige betroffen, weil die Kohle in Alessio und Romeo (oder einem Englischkurs) sicherlich vorteilhafter angelegt wäre als in Mels Makler, der sowieso schon vor Geld strotzt. Berührt krame ich in meinem Portemonnaie, finde statt Scheinen nur Kassenzettel und erschrecke mich mal wieder über mein Pleitegeier-Dasein – und meinen Süßigkeiten-Verbrauch (zehn Packungen Schoko Crossies in einer Woche – muss das sein?). In dem Moment sagt Mel auch noch: „Ach Dana, von nichts kommt eben nichts."

Während ich erst auf meinen Wohlstandsbauch und dann fragend zu Mel blicke, setzt die zum Glück noch nach: „Mein Fernseher ist mir alles Geld dieser Welt wert."

Und die, die ihre Möbel tragen? Sind die etwa wertlos? Tsetse …

Verächtlich schüttle ich den Kopf, und Mel lenkt erneut vom Thema ab.

„Lass uns jetzt zum Strand fahren, Dana."

Giuseppe drückt noch einmal kräftig aufs Gas, und schon sind wir wieder daheim, wo wir nicht schlecht staunen, denn unsere Möbelpacker for free haben tatsächlich alles ins Hausinnere geschafft. Auch wenn die Aufteilung alles andere als Sinn ergibt (ein Zimmer mit drei Ehebetten, Mels Kühlschrank im Ankleideraum und unsere Küchengeräte in der Badewanne sind noch die harmloseren Abstellplätze). Das ist jetzt aber nebensächlich, denn nun gilt es, die Gegend zu erkunden, um unsere Gäste nicht nur mit gutem Frühstück (das sollten wir bei Gelegenheit auch noch besorgen), sondern auch mit glorreichen Informationen ihres Urlaubslandes zu versorgen.

„Auf zum Strand!", ruft Mel, packt mich am Arm, bevor ich auch nur einmal Ausschau nach dem heiligen Alessio halten kann, und schon sind wir auf dem Weg nach Genua.

WO BITTE GEHT'S ZUM STRAND?

Was soll ich sagen? Genua war absolut nicht um die Ecke (Scheiß Makler!). Und der Strand natürlich auch nicht. Nein, diesbezüglich erlebten wir eine böse Überraschung. Vielmehr eine blöde.

Aber nun schön eins nach dem anderen: Eine unendlich lange Autofahrt liegt hinter uns. Unfassbare einhundert Kilometer, auf denen wir einiges gesehen haben, das mit bizarr, brüchig oder bereits ruiniert noch nett umschrieben ist, aber ein Strand war definitiv nicht dabei. Dafür habe ich in meinem Leben noch nie so viele zerfallene Häuser auf einem Haufen gesehen. Allesamt menschenleer.

„Das kann aber auch an der Fiesta liegen", sagte Mel.

Sie konnte natürlich nicht wissen, dass es sich bei der (abgeschafften!) Siesta um einen spanischen Brauch handelt. Spanien ist eben nicht Italien, und Italien ist eben nicht Deutschland. Wir wiederum waren selbst für dämlichste Touristen zu doof, denn bei unserer Fahrt hatten wir uns prompt – vom Kennzeichen einmal abgesehen – als ortsfremde Vollidioten geoutet. Wer sonst fährt in der Mittagshitze in einem alten schwarzen Auto ohne Klimaanlage durch die italienische, ultrakurvige Walachei (was mehrere Würgepausen zur Folge hatte), um (mal wieder, dank Mel) etwas zu (be)suchen, das es allem Anschein nach nicht gibt?

Nun sind wir endlich in Genua angekommen. Am Hafen. Nicht am Strand.

„Dana, ich kann das alles nicht glauben."

Ich auch nicht.

„Nein, ehrlich, das darf eigentlich nicht sein."

Doch, doch, der Strand ist genauso unsichtbar wie Mels Stern. Das ist Fakt.

„Dana, wirklich. Giuseppe hat es doch gesagt."

Mit den drei englischen Sätzen von Giuseppe und den zwei italienischen Wörtern von Mel war so was eigentlich abzusehen.

„Dana, weißt du noch, als du vom karibischen Strand geschwärmt hast?"

Einst sagte mir jemand, dass Kinder keine Ironie verstehen. Mel scheint diesbezüglich im Säuglingsmodus zu verharren.

Ich schüttle den Kopf, und Mel meint: „Außerdem, wenn du auf Google-Bildersuche ‚Genua Strandurlaub' eingibst, dann poppt als Erstes ein Bild mit einem Traumstrand auf – einer wie aus der Karibik."

„Mel, das mit der Karibik war eine Übertreibung meines Arbeitskollegen. Das habe ich doch klargestellt."

„Dann tipp doch selbst ‚Genua Strandurlaub' in den Computer ein", wiederholt Mel.

Und so kommt es, dass wir uns in die Kaschemme neben unserem Parkplatz begeben, auf der in großen Lettern „Internet-Café" steht.

Bevor sich der kleine Mann hinter der Theke auch nur einen Millimeter in meine Richtung bewegen kann, habe ich schon „Genua Strandurlaub" gegoogelt.

Wie blöd ist Mel eigentlich?

Die steht nun hinter mir und sagt: „Siehst du?"

Ja, ich sehe. Und zwar richtig.

Unter dem ersten Strandbild steht in kleinen, aber lesbaren Buchstaben: „Korsika – schnell zu erreichen via Schiff von Genua". Unter dem zweiten Bild „Kreta" und unter dem dritten „Seychellen".

Bei diesem Wort muss ich augenblicklich an Mickeys letzten Mutter-Urlaub denken und bekomme sofort das dringende Bedürfnis, meine E-Mails zu checken. Zu Mel sage ich gar nichts mehr. Muss ich auch nicht, denn Mel steht – sich keiner Schuld bewusst seiend – zufrieden an der Theke und nippt an einem Orangensaft, während sie vom kleinen Kerl hinter dem Tresen angestrahlt wird, als sei sie eine Tüte Koks.

In meinem Posteingang befindet sich zwischen Werbung und ominösen Angeboten einer „Crazy Bitch" noch immer Mickeys ungelesene E-Mail. Zögernd öffne ich sie, mache mich auf ein noch schlimmeres Bild gefasst, erhalte dann aber mal wieder das Gegenteil, nämlich ein paar Zeilen:

Liebe Dana,
ich hoffe, das Bild meiner ersten E-Mail hat Dich nicht zu sehr geschockt – oder gar verschreckt. Keine Angst: Das war zwar mein Kopf, aber nicht mein Körper (von dem Du hoffentlich noch weißt, wie er aussieht).
Ich mache den ganzen Tag nichts anderes, als am Computer zu sitzen und meinen Kopf auf fremde Rümpfe zu setzen (in den nächsten Tagen bekommst Du noch ein Bild von Spider-Mickey und Verloren-im-Wind-Mickey). Warum? Weil ich nichts Besseres zu tun habe. Und weil ich anscheinend ganz woanders hingehöre.
Ein Gutes hat die Sache trotzdem. Ich habe endlich mal die Zeit gefunden, mir über einige Dinge in meinem Leben klar zu werden. Und dazu gehörst auch Du. Ja, Dana, Du!
Denn ich vermisse Dich. Mehr, als ich gedacht hätte.
Vermisst Du mich auch? Wenigstens ein bisschen?
Ich werde Dich heute auf dem Handy anrufen, sobald Mutter zum Bingo-Spielen geht.
Ich freue mich schon, Deine süße Stimme zu hören.
Nun sende ich Dir einen Kuss und hoffe, dass Du ihn auch haben willst …
Dein an Dich denkender Mickey

So viele Sätze hat Mickey in seinem ganzen Leben noch nicht gesprochen. Nun hat er sie sogar geschrieben. *Mir* geschrieben.

Ich kann es kaum glauben, Mickey will wieder *mein* Mickey sein.

Juhuuu!

Oder auch nicht … denn gerade sehe ich, dass beide Nachrichten gestern Mittag abgesandt wurden. Mickeys angekündigter Anruf fand demnach bereits statt und war leider alles andere als erfreulich. Zumindest für Mickey.

Ich habe nur eine Chance: Ich muss Mickey eine E-Mail schreiben, ihm erklären, dass Mel und ich in Italien keine perversen Orgien feiern oder alles tun, um an Geld zu kommen (zumindest ich), doch in dem Moment schreit der Mini-Theken-Mann: *„Deve pagare!“* („Sie müssen bezahlen!“)

Mel schreit auch: „Du fasst mich nicht an, du Perversling!“

Bevor ich darauf reagieren kann, kommt Mel auf mich zu, packt mich am Arm, wirft ein Zweieurostück über die Theke und zieht mich hinter sich her.

„Sofort weg hier, der Perverse hat mir an den Hintern gegrapscht …“

Das haben der nicht minder perverse Bud Spencer und der lüsterne Mastro zwar auch gemacht, aber davon weiß Mel wahrscheinlich genauso wenig wie von Stränden und Sternen.

Schon sitzen wir im Auto, und ich erkläre Mel, dass sich der nächste Traumstrand allem Anschein nach auf der fünfhundert Kilometer entfernten Insel Korsika befindet – Wasserlinie wohlgemerkt.

„Also nichts mit Strand?“, wimmert Mel im jämmerlichen Ton, und da tut sie mir schon wieder leid.

„Zumindest nicht heute. Wir werden die Gegend ein andermal wieder abklappern. Vielleicht ist das von deinem Makler ein Geheimtipp ….“

Giuseppe und Geheimtipps? Das kann Mel nicht glauben und weint stattdessen wie ein Schlosshund. Ich selbst kann das Auto nicht mehr steuern, steige also aus, nehme meine flennende Freundin wie ein zu groß geratenes Kleinkind an die Hand und laufe mit ihr am Hafen entlang. Vielleicht findet sich auf diese Weise noch ein Internet-Café ohne Po-Grapscher, von welchem aus ich Mickey endlich die längst fällige Erklärung senden kann. Aber leider ist dem nicht so. Zudem ist das Ambiente alles andere als einladend. Es riecht nach Fisch, und irgendwie erinnert mich die Gegend, durch die wir gerade laufen, an einen Stadtteil von Frankfurt, den ich auf keinen Fall freiwillig betreten würde. Tatsächlich habe ich gerade einen

Kerl gesehen, der am helllichten Tage mit einer Machete spielt – und zwar ritzenderweise in seinen Unterarm.

„Lass uns jetzt sofort wieder heimfahren“, sage ich und schubse die schluchzende Schönheit besorgt ins Auto.

Blöd nur, dass sich der schöne Schwan daraufhin stur an mein Steuer setzt und sagt: „Erst wenn ich den Strand gesehen habe.“

Also fahren wir weiter westwärts die Küste entlang, aber das, was man hier als Strand bezeichnen könnte, ist nicht einmal zehn Meter breit und ansonsten nur stuhl-, tisch- oder betonbedeckt.

„Ich bekomme überhaupt kein Urlaubsfeeling“, jammert Mel, und da kann auch Vernunftwoman ihre Tränen nicht mehr länger zurückhalten.

Wir weinen wie Waschweiber. So lange, bis Mel dem Kind einen Namen gibt: „Wie sollen ausgerechnet wir jemals gut gelaunt Gäste in Empfang nehmen?“

„Wir müssen das Beste aus der Situation machen“, sagt Vernunftwoman, die im Moment noch keine Ahnung hat, was das, bitte schön, sein sollte. Ohne Strand und sechsteilige Steckdosenleisten, dafür mit Mastro und dessen Müll steht unserer Frühstückspension noch einiges, aber sicherlich keine zahlenden Gäste bevor.

Eine knappe Stunde fahren wir schweigend durch die Gegend, während Mels Gesicht mehr und mehr an Ausdruck und Farbe eines Felsbrockens gewinnt.

„Jetzt ziehen wir erst einmal in Ruhe ein und lernen die Umgebung kennen“, versuche ich sie aufzumuntern. „Die kleinen Orte hier sind doch wirklich ganz entzückend.“

Ja, der Nachbarort von Alice Bel Colle namens Acqui Terme ist wirklich sehr hübsch. Dort gibt es Thermalbäder, eine unglaublich schöne Altstadt und sogar einen Bioladen. Beim Vorbeifahren habe ich auch noch ein paar Boutiquen entdeckt, die allein schon mit ihrer Schaufensterware eine Stadt wie Frankfurt klein aussehen lassen.

Okay, vielleicht ist das ein wenig übertrieben, aber das brauchen wir im Moment auch …

„Ich bin mir sicher, dass sich aus allem etwas machen lässt, Mel. Optimismus ist jetzt erst einmal das Wichtigste“, sagt Vernunftwoman, doch genau in dem Moment biegen wir auf unser Grundstück und erblicken Mastro, der, nur mit einer Unterhose bekleidet, Mels weißes Sofa (das nun schon von Weitem gut sichtbare Flecken aufweist, die garantiert vorher nicht da waren) zu einem großen Sperrmüllhaufen schiebt, der ausschließlich aus unseren Möbeln besteht.

„Mastro! Pfui!“, schreit Mel so verzweifelt, als hätte der aufs Parkett gepullert wie ein unerzogener Pudel.

Ich halte sie mal lieber fest, damit sie den kleinen Mann, der keinerlei Achtung vor unseren Möbeln hat, am Ende nicht selbst vermöbelt.

„Was ist das denn für eine Begrüßung?“, ertönt da eine Männerstimme – von der Terrasse.

Ein Deutscher? Hier?

„Klaus!“, schreit Mel.

„Mel!“, schreit … ach … Klaus …

Jetzt sehe ich den hochgewachsenen Naturburschen auch. Er steht zwischen den Italienern wie Schneewittchen bei den sieben Zwergen.

Mels Käferfreund Klaus. Mels *ehemaliger* Käferfreund Klaus. Oder habe ich da was verpasst? Wie ein junges Rehkitz sprintet Mel zu ihrem verflossenen Förstersohn *(was macht der eigentlich hier?)* und verfällt sofort in eine filmreife Knutschorgie mit ihm.

Prinz-Romeo nimmt das zum Anlass, endlich auf Mels „Verpissimo"-Vorschlag einzugehen und augenblicklich und zutiefst enttäuscht unser Grundstück zu verlassen, während sich Mastro erst einmal eine Verschnaufpause auf Mels verdrecktem Sofa gönnt.

Gute Idee.

Weil ich nichts Besseres zu tun habe, lass ich mich einfach neben ihn plumpsen und überschaue den Schrotthaufen ehemaligen Wohninventars. Vielleicht ist das hier gar kein Sperrmüllhaufen. Nein, vielleicht ist das hier Mastros neues Zuhause?

Nun wohnt er nicht mehr in Mels Haus, sondern in ihren Möbeln.

Der Gute weiß eben, was gut ist. Ich nicht, denn ich bekomme schon wieder weiche Knie, weil Alessio plötzlich vor mir steht und fragt: *„You no boyfriend?"*

Gute Frage.

Leider bleibe ich ihm diese und nachfolgende Antworten schuldig. Denn ich weiß nicht, ob Mickey noch der Mann meines Lebens sein will (und das will ich nicht davon abhängig machen, dass Letzterer noch immer nicht ans Telefon geht). Ich weiß nicht, warum ich wegen Alessio weiche Knie bekomme, und schon gar nicht weiß ich … *Knall!*

Jetzt bin ich schon wieder umgekippt …

„Dana? Langsam mach ich mir Gedanken."

Mel muss sich keine Gedanken machen. Aber schön, dass sie es überhaupt mal tut.

Ich denke, diese Ohnmacht lag an der Hitze und meinen Grübeleien. Oder an Mastro. Immerhin sitzt der in Unterhose neben mir und verbreitet den allseits bekannten Geruch aus drei Millionen frei liegenden Poren. Vielleicht lag es aber auch an seinem Sohn, der zwar noch immer ganz neutral riecht, aber auf keinen Fall neutral aussieht. Nein, Alessio trägt nur eine Jeans und darüber einen braun gebrannten, glänzenden und perfekt durchtrainierten Körper. Ja, das kann jemanden wie mich schon einmal umhauen.

Schnell lenke ich vom Thema ab. „Willkommen, Klaus! Wie kommt's, dass du dich ins Piemont verirrst?"

Und nicht in einen Pinienwald?

„Warum wohl?", grinst Klaus und gibt Mel einen dicken Schmatzer.

Mel wird ein wenig rot, aber ihre Augen verraten bereits, dass Klaus das Beste ist, was ihr in diesem Moment passieren konnte. Oder überhaupt.

„Und wie lange bleibst du?", frage ich, und das interessiert Mel natürlich auch.

„Drei Tage, inklusive heute", erklärt Klaus, und da kneift Mel die Augen zusammen wie eine bitterböse Bestie und zischt: „Wie bitte? Nur drei Tage?"

„Ja, nächste Woche gebe ich ein Seminar. ‚Achtsamkeit im Blumenbeet' – da haben sich schon dreißig Frauen angemeldet", verrät Klaus, und meine eifersüchtige Freundin wird zur fuchsteufelswilden Furie.

„Dreißig Frauen??? Die sind natürlich wichtiger als ich."

Ach Mel …

„Ach Mel", sagt auch Klaus, „was meinst du wohl, warum ich hier bin?"

Ja, das würde ich auch gern mal wissen. Und Mel sicher auch.

Das sagt uns Klaus aber nicht, stattdessen versucht er sich in Zeichensprache. Mit Mastro. Der wiederum ist ja wirklich für jeden Blödsinn zu haben und versucht tatsächlich, aus Klaus' wilden Handzeichen zu lesen. Schließlich geht er ins Haus und kommt mit einem Akkubohrer zurück.

„Grazie", sagt Klaus.

„Wie bitte?“, frage ich, während die fuchsteufelswilde Furie neben mir dröhnt wie ein Drache.

„Er hat zumindest verstanden, dass wir die Möbel erst auseinanderbauen müssen, bevor wir sie durch die enge Tür tragen“, sagt Klaus.

Jetzt dämmert es mir: Unsere Möbel sind nur deshalb noch draußen, weil der Großteil nicht in die unteren Ferienwohnungen, sondern in unsere obrige Wohnung gehört, deren Eingang besonders schmal ist.

Ich kann es nicht glauben. Während wir vergeblich nach einem Vorzeigestrand gesucht haben, hat der vorbildliche Klaus unseren Einzug organisiert. Und alle haben mitgemacht. Sogar Mastro.

Um das zu überprüfen, sprinte ich in die Ferienwohnungen. Und tatsächlich. Das, was drin ist, steht am richtigen Platz. Na ja, fast. Mein Bett, das eigentlich auch in die erste Etage (unsere Wohnung) gehört, steht nun in einem der Ferienzimmer, ebenso wie mein Kleiderschrank. Aber das sind Peanuts, denn – und das grenzt schon fast an ein Wunder – Mastros Möbel sind allesamt an den Rand des Pantegana-Zimmers gestellt. Teilweise sogar schon auseinandergebaut.

Während ich das noch nicht verstehe, begreife ich zumindest, warum die Männer hier oben allesamt halb nackt sind. Die haben pausenlos gearbeitet, geschuftet und geackert, als Mel und ich einen nicht vorhandenen Strand gesucht haben.

„Wie hast du das bloß gemacht, Klaus?“, frage ich, während ich mir bereits alle Möglichkeiten durch den Kopf gehen lasse, die jemanden wie Mastro freiwillig zum Arbeiten bewegen könnten:

Lösung I:

Hat Klaus eine Frau für Mastro mitgebracht? Vielleicht Isolde?

Unwahrscheinlich, denn a) wusste Klaus nichts von Mastro, und b) hätte Isolde eine Konfrontation mit Mel nicht überlebt.

Lösung II:

Hat Klaus Mastro in die Kunst des Käferkrabbelns eingewiesen?

Unwahrscheinlich, denn die beherrscht Mastro bereits. Heute Morgen lag er mit ausgestreckten Extremitäten auf der Terrasse, ganz so wie ein Käfer, der auf seinen Panzer gefallen ist.

Lösung III:

Hat Klaus Mastro einen Hochstand mitgebracht, in den dieser nun einziehen wird?

Oh ja! Von einem Hochstand aus könnte Mastro den lieben langen Tag über ganz Piemont spannen, als Bonbon auch in unser Bade- und Schlafzimmer. Das dürfte die Lösung sein, für Mastro, das kleine Spanner…

„Ein Wildschwein", antwortet Klaus und kommt damit Lösung III verdächtig nahe. „Ich habe seinen jüngsten Sohn vor einem Wildschwein-Eber bewahrt, und da hat er mir sofort seine Hilfe angeboten."

„Es gibt hier Wildschweine?", fragt Mel, die das Wort „Wildschwein" dermaßen schockiert haben muss, dass sie sich vom missgünstigen Monster umgehend wieder in das mimosige Mädchen verwandelt, das sie nun einmal ist. „Oje, sind die nicht total gefährlich?"

Klaus nickt etwas gedankenverloren, erzählt uns dann aber trotzdem, wie Romeo auf den wilden Eber traf und er, also Klaus, ihn rettete, ohne dem Schwein auch nur eine Wimper zu krümmen (dem Schwein, nicht Romeo). Tja, Klaus ist wirklich der größte Tierfreund, den ich kenne.

„Wenn du beruhigend auf sie einredest und dich dabei vorsichtig und langsam zurückziehst, gehen sie meist von allein. Zu einem Angriff durch Wildschweine kommt es meist nur bei Menschen, die in Panik verfallen oder lauthals losschreien", erklärt Klaus und schraubt dabei Mels Sofa auseinander. Mel und ich tauschen vielsagende Blicke.

So panisch wie meine beste Freundin und ich momentan drauf sind, sollten wir eine Konfrontation mit Wildschweinen unbedingt vermeiden …

„Schön und gut", sage ich, „aber du hast uns immer noch nicht verraten, warum du hergekommen bist."

Klaus schnauft unter heftigem Schrauben.

„Als ich mit Mels Eltern gesprochen habe, war mir klar, dass ihr beide hier im Chaos versinkt. Ich wollte euch helfen. Und bei der Gelegenheit noch ein Missverständnis aufklären."

Klaus ist ein Tierheld und ein Menschenheld – und nein, er ist bestimmt kein Frauenheld ...

„Das Missverständnis mit Isolde?", fragt Mel, die mal wieder nur das halb leere Glas sieht.

„Ja, genau", sagt derHalb-volles-Glas-Klaus, während Mel gespannt auf seine Erklärung wartet, die jedoch käferklein ausfällt.

„Isolde ist fünfundfünfzig."

„Na und?!", gibt Mel patzig zurück und verschränkt die Arme vor der Brust.

Sicherlich denkt sie gerade an Mastro und Maddalena.

„Sie ist verheiratet", ergänzt Klaus, und Mel kontert wieder mit: „Na und?!"

Sicherlich denkt sie jetzt erst recht an Mastro und Maddalena.

„Sie ist mit mir verwandt", zieht Klaus seinen letzten Trumpf aus dem Ärmel, und da schämt sich Mel endlich mal.

„Aber warum hast du das nicht gleich gesagt?", frage ich, auch weil Mel dann sicherlich nicht Schluss gemacht hätte (wenn sie das denn jemals getan hat).

„Weil ich das auch erst jetzt rausgefunden hab. Tatsächlich sind wir über einige Ecken miteinander verwandt."

Und ich wunderte mich schon über eine Frau, deren Fauna-und-Flora-Floh offensichtlich ebenso auffällig wie jener von Klaus ist. Es liegt schlichtweg in der Familie.

„Ich liebe dich", platzt es aus der entlasteten Mel heraus, und damit meint sie ausnahmsweise nicht mich.

Aber auch Klaus schaut daraufhin nur in den Himmel.

„Wir müssen jetzt die Möbel reintragen, es wird heute Nacht wahrscheinlich noch regnen."

Das mit den Möbeln ist zwar nett von Klaus, aber sicherlich nicht das, was Mel von ihm hören will. Zumindest in diesem Moment. Überhaupt gibt sich Klaus ziemlich reserviert. Es ist mehr Mel, die an ihm klebt, während er selbst einen auf grenzenlosen Umzugshelfer macht. Doch nun scheint Mel langsam die Geduld zu verlieren (sonderlich geduldig war sie ja noch nie).

„Kannst du dich bitte mal kurz bücken und mir den kleinen Stock geben, der unter die Kommode gerollt ist?“, fragt Klaus, der gerade schwer schnaufend ein wuchtiges Möbelstück anhebt.

Mel keift daraufhin: „Nein, wir müssen reden. *Jetzt! Sofort!*“

Diese Idee scheinen im Moment auch andere zu haben, denn plötzlich ertönt „Ein Schloss am Wörthersee“, und auf meinem Handy-Display blinkt M-I-C-K-E-Y.

Endlich ...

Diesmal möchte zumindest ich alles richtig machen, betätige den grünen Knopf und falle sofort mit der Tür ins Haus: „Mickey, ich ...“

„*Süße, wir reden jetzt nicht, wir arbeiten ... Bück dich nach dem Stock ... Ich kann nicht mehr lange ...*“, brüllt Klaus neben mir.

Seine Worte gelten zwar Mel, die direkt neben ihm steht und nicht schwerhörig, sondern nur verbohrt ist (verbohrt im Sinne von „*Wir reden jetzt!*“), aber es reicht, um Mickey am anderen Ende der Leitung – und am anderen Ende der Welt – in lautes Prusten verfallen zu lassen.

„Dana ...“, ruft er, doch das geht unter in Mels Kreischton: „*Sag mir wenigstens einmal, dass du mich magst. Wenigstens ein bisschen. Sonst komme ich mir billig vor.*“

Bevor Mickey noch denkt, dass wir hier ein Bordell eröffnet haben, muss ich eben alle übertönen.

„Mickey, ich ...“

Plötzlich ein Piepen, Mickey verwandelt sich in eine Frau und sagt: „Bitte kontaktieren Sie Ihren Telefonanbieter.“

Oh nein, jetzt haben die auch noch mein Handy gesperrt. Bitte nicht – bitte nicht *jetzt*!

„Mel, ich brauche dringend dein Handy“, rufe ich.

„Wenn das alles ist“, sagt Mel und wirft mir ihr Handy zu.

Da sie sehr wütend ist (nicht auf mich, sondern auf ihren Nicht-ich-liebe-dich-sagenden-Ex-oder-Wiederfreund), wirft sie es nicht einfach nur. Nein, sie nutzt die Gunst der Stunde und schleudert all ihre Wut und Aggressionen gleichzeitig mit ihrem Handy von dannen. Das Teil verwandelt sich in einen Düsenjet.

Schon in der Schule habe ich zu denen gezählt, die aus gutem Grund als Letzte in die Handball-, Volleyball- oder Völkerballgruppe gewählt wurden, und so mache ich natürlich auch jetzt meiner Unsportlichkeit alle Ehre. Natürlich fange ich das fliegende Geschoss nicht. Stattdessen landet es unsanft an der Hauswand neben mir, verweilt dort Bruchteile von Sekunden, bevor es sich in seine Einzelteile zersetzt, die schließlich in alle möglichen Richtungen weiterfliegen. Der Akku landet schon einmal zielsicher auf meinem Kopf.

„*Aua …!*“, schreie ich, bevor mir klar wird, was soeben passiert ist.

„Na toll“, sagt Mel vorwurfsvoll.

„Die SIM-Karte … die SIM-Karte …“, wiederhole ich immer wieder panisch und suche nach der kleinen Karte, die in meinem Handy heute noch eine Liebesbeziehung retten könnte. Anders als Mel, die mal wieder nichts Besseres zu tun hat, als ihre eigene Beziehung auf die Probe zu stellen.

In der folgenden Stunde sinkt nicht nur die Sonne, sondern auch meine Stimmung – und zwar in den Keller (wenn wir denn einen hätten). Auf unserer Terrasse suche ich mir wie wild den Wolf, finde auch einiges (darunter sogar einen versteinerten Ammoniten), aber leider keine SIM-Karte. Mel hilft mir natürlich nicht beim Suchen. Sie will auch gar nicht wissen, warum ein zerbrochenes Telefon bei mir urplötzlich Entzugserscheinungen hervorruft. Genauso wenig, wie sie Klaus, Mastro oder

Alessio beim Auseinanderbauen der Möbel unterstützt. Nein, Mel meckert nur an Klaus herum wie eine alte, ungeliebte Ziege.

Als es kaum noch auszuhalten ist, kontert Klaus: „Noch ein bisschen und ich fahre heim. Dann kannst du zusehen, wie du hier zurechtkommst."

Doch selbst das nimmt Mel nicht ernst und entgegnet: „Ob du dich heute oder in zwei Tagen verkrümelst, macht doch auch keinen großen Unterschied."

Ach Mel, was ist nur mit dir los? Ist es nicht Liebesbeweis genug, dass Klaus hier ist? Muss er neben harter körperlicher Arbeit jetzt auch noch die Sätze sagen, die du in diesen Minuten hören willst?

„Mel", ertönt eine Frauenstimme, „dein pessimistischer Egoismus kotzt mich an!"

Unglaublich, dass es sich dabei um meine eigene Stimme handelt. Mel ist sowieso schon auf hundertachtzig und hat nun einen Blick drauf, als wolle sie mich lynchen. Und gegen Monster-Mel hab ich kleiner Giftzwerg keine Chance.

„Klaus, hilf mir!", schreie ich. Zum zweiten Mal. Und ich hoffe, diesmal bringt es was. Vor einigen Minuten konnte Klaus mir schon mal nicht helfen, zumindest nicht mit seinem Handy, da er nämlich seit zwei Wochen nicht mehr im Besitz eines Mobiltelefons ist. Nicht, weil er damit nicht umgehen kann (Isolde), sondern weil sein Handy eine nicht gerade geringe Schuld am weltweiten Vogelsterben trug, mit der Klaus nicht mehr leben wollte.

Mel sieht hingegen aus, als wolle sie mir ans Leben. Vor Wut nur so schäumend, stampft sie auf mich zu, und ich bekomme wirklich Panik.

„Klaus, hilf mir!"

Aller guten Hilferufe sind drei, denn Klaus kann nicht nur mit Italienern, mit Insekten und mit sonst auch irgendwie allem, sondern auch mit intoleranten Irren wie Mel.

Bevor die mich neben ihr Handy an die Hauswand klatscht, wird sie von Klaus gepackt und hochgehoben.

„Ich lass dich erst wieder runter, wenn du dich beruhigt hast", sagt Klaus mit seiner rauchigen, doch zugleich sehr besänftigenden Stimme.

Hach, Klaus ist wirklich ein Held.

Mel schimpft und trommelt auf seine Schultern, also wirft Klaus sie wie einen Sack über selbige und sprintet mit ihr Richtung Swimmingpool.

„Klaus, nein …", rufe ich, „im Pool ist noch kein Wasser …"

Doch schon vernehme ich ein Plätschern, nein, vielmehr ein Planschen.

Schnell laufe ich auf die Empore. Und tatsächlich: Neuerdings beinhaltet unser Pool Wasser. Und einen Klaus. Und eine Mel.

Klatschnass fallen sie knutschend übereinanderher – und ich sehe ihnen von hier oben unsinnigerweise zu, bis sich plötzlich eine große Männerhand auf meine Schulter legt.

Mickey?

Nein, Giuseppe.

„TV okeye …", sagt er strahlend und zeigt auf unsere Fernseher, die er gerade ausgeladen hat, *„babábaaa … Mel … principessa … fragola … hahaha … ba, ba, ba!"*

Mit italienischen Eissorten kenne ich mich aus und verstehe, dass er Mel als so was wie eine Erdbeer-Prinzessin bezeichnet, was wiederum bedeutet, dass hier jemand bestimmte Filme auf einem bestimmten Fernseher gesehen hat. Ansonsten aber scheint Mels Makler doch kein so schlechter Typ zu sein (zumindest wenn man ihn bezahlt).

„Grazie", murmle ich beschämt in mich hinein.

Nochmals klopft mir Giuseppe auf die Schulter *(hätte ich ihm an dieser Stelle Schweigegeld zustecken sollen? Egal, ich habe sowieso keins …)*, und weil ich nicht weiter darauf reagiere, braust er schließlich davon.

Mel und Klaus haben das gar nicht mitbekommen. Die sind da unten im Pool miteinander beschäftigt, während ich nichts mehr für meine Beziehung tun kann. Halt! Eine Möglichkeit gibt es noch. Schnell laufe ich zu Alessio und frage: „Internet? E-Mails?"

Doch Alessio schüttelt nur traurig den Kopf. Ich kann seine Reisetasche auch nirgends entdecken. Gut, dann hat sich das auch erledigt. Eine andere Möglichkeit habe ich nicht. Nun muss Mickey das denken, was er eben denkt.

Auf der anderen Seite: Warum kann er sich nicht einfach ins Flugzeug setzen und zu mir kommen? Wo er doch ohnehin in Florida nicht glücklich ist, sich langweilt – und mich zu guter Letzt auch noch vermisst?

In dem Moment läuft Mastro an mir vorbei, offensichtlich, um Mel und Klaus zu bespannen (anstatt zu arbeiten – war ja klar). Ja, und da fällt mir natürlich auch wieder der Grund ein, weshalb Mickey nicht hier sein kann. Der Grund hat eine laute Stimme, kennt keine Privatsphäre und ist … nicht Mastro, sondern depressiv, ergo Kontradelle.

„Maddalena?", ruft Alessio überraschend.

Na, nun sind wir ja endlich komplett …

UND DANN SCHLIESST SICH DER KREIS – NA JA, FAST …

Maddalena – Mastros Geliebte und Exfreundin von Alessio – ist tatsächlich in meinem Alter. Aber da sind noch mehr Gemeinsamkeiten. Wir sind gleich groß und gleich … äh, dick. Und auch unsere Gesichter sehen sich ziemlich ähnlich, was wohl bedeutet, dass ich in Alessios (oh ja) und Mastros (oh nein) Beuteschema passe. Allerdings können meine dünnen Fusseln bei Maddalenas Haarpracht nicht mithalten. Tja, und dann spricht die Gute natürlich auch noch Englisch – und das besser als alle anderen Italiener, die wir bisher getroffen haben.

„*Hi, I'm* Maddalena. *This is now your house, not right?*", sagt sie und haucht mir einen Kuss auf die Wange.

Muss die jetzt auch noch so nett sein?

Ich möchte gerade antworten, als erneutes Gebrabbel ertönt. Diesmal allerdings von Alessio, der ziemlich unfreundlich mit dem Finger auf den Platz zeigt, an dem einst ein Gartentor hing.

Mastro kommt hinzu und möchte Maddalena küssen, doch die gibt ihm eine gehörige Backpfeife und sagt nur: „*È finita!*", weshalb Mastro augenblicklich und auf der Stelle einfriert (das wiederum tut er wohl immer dann, wenn er es mit krassen Bildern oder Backpfeifen zu tun hat).

Dieser italienische Krimi ist gar nicht mal schlecht. Zumindest lenkt der mich von meinen eigenen Problemen ab. Wenn auch nur kurzzeitig, denn Alessio scheint Maddalena noch immer verfallen zu sein. Mit einer beschwichtigenden Handbewegung finden ihre Finger langsam den Weg in sein Haar – sein unglaublich schönes Haar (von daher passen die zwei schon mal ganz gut zusammen, das muss ich leider – und weniger neidlos – anerkennen). Sanft streicht sie seine abstehenden Strähnen zur Seite. Genauso hätte ich das auch gemacht, wenn ich nicht schon Mickey hätte, von dem ich nicht mal mehr weiß, ob ich ihn noch habe. Offensichtlich genießt auch Alessio die Berührung seiner Exfreundin, zumindest wehrt er sich nicht dagegen.

Ist es ihm etwa egal, dass ihre Beziehung seit zehn Jahren Geschichte ist? Und zwar wegen seines Vaters, der noch immer regungslos in unserer Mitte verweilt.

Was ist das hier eigentlich für eine bescheuerte Gruppe gestörter Personen?!

Nun finden auch die triefend nassen Turteltauben Mel und Klaus ihren Weg zu uns, Händchen haltend, und Mels Blick nach zu urteilen wieder glücklich vereint.

Fehlt eigentlich nur noch der obligatorische Irre, der ein Kind mit einem Baum zeugen möchte, und wir wären die perfekte Besetzung für den Big-Brother-Container.

Ich lasse meinen (wahrscheinlich wirren) Blick von Mels und Klaus' fest verbundenen Händen sehnsüchtig zu jener von Alessio gleiten – die in dem Moment nach der von Maddalena greift.

Na super … zwei verliebte Pärchen, ich … und – oh nein – Mastro. Der ist mittlerweile wieder aufgetaut und stiert mir lebhaft in den Ausschnitt.

Eigentlich die ideale Zeit, um in Depressionen zu versinken. Aber leider bin ich nicht der Typ für Depressionen. Nein, bevor ich in ein seelisches Loch falle oder die Dinge zu unangenehm werden, mache ich mich lieber wie gehabt aus dem Staub. Spontan renne ich los … erst einmal zu meinem Auto.

Wohin soll mich meine heutige Flucht führen? Ich befinde mich bereits am Arsch der Welt, es ist stockdunkel, außerhalb dieses Hauses würden mich ähnlich wenige Menschen verstehen, und zu guter Letzt habe ich nicht mal mehr ein funktionierendes Handy für fluchtforcierende Fernkontakte. Tja, und wenn ich an die Worte meiner Mutter (BRD) und den Genueser Hafen denke, bin ich hier noch am sichersten.

Ratlos greife ich in mein Handschuhfach und hole den alten ADAC-Atlas heraus, den Postmann Markus mir gegeben hat.

Ach Markus, du Piemont-verliebter Postmann, ohne dich

wären wir nie hier gelandet. Vielleicht kommen wir auch nur mit deiner Hilfe wieder hier weg …

Ich schlage die letzte Seite auf und erkenne mal wieder, dass mir auch Markus ohne Telefon nichts bringt.

Jetzt läuft mein Hirn Amok. Die Namen der Männer meines momentanen Lebens sausen mir durch den Kopf: Markus, Mastro, Mickey und Alessio. Wie in Trance verbinde ich die ersten Silben und erstarre fast vor Schreck:

„Ma … Ma … Mi … A!"

Normalerweise bin ich weder abergläubisch noch esoterisch. Ich glaube nicht mal an Sternzeichen. Pardon. Ich glaube an Sternzeichen, aber nur, wenn das Horoskop besonders gut ausfällt.

Aber das hier – Mama mia – kann nur ein Omen sein. Oder? Hat meine Mama mich nicht vor Italien gewarnt? Nun habe ich den Salat.

„Selbst schuld, Dana. Manchmal ist das ‚Vorher' weitaus besser als das ‚Nachher'", erklärt die imaginäre Stimme meiner Mutter, und das überprüfen meine Gedanken umgehend.

Eigentlich hätte ich an diesem Tag sieben Stunden und zweiundvierzig Minuten lang gelangweilt im Ministerium gesessen und davon vier Stunden an die Wand gestarrt. Allerdings wäre ich auch für diese Zeit bezahlt worden. Nicht gerade fürstlich, aber ausreichend. Von Mickeys Mutter-Urlaub wäre das erste Drittel verstrichen, und in vier popeligen Monaten wäre alles so schön wie eh und je (von Mickeys Hamburg-Plänen einmal abgesehen). Stattdessen aber sitze ich hier und habe … einen Batzen Bekloppter an der Backe (Klaus mal außen vor). Ansonsten aber nichts – zumindest nichts Sicheres.

Langsam steige ich wieder aus dem Auto und nähere mich den verliebten Pärchen. Mel und Klaus knutschen, Mastro schaut ihnen dabei zu, und Alessio hält zwar nicht Händchen mit Maddalena, aber er sieht sie an und sagt schließlich: *„Aria."*

Das heißt wohl „Willkommen" oder „Liebe meines Lebens" – oder sonst was Rosarotes.

Ich kann nicht mehr. Tränen laufen mir über die Wangen, und so renne ich schluchzend ins Haus, knalle die Tür hinter mir zu und lasse mich weinend aufs Bett fallen.

Scarlett O'Hara hätte das nicht besser hinbekommen.

Dazu ist es wohlgemerkt mein eigenes Bett. Wenn ich schon sonst nichts habe. Mickey ist sowieso weg. Und Alessio habe ich vergrault, weil ich gedanklich ununterbrochen bei Mickey war. In dieser für mich so niederschmetternden Situation meldet sich Mamas imaginäre Stimme, um mir den Hammerschlag zu verpassen: „Klasse, Dana, die scheußliche Liebe deines Lebens ist bei seiner makaberen Mama, und der widerliche Mann, der deine Knie weich werden lässt, geht zur Liebe seines verkommenen Vaters. Ödipus ist nichts gegen dich."

Und nebenbei bin ich auch noch die ödeste Tussi dieser Welt ...

Einige (Selbst-)Mitleidsminuten vergehen, bis sich schließlich meine Tür öffnet. Ich bin ehrlich enttäuscht, dass das so lange gedauert hat, immerhin war mein Abgang von vorhin geradezu filmreif, und so drücke ich mein Gesicht eingeschnappt ins Kopfkissen und sage: „Jetzt brauchst du auch nicht mehr angetanzt zu kommen. Lass mich allein, Mel."

Die Tür schließt sich.

„Komm nicht rein, Mel. Ich möchte allein sein", wiederhole ich, als ich leise Schlurfgeräusche vernehme.

Keine Antwort. Eigentlich schlurft Mel auch nicht. Eigentlich. Aber hier sind die Dinge ja schon länger nicht mehr das, was sie mal waren.

„Verdammt! Raus!", schreie ich und springe vom Bett wie ein Berserker. Blöd, denn vor mir steht nicht Mel, sondern Alessio.

Bevor ich noch etwas Falsches hinzufügen kann, umfasst er gefühlvoll mein Kinn, schiebt es sacht nach oben und ... küsst mich. Ja. Alessio küsst mich. Und wie er mich küsst. Seine Lippen sind so prall und samtig wie die überreifen Pfirsiche, die ich heute Morgen im Netz hatte. Nun ist Alessio in meinem Netz. Auch noch oberkörperfrei. Tiefe Leidenschaft und Ekstase überkommen mich. Alessio ist eine Wucht. Ich fühle mich wie elektrisiert, auch wenn tief in mir etwas dagegen protestiert. Ich kann nichts dagegen machen, weil es vielleicht auch genau das ist, was ich in diesem Moment brauche.

Alessio lässt seine Hände über meine Schultern zu meiner Hüfte wandern, umfasst meinen Po und drängt sich an mich. Der Mann hat eindeutig Ahnung von dem, was er da tut. Seine Küsse machen süchtig, und ich möchte nur noch mit ihm verschmelzen. Obwohl … Wenn es möglich wäre, würde ich gerne vorher noch duschen.

Oder auch nicht. Alessios Küsse sind einfach unglaublich.

„Stopp!“, schreit die Stimme meines inneren Spielverderbers, vielleicht weil Alessios Hände mittlerweile an meinem Bauch angekommen sind, was mir ziemlich unangenehm ist. Ich trage keinen Bauch-weg-Gürtel und habe Probleme, meine Wampe einzuziehen, ohne wie ein Ertrinkender zu knutschen. Prompt wachen meine hormonbetäubten Hirnzellen auf, und ich rudere zurück. Ein bisschen jedenfalls.

Können wir uns nicht einfach nur küssen? Ohne Hände? Ohne Fummeln? Dafür die ganze Nacht?

„Nein, auch das nicht“, ruft mein entblößtes Bauchgefühl und lässt meine Blicke Bände sprechen, die Alessio aber ebenso wenig versteht (vielleicht ist auch die italienische Augensprache eine andere). Zielstrebig umfassen seine Hände meine Körpermitte, während seine Zunge die meinige umspielt und sein Körper sich entschieden an meinen presst.

„*Scusi. I can’t*“, sage ich, und es tut mir auch wirklich leid. Nicht nur für Alessio, nein, irgendwie auch für mich. Doch ich kann unmöglich einen Mann küssen, der gerade noch vor meinen Augen mit seiner Exfreundin geflirtet hat. Und irgendwie ist da immer noch Mickey (ein bisschen zumindest).

Alessio sieht mich fragend an, brabbelt etwas, das ich nicht verstehe, und so kann ich nicht anders, als meinen altbekannten Fluchtweg einzuschlagen. Mit hochrotem Kopf sause ich aus dem Zimmer.

Draußen ist es so dunkel und bewölkt, dass weder Mond noch Sterne auf mich niederleuchten.

„Mel“, rufe ich über die Terrasse, bekomme aber keine Antwort.

Klaus, Mastro und Maddalena scheinen ebenfalls verschwunden zu sein. Allerdings erkenne ich ein paar schwache Lichtkegel, die aus der ersten Etage (ergo aus unserer Wohnung) dringen. Schnell haste ich die Stufen nach oben und klopfe an die Tür.

„Mel? Klaus? Seid ihr da?“

„Dana, geh bitte zu Alessio“, ertönt Mels Stimme.

Während ich mich noch frage, was diese Antwort zu bedeuten hat, beginnt es zu tröpfeln.

Wow, der meteorologische Klaus hat mit seiner Vorhersage ins Schwarze getroffen.

„Mel, bitte mach auf“, unternehme ich einen weiteren Versuch – völlig ohne Vorwürfe, obwohl ich wahrlich Grund dazu hätte. Schließlich scheine ich für meine beste Freundin derzeit der egalste Erdling zu sein.

„Geht nicht“, schallt es von drinnen.

Das ist zwar eine Ansage, aber das kann Mel doch unmöglich bringen. Allem Anschein nach tut sie es aber doch – denn es tut sich nichts. Dafür wird der Regen stärker, und ich gerate so richtig in Rage.

„ME-HEL!“, schreie ich die verschlossene Tür an und trete heftig zu.

„Dana, bitte, geh zu Alessio.“

Ein gruseliger Gedanke schießt mir durch den Kopf: War das gerade mit Alessio überhaupt nicht auf dessen Mist gewachsen? Hat ihn etwa Mel zu mir geschickt, damit er mir den Nutterich macht? Wurde er am Ende sogar für seine Dienste bezahlt, analog Giuseppe? Ein kalter Schauer jagt mir über den Rücken (im wahrsten Sinne des Wortes, denn der Regen verwandelt sich just in einen Monsun).

„Wo ist Mastro?“, frage ich die Tür.

„Bestimmt in irgendeinem Bett. Und nun geh bitte zu Alessio“, antwortet es von innen.

So langsam wird mir dieses anhaltende Durch-Wände-Sprechen zu blöd.

„Mel, lass mich bitte nicht im Stich.“

Daraufhin lässt Mel mich dermaßen im Stich, dass sie gar nicht mehr reagiert. Von ihren stöhnenden Lauten einmal abgesehen, die aber sicherlich nicht meiner Person gelten.

Tieftraurig, ehrlich enttäuscht und klatschnass schlurfe ich zurück in die Ferienwohnung.

Alessio sitzt auf meinem Bett, seinen Kopf auf die Hände gestützt, und sieht mich reumütig an.

„*Scusi*“, murmelt er.

„*Figurati*“, schlage ich im Wörterbuch nach. Das heißt „macht nichts“ und passt überhaupt nicht, aber ich habe jetzt keine Kraft für üppige Übersetzungen. Und das, was Alessio daraufhin kontert, ist zwar nicht viel, aber es klingt wie „Ba, ba, ba“, und das kann ich ebenso wenig im Wörterbuch nachschlagen. Dummheit? Schicksal?

Ach, es ist, wie es ist. Da ich damals im Italienischunterricht immer mehr in die Teeniezeitschrift als an die Tafel gesehen habe, kann ich unsere Sprachbarriere heute nicht auflösen. „Auflösen“ ist jedoch ein gutes Stichwort. Beim Hinuntergehen ist mir im Licht der Blitze der gigantische Möbelberg aufgefallen, der sich – warum auch immer – nicht im, sondern vorm Haus befindet und morgen sicherlich durchweicht und dienstlos sein wird. Was so gigantisch ist, kann nur zu Mel gehören und entsprechend viel wert sein. Gewesen sein. Wenn Mels Hormonrausch vorbei ist, steht der nächste Heulrausch schon in den Startlöchern. Von daher sollte ich die Ruhe vor der nächsten Flenn-Flut genießen.

Und so lasse ich mich aufs Bett fallen, ziehe die Decke über meinen Kopf und sage: „Gute Nacht.“ Alessios fragende Blicke dringen zwar durch die Decke (jene aus Stoff), aber das ignoriere ich genauso wie Mel mich.

ITALIEN, TAG 3: NACH HAUSE TELEFONIEREN?

Am nächsten Morgen erwache ich aus einem traumlosen, aber sehr tiefen Schlaf … und halte Händchen mit Alessio. Erschrocken schlage ich die Bettdecke zurück, beruhige mich aber sofort wieder. Denn wir stecken noch immer in unseren Klamotten vom Vorabend.

Sollte Alessio tatsächlich ein bezahlter Nutterich sein, dann macht er seinen Job sehr schlecht. Eingerollt wie ein Embryo liegt er neben mir und umklammert meinen Zeigefinger. Fehlt eigentlich nur noch, dass er die andere Hand zum Daumenlutschen benutzt. Das ist zwar nicht männlich, aber unglaublich süß – und ein totaler Widerspruch zur Wutfalte, die sich auf seiner Stirn abzeichnet. Ich hoffe, die hat mehr mit Mastro als mit mir zu tun, löse vorsichtig meinen Finger und decke Alessio wieder zu. Seine Haare stehen wie immer wirr in alle Richtungen ab. Wenn ich seine Frisur nicht schon vorher gekannt hätte, würde ich meinen, ihn habe gestern noch der Blitz getroffen – oder meine wenigen Worte. Wobei sein eigenes Gebrabbel auch karg ausfällt. Ja, für einen Italiener scheint Alessio ähnlich sprachlos wie Mickey zu sein.

Warum bloß vergleiche ich die beiden fortdauernd? Liebe ich Alessio etwa? Mit (gepunkteter) Haut und (abstehenden) Haaren? Aber eigentlich liebe ich doch Mickey. Oder vielleicht beide? Ein Ding der praktischen Unmöglichkeit. Denn auch wenn Alessio Halbwaise ist, so ist sein Vater noch immer anstrengend und „anstinkend" für zwei. Dazu eine Schwiegermutter namens Kontradelle, und die Belastbarkeitsgrenze meiner Sinnesorgane wäre erreicht.

Schon fällt mir ein, dass ich seit Italien nichts mehr von meiner eigenen (nicht eingebildeten) Mutter gehört habe. Dabei habe ich ihr doch versprochen, mich gleich nach unserer Ankunft zu melden. Aber dann kommt mir in den Sinn, dass Mama denkt, Italien habe Mittelalterniveau, und soweit ich weiß, haben Meldungen im Mittelalter oftmals Monate und einen robusten Laufboten gebraucht. Von daher liege ich noch gut im Timing.

Klar hätte die Frau, die mir einst das Leben schenkte, auch mal selbst zum Telefonhörer greifen können, doch was das „länder"-übergreifende Telefonieren angeht, ist meine Mutter sehr eigen. Stundenlange Anrufe aufs Handy zu zehn Euro die Minute sind kein Problem, doch befindet sich ihr Gesprächspartner nicht mehr in good old Germany, packt Mama die Ferngespräche-Phobie. Und die ist so ausgeprägt, dass selbst E. T. schlechte Karten hätte, wenn er bei meinen Eltern vor der Tür stünde und mal dringend nach Hause telefonieren wollte. Traurig, aber wahr. Wahr ist aber auch, dass ich ohne funktionierendes Handy unerreichbar bin – nicht nur für Mutti und Mickey, sondern für alle.

Die heutige Aufgabe heißt also: Telefonanschluss.

Schnell mache ich mir eine innere Notiz, werfe Alessio einen letzten schmachtenden Blick zu und gehe dann ins Bad, wo ich mir einen Schreikrampf verkneifen muss. Der würzigmodrige Geruch hat es bereits verraten. Mastro liegt totenstill in der Badewanne. Das aber ist noch nicht einmal das Skurrilste. Nein, wirklich verrückt ist die weiße Russenmütze, die auf seinem Bauch liegt wie die Visitenkarte eines osteuropäischen Attentäters.

Mein Adrenalinspiegel schießt in die Höhe.

Hat Maddalena etwa die Russenmafia auf Mastro angesetzt? Ist Mastro tatsächlich tot? Oh nein, das kann (und will) ich nicht glauben. Auch weil der Vorgang des Verwesens dann schon vor dem Verbrechen eingetreten sein muss, denn Mastros Überreste stinken jetzt nicht mehr als das, was vorher noch am Leben war …

Mehr Pietät, mehr Pietät, hämmere ich mir ins Hirn, als es neben mir lautstark rattert. Ein geräusch- und geruchsvoller Furz reißt mich aus meinen Gedanken. Mastro lebt! Bevor ich erleichtert aufatme, öffne ich das Fenster.

„Mau."

Das kam jetzt nicht von Mastro, nein, das kam aus der Russenmütze, die vielmehr eine Katze ist. Eine schneeweiße Katze.

Mama Mia, nun verwechsle ich schon Mietzen mit Mützen …

Langsam richtet sich die Katze auf. Was für ein schönes Tier. Eine Maine Coon, die hatte meine ehemalige Müller-Milchglas-Nachbarin auch.

Aber seit wann hat Mastro eine Katze? Vor allen Dingen eine so schöne? Doch wohl nicht, um Pantegana loszuwerden? Von der wiederum nahm ich an, sie lebe nicht nur mit Mastro in einem Raum, sondern auch mit ihm im Einklang.

Ich sollte mir meine Fragen abgewöhnen. Beantwortet werden sie ohnehin nicht, und wenn doch, dann verstehe ich die Antwort zu einer hohen Wahrscheinlichkeit auch nicht.

Mastros Schlaf ist genauso hartnäckig wie sein Furz, der trotz geöffneten Fensters einfach nicht aus dem Badezimmer entweichen will. Ich müsste ja auch dringend mal aufs Klo, aber das geht nicht, wenn ein Mann im selben Raum ist. Das mag altmodisch klingen, aber ich konnte das nicht einmal vor Mickey.

Also gehe ich wieder hinaus, am schön schlummernden Alessio vorbei und in den Pantegana-Raum. Wie alle anderen muss sich gewiss auch eine prostituierte Brückenmaus nach ihrer langen Bordsteinnacht ausschlafen – insofern sie von Mastros Muschi verschont wurde.

Da mir gleich die Blase platzt, habe ich ohnehin keine andere Wahl. Bewaffnet mit Handtuch und Duschgel, husche ich bis zum Ende des Raumes und rette mich in das Badezimmer. Schnell entledige ich mich dort meiner Notdurft und springe dann unter die erlösende Dusche. Dennoch halte ich mich ran (Pantegana-Panik) und schleiche schon nach fünf Minuten (persönlicher Duschrekord) wieder zurück; vorbei am eingerollten Alessio und in mein eigenes Badezimmer, wo Mastro samt Katze noch immer friedlich furzend schlafen und schnurren.

Beim Blick in den Spiegel fällt mir auf, dass ich schon länger nichts wirklich Weibliches getan habe, und so verteile ich schnell ein wenig Selbstbräuner in meinem Gesicht und Dekolleté, nun gut, ein bisschen mehr, denn das gibt mir einen unglaublich gesunden Look, den ich vorher nicht hatte (mein blasses Gesicht könnte aber auch von Mastros Flatulenzen herrühren). Dann tusche ich mir noch die Wimpern und ziehe mir einen verführerischen Lidstrich.

„Dana? Bist du wach?“, höre ich von draußen jemanden flüstern.

Pffff ... Mel kann warten – das musste ich schließlich auch, und zwar eine ganze Nacht.

Nach zehn Minuten, die ich mit dem Stylen meiner Haare zubrachte, schlendere ich zurück ins Zimmer, entzücke mich an Alessios Anblick und wähle mein Tagesoutfit, in das ich natürlich nicht vor Alessio oder Mastro schlüpfe, sondern in der Küche.

Zuerst zwänge ich mich in meine unglaublich hässliche, aber sehr effiziente Fett-weg-Unterwäsche, eine hautfarbene Pellwurst, die zwar aussieht, als haben sich ihre Designer in der Renaissance von halb nackten, speckigen Puttenengeln inspirieren lassen, doch sie tut ihre Wirkung und schummelt locker zehn Kilo weg.

Kaum stecke ich in der Schummelpackung, kröne ich das Ganze mit meiner schönsten Jeans und einem schwarzen Spaghettiträger-Top.

So gut sah ich schon lange nicht mehr aus.

Auf leisen Sohlen (ergo barfuß) wandere ich nach draußen. Die Sonne scheint, und es duftet so frisch, wie es das immer nach einem kräftigen Regenguss tut. Mel sitzt im Morgenmantel auf der Terrasse und hat einen vollkommen entspannten und vollends befriedigten Gesichtsausdruck. Trotz triefend nasser Möbel. Komisch.

„Schön, dass es dir jetzt wieder besser geht“, sagt ausgerechnet sie zu mir.

Erstens ist ihr das doch sowieso egal ... und zweitens kann ich mich nicht erinnern, dass Mel irgendetwas zu meiner Besserung beigetragen hätte.

Ich schenke ihr also einen leicht skeptischen Blick.

„Du siehst echt toll aus", kontert Mel auf meine Skepsis und klopft mir auf die selbstgebräunte Schulter.

Ich schweige. Denn für ihre egoistische Alleinlass-Aktion erwarte ich eigentlich eine Entschuldigung. Mel aber fragt nach einigen Nachdenk-Minuten bloß: „Bist du jetzt mit Alessio zusammen?"

Wie bitte? Was?

Ist meine beste Freundin wirklich so oberflächlich und abgebrüht, mir sofort den nächstbesten Kerl zu besorgen, nur weil es ihr wiederum ein Klaus besorgt?

„Nein", antworte ich. „Es knistert doch noch immer zwischen Alessio und seiner Ex ... dieser Maddalena."

„Mastros Magdalena?" Mel schüttelt energisch den Kopf. „Nein, die hat Alessio gestern noch persönlich von der Terrasse gejagt."

Oje!

Da habe ich wohl das Entscheidende verpasst. Und Alessio auch ein wenig unrecht getan.

„Die war nur hier, um Mastro seine Sachen zurückzugeben. Mit Mastro und Mantalena ist nämlich auch Schluss", setzt Mel noch nach.

„Welche Sachen?", frage ich verdutzt, weil Letzterer doch schon genug Schrott bei uns gebunkert hat.

„Sieben Schubkarren voll Schutt", antwortet Mel, „die hat sie Mastro vor die Füße geworfen. Das totale Chaos. Hättest mal den Krempel sehen sollen."

Habe ich. Gestern abend. Und das Ganze ungrazilerweise mit Mels Möbeln verwechselt.

Mel kichert.

„Ein Kochbuch über Quark war auch dabei – und eine Katze mit Kristall-Augen."

„Diese hier?", frage ich, während sich die weiße Schönheit an meinem Bein reibt und dabei schnurrt wie ein Rasierapparat.

„Nee, eine aus Porzellan. Aber diese hier gehört wohl auch dazu."

Mel strahlt die glanzvolle Katze an, als sei sie unser erster Gast. „Wie schön, ich reagiere gar nicht allergisch. Ach, bevor ich es vergesse: Alessio ist in dich verliebt. Mach was draus!"

„Also *ich* habe Mickey noch nicht vergessen", entgegne ich ein wenig eingeschnappt.

„Aber Mickey hat doch mit dir Schluss gemacht", kontert Mel.

In der Beziehung sind Mel und Mickey ähnlich unentschlossen, und so sollte meine beste Freundin eigentlich Empathie für meinen Vielleicht-Verflossenen empfinden. Stattdessen ergänzt sie: „Also, mir hat mal jemand erzählt, dass ein Bild mehr als tausend Worte sagt – und Mickey hat dir doch ein Foto geschickt … und …"

Ich spare mir die Info, dass es sich bei dem Bild nicht um Mickeys eigenen Körper handelt, denn das würde Mel nur noch weiter verwirren. Außerdem taucht in diesem Moment der gut gelaunte Glücks-Klaus auf: „Na, ihr zwei. Wie wär's, wenn ich uns jetzt Brötchen hole?"

„Und bitte auch das, was man drauftut", ergänzt Mel, „wir haben nämlich nichts zu essen hier. Alles, was wir gestern gekauft haben, hat Dana schon aufgegessen."

„Ja, ich weiß", sagt Klaus ähnlich taktlos und sprintet zu seinem Umweltmobil – ein kleines Hybridfahrzeug mit großem Käfer-Karma-Aufkleber: „Überhol doch. Ich rette lieber Leben – zum Beispiel dein nächstes."

Mel wirft ihm einen sehnsüchtigen Blick hinterher.

„Dana, ich liebe Klaus."

Daraufhin wiederhole ich Klaus' Worte: „Ja, ich weiß", denn in ein paar Tagen ist das bestimmt wieder anders. Keine Ahnung, warum Mel so unentschlossen ist. Aber wäre sie es nicht, wären wir wahrscheinlich auch nicht in Italien gelandet. Statt einer Knutschorgie mit Alessio hätte ich mir gestern Abend „Die Auswanderer" im Fernsehen angesehen und in meiner

Einsamkeit von einem besseren Leben mit einem weit entfernten Mickey geträumt. Jetzt habe ich ein besseres Leben – wenn auch mit einem komischen Gefühl im Bauch.

„Und Dana, dich habe ich auch lieb."

„Ja, ich weiß."

Trotz allem ist mir die zufriedene Mel um Längen lieber als der Jammerlappen der letzten zwei Tage. Und nun wird Mel auch noch poetisch.

„Egal, welche Probleme wir haben, egal, wo wir auch sind, mit Liebe bekommen wir alles hin."

Während sie das sagt, hebt Mel die Katze hoch und drückt sie sanft an ihr rechtes Ohr. Das erinnert bildlich an einen plüschigen Telefonhörer und der mich wiederum an meine innere Notiz.

„Mel, wir brauchen dringend einen Telefonanschluss. Ohne unsere Handys sind wir hier oben nämlich aufgeschmissen."

Unglaublicherweise erkennt Mel, dass meine Form von Liebe durchs Telefon geht, und sie antwortet: „Ja, das stimmt."

„Puh, das stinkt", ertönt da plötzlich eine Stimme – mit Schweizer Akzent.

„Hans und Heidi. Willkommen", ruft Mel.

Tatsächlich schreiten Hans und Heidi, unsere Schweizer Helfer von vorgestern, soeben am Badezimmerfenster vorbei, hinter welchem Mastro noch immer ausgiebig pennt – und parallel pupst.

„Wir haben uns schon gewundert. Ihr wolltet euch doch melden …"

Tja, ohne Telefon ist das so eine Sache …

Schließlich wirft Heidi einen Blick auf Mastros Möbel-Müllhaufen und ergänzt: „Aber ihr habt auch sicherlich einiges zu tun mit dem Gnuusch, oder?"

Gnuusch?

Wir nicken trotzdem, und Mel setzt dabei die Katze auf den Boden.

„Ist das nicht komisch, dass ich gegen diese Katze nicht allergisch bin?"

Das kann an der Rasse liegen oder generell daran, dass Mel immer nur dann allergisch auf fast alles und jeden reagiert, wenn es ihr auch psychisch nicht besonders gut geht.

„Wollt ihr mit uns frühstücken?“, frage ich Hans und Heidi, und unsere freundlichen Freunde aus der Schweiz antworten einstimmig: „Moll.“

Ich nehme mal an, dass sie damit meine Einladung annehmen. Fix haben wir ein paar Stühle und Tische zusammengeschoben. Unser erstes italienisches Frühstück wird sogleich ein multikulturelles Frühstück für Italiener, Deutsche, Schweizer ... und für ein Tier namens Mastro, das gerade lautstark aufstößt.

„Da göörbsät doch öpper“, meint Heidi und blickt leicht angewidert in Richtung meines Badezimmers.

Was auch immer sie uns damit sagen will, ihr Blick hat es bereits verraten.

Doch Hans und Heidi sind viel zu höflich, um die angenommene Einladung wieder auszuschlagen. Und solange Klaus noch nicht zurück ist, sitzen wir ohnehin ohne Essen am Tisch. Während Mel nach oben geht, um sich anzuziehen, und Duschgeräusche aus meinem Badezimmer ertönen (da tippe ich mehr auf Alessio), nutze ich die Gunst der Minute und befrage Hans und Heidi zum Telefonanschluss.

Hans antwortet in bemühtem Hochdeutsch: „Oha, das mit dem Telefon ist wirklich nicht ganz einfach hier.“

Das war wiederum abzusehen.

Allerdings bezieht Hans das nicht auf den Anschluss, sondern auf das Telefon an sich. Er erzählt mir, dass er vor einem Jahr ein Telefon gekauft hat, das leider nicht richtig funktionierte. Hans brachte das Gerät daraufhin sofort zurück, und zwar in die Reparaturannahmestelle des Geschäftes, in dem er das Teil erworben hatte. Leider war „ferragosto“ (das erinnert mich sofort an Überraschungseier und Kinderriegel, und das wiederum bringt meinen leeren Magen zum Knurren, was ich aber dezent auf die schnurrende Katze in meinem Arm schieben kann), und damit fingen die Probleme an.

„Ferragosto bedeutet, dass am 15. August die meisten Geschäfte geschlossen sind. Überhaupt passiert im gesamten August in Italien nicht viel, weil alle Welt Urlaub macht“, erklärt Hans. „Die Reparatur des Telefons sollte jedenfalls vierzig Tage dauern, allerdings erst ab September gerechnet.“

„Ja, aber das war auch dein Fehler, Hans. Du Gaggalari hast *vierzehn* Tage verstanden. Nicht *vierzig*“, sagt Heidi.

Na, noch immer besser als ich, die so gut wie kein Italienisch und teilweise auch Hans und Heidi nicht versteht.

Hans nickt betrübt und erwähnt dann, dass selbst das egal ist, weil Zeit in Italien keine fixe Angabe ist und sich meist irgendwo zwischen mehreren Monaten und der Unendlichkeit einpendelt. Nach drei Wochen jedenfalls fragte Hans zum ersten Mal nach dem Verbleib seines reparierten Telefons, aber da vertröstete man ihn um ein paar weitere Wochen. Das zuvor versprochene Ersatztelefon gab es auch nicht. Hans wartete geduldig zwei weitere Wochen ab, wurde dann aber nur um drei weitere vertröstet. Vielleicht wäre das alles auch kein großes Dilemma gewesen, hätte sich dieses Kasperletheater nicht über etliche Monate hingezogen, in denen Hans immer wieder darauf hoffte, sein Telefon nach drei Wochen zu erhalten.

„Habt ihr das Telefon überhaupt jemals zurückbekommen?“, will ich wissen.

„Ja, stell dir vor“, sagt Hans, und ich schüttle ungläubig den Kopf, „einmal, als ich angerufen habe, da hat die mir gesagt, ich solle in zwei Wochen wieder anrufen, weil sie jetzt erst einmal nur die Buchstaben L bis Z betreuen. Ja, und da habe ich mich gefreut und ihr gesagt, dass mein Nachname doch Zotti lautet. Da meinte sie, es ginge um meinen Vornamen, aber der lautet Wolfgang. Wolfgang-Hans Zotti. Ja, und als ich ihr das gesagt habe, da legt diese Tüpfi einfach auf.“

Heidi ergänzt: „Das Telefon haben wir letzte Woche wiederbekommen. Ein ganzes Jahr war es fort zur Reparatur.“

„Die Rechnung war aber schon auf diesen Februar, also auf ein halbes Jahr zuvor, ausgestellt“, ergänzt Wolfgang-Hans.

„Die haben ein halbes Jahr gebraucht, um euch anzurufen?", frage ich schockiert.

„Ja. Und das auch noch aus einem Telefongeschäft", ergänzt Hans. „Wir haben daraus gelernt. In Zukunft nutzen wir ausschließlich unsere familiären Kontakte für Reparaturen aller Art. Auf die Familie kann man sich immer verlassen."

Diese Informationen muss ich erst einmal verdauen. Ist zum Glück bisher auch das Einzige, denn Klaus ist noch immer im Auftrag unseres Frühstücks unterwegs.

Muss er es erst erlegen?

Nein, denn Klaus ist Vegetarier, ganz wie ich – im Sinne der Tiere. Auch wenn er ein Hinterwäldler ist, dann doch einer von der naturschonenden Sorte. Die Spuren, die Klaus auf dieser Erde hinterlässt, sind in nahezu jeder Hinsicht ökologisch korrekt. Vom Essen bis zur Kleidung. Bei Letzterem könnte auch ich mir noch eine Scheibe abschneiden, denn mein unendlich gut aussehendes, aber auch unglaublich günstiges Spaghettiträger-Top hat mindestens einen unterbezahlten Arbeiter auf dem Gewissen. Und zwar aus Pakistan, wie ich es dem „Made in"-Schild entnommen habe.

„Die haben doch nicht mehr alle Tassen im Schrank", zetert Mel, die gerade wieder zu uns stößt, „ihr musstet für die Reparatur bezahlen? Gibt's in Italien etwa keine Garantie für elektrische Geräte? Also, ich kauf hier nichts."

Klar, dass sich meine beste Freundin mal wieder nur für die eigenen Anlagen interessiert. Apropos Anlagen. Die bringt Mel heute so richtig in Szene. Atemberaubend schön wie eine junge Göttin steht sie in ihrem türkisfarbenen Wallekleid vor uns und verbreitet einen Grace-Kelly-Charme sondergleichen (tatsächlich tippe ich auf schadstoffarm gefärbte Baumwolle und „Made in Italy", was wohl an ihren Lieblings-Boutiquen und nicht an ihrem fairen Fokus liegt).

„Zu spät, denn dein Kleid kommt bestimmt aus Italien", bemerke ich und Heidi schenkt Mel daraufhin einen noch bewundernderen Blick, den sie jedoch zwei Sekunden darauf um hochgezogene Augenbrauen ergänzt.

„Ja, wer ist denn der Güllemigge dort?“

Hätte ich etwas gegessen, dann wäre das jetzt auf dem Tisch gelandet. Ich kann mich vor Lachen nicht mehr einkriegen. Mastro, der gerade aus dem Haus kommt und sich dabei ordentlich am Sack kratzt, ist in Schwiizerdütsch eine „Gülle-Mücke“ – wie passend.

„Gülle-Mickey“, lacht Mel, und da höre ich augenblicklich auf zu lachen.

„Ihm hat das Haus *vorher* gehört, aber das hat er irgendwie verdrängt“, erkläre ich.

„Ist ja aardlig“, meint Heidi.

„Er ist nicht adlig. Er heißt Mastro. Und wir werden ihn einfach nicht los“, fügt Mel hinzu.

„Da kann euch nur der Landjegär helfen, oder?“, meint Heidi, und ich verschlucke mich fast vor Schreck.

Mastro einfach abknallen? Von einem Provinz-Jäger?

Das kann nicht Heidis Ernst sein. Auf der anderen Seite: Kam Wilhelm Tell (ja, der, der seinem Sohn einen Apfel vom Kopf schoss) nicht auch aus der Schweiz? Vielleicht ist das dort Tradition. Leicht schockiert blicke ich zu Mel, die einen ebenso erschrockenen Gesichtsausdruck hat.

„Heidi, bitte in Hochdeutsch sprechen. Landjegär heißt Polizei“, klärt Hans uns auf.

„Lieber nicht“, sage ich und seufze. „Ich habe keine Lust, dass Mastro uns im Gegenzug die Mafia auf den Hals hetzt.“

„Ist Mastro in der Mafia?“, fragt Mel erschrocken.

Ich zucke mit den Schultern. Mastro ist nicht zu unterschätzen. Das verrät schon die Tatsache, dass sein eingeschüchterter Sohn ihm nach all den Verletzungen lediglich mit bösen Blicken begegnet. Außerdem sind laut meiner Mama alle Italiener mit der Mafia verbunden, zumindest kennt jeder einen, der einen kennt, der mit einem verwandt ist …

„Dann übernehme ich das jetzt“, sagt Hans und geht brabbelnd auf Mastro zu. Während ich wirklich Angst um beide bekomme, sieht Heidi die Sache ganz locker und erzählt uns in bemühtem Hochdeutsch eine weitere italienische Anekdote.

„Freunde von uns kauften vor ein paar Jahren zwei Häuser im Piemont. Leider sagte man ihnen nicht, dass auf eines der Häuser eine sehr hohe Hypothek lief. Sie bezahlten also zwei Häuser, bekamen aber zum Schluss nur eins."

„Dann lieber ein Haus mit Mastro als gar keins", murmle ich.

Prompt kommen Mastro und Hans zurück. Beide lachen, und Mastro nimmt mich und Mel unaufgefordert in seine schwitzenden Arme. Natürlich finden seine Hände recht schnell ihren altbekannten Weg zu unseren Hinterteilen.

„Oha, der ist ein Tööpli – er geht an eure Füdli", bemerkt Heidi.

„Heidi, Hochdeutsch!", mahnt Hans erneut, und wir erfahren, dass „Tööpli" schlichtweg „Grapscher" bedeutet und „Füdli" nicht das, was ich dachte, sondern „Gesäß".

„Ach, so verkehrt ist der gar nicht. Der zieht schon sehr bald um. Seine Wohnung wird in ein paar Wochen frei", berichtet Hans, und das beruhigt mich. Aber auch nur so lange, bis Heidi uns darüber aufklärt, dass Pinocchio nicht grundlos aus Italien kommt.

„Am besten, ihr haltet immer alles schriftlich fest, und sie müssen es unterschreiben, sonst habt ihr nachher nichts in der Hand. Auf mündliche Abmachungen kann man hier keinen Chölä geben."

„Ohne euch wären wir hier wohl verloren", winsele ich mit wehleidigstem Welpenblick.

„Nur Mut. Die Sprache lernt ihr schon noch. Unser Sohn, der Simon, hat sie auch schnell gelernt. Nur fünf Monate hat er dafür gebraucht", tröstet uns Hans.

Sohn?

Hans und Heidi sind zwei wunderschöne, groß gewachsene Menschen mit perfekten Gesichtskonturen. Wenn die Gene nicht eine Generation übersprungen haben oder der Sohn ein italienisches Adoptivkind ist, dann dürfte Simon perfekt in Mels Beuteschema passen. Als sei sie auch zufällig gerade auf der Suche nach einer passenden Schwiegertochter, ergänzt Heidi: „Simon ist fünfundzwanzig Jahre alt, sehr groß, gut aussehend, und er arbeitet als Elektriker unten im Ort."

Sohn Simon ist genauso alt wie Sohn Alessio, der wahrscheinlich nicht unten im Ort arbeitet, sonst wäre er schließlich nicht Tag und Nacht hier oben. *Und das wiederum wäre jammerschade.* Hach ...

Kaum denke ich an Alessio, schlurft der aus der Tür.

Voller Freude sprintet Mastro seinem Sohn entgegen, bleibt jedoch auf halbem Wege stehen, weil sich Alessios Gesicht blitzartig verfinstert (wahrscheinlich hat Mastro mal wieder vergessen, dass sein Sohn ihn nicht mehr mag, und ebenso wahrscheinlich weiß er auch den Grund dafür nicht mehr). Das aber hält Mastro nicht davon ab, ein breites Grinsen aufzusetzen, auf Alessio zu zeigen und im selten stolzen Singsang „*Ecco, mio figlio Alessio*" von sich zu geben.

Alessio sagt nur: „*Ma vattene!*"

„Du Blödian, wir wissen doch, dass der dein *Vater* ist", zickt Mel.

Alessio hat das zum Glück nicht verstanden. Hans und Heidi schauen dafür ganz verdattert drein. Und wie ich gerade im Wörterbuch nachschlage, heißt „vattene" nicht Vater, sondern „verpiss dich".

Tja, Mel, Schweigen ist Gold. Sogar in Italien. Auf der anderen Seite: Der schweigsame Alessio begegnet seinem Vater neuerdings nicht mehr nur mit bösen Blicken, sondern auch mit beleidigenden Beschimpfungen? Wohin das wohl noch führen mag?

„Ach, er wohnt hier mit seinem Sohn?", fragt Heidi, „na, dieser hat aber viele Biibäli."

Schon bekommt Mel den nächsten Lachanfall, den ich gekonnt zu übertönen weiß.

„Nein, sein Sohn wohnt nicht hier", sage ich, „der hat nur zwei Nächte hier verbracht." Mel ergänzt kichernd: „Und nur Dana weiß, warum."

Sie wirft mir einen verschwörerischen Blick zu, aber ich lenke geschickt vom Thema ab.

„Schaut nur, da kommt unser Frühstück."

Und zwar in Form vom kulanten Klaus, der gerade mit zwei großen Tüten um die Ecke biegt. Selbstverständlich sind es ökologisch korrekte Altpapiertüten – aus dem einzigen Bioladen dieser Gegend.

Mel rennt sofort zu ihm. Ich auch, denn ich habe einen gigantischen Kohldampf – und überhaupt keine Lust, über das, was nicht zwischen mir und Alessio gelaufen ist, zu sprechen.

In Windeseile haben wir den Tisch gedeckt, und alle beschmieren sich ihre – zugegeben recht labberigen – Brötchen.

„Seit wir in Italien leben, backen wir unser Brot selbst", sagt Heidi. „Das italienische Brot ist nämlich immer sehr weich."

Egal. Ich würde jetzt auch amerikanisches Kaugummi verdrücken, denn mein Hunger ist unbändiger als der Vesuv.

Ruckzuck landen drei butterweiche Biobrötchen in meinem Bauch, und ich rühre mir gerade den zweiten Pott Öko-Kakao zusammen. An der frischen Luft schmeckt es gleich zehnmal so gut.

Die Atmosphäre ist einfach toll. Seit Langem bin ich endlich wieder pappsatt, sehe gut aus, genieße die Sonnenstrahlen und Alessios Blicke (die von Mastro nicht, aber an die habe ich mich mittlerweile schon gewöhnt). Ich entzücke mich an unserem schönen Haus, das selbst Hans und Heidi als Traumhaus bezeichnen. Ja, und über diese beiden Schweizer freue ich mich auch. Sie sind die nettesten Schweizer, die ich kenne (okay, sie sind auch die einzigen). Außerdem ist es toll, dass Öko-Klaus bei uns ist, um Mimosen-Mel wieder zum Strahlen zu bringen (wenn auch nur für kurze Zeit). Ja, meine gute Laune beeindruckt mich selbst.

Ob dieser Glücksgefühlsrausch von dem glücklich erwirtschafteten Biofrühstück kommt? Oder liegt es an unserer grandios gelegenen Bleibe? Unseren gut gelaunten Schweizer Buddies? Klaus an Mels Seite? Oder am Ende doch an einem gewissen Biibäli-Buben, der seine Ex so in den Wind geschossen hat wie Mickey wohl mich? Ich weiß es nicht. Überhaupt fällt mir das Denken gerade nicht so leicht. Vielleicht, weil mein Verstand vollkommen von hormoneller Hurrastimmung verdrängt wurde. Die würde ich am liebsten lautstark über ganz Piemont posaunen, denn Alessio hat sich für den freien Platz neben mir entschieden und legt sofort seinen starken Arm besitzergreifend um mich. Während Heidi mir erklärt, dass es sich bei „Biibäli" nicht um ein Baby-Face, sondern um Eiter-Pickel handelt (egal, selbst Läuse würden mich an dieser Stelle nicht weiter jucken), genieße ich seine Berührung. Allerdings nur für kurze Zeit, denn schon macht es sich bemerkbar.

Verdammt!

Wenn dieses flaue Mickey-Bauchgefühl nicht wäre, würde ich mich in diesem Moment wohl zum glücklichsten Menschen der Welt zählen.

„Dein Gschpusi?", fragt Heidi, und da ich trotz Blödbauch so glücklich bin, nicke ich einfach mal.

Mel wirft währenddessen *ihrem* Freund schmachtende Blicke zu, aber Klaus kann diese nicht erwidern, da er mit Hans über Flora und Fauna philosophiert und gleichzeitig etwas frische Erde vom Boden aufhebt, die er sorgfältig nach Maden und Mutterboden sortiert.

„Und wer ist er?", fragt mich Heidi und zeigt auf den die Erde so liebenden Klaus, und bevor Mel antworten kann, erkläre ich: „Ein alter Schulfreund."

Heidi nickt und flüstert mir dann ins Ohr, dass ihr Sohn Simon die perfekte Partie für Mel wäre, und da grinse ich, weil ich schon selbst darauf spekuliert habe. Das ist zwar gemein gegenüber Klaus (und ja, es tut mir auch wirklich leid, weil Klaus ein echt toller Kerl ist), aber nur auf diese Weise wäre Mel auch nach Klaus' Abreise zu ertragen. Schließlich bin ich es, die Tag und Nacht mit Mels Launen zurechtkommen muss – und nicht Klaus. Der nudelt sich gerade mit Hans durch die Natur-News und scheint dabei alles um sich herum zu vergessen. Auch Mel.

Bevor deren Laune weiter absinkt, entscheide ich spontan, mit ihr und Heidi einen Rundgang über unser Anwesen zu machen. Alessio schaut zwar etwas verdattert, da er nun mit seinem Vater ganz allein am Tisch sitzt, aber vielleicht tut das den beiden auch mal ganz gut.

Während wir über die sonnige Terrasse zum Pool schlendern, erkenne ich einmal mehr, dass dieses Haus wirklich etwas ganz Besonderes ist. Allem voran seine Lage.

„Das ist die beste Lage in ganz Piemont", stellt Heidi begeistert fest, und da lächelt auch Mel wieder.

Kurz darauf verlassen uns Hans und Heidi, um irgendetwas zu tun, was leider nicht ins Hochdeutsche zu übersetzen war.

„Die beiden sind wie Eltern für mich", meint Mel.

„Wie Schwiegereltern", murmle ich, und das hört Mel zum Glück nicht, denn ihre Augen und Ohren sind nun einzig für Klaus geöffnet, der sich ohne Hans auch wieder etwas mehr auf seine Freundin konzentrieren könnte – es aber leider nicht tut.

„So, jetzt müssen wir uns aber ranhalten", erklärt Klaus und läuft sofort zu Mastros Müll-Möbelberg, während Mel ihm sehnsüchtig hinterherseufzt.

„Es ist doch gut, dass er uns hilft", sage ich, und da seufzt Mel noch lauter.

„Wenn wir mit anpacken, geht es auch schneller", bemerke ich und bereue das sofort wieder. Mel und ich sind viel zu herausgeputzt, ja, viel zu schön, um Mastros Müll durch die Gegend zu tragen. Als finde er das auch, sagt Klaus: „Ladys, ihr schleppt bestimmt keine Möbel."

In dem Moment läuft Alessio an uns vorbei, streift mich – rein zufällig natürlich –, und das elektrisiert mich.

Warum muss dieser Mann nur so unverschämt attraktiv sein?

„Klaus ist ja so attraktiv", schwärmt Mel. „Er ist und bleibt mein Glücksgriff. Egal, wie sehr er mich auch ignoriert."

Von Ignoranz kann bei Alessio keine Rede sein, denn der entpuppt sich selbst als Glücksgriff (oder rechte Hand) für Klaus. Gemeinsam tragen sie ein nasses Regal in die Ferienwohnung.

Moment mal. Das Regal kenne ich doch … Und tatsächlich, es gehört weder Mastro noch Mel, sondern mir. Schnell laufe ich zum durchtränkten Dreckberg und verstehe nun, warum Mel das durchweichte Wohninventar genauso locker gesehen hat wie Mastro. Es handelt sich zum Großteil um *mein* Eigentum.

Ach egal, denke ich mir. Das Zeug war schon vorher alt und/oder wertlos. Allerdings … Wenn das hier in Italien nicht klappt, dann habe ich gar nichts mehr. Keinen Mann. Keine Mel. Und keine Möbel.

Aufgeregt ziehe ich meine beste Freundin zur Seite.

„Unser Leben in Italien muss unbedingt klappen."

Ein breites Grinsen erhellt Mels Gesicht.

„Also hast du dich nun doch für Alessio entschieden?", fragt sie, und da kann ich nur wieder mit den Schultern zucken. Ein paar Minuten schweifen unsere Blicke fragend über Piemont, dann sage ich: „Wenn das hier nicht klappt, dann habe ich nichts mehr."

„Hach, da sind wir schon zu zweit", meint Mel und erinnert an das Haus ihrer Eltern, woraufhin mir wieder meine Eltern im Besonderen und meine Mutter im Speziellen in den Sinn kommen.

„Schnell, wir müssen jetzt den Telefonanschluss klarmachen."

Zwar weiß Mel nicht, warum ein Telefonanschluss dafür sorgt, dass das hier in Italien klappt, aber sie folgt mir trotzdem zum Auto.

„Wir melden schnell mal unser Telefon an. Sind gleich wieder zurück", rufe ich dem schraubenden Klaus zu, der sofort die Augenbrauen hochzieht und das wiederholt, was sich in Italien wahrscheinlich nur aufs Autofahren bezieht: „Schnell?"

Egal. Schnell wie ein Italiener sause ich mit Mel in die Stadt, wo ich verhältnismäßig flink in Erfahrung bringe, dass uns nur dann ein Telefonanschluss zusteht, wenn wir ein italienisches Bankkonto vorweisen können. Das können wir. Pardon. Das kann *Mel*. Aber leider kann Mel keinen aktuellen Kontoauszug vorlegen, und so geht es erst einmal zur Bank.

Dort angekommen, finden wir leider keinen Kontoauszugsdrucker, und so schiebe ich Mel in die ewig lange Schlange vor dem Schalter (war ja klar) und organisiere uns im Nachbar-Café zwei Getränke im Plastikbecher. Jetzt heißt es: Abwarten und (Eis-)Tee trinken. Zur Nervenberuhigung. Denn die Schlange ist nicht nur endlos, nein, diesmal ist es sogar Actionfilm-mäßig. Nach einer Stunde passieren wir eine Flughafenschleuse. Bei mir piept es nicht, aber natürlich piept es bei Mel. Sofort wird die Gute aufgefordert, ihren Schmuck abzulegen – und zwar in ein Schließfach hinter uns.

Welcher Bankbedienstete fürchtet sich nicht vor einer Armbanduhr oder zwei kleinen Perlenohrringen?

Wenigstens verstehen wir nun den sinnlosen Grund hinter der Warteschlange, was sich nicht nur auf die Schleuse, sondern auch auf die Tatsache begründet, dass in Italien keine Kontoauszugsdrucker existieren. Stattdessen müssen wir den Mann am Schalter um einen „Estratto conto" bitten, der sich dann seelenruhig an seinen Computer setzt, einen Stapel Papier in den Drucker legt und in Zeitlupentempo einhundert Kontoauszüge ausdruckt *(bei dem Tempo würde es mich nicht weiter wundern, wenn er diese persönlich tippt)*. Warum es so viele sind, ist ebenso unklar, denn seit unserer kurzen Zeit in Italien ist noch nicht viel passiert. Aber gut.

Ich nutze die Zeit vorm Schalter und erwähne Makler Giuseppes Erdbeer-Prinzessinnen-Info vom Vorabend, woraufhin Mel sämtliche Gesichtszüge entgleiten: „Dana, jetzt muss es erst recht hier in Italien klappen, denn über diese Grenze fahre ich nie wieder."

„Vernichte lieber deine Filmchen", entgegne ich.

Tatsächlich und trotz allem schaffen wir es am selben Tag, unseren Telefonanschluss zu beantragen. Wie lange es jetzt noch zum ersten Telefonat dauert, steht allerdings in den Sternen (hoffentlich nicht in solchen, die Mel kaufen würde).

Daheim angekommen, staunen wir nicht schlecht. Klaus und Alessio haben beste Arbeit geleistet. All meine Möbel befinden sich im Haus. Und jene von Mastro stehen eingepfercht im Pantegana-Raum.

„Ach, das Zimmer kann er auch vorerst haben“, sagt Mel großzügig. Wohl nur, weil sie glaubt, dass Urlauber nach einem Zusammentreffen mit der prostituierten Brückenmaus einen Mastro als Kuscheltier ansehen würden. Das sehe ich nicht so, denn Mastro stinkt mal wieder zehn Kilometer gegen den Wind.

Den restlichen Tag (viel ist davon nicht mehr übrig) verbringe ich schweigend auf einer hölzernen Bank. Neben Alessio, der zwar nicht mehr versucht, mich zu küssen und zu kneten, aber immerhin meine Haare um seine Finger wickelt und dabei einen selbst gedrehten Joint raucht, von dem ich einiges unfreiwillig inhaliere – sozusagen meine erste Erfahrung mit Drogen, wenn auch *nur* passiv.

Nur? Ha, ha!

Als es dämmert, gehen Mel und Klaus in Mels Schlafzimmer und sorgen höchstwahrscheinlich für Nachschub auf der Festplatte des grenzbekannten Fernsehers.

Und als es unendlich viele Stunden später allmählich dunkel wird, packt Alessio seine Sachen zusammen, steigt in seinen kleinen Fiat Panda, kurbelt das Fenster herunter (Dauer: vier Stunden), um seinem Vater den Mittelfinger zu zeigen (eine Stunde) und mir einen Kuss zu geben (sechs Stunden). Dann rollt er in Zeitlupe davon, und ich blicke ihm sehnsüchtig nach.

Ich weiß noch immer nicht, was ich tun soll. Nicht nur jetzt, sondern allgemein. Mit Alessio fühle ich mich sehr wohl, aber trotzdem habe ich dieses flaue Mickey-Gefühl im Bauch, wann immer Alessio mich berührt. Und wenn ich an Mickey denke, denke ich automatisch an Alessio, weil der ihm so ähnlich sieht. Ein Teufelskreis.

Hoffentlich funktioniert der verdammte Telefonanschluss bald, ich will endlich wissen, woran ich bei Mickey bin. Jede Stunde gehe ich hinauf in unsere Wohnung und hebe den Hörer ab. Aber bis auf das Poltern im Nebenzimmer tut sich nichts. Ja, es tutet nicht einmal. Vielleicht drücke ich auch die falschen Tasten, es sind so unglaublich viele. Irgendwann kommt Mel ins Zimmer und reißt die Kabel aus der Wand. Weil ihrer Meinung nach sonst das Gleiche mit ihrem Geduldsfaden passiert. Egal. Meiner hält. Ja, ich habe alle Zeit der Welt (dieser Abend scheint ohnehin mehr Stunden als sonst zu haben), während meine splitterfasernackte Freundin in Zeitlupe das Telefonkabel zusammenwickelt. Ein paar Stunden oder Tage darauf (ich glaube, ich bin zwischendurch auch mal eingeschlafen) drückt Mel mir das Telefon in den Arm und sich selbst an Klaus *(oh mein Gott, der ist auch nackt!)*. Bevor ich etwas sagen kann (bis ich meine Gedanken in Worte umgewandelt habe, vergehen wieder Stunden), schicken mich die beiden ins Bett. Ich fühle mich wie E. T. bei meinen Eltern und ein bisschen auch wie jemand, der mit Telefonen schläft, denn das tue ich nun. Ja, es ist höchste Zeit fürs Bett (eigentlich wird es schon wieder hell).

Ich gehe in das Ferienwohnungszimmer, in dem mein Bett steht, schließe die Tür ab (so breit kann ich gar nicht sein, um noch einmal neben Mastro aufzuwachen), lege das Telefon neben mich auf das Kopfkissen und bete dann zum lieben Gott: „Gott, von dem wir alles haben, wir danken dir für deine ... Gabeln? Nein, wirklich, der Schrei eben konnte nur von jemandem mit einer Gabel im A... gekommen sein ... ach nein, das war bloß Mel, die hat letzte Nacht genauso geschrien, aber nicht wegen einer Gabel im Po, sondern wegen ihres Freundes im Piemont. Für den möchte ich mich auch bedanken, also für Klaus. Und für alle anderen Männer, also für Mickey ... und für Alessio. Die sind *beide* wunderbar. Mel sieht das ja nicht so, aber Mel sieht ja nicht mal Klaus, zumindest nicht so richtig. Ich sehe das schon. Obwohl ich nicht einsehen kann, warum ich mich zwischen Mickey und Alessio entscheiden sollte. Die sind nämlich beide so toll. Und ihre Erzeuger sind so ... na ja, egal. Kannst du mir vielleicht helfen, Gott? Kannst du für mich entscheiden? Mit einem

Zeichen vom Himmel? Einer Sternschnuppe? Aber bitte nicht mit solch einer, die Mel kaufen würde, die kann ich nämlich nicht sehen. Sende mir lieber etwas Irdisches ... drei Kinder im Königskostüm ... oder einen Esel. Nein, lieber keinen Esel, damit würde Mel nicht zurechtkommen, weil wir doch schon Mastro haben, der ‚mault' und ‚iaat' schließlich auch. Und bitte, schicke mir bloß keinen dritten Traummann. Lass dafür lieber ein paar Touristen kommen, auch wenn ich gar nicht weiß, was die hier machen sollen. Bitte, tu es trotzdem. Ich tu es dann auch ... das Gute. Gleich heute ... da hab ich die Umwelt geschont, weil meine Möbel nicht auf der Müllhalde gelandet sind. Nee, ich hab sie bloß mit Mels Parfüm eingesprüht, schon halten sie zehn weitere Jahre. Und duften verführerisch. Das sind wiederum zwei Gründe, weshalb ich Mastro nicht eingesprüht habe. Von dem mal abgesehen ist Italien gar nicht so schlecht. Genauso wie Alessio. Deutschland ist aber auch nicht schlecht, weil Mickey dort lebt ... aber erst, wenn er wieder aus Amerika zurückkommt.

Ach lieber Gott, ich hab dich lieb ... und Mickey und Alessio auch ... und Mel ... und meinen Schrank."

Bevor ich Gott vollends verprelle, schlafe ich zum Glück ein.

Mama hatte also recht, dass Passivrauchen viel schädlicher ist, als selbst zu rauchen ...

ITALIEN, TAG 4: HERZSCHMERZ HOCH HUNDERT

Am nächsten Morgen bricht Klaus in aller Herrgottsfrühe auf. Und das bricht Mel natürlich das Herz. Weinend hält sie seine Hand, während er erst in seine ökologischen Schuhe und dann in sein Umweltmobil steigt.

„Auf Wiedersehen, bis ganz bald", sagt Klaus, und wir winken ihm traurig hinterher.

Ich mag Klaus. Wirklich. Er ist vielleicht speziell, aber doch ein sehr guter Mensch.

Tja, und nun sind wir wieder allein. Mit Mastro, der uns auf der Veranda mit einem raketenlauten Rülpser begrüßt. Das ist nicht gerade förderlich für meine Kopfschmerzen, die wohl noch von letzter Nacht rühren. Ich brauche Abstand. Und den hält Mastro nur zu unserer privaten Wohnung, in die es mich jetzt augenblicklich zieht. Genauer gesagt zum Telefon, das ich gleich heute Morgen wieder eingestöpselt habe und das natürlich noch immer nicht freigeschaltet ist.

Dafür steht plötzlich ein Polizist auf unserem Grundstück und brabbelt vor sich hin. Das jedenfalls behauptet Mel, um mich vom Telefon loszueisen.

Ein Polizist? Ausgerechnet am Morgen meines ersten Vollrauschs?

Mel reißt mir augenblicklich den Telefonhörer aus der Hand und zerrt mich aus der Wohnung.

„Bitte, geh zu ihm …", fleht sie aufgebracht.

„Ich … ich kann ni…nicht", stammle ich ängstlich, denn da steht wirklich ein Polizist.

Sch…

„Doch, Dana, du bist die Vernünftige von uns beiden."

Mel weiß nicht, dass Vernunftwoman (unvernünftigerweise) gekifft hat.

„Dana, bitte. Du bist der einzige Mensch, der mit ihm sprechen kann."

Zum einen kann ich das nicht, und zum anderen hat sie wohl Mastro vergessen. Der uns augenscheinlich auch.

„Was ist mit Mastro?“, frage ich.

Schließlich ist es mittlerweile mehr als offensichtlich, dass ich Menschen im Allgemeinen und italienische Menschen im Besonderen nicht verstehe. Komisch nur, dass Mastro immer dann, wenn wir ihn wirklich mal (als Dolmetscher) bräuchten, auch nicht da ist.

Letzteres stellt Mel sogar über Ersteres.

„Mastro bringt uns doch nichts. Nein, das Einzige, was uns jetzt helfen kann, sind deine Italienischkenntnisse.“

Nein. Das Einzige, was uns jetzt dienlich sein könnte, wäre *französisch*. Wenn auch nicht sprachlich. Und das wiederum würde wohl besser zu Erdbeer-Mel passen. Aber was soll's. Einmal Vernunftwoman, immer Vernunftwoman. Auch bekifft. Ich habe keine andere Wahl.

„*Buongiorno*“, begrüße ich den Hüter des Rechts so unauffällig wie möglich, was in der Folge natürlich äußerst auffällig ist. Ich kann eben nichts Illegales tun, und wenn doch, dann verrate ich mich. Auch – oder gerade – im Nachhinein.

Komischerweise ist der Polizist aber gar nicht an einer panisch zuckenden, kurz vorm Kollaps stehenden kleinen Kiffertussi wie mir interessiert und – was noch eigenartiger ist – auch nicht an der unendlich schönen Mel.

Nein, er brabbelt freundlich drauflos, und ich verstehe so gut wie nichts. Einige Minuten ziehen ins Land, und die wenigen Satzbruchstücke, die endlich ihren Weg über mein Ohr in mein Hirn finden, lassen mich Gott sei Dank *(ob's am Beten lag?)* erkennen, dass sein Besuch weniger meinem Drogenkonsum als unserer Frühstückspension gilt. Irgendwie auch logisch, sonst hätte er mich doch schon längst abgeführt. Schließlich kenne ich keinen Krimi, in dem die Ordnungshüter erst einmal seelenruhig mit den Schurken plaudern, um sie eine Stunde später in Handschellen zu legen. Auf der anderen Seite kenne ich aber auch keinen italienischen Krimi – bis auf den von Mastro, und dort spielen Polizisten irgendwie keine Rolle.

Während sich in mir endlich Erleichterung breitmacht *(ja, gedanklich sah ich mich schon im Knast)*, bekommt Mel sichtlich Panik.

„Dana, wenn das jetzt wieder was kostet, bin ich pleite."

„Abwarten, Mel, noch wissen wir nicht, warum der hier ist."

Ich rede mit Händen und Füßen, brabbele mit dem Polizisten um die Wette, aber kapieren tun wir genauso wenig, wie Mastro sich blicken lässt. Schließlich schreibt mir der Herr in Uniform sein Anliegen auf einen Notizzettel, und mithilfe des Wörterbuchs löse ich nach und nach das italienische Rätsel.

Und das ist natürlich speziell, unverständlich und höchst verwunderlich. Jener Polizeibesuch dient der Kontrolle, ob in diesem Haus tatsächlich die Menschen leben, die wir ursprünglich bei der Gemeinde angegeben haben. Das klingt ja gar nicht mal so abwegig, und auch uns schießen zuerst Gedanken zur lokalen Staatssicherheit in den Kopf, schließlich hört man in den Medien immer wieder von illegalen Einwanderern, Flüchtlingen, ja sogar von Menschenhändlern ist hier und da die Rede. Als wir jedoch herausfinden, für wen hier eine polizeiliche Kontrolle durchgeführt wird, entgleiten keine Flüchtlingszüge, sondern sämtliche Gesichtszüge. Und zwar unsere.

Die Überprüfung der gemeldeten Personen dient einzig und allein der … Müllabfuhr.

Schockiert lasse ich mich auf einen Stuhl sinken.

Wenn sich die Polizei in Italien primär um Müllgebühren kümmert, was bitte macht dann das Abfallamt? Drogenrazzien? Da habe ich ja Glück gehabt, auch wenn das dem Begriff „illegale Abfallablagerungen" eine ganz neue Bedeutung gegeben hätte.

Natürlich wird die Sache noch komplizierter, als der Polizotto auf einen halb nackten Mastro mit Kaffeebecher stößt, den wir natürlich nicht als Familienmitglied angegeben haben, weil er nun mal keines ist (auch wenn er das nicht wahrhaben will). Schon passiert das, was immer geschieht, wenn Mastro auf Menschen seines Landes oder seiner Sprache trifft: Gebrabbel hoch zehn.

In dem Bereich bin ich mittlerweile abgehärtet. Mastro und seine Artgenossen reden nur laut, sie schlagen sich nicht (auch wenn ich selbst Mastro gern eine verpasst hätte, weil der immer nur in den unpassendsten Momenten auftaucht).

Mel und ich bleiben ganz ruhig und nutzen die Zeit für belegte Brötchen vom Vortag. Klaus hat klasse für uns gesorgt. Und auch Mastro sorgt für etwas Gutes: Und zwar dafür, dass sich der Polizist mit einem wohlwollenden „Tutto a posto" („Alles in Ordnung") verabschiedet. Darauf haben wir aber eigentlich auch schon spekuliert, denn zum Glück fällt mein Gekiffe nicht in seinen Zuständigkeitsbereich, und ansonsten haben wir nichts Illegales getan (für diesen kleinen, klettigen Stinkstiefel alias Mastro können wir schließlich nichts).

Kaum passiert das Polizeiauto unser nicht vorhandenes Gartentor, kommt schon der nächste Wagen angefahren.

Mensch, hier ist ja heute mehr los als auf der Frankfurter Zeil.

Danke, Gott! J

Doch auch jetzt handelt es sich nicht um Kundschaft, sondern nur wieder um Behördenbesuch.

Danke, Gott! L

Ein kleiner Amtmann kriecht aus seinem Auto und drückt uns einen noch kleineren Zettel in die Hand.

Aha, dieser Mann wird nun unsere Frühstückspension offiziell bewerten *(Hallo? Die ist doch noch gar nicht eröffnet).* Und zwar mit Sternen.

„Mit Sternen?", fragt Mel.

„Nicht solche, die du kaufen würdest", kontere ich.

Sondern solche, die existieren – und weltweit Werbung für uns machen.

Da hat er sich ja die beste Zeit ausgesucht. Ein Zimmer stinkt, weil Mastro dort mit einer prostituierten Brückenmaus lebt. Das zweite Zimmer richte ich gerade erst her *(im Moment sieht es aber noch aus, als sei dort ein Müll-Meteorit eingeschlagen, den ich mit „Eau de Mel“ zum Abkühlen gebracht habe).* Das dritte und letzte Zimmer ist halbwegs nutzbar, aber auch nur, weil ich dort schlafe, es also vielmehr ein Privatgemach ist.

Wir versuchen unser Bestes, dem kleinen Behörden-Männchen zu erklären, dass noch nicht alles fertig ist *(Verdammt noch mal, wir leben erst seit vier Tagen hier!).* Aber das scheint ihn absolut nicht zu interessieren. Allem Anschein nach geht es auch jetzt nur um italienische Fakten, und die beziehen sich auf weitaus sinnlosere Themen als Inbetriebnahme, Komfort oder Hygiene.

Mel beginnt zu zittern, und so nehme ich sie in den Arm.

„Ganz ruhig, Mel. Das läuft jetzt genauso easy wie mit dem Polizisten.“

Ich spekuliere mal darauf, dass auch hier der Müll ausschlaggebend ist und die Sterne nach Anzahl der Abfallbehälter vergeben werden. In dem Fall hätten wir ganz gute Karten, denn im Pantegana-Raum stehen über fünfzig Kisten mit sinnlosem Schrott, der natürlich Mastro gehört und eindeutig als „Müll im Behälter“ anzusehen ist (unter anderem eine Kiste mit glitschigen Angelködern und eine Tonne mit Bauklötzen, die riechen, als hätte sich ein Kind darauf erbrochen – vor ungefähr dreißig Jahren).

Doch schon bekommen wir den ersten Stern abgezogen. Weil in keinem der Schlafzimmer eine Minibar vorhanden ist.

Hallo? Zwei Meter weiter befindet sich ein Kühlschrank in der Größe zweier Italiener.

Bevor wir protestieren können, beraubt uns das Mini-Männchen des zweiten Sternes: kein Safe im Schlafzimmer.

Okay, das leuchtet in Italien schon mehr ein … aber sicherlich nicht hier, mitten in der prunkfreien Pampa …

„Und den nächsten Stern zieht der uns ab, weil auf unserem Grundstück keine Dinosaurier-Knochen liegen“, jammert Mel, und da verschweige ich ihr, dass ich bereits einen Ammoniten gefunden habe.

Mit drei Sternen und ein paar dringlichen Auflagen (in schriftlicher Form, Pinocchio lässt grüßen) verlässt uns der nette Gnom vom Amt, und wir kommen endlich mal zur Ruhe.

Aber Ruhe bringt uns im Moment auch nichts. Wir brauchen Ablenkung.

„Lass uns schwimmen gehen", schlage ich vor, und weil auch Mel sich bereits an den allzeit *spannenden* Mastro gewöhnt hat, der weiter unten durch die Hecken streift, sagt sie: „Gute Idee."

Von unserem Pool aus haben wir einen atemberaubenden Blick über ganz Piemont. Dazu diese Idylle: strahlender Sonnenschein, zirpende Grillen, zwitschernde Vögel ... und auch ein zwitschernder Mastro (der gerade einen großen Schluck aus seinem Flachmann genommen hat und nun munter drauflospfeift), während wir gemütlich unsere Runden durch das erfrischende Nass ziehen.

In diesem Moment zähle ich mich zu den zufriedensten und glücklichsten Menschen dieses Planeten.

„Mel, mir geht es richtig gut", sage ich mit Nachdruck.

Warum nur muss ich mir das immer wieder selbst sagen? Neuerdings auch noch laut?

Mel schweigt. Traurig schwimmt sie von links nach rechts – ganz so wie der Roboter, der diesen Pool alle zwei Tage reinigt. Einen kleinen Unterschied gibt es dann aber doch. Roboter können nicht weinen. Mel schon. Und wie. Wenn sie so weitermacht, läuft gleich unser Pool über.

„Mel, was ist los?"

„Ich vermisse Klaus", plätschert es aus ihr heraus.

Traurig ist mir Mel noch immer lieber als zickig. Und so nehme ich sie in den Arm und versichere ihr: „Engelchen, alles wird gut."

Die gewünschte Wirkung erzielen meine beruhigenden Worte allerdings nicht, denn nun heult Mel richtig los. Man könnte meinen, sie sei eine der Protagonisten aus Homers „Ilias". Unglaublich, wie viel Weltschmerz in meiner besten

Freundin steckt. Aus Sympathiegründen (nehme ich mal an) heule ich mit. Gemeinsame „Lach- und Weinmomente“ festigen schließlich die Freundschaft.

Die nächsten Minuten – vielleicht auch Stunden – heulen, schluchzen und jammern wir um die Wette.

Erst als von unten auch noch Mastro mit einstimmt und lauthals über ganz Piemont jammert, kehrt zum Glück endlich die Objektivität zurück in mein Hirn, und Vernunftwoman meldet sich zurück.

„Schau, Mel, uns geht es doch so gut. Wir haben ein Traumhaus mit Traumgarten und Traumwetter. Und du hast einen Traumkörper.“

Von dem ich nur träumen könnte.

„Aber keinen Traummann“, wirft Mel ein und seufzt.

„Können wir nicht erst einmal ohne Männer glücklich sein? Außerdem hast du deinen Klaus doch. Er liebt dich.“

„Aber er ist so weit weg.“

„Mickey ist noch viel weiter weg, und trotzdem …“

Ich kann den Satz gar nicht zu Ende bringen. Entweder ist Mels Traurigkeit ansteckend oder … ja, oder mir geht es in Wahrheit auch nicht besser. Wegen Mickey? Wegen Alessio? Wegen Italien? Wegen Mel???

Fiese Gedanken schleichen sich in meinen Kopf und geben meinem schlechten Gewissen neue Nahrung: War das hier am Ende ein riesengroßer Fehler, den ich jetzt ganz allein auf meine Kappe nehmen muss?

Daran will ich gar nicht denken.

Ich sollte es wie Mel machen. Die denkt nicht, die weint. Oder wie Vernunftwoman, die nun sämtliche Vorteile unseres neuen Lebens aufzählt: „Wir sind gesund.“

„*Hatschi*“, niest Mel.

„Wir leben im Paradies.“

„*Hicks*“, tönt es aus Mastro, der sternhagelvoll durch die vollends vertrockneten Beete streift.

„Wir haben traumhaftes Wetter.“

Es donnert, und wir können uns noch gerade so aus dem Pool retten, bevor der unerwartete Monsun einsetzt.

Wie auch immer. Das Wichtigste ist, dass Mel meine beste Freundin ist und bleibt – egal, was auch passieren wird.

Gut, dass ich von dem, was noch passieren wird, keinen blassen Schimmer habe …

ITALIEN, TAG 32: UND ICH DACHTE, DASS ICH DACHTE – EIN WUNDERSAMES (HORROR-) MÄRCHEN

„Ob Mastro jemals wiederkommt?“, frage ich Mel, die nachdenklich aus dem Fenster auf die verregneten Weinberge sieht, sich ununterbrochen an der Backe kratzt und meint: „Das frage ich mich eher bei Klaus.“

Von Klaus und Alessio haben wir seit einem Monat nichts mehr gehört. Bei Klaus war das abzusehen (was ihm an modernen Verständigungssystemen fehlt, macht er mit morastigen Vegetationsseminaren wieder wett), bei Alessio irgendwie auch. Schließlich habe ich ihm nicht gerade großes Interesse signalisiert. Bei Mickey war es noch schlimmer. Ihm konnte ich seit dem letzten Telefonat überhaupt nichts mehr signalisieren. Und unser Telefonanschluss, den ich weiterhin minütlich überprüfe, ist noch immer tot. Das einzige Internet-Café, das wir bisher gefunden haben, war in Genua und hat einen Perversen beherbergt, und obwohl wir den auch zu Hause haben (vielmehr hatten), trauen wir uns nicht noch mal an diesen Hafen. Ich nenne es den Genua-Graus. Den sollten wir nach Möglichkeit noch überwinden. Allein schon für unsere Gäste *(haha, welche Gäste?)*.

Es ist, wie es ist. Momentan geht nichts – außer Mastro, und zwar heute Morgen.

Dabei war ich felsenfest davon überzeugt, dass das Einzige, was uns auf immer und ewig zur Seite (oder vielmehr im Weg) stehen würde, Mastro sei. Für mich war der Typ so zäh wie die italienische Zeit. Aus den zwei Wochen mit ihm wurden ruck, zuck vier, und da war uns klar, dass Mastro Pinocchiomäßig überhaupt keine andere Wohnung hat, nein, da wussten wir, dass uns der kleine, stinkende Mann ewig am Rockzipfel hängen wird. Er war ja nicht nur zäh, sondern auch ignorant. Mindestens so ignorant wie unsere Gäste.

Was das angeht, haben Mel und ich uns den Allerwertesten

aufgerissen – und Mastro hat uns dabei lediglich zugesehen (ich hätte nie gedacht, dass mir das mal fehlen würde). In den letzten Wochen haben wir die Pantegana-freien Ferienzimmer auf Vordermann gebracht. Wir haben Mels Konto bis zum Anschlag überzogen, gestrichen, geschmückt und dekoriert. Danach haben wir unsere Wohnung im ersten Stock eingerichtet (obwohl das eigentlich noch immer Mels „obrige" Wohnung ist, denn meine Wenigkeit schläft nun schon seit zweiunddreißig Tagen im „unteren" Gästezimmer). Dann ging es endlich ans Geldverdienen. Doch auch dafür mussten wir zuerst in die eigenen Taschen (vielmehr in Mels Taschen) greifen und unzählige Flyer drucken lassen, die mehr kosteten als Postkarten im Souvenirshop. Tagtäglich haben wir in der Fußgängerzone gestanden und ordentlich die Werbetrommel für unsere „Frühstückspension mit atemberaubendem Ausblick, erstklassigem Pool und wahnsinnig netten Gastgeberinnen" gerührt. Doch bis heute hat sich noch immer kein Gast auf unserem Berg blicken lassen.

Kein Wunder, denn selbst in der Fußgängerzone hatte nur ein einziger Mann Interesse gezeigt, der nicht nur einen bodenlangen Bart trug, nach einer Mischung aus antikem Dachboden und ungeputzter Toilette roch und in einer Art Jutebeutel steckte, sondern auch wissen wollte, ob wir ihm ein Zimmer stundenweise vermieten können. Als er auch noch fragte, ob wir unter „wahnsinnig netten Gastgeberinnen" das Gleiche verstünden wie er, reichte ein simples „Nein", und sein kurzzeitiges Interesse verlagerte sich auf die Dessous-Boutique hinter uns.

Das eigentliche Drama nahm dann vor vierzehn Tagen seinen Lauf. Obwohl das seinen Ursprung auch schon in früheren Aktionen hatte.

Aber schön eins nach dem anderen: Seit einem Monat höre ich mir in Dauerschleife an, dass meine beste Freundin *wegen meiner blöden Italienidee* einsam, traurig und pleite ist – seit zwei Wochen kommt noch die Tatsache hinzu, dass Mels Eltern wahrscheinlich ihr Haus verlieren werden, denn Mels Konto ist bereits am Limit, und wenn kein Wunder geschieht, kann sie den Kredit nicht mehr bezahlen.

Dass es definitiv nicht so weitergehen kann, dachte sich (neben mir) auch noch Mels Körper, und so waren ihre Allergien eigentlich nur eine logische Konsequenz auf ihr seelisches Dauertief. Seit einer Woche sieht Mel also aus wie ein Streuselkuchen. Ein Streuselkuchen, der sich permanent kratzt und parallel heult und jammert. Dann kamen unvermittelt Hans und Heidi zu Besuch und machten (wenn auch nur unbewusst) alles noch viel schlimmer. Im Gepäck hatte Heidi ein Bild ihres – zugegeben – sehr gut aussehenden Sohnes Simon. Während Mel das Bild anstrahlte wie ein Junkie sein Methadon, konnte Heidi es sich nicht verkneifen, Mel auf ihre Biibäli anzusprechen. Und als wäre das nicht ausreichend Salz in der Wunde, musste sie auch noch eine anrüchige Verbindung zu Alessio herstellen *(„War der Biibäli-Bubi etwa auch dein Gschpusi? Ich wusste ja gar nicht, dass das ansteckend ist …“)*. Mich stimmte das leicht bekümmert *(Ach, Alessio …)*, Mel jedoch brachte es zum lückenlosen Verbarrikadieren *(„Ich bin ein wandelnder Pleite-Pickel … ich will niemanden mehr sehen.“)*. Seit einigen Tagen haust meine beste Freundin nun also wie Rapunzel in ihrem ersten Geschoss und geht nicht mehr vor die Tür. Selbst wenn wir Gäste hätten, könnte Mel denen nicht unter die Augen treten. Von daher ist unsere aussichtslose Lage auch wieder egal.

Trotzdem tendiere auch ich mittlerweile zum Durchdrehen, nicht nur wegen Mel, sondern hauptsächlich deshalb, weil mein schlechtes Gewissen unmittelbar vorm Platzen steht. Ich habe dermaßen viel Schuld auf meine Schultern geladen, dass ich sogar schon davon träume. So geschehen letzte Nacht – jene Nacht, in der Mastro verschwand. Und es war ein ausgesprochen sonderbarer Traum: Mit Mühe und Not hatte ich den dicken und pechschwarzen Brocken namens „schlechtes Gewissen“ in einen Sack gepackt und zu Ministerium-Markus in die Poststelle gebracht.

„Hier, das kannst du haben“, sagte ich und warf Markus den Sack vorwurfsvoll vor die Füße. „Schließlich ist das mit Piemont nicht auf meinem, sondern auf deinem Mist gewachsen.“

Postmann Markus betrachtete den Sack auch gleich so, als beinhalte der ausschließlich *sein* Business. Er wollte gerade ein „Okay“ von sich geben, als das schlechte Gewissen plötzlich einen Duft à la Güllemigge verströmte, vom Sack direkt auf meine Schultern sprang, um mich zu massieren *(hä?)*. All das im Einklang mit ekelhaftem Mief. Zum Abschluss ließ mein Gewissen schwarzes Pech auf mich regnen und meinte: „Nein Dana, ich gehöre zu dir.“

„Und ich auch“, quakte der alte ADAC-Atlas und ließ seine kleinen Wurstfinger über meinen Kopf gleiten. „Du musst nicht mit uns leben, aber du tust es ja trotzdem.“

„Eben“, ergänzte der Schlechte-Gewissen-Misthaufen, „du bist es, die sich lösen muss – nicht wir.“

Darauf konnte ich nichts erwidern. Mein eigenes Pech stank aus allen Ritzen. Was für ein modrig-käsiges Aroma. An irgendjemanden erinnerte mich dieser Gestank doch …

Da wachte ich auf. Und natürlich lag Mastro neben mir. Schon Wochen vorher hatte ich ihm unmissverständlich klargemacht, dass mein Bett *ausschließlich mein Bett* sei, ganz egal, wo es sich befindet. Anstatt ihm also für diese Frechheit eine auf die Zwölf zu geben, bin ich zum Auto gerannt, habe den wehrlosen Atlas herausgeholt, bin damit zur Pergola gestürmt und habe ihn in Mels italienischem Steinbackofen verbrannt, während Mastro in *meinem* knallgelben Morgenmantel neben mir stand und mich für diese Tat als „bertuccia“ bezeichnete. Laut Wörterbuch heißt das „Hexe“. Oder „alte Schachtel“. Egal. Beleidigung ist Beleidigung. Und das konnte ich auch. Dachte ich zumindest. Schnell habe ich zum Wörterbuch gegriffen und *„percorso attrezzato!“* geschrien.

Damit wollte ich Mastro nahelegen, sich zu verpissen, aber ich hatte die „Vattene-Geschichte“ mit Alessio vergessen und mich in der Eile (oder aufgrund der fortgeschrittenen Zeit, es war schließlich schon halb fünf morgens) irgendwie verblättert. In der Folge warf ich dem kleinen Stinker statt „Verpiss dich" bloß einen „Trimm-dich-Pfad" an den Kopf. Und obwohl das frei von jeglichem Sinn war, nahm sich Mastro meine Worte zu Herzen, griff nach seinem Flachmann und trimmte sich auf den Pfad der Weinreben.

Zehn Stunden liegt das nun schon zurück, und ich mache mir langsam ernsthafte Gedanken, ob dem Kleinen etwas passiert sein könnte. Irgendwie ist mir Mastro in *dieser (sonderbaren) Zeit doch ziemlich ans Herz gewachsen (oder es handelt sich um eine Art italienisches Stockholm-Syndrom), fast so wie ein Haustier.*

„Wir entstammen ungleichen Charakteren, Geschlechtern und Gestalten, duften oder stinken, sprechen nicht die Sprache des anderen, doch tief drinnen sind wir allesamt Geschöpfe Gottes, die miteinander verbunden sind", versuche ich mir die Sache selbst zu erklären – laut und deutlich.

„Geschöpfe Gottes? Miteinander verbunden? Alles klar mit dir, Dana?", fragt ausgerechnet der allergische Kratzkuchen neben mir.

„Ich mache mir Gedanken um Mastro", kontere ich.

„Ich dachte, den hast du endlich davongejagt."

„Nicht wirklich", sage ich.

Und das stimmt ja auch. Ich kenne keinen, der wegen eines Trimm-dich-Pfads das Weite sucht. Zumindest keine zehn Stunden lang.

Mel scheint das egal zu sein. Gedankenverloren sieht sie aus dem Fenster, beobachtet den Regen und kratzt an ihrem Hautausschlag herum.

„Mel, würdest du bitte einmal das Haus verlassen, um mit mir nach Mastro zu suchen?"

Kritisch blickt Mel in den Spiegel und beginnt dann zu husten.

„Nein. Regnet mir zu viel. *Hatschi.*"

Also stapfe ich allein im Regen durch die matschigen Weinberge. Mir bleibt ohnehin nur eine halbe Stunde. Dann ist es drei. Und dann kommt ER.

Trotz der kurzen Zeit finde ich einiges. Unzählige Flaschen, in denen ehemals Hochprozentiges lagerte (und die mit Sicherheit einst an Mastros Lippen hingen), hier und da ein einsames Möbelstück (das bestimmt mal nach Mastro geworfen wurde) und schließlich noch ein paar angenagte Knochen (die hoffentlich nichts mit Mastro zu tun haben). Von Mastro aber fehlt jede Spur.

Als ich mich langsam wieder auf den Weg zu unserem Haus begebe, erkenne ich von Weitem einen VW, der zielsicher unser Anwesen ansteuert.

„ER ist da", rufe ich und laufe schnell zum Haus.

ER ist Simon. Sohn von Hans und Heidi. Und pünktlich wie eine Schweizer Taschenuhr.

Ein Mann, der uns offiziell bei der Erfüllung der ersten italienischen Amtsauflage hilft: die Nachrüstung einer sechsteiligen Steckdosenleiste in jedem Schlafzimmer.

Inoffiziell und darüber hinaus ist Simon der Mann, der Mel bald wieder zum Strahlen und ihre Allergie zum Sterben bringt. Was die Gute aber noch nicht weiß.

„Hi", sagt Simon und fällt dann fast rücklings die Treppe hinunter.

Ja, Mels Anblick kann einen schon umhauen. Trotz ihres Ausschlags …

Aber Simon ist auch nicht von schlechten Eltern (die wir ja bereits kennen). Fast zwei Meter große, geballte und goldgebraunte Männlichkeit mit blonden Haaren, die ihm lässig in die Stirn fallen. Stahlblaue Augen und ein charismatisches Lächeln runden das perfekte Profil ab. Simon ist ein Typ, wie man ihn sich nur auf dem Surfbrett vorstellt. Ein Mann zum Anschauen (oder zum An-die-Wand-Hängen – freilich in Posterform). Für mich viel zu schön – für Mel total …

„Scheiße", quiekt Rapunzel und stolpert sofort zurück in ihr Zimmer, wo sie hektisch die Tür abschließt.

Schnell führe ich den irritierten Simon in mein Schlafzimmer, das nur deshalb noch immer eines der Ferienzimmer ist, weil sich bisher noch kein Freiwilliger gefunden hat, der mir dabei hilft, mein Bett hinauf in unsere Wohnung zu tragen. Mittlerweile befürchtet der Pessimist in mir sogar, dass das gewollt ist. Mel und Mastro möchten mich unten haben, weil ich dann ganz weit weg von Mel bin und ganz nah bei Mastro … *war*. Schließlich ist der ja nun auch weg. Ich seufze. Anscheinend klingt das wie mein Name, denn Simon fragt: „Dana? Richtig? Und deine Freundin heißt Melanie?“

„Nenn sie Mel“, sage ich und erkenne ein Strahlen in Simons Augen. Ich müsste mich schon sehr irren, wenn sich dieser Kerl nicht gerade in Mel verguckt hat. Bei Mel würde der einfache Käfertest ausreichen: Hand auf, Käfer rein, schreit er laut, dann sagt Mel „Nein“.

Simon sieht nicht nur atemberaubend gut aus, nein, er funktioniert auch noch wie ein Schweizer Uhrwerk, denn er legt sofort los. Schon bohrt und schraubt er, was seine Kräfte hergeben. Nicht an mir und auch nicht an Mel, die noch immer oben in ihrem Käfig sitzt, sondern an der Wand.

„Ich komme gleich wieder“, sage ich, „kann ich dir etwas mitbringen?“

„Ja, bring Mel mit“, grinst Simon.

Leichter gesagt als getan. Aber ich tue mein Bestes.

Nach einigen Minuten des Dauerklopfens öffnet Mel endlich die Tür.

„Dana, wie scheiße ist das eigentlich? Kaum sehe ich so schlecht wie noch nie aus, steht prompt Brad Pitt vor der Tür.“

So schlecht wie noch nie sieht Mel gar nicht aus. Nur irgendwie unpassend. Die paar Minuten, die ich jetzt an ihre Tür geklopft habe, hat Mel offensichtlich für Theaterschminke genutzt, die ihr eine zweite, pickelfreie Haut beschert. Gut, ein bisschen nach Spachtel sieht das Ganze schon aus. Vielleicht weil Mel einen ganz anderen Naturhautton hat. Ihr Gesicht kommt nun in „Bronze Indian Rose“ rüber, während bei Hals und Dekolleté „Matter Wüstensand“ dominiert. Vielleicht aber auch, weil fünf Tonnen Make-up im Gesicht nicht wirklich gut mit zwei Gramm Stoff am restlichen Körper harmonieren (Mel trägt ein Kleid, das ungelogen einem umgewickelten Seidenschal entspricht). Aber ich will hier mal nicht kleinlich sein.

„Ach Mel, der sieht noch viel besser aus als Brad Pitt. Und übrigens, bei deinem Anblick ist er fast die Treppe runtergefallen.“

„So schlimm?“, fragt Mel und wirft sofort einen prüfenden Blick zurück in den Spiegel.

„So gut“, schimpfe ich, „er will dich unbedingt kennenlernen.“

„Der will bestimmt nur meine Biibälis zählen“, jammert Mel.

„Nein, er war hin und weg von dir. Und ich soll dich jetzt sofort zu ihm bringen. So wie du bist.“

Letzteres scheint Mel nicht mehr gehört zu haben. Sie steht schon wieder im Bad und spachtelt eine zweite Ladung brauner Masse über die erste.

Wenn sie so weitermacht, sieht sie bald aus wie Baby Sinclair von den Dinos.

„Mel, du siehst gut aus. Jetzt komm mit runter“, sage ich und ziehe Mel am Arm hinter mir her.

Ich freue mich über mein Verkupplungstalent. Das tue ich allerdings keine zwei Sekunden, weil sich sofort mein schlechtes Gewissen meldet, und zwar lautstark mit zwei Worten: „Armer Klaus.“

Und es scheint so, als schwappe mein schlechtes Gewissen nun auch noch auf Mel über.

„Dana, ist das nicht gemein?“

„Was? Dass jetzt ein Mann sechs Dosen bei dir anbringt?“, frage ich kess.

„Um meine Dosen hätte sich sicherlich auch Klaus gekümmert“, erwidert meine beste Freundin, und das glaube ich ihr aufs Wort.

Warum nur muss Mel es mir jetzt auch noch so schwer machen?

Mit viel Mühe und Not verdränge ich mein schlechtes Gewissen und stoße meine beste Freundin in mein Schlafzimmer, in dem Simon sich noch immer den Wolf bohrt und dabei alle Wände zum Wackeln bringt. Mels Blick nach zu urteilen, nicht nur die.

Unglaublich, dass dieses Schweizer Schmuckstück noch zu haben ist. Vielleicht sind ihm die Italienerinnen allesamt zu klein? Wie auch immer. Kaum steht die große Mel vorm noch größeren Simon, bekommt der auch noch große Augen.

Komischerweise aber nicht wegen Mel, sondern wegen der Szenerie, die sich hinter ihr abspielt.

„*Mi viene da vomitare*", krächzt Mini-Mastro, und bevor Simon übersetzen kann, dass jene Worte „Ich muss spucken" bedeuten, kotzt Mastro auch schon in die Küche.

„Eieiei, dein Vater ist betrunken", ruft Simon mir zu, während ich wahllos Lappen auf den Boden werfe.

Obwohl Simon allen Ernstes glaubt, der kleine, muffige Mann sei mein Vater, überwiegt meine Erleichterung.

Unser Streuner ist wieder da, welch Glück ....

Warum auch immer, habe ich den kleinen Käsebrocken total ins Herz geschlossen. Entweder weil er de facto mehr Niedliches als Notgeiles an sich hat (schließlich ist er der Vater von Alessio) oder weil ich tatsächlich nicht mehr ganz bei Trost bin.

„*Come faccio ad uscire?*", frage ich Mastro.

„Was hast du ihn gefragt?", will Mel wissen, und ich flüstere: „Wo er war." Als Antwort zeigt Mastro auf die Tür. Daraufhin bekommt Mel einen Lachanfall, und das wiederum entzückt Simon.

„Ach Dana, Mastro ist einfach nur doof", flüstert Mel mir ins Ohr.

„Warum fragst du deinen Vater nach dem Ausgang?", erkundigt sich Simon, und bevor ich darüber nachdenken kann, wer hier einfach nur doof ist, rennt Mastro unter heftigem Würgen aus dem Zimmer. Mel versteht nur noch Bahnhof.

Dafür versteht sie sich umso besser mit Simon. Während ich Mastro beim Übergeben unterstütze, reicht Mel Simon eine gekühlte Diätlimonade, die er freudestrahlend hinunterkippt. Aus dem Augenwinkel fällt sogar mir auf, dass Simon genauso rüberkommt wie dieser Light-Limonaden-Schönling. Ich habe noch nie einen jungen Mann so schön trinken sehen. Gleichzeitig habe ich aber auch noch nie einen alten Mann so schlimm kotzen sehen.

„Vielleicht sollten wir einen Doktor holen …“, rufe ich Mel zu.

„*No dottore*“, nuschelt Mastro, auch wenn er kaum noch laufen kann.

Wie er will.

Simon hilft uns, den Alten auf das frisch bezogene Gästebett zu legen. Mastros Pantegana-Raum konnte und wollte ich Simon beim besten Willen nicht zumuten.

„Koch deinem Vater mal einen Kamillentee“, schlägt der schöne Schweizer vor. Er steckt also auch in der Naturspur. Perfekt für Mel …

Ich koche Mastro also einen Tee, und Mel spaziert währenddessen mit Simon über die Terrasse, zum Pool und von dort in die Weinberge.

Die werden doch nicht etwa?

Ach nein. Die beiden verstehen sich nur gut.

„Armer Klaus“, kontert der Schlechte-Gewissen-Misthaufen in meinem Innern, und Mastro pupst passenderweise dazu.

Egal. Hauptsache, er ist wieder da. Nicht der Misthaufen, sondern Mastro (was aber eigentlich aufs Gleiche rauskommt). Liebevoll streichle ich ihm über den Kopf.

Anscheinend bin ich wirklich kurz vorm Durchdrehen.

„Haben Sie noch ein Zimmer frei?“, fragt da plötzlich ein sehr junges, hübsches, schlankes und deutsch sprechendes Mädchen, das gerade seinen Kopf durch die Tür streckt.

Wo kommt die denn auf einmal her?

„Ja", rufe ich, hocherfreut über unsere erste Kundschaft.

„Könnte ich es vorher mal sehen?", fragt sie und wedelt mit einem unserer Flyer.

„Na klar", erwidere ich und denke eine Sekunde darauf „na, Kacke", weil ja Mastro in besagtem Zimmer liegt. Alternativ könnte ich ihr nur Mastros Pantegana-Zimmer anbieten, aber das befindet sich seit noch längerer Zeit im Besitz der (Stink-)Tiere. Bliebe also nur noch meins. Da es jetzt schnell gehen muss und sie einen so zarten und gepflegten Eindruck auf mich macht, handle ich sofort und führe sie in mein Zimmer.

Ja, dieses Schneewittchen darf in meinem Bettchen schlafen, da mache ich garantiert keinen Zwergenaufstand.

Schneewittchen sieht sich einmal kurz um, atmet tief durch und sagt schließlich: „Okay, das nehmen wir."

Wir?

Zwei Minuten später steht ein Mann vor mir, der längere Haare als Rapunzel hat, dessen Schultern breiter als sieben Zwerge sind und dessen Tätowierungen allesamt mit bösen Hexen zu tun haben.

Ach du Sch...

„Das ist Herbert", sagt das junge, schlanke und überhaupt nicht zu diesem Typ passende Mädchen. „Wir sind in den Flitterwochen. Ach Herbert, ist das hier nicht wie im Märchen?"

Hexen-Herbert sagt gar nichts. Lediglich seine Augen zucken im Takt der Headbanger-Musik, die aus seinen Kopfhörern dröhnt.

Und diese beiden liegen heute Abend in meinem Bett? In *meinem Bett*?

Und wo schlafe ich dann?

Kurz gehe ich auf die Terrasse und traue meinen Augen nicht. Mel und Simon stehen unter der Pergola – und küssen sich.

„Armer Klaus", sagt das schlechte Gewissen, und so gehe ich schnell zurück zu unseren Gästen.

Herbert lässt sich pompös wie eine Pampelmuse auf mein Bett fallen, klatscht seiner Angetrauten auf den Po und posaunt dann: „Heute Nacht geht's ab."

Ab da sage ich gar nichts mehr. Dafür meldet sich das schlechte Gewissen: „Arme Dana", sagt es, während ich hilflos auf mein noch ärmeres Bett blicke, auf dem es sich jetzt auch noch Schneewittchen bequem macht, allem Anschein nach zu Schneeflittchen mutiert und frei von Schamgefühlen direkt nach Herberts Zauberstab greift.

Und wenn ich da nicht gestorben bin, dann lebe ich noch heute …

ITALIEN, TAG 40: TELEFONTERROR

Hallo?"

„Endlich!", brülle ich in den Hörer. „Ich meine … hallo, Mama."

Endlich funktioniert unser Telefon, juhu!

„Dana, dass du dich mal meldest, das wird aber auch Zeit", sagt Mama auf ihre ganz eigene Art, sich über ein Lebenszeichen von mir zu freuen. „Aber so ist das eben in Entwicklungsländern."

Natürlich habe ich es zuerst bei Mickey probiert. Sogar die ersten fünf Male, aber leider hat's bei ihm immer nur ins Leere geklingelt. Und jetzt darf ich Mutti über die EU aufklären.

„Mama, Italien ist kein Entwicklungsland. Wir haben ein ganz normales Haus mit Strom, fließend Wasser und einem Telefonanschluss."

Letzteren freizuschalten dauerte zwar mehr als einen Monat, aber das behalte ich geschickterweise für mich.

„Hey, und gerade kam der Laptop mit der Post", ruft Mel von nebenan. Ja, ein Computer war unabdingbar. Das mussten wir einsehen und damit Mels Konto sprengen. Prima. Denn so kann ich Mickey heute wenigstens ein schriftliches Signal senden.

„Wie läuft denn eure Frühstückspension?", fragt Mama.

„Beschissen", denke ich, sage aber: „Gu-hut."

Herbert und Hanna, so hieß das Schneewittchen, waren nicht nur unsere ersten Gäste, sondern bisher auch die einzigen. Eine schlaflose Nacht verbrachten sie bei uns. So laut, dass auch Mel und ich die ganze Nacht wach blieben und es gleichzeitig an ein Wunder grenzte, dass mein Bett diese Aktionen überlebte. Kein Wunder war dagegen der nächste Morgen, an dem Herbert Mastro beim Spannen erwischte. Das Ende vom Lied: Mastro bekam eine auf die Zwölf, wir nur den halben Preis, und die beiden fuhren ohne Frühstück und lauthals fluchend von dannen. Was das Gäste-Frühstück angeht, ist unsere Pension noch immer jungfräulich, mein *Gäste*-Bett hingegen weniger.

In bemühtem Ton ergänze ich: „Nein wirklich. Unsere Pension läuft richtig gu-hut."

Da ich ein schlechter Lügner bin, entgegnet Mutti: „Lügen konntest du noch nie."

Ich seufze.

„Mensch, Kinder! Wenn es gar nicht klappt, dann verkauft doch das Haus und kommt wieder heim."

An „Ihr Kinderlein kommet heim" haben wir auch schon gedacht. Mehrmals sogar. Als Giuseppe uns vor vierzehn Tagen einen rosa Unterhosenkarton vorbeibrachte, den man angeblich an der Grenze übersehen hatte *(is klar)*, haben wir ihm sogar spontan angeboten, das Haus für uns zu verkaufen. Für hundertfünfzigtausend Euro zuzüglich seiner Courtage. Da aber lachte Giuseppe nur, klopfte Mel auf die sexy Erdbeer-Prinzessinnen-Schulter (ihr Gesicht sprach daraufhin rote Videobände) und wünschte uns weiterhin alles Gute. Ihm war wohl klar, dass wir im Moment nichts anderes als „Alles Gute" gebrauchen können. Also sage ich: „Nein Mama, alles ist gut."

„Denkt daran, dass es nie zu spät ist, die Segel zu streichen und wieder nach Deutschland zu kommen. Seht Italien als großen Fehler und seid in Zukunft einfach nicht mehr so blöd."

So saublöd …

„Nein, Mama, alles ist gut", wiederhole ich.

Diese Blöße gebe ich mir sicherlich nicht. Es reicht schon, dass Mama aller Welt von meinen „Müllmännern" berichtet. In Zukunft wäre ich dann auch noch der „Italien-Idiot". Nein, danke.

„Dana, ihr müsst euch nicht schämen."

Oh doch …

Lachend kommt Mel ins Zimmer gesprungen. Ohne Rücksicht auf jemanden am Telefon zu nehmen, frohlockt sie: „Dana, meine Allergie ist schon fast wieder weg. Nur wegen letzter Woche. Wegen Simon. Gut, dass du uns zusammengebracht hast."

Das war eher zu viel des Guten. Mein ohnehin schon tonnenschweres schlechtes Gewissen hat seitdem die Ausmaße einer Dinosaurierherde angenommen. Armer Klaus.

„Grundgütiger", blökt Mama durch den Hörer, „Du hast Mel nicht wirklich einen Freund besorgt? Oh mein Gott, ich möchte nicht wissen, wie der aussieht …"

Ich möchte noch nicht einmal, dass es so aus*geht.* Zum Glück ist das bei Unentschlossenheits-Mel noch lange nicht hundertprozentig. Heute tendiert sie zu Simon, morgen vielleicht wieder zu Klaus. Und ja, bei diesen beiden hat sie wirklich die Qual der Wahl. Simon und Klaus sind zwei gut aussehende Gutmenschen, treffender kann man sie nicht bezeichnen. Und beide wollen sie Mel.

„Ich kann ja von hier nicht viel für euch tun", stellt Mama resigniert fest. „Aber du kannst mich jederzeit anrufen und mit mir reden."

Blöd, dass ich gerade jetzt ein unglaubliches Verlangen nach Stille habe. Nicht nur, weil meine Mutter immer einen Ticken zu laut, zu direkt und zu schroff ist, sondern auch, weil zu viele Gedanken in meinem Kopf herumkreisen. Eine Mischung aus Mit- und Schuldgefühl – und jede Menge Zukunftsängste.

„Wenn ihr das Haus nicht loswerdet, dann verkauft es einfach unter Wert", meldet sich nun auch noch mein Vater zu Wort.

„Nein, Papa, alles ist gut", lüge ich zum wiederholten Male.

„Wie du meinst. Aber mach dir trotzdem mal eine Liste mit Pro und Kontra. Dann kannst du immer noch sehen, ob sich dieser ganze Mist in Italien wirklich lohnt", sagt Mutti und weiß noch nicht, wie sehr sie mir damit hilft.

Spontan greife ich nach Stift und Notizblock und beginne munter drauflloszuschreiben.

Wow, das ist wirklich befreiend. Auch wenn es nicht viel mit einer Pro-und-Kontra-Liste zu tun hat.

„Dana, wenn du deinen Eltern nichts anderes zu sagen hast

als ‚Alles ist gut', dann leg bitte auf. Ich muss unbedingt Klaus anrufen", spricht die unentschlossene Mel.

„Ist auch zu teuer", meckert nun auch noch Mama, „ihr habt doch sowieso kein Geld."

Bevor ich überhaupt irgendetwas sagen kann, hat meine Erzeugerin schon aufgelegt und meine Freundin sich das Telefon geschnappt.

Ich nehme Block und Stift, setze mich auf die Veranda und schreibe. Zehn Minuten später habe ich eine kleine Geschichte verfasst. Mel kommt gerade jammernd heraus.

„Klaus liebt mich so. Und Simon auch. Ach Mensch …"

„Schau mal", sage ich und halte Mel die Geschichte unter die Augen.

„Schuldgefühle, Angst, Traurigkeit, Unentschlossenheit …", liest Mel laut vor.

„Nicht das", sage ich und tippe mit dem Finger auf die Zeilen darunter:

Ein schwüler Abend. Du hast den Tag im Schutze des Schattens verbracht, nun spürst du ein leeres Gefühl in deinem Bauch. Du bist hungrig. Verdammt hungrig. Langsam drehst du deine Runden – wohlüberlegt, wo du heute zu Abend essen wirst. Endlich erblickst du ein nettes Restaurant. Es sind bereits einige Menschen an den Tischen versammelt. Sie trinken, essen, reden, lachen. Dein Hunger ist so groß, dass du dir gar keine Zeit nimmst, nein, du lässt dich einfach auf den erstbesten Platz fallen und freust dich auf deine Mahlzeit. Ja, und dann trifft es dich. Völlig unerwartet und überraschend. Ein Knall – und alles ist vorbei.

„Scheiß Mücke!", verabschiedet dich der, dessen Hand gerade deinen kleinen Körper zerquetscht hat.

„Und?", frage ich Mel, die daraufhin die Nase rümpft und meint:

„Das ist total bescheuert. Wen interessieren schon Gedanken einer Mücke?"

Na, Klaus zum Beispiel.

Aber das behalte ich lieber für mich. Mel hat ohnehin wieder einen äußerst unentschlossenen Gesichtsausdruck aufgesetzt, da muss ich sie nicht auch noch weiter beeinflussen (als bereits getan).

Zumindest aber weiß ich nun, was ich wirklich will: Schreiben. Kleine Kurzgeschichten, die ganz anders enden als erwartet (so wie unser Leben in Italien). Ich weiß zwar nicht, ob es das ist, auf das diese Welt gewartet hat, oder ob man damit überhaupt Geld verdienen kann (obwohl es sehr wahrscheinlich ist, dass ich mit nahezu jedem Job mehr verdiene als im Ministerium – oder in Italien), aber es ist alle Male besser, als hier weiter sinnlos mit einem schlechten Gewissen und einem stinkendem Gollum herumzudümpeln (alle finanzierbaren häuslichen Arbeiten sind bereits erledigt), während Mel sich Simon hingibt oder von Klaus träumt.

In dem Moment piept es.

„Klaus ist so süß. Er vermisst mich", schwärmt Mel, die mit rosigen Wangen auf ihren Laptopmonitor schaut, plötzlich jedoch die Augen aufreißt, die Stirn gegen das Display klatscht und panisch nachsetzt: „Moment. Er vermisst nicht mich, nein, er vermisst ..."

Mel wird ganz blass. Sie versucht, das Wort auszusprechen, aber es gelingt ihr nur bedingt: „I...ieee...so... Alte ..."

Wie bitte?

Schnell sehe ich zum Display, und tatsächlich: Insektenfreund Klaus scheint definitiv kein Internetfreund zu sein. Er hat Mel eine echte E-Mail geschickt, die aber eigentlich für seine verwandte Käfer-Kumpanin Isolde bestimmt war. Im Betreff steht zwar nichts, aber die E-Mail beginnt mit einem „Hi Isolde", dann folgt ein Gedicht und dann ... nichts.

Schnell lese ich die poetischen Zeilen:

Deine Wärme dringt bis zu mir,
nur in Gefühlen, denn leider bist Du nicht hier,
ich vermisse Dich aus tiefstem Herzen,
wie lange noch muss ich das verschmerzen?

Mels Schmerz jedenfalls scheint unerträglich zu sein. Große Krokodilstränen laufen ihr über die Wangen, dabei war es doch sie, die vor einer Woche noch hemmungslos mit Simon geknutscht hat, erst danach ein schlechtes Gewissen bekam und den verwirrten Schönling unter Tränen nach Hause schickte. Behutsam nehme ich meine beste Freundin in den Arm und flüstere ihr zu: „Na ja, das macht zumindest eine Entscheidung zwischen Klaus und Simon leichter, oder?"

Schon bereue ich diese Worte, denn das alles geht mich partout nichts an. Auch wenn Mel wie ein Neugeborenes schluchzt, braucht sie weder meinen Schutz noch meinen Rat. Es ist ihr Leben. Schon poppt eine zweite E-Mail von Klaus auf, im Betreff steht „Versehen".

Irgendwie hatte ich mir so etwas schon gedacht, auch wenn ich nicht gleich verstehen konnte, wie man jemandem aus Versehen ein Liebesgedicht schreiben kann.

Ungesehen (nicht aus Versehen) löscht Mel hingegen die zweite E-Mail, greift zum Telefonhörer und sagt dann: „Hi, Simon … ich habe es mir anders überlegt … ja … oh ja, gerne … klasse, bis gleich."

Dann schlüpft sie in ihr atemberaubendstes Outfit (nahezu stofflos), dreht sich die Haare auf große Wickler und betont ihre schon von Natur aus unendlich langen und dichten Wimpern um weitere zehn Lagen. Mel sieht einfach nur schön aus. Sündhaft schön. Trotz ihrer Augen, die in gewisser Weise der Schlüssel zur Seele sind und allemal verraten, dass hinter dem Mascara-Mantel jemand unter einem gebrochenen Herzen leidet.

„Bitte überstürze nichts", spricht Vernunftwoman aus mir, doch Mel erwidert nur: „Dana, ich habe von Anfang an gewusst, dass da mehr zwischen Klaus und Isolde ist. Glaub mir, nun wird auch mehr zwischen mir und Simon sein. Das hat er jetzt davon."

Oh nein ...

„Mel, tu das mit Simon bitte nicht bloß wegen Klaus!"

Es kann doch nicht sein, dass all das, was Mel tut, immer nur wegen Klaus passiert. Obwohl ... Wenn wir schon wegen Klaus in Italien sitzen, dann könnte ich ihm ja jetzt auch noch mein schlechtes Gewissen übergeben: Bye bye Vernunftwoman – welcome Erlöser-Klaus!

„Macht keinen Sinn", sagt mein schlechtes Gewissen, „ich bleibe bei der Person, die Mel mit Simon verkuppelt hat. Halt den armen Klaus da raus. Er hat wegen dir schon genug Sorgen."

„Wegen mir? Wohl eher wegen Isolde", fauche ich. Leider laut.

„Genau, und dafür nehme ich mir jetzt Simon", kontert Mel und rennt die Treppen hinunter, an deren Ende Simons VW bereits auf sie wartet.

„Armer, armer Klaus", seufzt das schlechte Gewissen und droht dabei zu zerplatzen.

Ich muss mich ablenken. Unbedingt. Also greife ich zum Telefonhörer und wähle Mickeys Nummer. Es tutet und tutet.

„Hallo?", krakeelt eine krächzende ... Frauenstimme.

Oh nein ...

„Hallo?", frage ich zaghaft zurück.

„Danaaa", schreit Kontradelle, „verdammt noch mal, kapierst du nicht, dass es mit Mickey vorbei ist? Er hat mit dir Schluss gemacht!"

„Ja, aber ...", will ich noch einwerfen, doch Kontradelle hat schon aufgelegt.

Bestürzt schnappe ich mir Mels Laptop und eile damit in mein Zimmer. Dort angekommen, öffne ich sofort meine E-Mails. In all den vergangenen Wochen habe ich unzählige Werbebotschaften bekommen, darunter viele Angebote, meinen

Penis zu verlängern, und haufenweise Post von Frauen, die eine heiße Nacht mit mir verbringen wollen. Aber von Mickey ist nichts dabei. Nicht eine einzige notizgroße Nachricht. Kein einziges Lebenszeichen. Sehr seltsam.

Aber egal. Da ich in meinem tiefsten Innern weiß, dass Mickey mich liebt, steige ich von meinem hohen Ross herab und schreibe ihm:

Lieber Mickey,
wahrscheinlich hast Du es schon bemerkt, mein Handy ist tot – und das von Mel leider auch. Und obwohl es unglaublich klingen mag, haben wir tatsächlich erst seit heute einen funktionierenden Telefonanschluss – und einen Laptop.
Leider habe ich gerade „nur" Deine Mutter erreicht. Ich nehme mal an, dass bei unserem letzten Gespräch einiges falsch herüberkam und Du Dich vielleicht auch deshalb nicht mehr gemeldet hast.
Ich möchte Dir sagen, dass ich Dich noch immer liebe und mir nichts sehnlicher wünsche, als endlich wieder in Deinen Armen zu liegen. Mickey, ich vermisse Dich!
Deine Dich liebende Dana

Schwupps habe ich die Nachricht abgeschickt und gehe in die Küche, um mir ein Glas Birnensaft einzuschenken. Birnensaft ist das mit Abstand Leckerste, was ich in Italien entdeckt habe. Nicht zu vergleichen mit dem Birnensaft aus Deutschland. Das Zweitleckerste sind die Kekse in Rautenform, die schmecken so gut wie frischer Babybrei (den ich auch noch als Teenie gegessen habe). Ich könnte mich von diesen Teilen ernähren – und tue das eigentlich auch. Von daher müsste ich auch entsprechend aussehen. Aber so ist es nicht. Seit Italien, also seit mehr als fünf Wochen, habe ich bereits mehr als zehn Kilo abgespeckt. Und das nicht nur durch meine Mogelunterhosen. Mein Bauch und meine Beine wirken straffer, und ich fühle mich von Tag zu Tag attraktiver. Vielleicht weil ich so viel renoviert habe oder permanent unterwegs bin – meist an der frischen Luft –, statt mir den Hintern im Büro platt zu sitzen. Vielleicht aber auch, weil ich das Thema „Lebensqualität" angegangen bin und kein Frustfressen, sondern Genussessen betreibe. So wie jetzt. Ich nehme mir einen Keks und wandere damit genussvoll in mein Zimmer. Obwohl ich überhaupt nicht damit gerechnet habe, blinkt bereits eine E-Mail von Mickey in meinem Posteingang.

Wenn das keine wahre Liebe ist, was dann?

Während ich gut gelaunt in den Keks beiße, öffne ich die Nachricht meines Herzmannes, mache mich auf Liebesbekundungen und einen Heiratsantrag gefasst (mag per E-Mail vielleicht unromantisch rüberkommen, ist mir aber schnurzpiepegal), bekomme dann aber einen analogen Gesichtsausdruck zu Mel nach der Isolde-E-Mail, allerdings mit dem Unterschied, dass mir der Keks-Bissen im Halse stecken bleibt:

Dana,
nun sind wir schon seit einigen Monaten getrennt.
Akzeptiere bitte meine Entscheidung und stelle mir nicht weiter nach.
Ich wünsche Dir ein gutes Leben und verbleibe hochachtungsvoll,
Michael

Zuerst fällt der Keks auf den Boden, dann ich auf mein Bett. Es quiekt.

Jetzt habe ich mich auch noch auf Mastros Muschi geworfen …

Schnell nehme ich die malträtierte Mieze in den Arm, streichle über ihr kuscheliges weißes Fell und heule lautstark drauflos. Die Katze heult nicht, nein, sie ergreift die Flucht.

Verständlich, denn meine Tränen werden gerade zur Sintflut.

„Das kann nie im Leben Mickey geschrieben haben", spricht mein schlechtes Gewissen, und da wundere ich mich. Zum einen, weil mein „schlechtes" Gewissen anscheinend auch „gute" Dinge von sich geben kann, zum anderen, weil ich vielleicht wirklich vorschnell gehandelt habe. Also trockne ich meine Tränen und schreibe:

Mickey, diese E-Mail hast doch nicht Du geschrieben?

Zwei Sekunden darauf bekomme ich Folgendes zurück:

Ja, denkst Du allen Ernstes, meine Mutter schreibt meine E-Mails?
Ich wünsche Dir alles Gute für die Zukunft …
M.

„M-Punkt … M-Punkt … M-Punkt …", wiederhole ich in Dauerschleife.

Als hätte ich nach ihm gerufen (schließlich ist auch er ein M-Punkt), kommt in diesem unpassendsten Moment Mastro ins Zimmer geschneit. Leicht irritiert betrachtet er mein zerknautscht-zerheultes Gesicht, kommt dann näher und setzt sich schließlich neben mich. Ein wenig wehleidig blickt er mir in die Augen. Aber eigentlich schaut er ja immer so aus (wahrscheinlich hat er das einstudiert, damit wir ihn am Ende nicht doch noch vom Grundstück jagen). Dann nimmt er mich herzlich in den Arm, und ich bekomme endlich mal die Chance, mich an einer (wenn auch mehr schwachen als starken) Schulter auszuheulen.

Hach, Alessios Papa ist so viel besser als Mickeys Mama.

Genau in dem Moment lässt Mastro seine Hand jedoch zu meinem Po wandern, und ich stelle augenblicklich fest, dass er auf seine spezielle Art kaum besser als Kontradelle ist. Mein schlechtes Gewissen meint daraufhin: „Tja, das stimmt wohl."

Schnell befreie ich mich aus der Umklammerung und stürze mit Block und Stift nach draußen, wo ich mir einen Stuhl unter die Pergola schiebe und sinnlose, aber befreiende Geschichten aufs Papier bringe, und zwar von Kaffeetassen, die nicht von ihrer Kaffeekanne loskommen, bis diese sich schließlich verzweifelt vom Küchentisch stürzt und dabei in tausend Scherben zerbarst. Brutal, aber effektiv …

Gefühlte vier Stunden verharre ich auf dem warmen Zirbelholz, und als mein Verstand gerade begreift, dass ich wahrscheinlich niemals gegen eine Kontradelle ankommen werde und es an der Zeit ist, meinen Mickey endgültig an seine Mama abzutreten, kommt ein altbekannter VW zwei Meter neben mir zum Stehen. Mel und Simon tauschen intensive und demonstrative Zungenküsse aus, fast so wie Vögel, die sich gegenseitig mit Würmern füttern.

Das hat mir in dem Moment noch gefehlt.

Oder auch nicht. Denn das ist Stoff. Und so schreibe ich noch eine Geschichte über Vögel und Würmer auf, die ich aber nicht zu Ende bringe, weil Mel plötzlich beschwipst aus dem Auto torkelt, sich vor mich stellt und zu lallen beginnt: „Alles … *hicks* … wird gut, Dananana. *Hicks.*“

Daran glaube ich nicht mehr.

ITALIEN, TAG 60: GÄSTE- & GEBURTSTAGSGRAUS

Es ist Mittag, und ich liege noch immer im Bett. Ich habe keine Lust, aufzustehen.

„Dana? Ist alles okay? Kann ich irgendetwas für dich tun?“, fragt Mel, die gerade ihre schöne Nase in mein dunkles Kämmerlein steckt.

Das klingt verdammt nach Wiederholung. Ja, mit diesen Worten begann einst unser „Abenteuer Auswanderung“.

Allerdings mit dem Unterschied, dass ich jene Fragen an Mel richtete – und nicht umgekehrt.

„Nein, zu spät. Ich sterbe“, erwidere ich stöhnend.

Anstatt mich zu trösten, zieht auch Mel eine Leidensmiene und jammert: „Hoffentlich drehen wir beide nicht bald durch ...“

Dazu hätte ich allen Grund. Alle Gründe dieser Welt.

„Aber eigentlich hast du dafür gar keinen Grund“, meint Mel und schnieft, „du hattest vorher schon kein Geld und keinen richtigen Freund ... und außerdem bist du total gesund.“

Mel ist auch gesund. Wieder gesund. Ihre Biibäli sind passé, ihre Niesattacken sind passé, ihre tränenden Augen sind passé, und ihr Schnupfen ist auch passé. Alles dank Simon, ihrem Schweizer Gschpusi. Ich schenke Mel also meinen skeptischsten Blick.

„Hey, und du hast endlich Klarheit bei Mickey. Das ist doch auch was.“

Ha, ha, ha.

Ich habe genauso wenig Klarheit bei Mickey wie Klaus bei Mel. Der ruft nämlich jeden Tag hier an, und Mel legt sofort wieder auf. Klarheit ist etwas anderes. Das ist höchstens Konsequenz. Falsche Konsequenz, die auch Mickey betreibt, indem er nicht abhebt und meine E-Mails gar nicht oder auf Kontradelle-Art beantwortet. Als Freundin habe ich wohl versagt.

„Ich kann so froh sein, dass ich Simon habe“, meint Mel und macht mir damit unmissverständlich klar, dass ich als beste Freundin ebenso versagt habe.

Doch weil Mel nun wieder an die Liebe im Allgemeinen und an Simon im Besonderen denkt, versucht sie trotz unseres trostlosen Trauerklos-Daseins krampfhaft, einen auf gute Laune zu machen.

„Weißt du was, Dana? Ich habe eine Idee.“

Neuer Schwachsinn …

„Wir beide wagen jetzt einen Neuanfang. Ich mit Simon – und du mit Alessio.“

Alessio? Den habe ich seit zwei geschlagenen Monaten nicht mehr gesehen. Dafür sehe ich seinen Vater minütlich, ach was, sekündlich. Für Mastro ist mein Anblick mittlerweile so selbstverständlich, dass er beim Pinkeln nicht mal mehr die Tür zumacht. Muss er auch nicht. Gäste lassen sich hier sowieso nicht blicken.

„Hast du daran gedacht, dass heute Gäste kommen?“, erinnert mich Mel.

„Welche Gäste? Wieder irgendwelche Märchengestalten?“, frage ich mit sarkastischem Unterton.

„Na, die Motorradfahrer“, entgegnet Mel zuversichtlich.

Das kann ja Biker werden, denke ich mir, während Mel mir einen erwartungsvollen Blick aus ihren schönen Augen schenkt.

Mel ist überhaupt das einzig Schöne, was uns hier oben noch geblieben ist. Ich für meinen Teil bin nur noch ein jammerndes Biest. Seit zwei Wochen fresse ich den Frust in mich hinein und habe in kürzester Zeit wieder alle altbekannten Kilos an ihre ebenso altbekannten Stellen gebracht. Alles an und in mir ist so, wie es vor Italien war: dick, einsam, blöd. Und neuerdings auch frustriert.

Frustrierend ist auch das Wetter. Der angeblich so goldene Herbst ist gekommen und mit ihm ein grauer Schleier, der unseren Berg in vollkommenen Nebel gehüllt hat. Tatsächlich fühle ich mich so einsam wie Dian Fossey, die mit ihren Affenfreunden im Nebel hauste und sich dabei selbst mehr und mehr zum Affen machte, bis sie irgendwann kein Mensch mehr leiden konnte. Dian konnte sich das leisten, sie hatte ja schließlich noch ihre Affen. Ich habe bloß Mel und Mastro, die mir beim Frustrationsabbau wenig hilfreich zur Seite stehen. Zudem bekomme ich mein mittlerweile gigantisches schlechtes Gewissen nur noch durch Zynismus in den Griff, der sich hier und da lautstark (und vielleicht auch einen Tick zu affenmäßig) äußert. Ein Grund mehr, mein Bett nicht zu verlassen.

„Dana, du musst raus aus dem Bett. Die Gäste können jede Minute hier sein“, sagt Mel und schaut auf ihre Armbanduhr.

„Dann lassen wir sie mal kommen, die rollenden Höllen-Engel. Vielleicht ist es ihre Aufgabe, mein Schicksal zu besiegeln. Denn ich habe gesündigt. Meine Schuld ist unsagbar groß. Bald schon brechen meine Schultern unter ihrem Ballast zusammen“, trompete ich in die Welt hinaus und lasse mich dann wieder so pompös wie ein Schimpanse ins Bett fallen.

Mel beginnt wieder mit ihrer altbekannten Litanei: „Ich vermisse Simon schon jetzt. Hoffentlich ist der mir in seinem Elektroladen treu …“

Ich habe keine Lust mehr auf Wiederholung. Obwohl die allemal unspektakulärer ist als die uns drohende Zukunft. Wenn wir nicht zeitnah an Geld kommen, verlieren wir unser Haus – und Mels Eltern das ihrige.

Langsam steige ich aus meinem Bett und helfe Mel, es neu zu beziehen.

„Was wünschst du dir eigentlich zum Geburtstag?“, fragt Mel.

Muss sie mich jetzt auch noch daran erinnern? In sechs Tagen folgt der Tag, den wohl nicht nur Mels Eltern zukünftig pechschwarz in ihrem Kalender markieren werden.

Genau sechsundsechzig Tage sind wir dann schon in Italien. Gut, dass ich nicht abergläubisch bin. Außerdem: Das Einzige, was ich mir zum Geburtstag wünsche, ist …

„Mickey“, murmle ich in mich hinein.

Meine beste Freundin versteht das zum Glück nicht, weil sie gerade mehr ihr Hirn als ihre Ohren benutzt und schließlich mit dem Finger schnippt. Während das frisch bezogene Kopfkissen auf den Boden gleitet, sagt Mel: „Dana, ich hab’s. Eine super Idee.“

Noch mehr Schwachsinn vertrage ich nicht …

Bevor ich ihr also den Mund zuhalten kann, rennt Mel schon aufgeregt mit dem Wörterbuch zu Mastro, der logischerweise erst einmal das Weite sucht, dann aber doch stehen bleibt und mit Mel spricht (mittels Schweißhänden und Käsefüßen). Ich sehe den beiden von oben zu. Tatsächlich wirkt nun Mel wie Dian Fossey, die sich mühsam das Vertrauen des *Mastro-rillas* erarbeitet.

Ha. Hat sie ihm gerade ein Bonbon zugesteckt?

Das Bild, das die beiden abgeben, ist so skurril, dass ich darüber lachen muss. Das ist gut. Ich habe schon so lange keinen Grund mehr zum Lachen gehabt. Und wenn doch, dann nur aus sarkastischen Gründen. Obwohl … Ist das jetzt nicht sarkastisch? Ich hoffe sehr, dass es nichts mit meinem bevorstehenden Geburtstag zu tun hat, und so vergesse ich den auch gleich wieder.

Unvergesslich wie unbegreiflich ist dagegen Mastros ungepflegte Erscheinung, die kurz darauf wieder transpirierend und brabbelnd vor mir steht, während Mel vor Glück strahlt wie ein kleiner Kernreaktor. Logo, denn gerade biegt Simons VW um die Ecke. Bevor Mel ihrem Liebsten um den Hals fällt, dreht sie sich noch einmal kurz zu mir.

„Also meine Idee ist folgende: Mastro und ich sorgen jetzt dafür, dass es dir wieder gut geht. Und zwar noch heute.“

Prost Mahlzeit!

Das hat schon in der Vergangenheit nicht geklappt. Mels und Mastros letzter Aufbauversuch war wirklich für die Katz. Im wahrsten Sinne des Wortes. Da führte Mastro nämlich einen *(Fruchtbarkeits-?)*Tanz auf, der mich aus meiner Frustration reißen sollte. Schade, dass ich das nicht filmen konnte. Filmreif war es allemal. Bis Mastro einen Filmriss bekam *(wie so oft war er mal wieder sternhagelvoll)* und rücklings in den Karton fiel, den die Katze bis dato als Katzenklo missbrauchte. Na ja, wenigstens war es nicht egoistisch.

Die Ego-Nummer war ein paar Tage zuvor abgelaufen. Da hatte meine beste und einzige Freundin nämlich die spontane Idee, mich näher zu sich zu holen *(„Mein kleiner dicker Hamster sitzt so einsam in seinem Kellerloch. Kommt, wir stellen seinen Käfig hier oben ins Kinderzimmer.“)*. Sofort wurde ich genötigt, mein Bett auseinanderzuschrauben und die Einzelteile zusammen mit Mastro nach oben zu tragen. Mensch, wie lange hatte ich darauf gewartet. Als ich nach zweistündigem Zusammenschrauben endlich in meinem eigenen (und mastrofreien) Schlafgemach lag, fuhr spontan Simons VW vor, und Mel schickte mich wieder nach unten, weil sie nun doch alle fünf (!) Zimmer für sich selbst beanspruchte *(„Ach, mit Simon hab ich gar nicht gerechnet. Blöd. Aber was soll's – heute Nacht kann der kleine dicke Hamster doch auch wieder im Keller schlafen. Haben wir noch irgendwo einen Schuhkarton herumliegen?“)*. Prompt stand ich wieder unten, jetzt auch noch ohne Bett. Das einzige Gästezimmer war für mich tabu *(„Man weiß ja nie, wann Gäste auftauchen. Und Mastro.“)* und ohnehin abgeschlossen *(„Wir schließen es ab und öffnen es auch nur für Gäste.“)*. Und natürlich befand sich der Schlüssel in Mels Wohnung, weil das der einzige Ort war, den Mastro mit seiner Anwesenheit verschonte. Also machte ich mich auf eine Nacht im Pantegana-Zimmer mit dem Inhalieren von Mastros üblem Nachtschweiß gefasst, doch da zauberte der kleine Mann plötzlich ein altes und verrostetes Kindergitterbettchen aus den Weinbergen hervor und schob es in mein kahles Zimmer. Wahrscheinlich hatte ihm das Teil einst selbst gehört, dem Geruch nach zu urteilen wurde es seit Jahrzehnten als Komposthaufen zweckentfremdet. Das aber hinderte Mastro freilich nicht daran, noch immer seinen Mittagsschlaf darin zu verbringen. Warum sonst war es bis zum Anschlag mit Laub gefüllt, das den Abdruck eines kleinen Männerkörpers preisgab? Am Kopfende lag zudem ein Kinderkissen, dessen Mitte mit einem fußballgroßen ockergelben Speichelfleck aufwartete, genau dort, wo andere Kissen eine liebevolle Stickerei präsentieren? Ich nahm es dennoch dankbar an. Nach drei Tagen Dauerlüftung wandelte mein neues Gitterbett seinen Eigengeruch von „verwesendem Tierkadaver“ in „verstaubten Trödelmarkt“. Kaum hatte ich mich an diesen neuen Schlaf-Umstand gewöhnt, nahm Simon plötzlich Notiz von meinen trostlosen Nächten *(„Also wirklich, Mel. Dana nächtigt da unten ja fast wie in einem Gefängnis. Wir können ihr unmöglich Kerker samt Gitter zumuten.“)*. Schon verschwand das Gitterbettchen wieder und wurde durch mein eigenes Bett ersetzt. So geschehen gestern, und wohl auch nur, weil Mel zeitgleich einfiel, dass eine Anzahl von Gästen im Anflug ist, die zwei von unseren drei Gästezimmern benötigen. Natürlich würde Mel niemandem das Pantegana-Zimmer zumuten, obwohl ich mir da auch nicht mehr so sicher bin *(„Ach Dana, du und Mastro, ihr seid echt ein Herz und eine Seele …“)*. Wenn sich die Motoradfahrer also nachher mitunter in meinem Bett vergnügen, schlafe ich – wie beim letzten Mal (Schneewittchen) – schlaflos bei Mel. Insofern nicht wieder Simon auftaucht und Mel ihren sexuellen Höhepunkt meiner Anwesenheit vorzieht.

Apropos Höhepunkt: „Oh … oh … oh …“, schreit Mel, was weniger an Simon als an der Tatsache liegt, dass plötzlich um uns herum alles vibriert, brummt und heult.

Auf seinem Chopper kommt der Rocker.

Das wussten wir auch schon vorher, aber die Realität sieht ja meist anders aus.

Eben realer …

Vier Motorräder fahren über den Kies und verteilen bei ihren atemberaubenden Bremsaktionen Staub und Steine, die im Nebel jedoch nicht weiter auffallen. Auf Mels weißem Gewand sieht das allerdings anders aus.

„Och menno, die Flecken bekomme ich nie wieder raus", klagt Mel und macht ein bestürztes Gesicht, während Simon schützend seinen Arm um sie legt.

Mels geflecktes Gewand ist noch lange nicht so übel wie das, was die Rocker tragen. Schwarze Lederkutten-Einheitskluft, die sich nur durch verschiedene Totenkopfabbildungen voneinander unterscheidet.

Zwei Frauen und zwei Männer umzingeln uns mit ihren röhrenden Maschinen. Und alle tragen sie Zöpfe. Nicht etwa solche wie Pippi Langstrumpf oder Rapunzel. Nein, eher solche wie die Wikinger, obwohl ich gar nicht genau weiß, ob die auch Ahnung von derartig aufwendigem Flechtwerk hatten.

„Ach, Mel …", jammere ich beim Gedanken an mein armes Bett, aber das geht im Heulen der Motoren unter.

Zum Heulen ist mir auch zumute. Aber ich reiß mich zusammen. Immerhin handelt es sich um Gäste, die Geld bringen. Geld, auf das Mel dringend angewiesen ist, damit ihre Eltern ihr Haus nicht verlieren.

Ein Mann mit fünf geflochtenen Zöpfen – vier davon in seinem Bart – streckt mir plötzlich ein kleines Fellknäuel entgegen, das zwei Sekunden zuvor noch einen Helm und eine Sonnenbrille trug, und kommentiert das mit den Worten: „Hat Hunger."

Mich schocken weder Gorillas noch Rocker im Nebel, auch keine bebrillten wie behelmten Hunde, allerdings schockt dieser unsere Katze, die gerade noch um meine Beine gestreift ist und nun panisch das Weite sucht. Prompt hüpft das hungrige Fellknäuel aus meinem Arm und saust der armen Katze hinterher.

„Heißt ‚Dose'", sagt der Rocker und zeigt auf den rasenden Hund.

„Heiße Dana", sage ich, um Humor und Selbstironie bemüht (auch heute sehe ich alles andere als „heiß" aus), aber das scheint hier keinen zu interessieren. Weder Humor noch mein Name.

„Ist ein Yorkshire-Terrier. Hatte Mooshammer auch“, ergänzt der stolze Hundepapa.

Warum kann der eigentlich nicht in ganzen Sätzen sprechen?

Wie auch immer. Er scheint sehr verliebt in seinen kleinen Hund zu sein. Da sollte er aber besser auf ihn aufpassen, denn schließlich befinden sich auf unserem Grundstück …

„Scheiße“, kreischt der Rocker, „Scheiße! Wildschweine …“

Ja, genau. Das wollte ich ihm auch gerade sagen. Nun tut es das Schwein persönlich. Nicht ihm, sondern seinem Hund.

„Rettet die Dose!“, brüllt eine der Rockerfrauen, die auch nur aufgrund ihrer auffällig großen Brüste als Frau zu identifizieren ist (in ihrem Gesicht dominiert ein noch viel auffälligerer Bart).

Die Dose? – Aha, auch der Hund ist eine Frau. Selbst wenn das drahtige Fell ein anderes Geschlecht vermuten lässt, aber so ist das ja bei der ganzen Gang. Die Männer tragen Zöpfe, die Frauen tragen Bärte und …

„Ihr tragt die Verantwortung! Wenn unserer Dose was passiert, dann …“, krakeelt die Rockerin, während der Rocker seiner Dose hinterherrennt, die wiederum vor dem Schwein flieht, während sich unsere Katze zielsicher auf einen kleinen Baum rettet. Alles geht so schnell, dass ich kaum noch folgen kann.

„*Hatschi*“, meldet sich Mel zu Wort. „Auf irgendwas bin ich jetzt auch noch allergisch.“

Und als wäre sie damit gemeint, zickt die bärtige Frau Mel an: „Wenn unserem Hund was passiert, dann seid ihr dran. Nur damit ihr's wisst.“

Ein weiterer Rocker greift in seine Tasche, öffnet seelenruhig eine Bierdose (vielleicht versteht der etwas anderes unter „Rettet die Dose“), kippt die Brühe auf ex hinunter und rülpst dann dröhnend über den ganzen Berg.

Das wiederum erinnert mich direkt an den, der sich immer aus dem Staub macht, wenn er für uns hilfreich sein könnte. Schließlich lebt Mastro seit Jahren mit Wildschweinen im Nebel, kennt ihre Verhaltensweisen und vielleicht sogar die ganze

Rotte. Und wahrscheinlich ist er auch nicht grundlos im Besitz eines Gewehres – und einer Axt.

„Wo ist eigentlich Mastro?“, frage ich Mel.

„Mastro sorgt gerade dafür, dass es dir gleich richtig gut geht“, erklärt Mel so ernst, dass ich keine Ironie erkennen kann.

Wie bitte?!

Wenn meine beste Freundin tatsächlich annimmt, dass ausgerechnet Mastro dafür sorgt, dass es mir gleich richtig gut geht, dann bin ich faktisch verloren.

„Auch wenn ich nicht weiß, ob du das wirklich verdient hast“, setzt Mel nach.

Eben, das habe ich wirklich nicht verdient.

„Dana, mal ganz ehrlich. In den letzten Tagen hast du nur gejammert. Und eine große Hilfe warst du auch nicht gerade.“

Wobei denn auch?

Ich weiß nicht, was genau diesen pochenden Kopfschmerz bei mir auslöst. Vielleicht die Tatsache, dass derjenige, der überhaupt keinen Sinn macht, nun dafür Sorge trägt, dass mein Leben gleich wieder einen Sinn haben soll? Oder doch die Tatsache, dass ich diesen Widerspruch deshalb nicht verdient habe, weil ich Jammerlappen die jammernde Mel nicht beim Nichtstun unterstützt habe?

Bevor mein Kopf platzt, erhellt sich zum Glück Mels ernster Gesichtsausdruck, sie legt mir ihre Hand auf die Schulter und sagt: „Ach, Hauptsache wir haben uns lieb.“

Ich möchte gerade befreit ausatmen, da setzt sie noch nach: „Genauso wie in diesem Bill-Murray-Film …“

„Mel, du meinst doch nicht etwa ‚Was ist mit Bob?‘, oder?!“

Wenn dem so ist, bin ich tatsächlich bald reif für die Anstalt.

„Ich weiß den Titel nicht, aber da ist so ein Viech“, meint Mel.

„‚Ghostbusters‘?“

Tatsächlich besteht eine gewisse Ähnlichkeit zwischen dem stinkenden grünen Schleimer und Mastro. Tja, und nach dem Cartoon zu urteilen wurden die Geisterjäger ihren anhänglichen Stink-Schleimer auch nicht mehr los.

„Ich hab's – ein Murmeltier", sagt Mel.

Sie meint „Und täglich grüßt das Murmeltier". Diesem Vergleich stimme ich nicht zu. Nein, viel lieber würde ich diese italienische *same procedure* aus unnormalen oder unsichtbaren Gästen und meiner unendlichen Einsamkeit sofort unterbrechen, kann das aber nicht, weil es mir am nötigen Kleingeld mangelt, um hier überhaupt irgendetwas zu verändern, geschweige denn etwas Sinnvolles zu tun. Alles, was in Italien Sinn macht, das kostet nämlich Geld.

„Bill muss jeden Tag das Gleiche erleben. Aber zum Schluss ist alles gut, weil er da neben seiner großen Liebe aufwacht. Die kannte er auch schon vorher, nur wusste er da noch nicht, dass er sie liebt. So ist das bei dir nämlich auch. Aber Mastro sorgt jetzt dafür, dass du das endlich erkennst", sagt Mel und lächelt mich aufmunternd an.

Wenn Mel mich wirklich mit Murmeltier-Mastro verkuppeln will, dann sollte ich schleunigst das Weite suchen. Hier bin ich nicht mehr sicher.

„Sind hier nicht sicher", stellt auch Doses Herrchen zu meinem Erstaunen fest, während er aufgebracht auf uns zuhechtet – mit einem hechelnden Fellknäuel in der einen und einer selbst ausgerissenen Weinrebe in der anderen Hand.

Komisch, dass mir jetzt auch noch jemand, der keine ganzen Sätze auf die Reihe bekommt, direkt aus der Seele spricht.

„Los Leute, wir ziehen wieder ab", diktiert die Rockerin und schenkt Mel ihren verachtendsten Blick. Doses Papa wirft unterdessen die mastrogroße Rebe mit einer Leichtigkeit in die Weinberge, als sei sie ein Papierflieger.

Und der hat Angst vor mickrigen Wildschweinchen?

Nehmt mich mit! BITTE!

Innerhalb weniger Sekunden brummt, heult und vibriert die Motorrad-Gang von dannen. Bevor Mastro mir „etwas Gutes" *(Hilfe!)* tun kann, hätte auch ich gern die altbekannte Flucht ergriffen. Sehnsüchtig blicke ich der Staubwolke im Nebel hinterher, während meine beste Freundin das soeben geöffnete Gästezimmer wieder verschließt und dann alles noch viel schlimmer macht.

„Ich rufe jetzt diesen Kalkeimer zurück. Er kann gerne mit seinen Freunden herkommen“, sagt Mel – mit Dollarzeichen in den Augen – und lässt mich samt (irritiertem) Simon blöd stehen.

„Nein, Mel, nicht diese Gruftis. Das ist keine gute Idee“, rufe ich ihr hinterher, aber das hört Mel nicht mehr.

Als der Kalkeimer vor drei Tagen bei uns vor der Tür stand, dachte ich, er sei ein wandelnder Toter. Auch weil er nicht sprach (also eine Verschlechterung zu dem in unvollständigen Sätzen sprechenden Rocker war), sondern nur wie paralysiert auf unsere Hälse starrte. Als wir gerade im Begriff waren, die Tür zu schließen, und den Kalkeimer gedanklich zu all den Gestörten schoben, die uns hier routiniert aufsuchen, fingen seine Lippen an zu zittern, und er fragte auf Englisch, ob er mit seinen Freunden ein paar Vampir-Nächte bei uns verbringen könnte.

Langsam glaube ich nicht mehr, dass derartige Besucher Zufall sind. Entweder die italienischen Behörden haben uns einen „besonderen“ Stern verliehen (vielleicht den, den Mel einst gekauft hat) oder es liegt an diesem Ort. Erst gestern kamen fünf Menschen in weißen Gewändern (und so wie es aussah, mit nichts darunter) „angetanzt“ und fragten, ob sie an diesem heiligen Berg ein rituelles Mondscheintrommeln veranstalten könnten. Das wiederum lehnte Mel sofort ab. Allerdings nur aus dem Grund, weil statt Geld lediglich positive Energie fließen sollte.

„Dann doch lieber Gruftis, die uns Geld bringen“, waren die Worte, mit denen Mel den Weißgewändern die Tür vor der Nase zuschlug, und ich hoffte, dass sie diese Drohung nicht wahr machen würde. Mir reichten bereits zwei Minuten im Angesicht des Kalkeimers, um die Flucht zu ergreifen. Mel ließ sich jedoch auf ein längeres Gespräch mit dem Kerl ein. Warum? Weil der Typ Geld hatte. Und so war es allzu logisch, dass sie ihm nicht absagte, sondern meinte, dass wir uns das noch einmal in Ruhe *(ha, ha, ha)* überlegen werden. Zum Glück gab sie dann aber doch einer Motorradgang den Vorzug.

Nun jedoch, mit Geld im Kopf statt auf dem Konto, hat es sich Mel anders überlegt. Und eigentlich hat sie ja auch keine andere Wahl. Mit weit aufgerissenem Mund stehe ich neben meiner besten, telefonierenden Freundin:

„Hi, Tim, hier ist Melanie. *Yes … the girls with the good house … Yes, you can come … yes, with your friends … yes … no problem. One room are enough? Cool. Yes, that are enough money. Wow. Yes. Ciao.*"

Grinsend geht Mel an mir vorbei und sagt: „Grufti-Gäste zahlen am besten … und schnellsten. Die kommen nämlich schon heute Abend … und schau, hier kommt dein Gast."

Bevor ich mich wundern kann, sagt jemand neben mir: „Ciao, Dana."

Ich drehe mich um und sehe in Alessios Augen – Alessios *wunderschöne* Augen.

Alessio ist wieder da – juhuuuu …

Er legt sogleich seinen Arm um mich und brabbelt mir etwas ins Ohr, das ich natürlich nicht verstehe.

Egal, der Typ hat mir gefehlt. Und wie …

Nicht gefehlt hat mir dagegen das flaue Mickey-Bauchgefühl, das immer dann mit von der Partie ist, wenn Alessio auftaucht. Warum nur habe ich das noch immer? Gerade jetzt, wo Mickey mich bereits mehrfach abserviert hat?

„Gut gemacht."

Anerkennend tätschelt Mel die Schulter des kleinen Mastro, der seinen bekannten Hundewelpenblick aufgesetzt hat und damit sehnsüchtig zu seinem Sohn schaut, doch Alessio brabbelt daraufhin: „*Perchè non vai a farti un pisolino sui binari.*"

Simon schluckt und flüstert mir die Übersetzung ins Ohr, die mich auch ein wenig schlucken lässt.

„Er hat seinen Vater gefragt, ob der nicht ein Nickerchen auf den Bahngleisen machen will."

Langsam glaube auch ich nicht mehr daran, dass diese Vater-Sohn-Geschichte jemals wieder zu kitten ist. Aber auch deshalb, weil ich mir nicht sicher bin, ob Mastro gerade so wehleidig zu seinem Sohn geblickt hat oder doch nur auf meine Brüste. Aber auch das ist egal. Alessio ist wieder da. Und ich sollte ihm dringend zeigen, dass *er* mir nicht egal ist. Also mache ich gleich Nägel mit Köpfen und küsse ihn. Spontan, einfach so – und mitten auf den Mund.

Irritiert sieht Alessio mich an. Eigentlich sehen alle sehr irritiert aus. Kann ich verstehen. Zwischen uns sind die Dinge unausgesprochener als im Vatikan. Das zumindest möchte ich jetzt ändern. Schnell greife ich zum Wörterbuch und sage nach eifrigem Hin-und-Her-Blättern: „*Scusi … Sono un po' stupida oggi. Sono cocente.*"

„Was heißt das?", fragt Mel neugierig.

„Ich habe mich dafür entschuldigt, wie blöd alles zwischen uns gelaufen ist", erkläre ich, und Simon bekommt plötzlich einen Lachanfall und meint: „Nein, du hast ihm gesagt, dass du heute ein bisschen dumm bist. Und heiß."

„*Sei uno schianto*", sagt Alessio und gibt mir einen Kuss auf die Stirn.

Mel blättert im Wörterbuch und meint: „Also ‚schianto' heißt schon mal ‚Knall'. Ha, ha … Dana ist durchgeknallt."

„Nein, Mel, er findet, dass sie der Hammer ist", übersetzt Simon.

Augenscheinlich steht Alessio noch immer auf mich. So wie Simon, der seiner Traumfrau Mel gerade einen phänomenalen Kuss gibt. Alessio sieht ihrer Aktion lächelnd zu (er ist so viel schöner, wenn er lacht), dann dreht er sich zu mir, blickt mir tief in die Augen und greift nach meinen Händen. Ich bete, dass er jetzt nicht wieder etwas sagt, das ich erst im Wörterbuch nachschlagen muss, denn das tötet die knisternde Erotik zwischen uns. Zum Thema Erotik fällt mir aber auch auf, dass ich nicht nur schlecht, sondern total scheiße aussehe. Ich stehe hier in einem weißen Sack aus Frottee, der nicht nur meine

Überkilos geschickt betont, sondern die ganze Dana leichenblass kaschiert, und trage zudem eine Palme auf dem Kopf. Keinen echten Baum, sondern nur die Frisur, die auch schon Hund Dose und Hund Daisy trugen und die weder weiblich noch männlich, sondern in der Hauptsache dämlich aussieht. Das aber scheint Alessio egal zu sein.

Wenn das keine wahren Gefühle sind ....

Langsam lässt er die Finger über meine Arme zu meinen Schultern und von dort langsam zu meinem Kinn gleiten, das er zaghaft an sich heranzieht, während seine Augen mich die ganze Zeit über aufmerksam fixieren. Als sich unsere Zungenspitzen berühren, ist das wie ein längst fälliges Feuerwerk, das meinen gesamten Körper vibrieren lässt. Ich spüre, wie wieder Leben in mein zynisch-kaputtes Wesen einkehrt, wie die Liebe jede Pore meiner Haut erfüllt, wärmt und in Ekstase versetzt. Ich kann gar nicht anders und ziehe Alessio ganz eng an mich.

Wir küssen uns dermaßen intensiv und innig, dass die Frage aller Fragen *(„Alessio, wo warst du die letzten zwei Monate?“)* und das flaue Mickey-Magen-Gefühl dahinter verstummen, als hätte es sie nie gegeben. Ich genieße den Moment und hoffe, dass er nie enden mag.

Doch er endet schon ein paar Sekunden darauf, als urplötzlich ein Piepsstimmchen aus einer dunklen Ecke *„Hi, guys“* zwitschert.

Verdutzt drehen wir uns um und sehen einem Skelett in die schwarz umrandeten Augen. Es scheint noch ein Kind zu sein, denn es ist kleiner als ich. Und ein Mädchen – das verraten die langen Haare *(obwohl ...?)*. Und die roten Fingernägel *(obwohl ...??)*. Und natürlich auch ihr Klein-Mädchen-Stimmchen *(obwohl ...???)*.

„Sind unsere Gäste etwa schon da?“, fragt Mel – mit fröhlich-finanziellem Unterton. Aber bestimmt nur so lange, bis sie diese Gestalt erblickt. Das Mädchen sieht so krank, mager und blass aus, dass ich mir nicht sicher bin, ob es diese Nacht überleben wird.

Wir sollten die Kleine lieber gleich ins Krankenhaus bringen.

„Dein Gästezimmer ist heute ein Krankenhaus“, vermerkt Mel mit Blick auf die Blasse.

„Wie bitte?“, frage ich und halte vergeblich Ausschau nach einem Krankenwagen.

„Rollenspiele“, meint Mel, „Tims Freunde treffen sich zu Rollenspielen. Heute und hier spielen sie Krankenhaus-Szenen nach.“

„Und du hast dem allen Ernstes zugestimmt?“, frage ich schockiert, während ich parallel hoffe, dass Mels Englisch mal wieder tutto finito war.

„Ich hab sogar ‚No problem‘ gesagt. Dana, die zahlen sechshundert Euro – für diese eine Nacht, in diesem einen Zimmer.“

Mein Zimmer wohlgemerkt …

„Dafür sind es aber auch dreißig Personen“, wirft Simon mit einem nicht minder schockierten Unterton ein.

„Dreißig Gruftis?“, stoße ich hervor.

„Die wollen doch nur spielen“, beschwichtigt Mel wie ein Pitbull-Besitzer.

Während ich im Wörterbuch nachschlage, was „Alessio, kann ich heute Nacht bei dir schlafen?“ auf Italienisch heißt, nähert sich die gesamte Grufti-Gruppe. Und ja, schlimmer geht immer.

Ich habe noch nie im Leben dermaßen viele Zombies gesehen. Noch nicht einmal im Fernsehen. Leichenblass, bewegungslos und irgendwie auch blutrünstig stehen sie erwartungsvoll auf unserer Terrasse, die sich passenderweise noch immer in Nebel hüllt.

Ich muss sofort handeln, und in meinem Fachjargon heißt das: fliehen.

„*Sono bruciata. Vorrei far l’amore con te*“, wende ich mich in meinem besten Italienisch an Alessio.

Dessen Augen werden immer größer. Simon reagiert ähnlich. Kurz darauf flüstert er Mel etwas ins Ohr.

„Dana ist heiß wie Nachbars Lumpi … hi, hi …“

Meine beste Freundin kichert wie eine Fünftklässlerin, während die Zombies in lautes Schnaufen verfallen.

„Wie kommst du darauf, dass ich ausgerechnet jetzt an Sex denke?“, frage ich Mel – mehr verängstigt als verärgert.

„Weil du Alessio gerade ein heißes Beischlaf-Angebot unterbreitet hast“, erklärt Simon lachend.

„Nein, ich habe nur gesagt, dass ich *bei* ihm schlafen möchte“, wehre ich mich.

„Nein, *mit* ihm. Und dass du verbrannt bist“, korrigiert Simon.

Peinlich …

Allerdings nicht so peinlich wie Mastro, der plötzlich vor seinem Sohn auf die Knie fällt und dessen Bein umklammert. Alessio lässt das aber kalt – komischerweise genauso kalt wie mein versehentliches Angebot. Während er für mich nur irritierte Blicke übrig hat, schüttelt er seinen Vater ab wie eine Scheißhausfliege. Schon tut mir Mastro wieder leid. Vielleicht weil er so jämmerlich dreinschaut. Vielleicht aber auch, weil er im Grunde genauso harmlos wie bedauerlich ist.

Schnell schlage ich im Wörterbuch das Thema „Versehen“ nach und sage dann zu Alessio: *„Non riesco a vedere un accidente.“*

Alessio sieht noch verwirrter aus als zuvor.

„Dana, lass mich dir doch bitte beim Übersetzen helfen“, meint Simon aufopferungsvoll, „oder wolltest du ihm wirklich sagen, dass du gar nichts mehr sehen kannst?“

„Nein, dass es ein Versehen war, also das, was ich vorhin gesagt habe.“

Dieses dämliche Wörterbuch …

Jetzt brabbelt Simon mit Alessio, und es folgt ein erkenntnisreiches Nicken. Alles unter den nicht wirklich wachen Augen von dreißig Vampiren, die mich an diese weiß angemalten menschlichen Statuen erinnern, die genauso bewegungs- wie sinnlos in den Fußgängerzonen der großen Städte herumstehen. Alessio nimmt mich in den Arm, und Simon übersetzt:

„Alessio möchte lieber bei dir übernachten. Und Mel, das tue ich auch. Ich lass euch nicht mit diesen Blutsaugern allein.“

Simon ist ein guter Mensch. Alessio zwar irgendwie auch, aber leider mit einem kleinen Tick zu viel Zorn im Blut. Natürlich entschuldigt nichts für das, was Mastro seiner Frau und seinem Sohn angetan hat. Im Grunde zumindest. Doch nach all dem, was passiert ist, und der Tatsache, dass Mastro sich theatralisch entschuldigt hat (sein Kniefall war wirklich herzerweichend), könnte Alessio seine Lage zumindest einmal überdenken. Schließlich ist Maddalena für beide Geschichte. Und Alessio hat mich. Außerdem: Selbst der Papst verzieh seinem Attentäter. Und ein Attentäter, ein Killer, ist Mastro nun wirklich nicht. Ganz egal, wie seine Frau auch gestorben sein mag.

„Kannst du Alessio darum bitten, seinem Vater zu verzeihen? Sag ihm einfach, dass ich mir das wünsche“, nehme ich Simons Übersetzungsangebot an.

Simon brabbelt, während Alessios Gesichtsausdruck zunehmend zorniger wird, er zusätzlich knallrot anläuft und schließlich lautstark fluchend von dannen zieht.

Na toll …

Wie ein Monchhichi steht Mastro neben mir und sieht Alessio traurig hinterher. Ich bin auch traurig. Und wütend auf mich selbst. Eigentlich geht mich diese Vater-Sohn-Geschichte genauso wenig an wie Mels Männer. Warum musste ich mich jetzt schon wieder in die Angelegenheiten anderer Menschen einmischen? War es nicht sogar abzusehen, dass eine Frau, auf die Vater und Sohn stehen, sicherlich nicht viel zu deren Versöhnung beitragen kann? Ich Idiot.

„Simon, schnell, ich brauche dich. Komm bitte mit“, rufe ich dem ebenso erstaunten Simon zu, den Mel jedoch sofort besitzergreifend festhält.

Muss die jetzt auch noch alles falsch verstehen?

„Bitte, Simon, sag Alessio, dass es mir leidtut. Ich werde mich nicht mehr in die Geschichte mit seinem Vater einmischen. Übersetz das, bitte … schnell! Und Mel, ab sofort sage ich auch nichts mehr zu deinen Männern …“

„Männer?“, fragt Simon irritiert, und Mel lockert daraufhin ihren Griff (jedoch nur, um mir einen Vogel zu zeigen).

„Simon, bitte hilf mir“, wiederhole ich und sprinte dann „Scusi … scusi …“ schreiend hinter Alessio her.

Zu spät. Mit einer Staubwolke verschwindet der kleine Fiat – und mit ihm der, der mich hier oben glücklich machen sollte.

„Hm, hm …“, grunzt ein Zombie.

… und vor den Gruftis beschützen wollte … ach, herrje …

Nachdem Mel und Simon sich über Mels Männer ausgesprochen haben *(„Dana redet wirr – auf Italienisch und auf Deutsch.“)*, führen sie unsere Vampir-Gast-Gestalten in „ihr Krankenhaus“ – und mich aus *meinem* Zimmer. Traurig, einsam und verlassen schlurfe ich hinter ihnen her, hinauf in unsere Wohnung. Heute geht es nicht anders. Wenn ich nicht auch noch mein Blut verlieren will, dann muss ich bei Mel und Simon übernachten.

Heul …

„Und wo schläft Mastro?“, frage ich besorgt, während Mel *unsere* Wohnung nach einer Schlafstätte für mich absucht.

„Wahrscheinlich in den Weinbergen“, meint Simon und zeigt auf den kleinen Mann, der mit einem alten grünen Schlafsack in der einen und einem Flachmann in der anderen Hand durchs Gestrüpp schreitet. Armer, kleiner, ungeliebter Mastro, denke ich mir.

„Hoffentlich zieht der bald in seine eigene Wohnung“, meint Mel weniger mitfühlend, und Simon lacht nur. „Ich glaube, den werdet ihr nicht mehr los.“

Mel versucht ihr Bestes, mir ihr Sofa so adrett wie möglich zu gestalten. Aber es bleibt, was es ist: ein Zweisitzer, auf dem zwar ein kleiner Mensch (ich) notfalls schlafen kann, aber ein dicker Mensch (ich) nicht den notwendigen Platz findet. Wir schieben noch den Couchtisch davor, damit die dralle Dana nicht mitten in der Nacht auf die Terrakottafliesen kracht und damit das ganze Haus weckt (zumindest die wenigen, die nicht schon tot sind). Dann vergeht noch eine Stunde bis zur Dunkelheit, mit deren Einbruch mich Mel und Simon allein lassen.

Ich fühle mich wie ein Hund, der nicht im Schlafzimmer schlafen darf, und rolle mich mürrisch auf Mels Sofa ein. Es ist so unbequem, dass an Einschlafen absolut nicht zu denken ist. Ich döse also nur blöd vor mich hin, vernehme Schnaufgeräusche, die ich schon aus Angstgründen lieber auf Mel und Simon schiebe, und halte es schließlich nicht mehr aus.

Mit einer Taschenlampe und einem Knoblauch (ein wenig abergläubisch bin ich dann wohl doch) stehle ich mich leise aus der Wohnung.

Ich habe einfach das dringende Bedürfnis, nach Mastro zu sehen. Und dieses Bedürfnis ist sogar stärker als meine Angst vor den Zombies. Vielleicht weil Mastro sich wegen Alessio genauso hundeelend fühlt wie ich. Vielleicht aber auch, weil er genauso einsam ist. Oder einfach nur, weil ich nicht schlafen kann – und total bescheuert bin.

Da auch noch eine naturgegebene Neugierde in mir steckt, werfe ich – kaum unten angekommen – einen verstohlenen Blick durchs Fenster der Ferienwohnung, geradewegs in mein Schlafzimmer, aus dem ein schwacher Lichtschein dringt, der allerdings noch ausreichend ist, um die komplette Situation zu überblicken. Alle dreißig Gruftis haben sich in meinem Zimmer versammelt, was rüberkommt, als würden Sardinen in ihrer Büchse einen Kapazitäten-Kontest veranstalten.

Ein jeder hält einen Miniatur-Becher in seiner Hand und nippt daran. Ein Mädchen bildet die Ausnahme. Ohne Becher liegt es nahezu bewusstlos auf meinem Bett. Bei genauerem Betrachten ist es die mehr tote als lebendige Gestalt von vorhin, die nun von allen anderen angestarrt wird. Bis auf zwei Männer im Arztkostüm sind alle schwarz gekleidet. Und die Ärzte sind auch die Einzigen, die sprechen. Allerdings in einer undefinierbaren Sprache. Dabei fällt mir auf, dass wir nicht einmal wissen, was für Landsleute diese Vampire sind. Engländer oder Amerikaner definitiv nicht, dafür war Kalkeimers Englisch zu schlecht. Für

Italiener war es zu gut und für Deutsche zu … nein, so gaga sind Mel und ich dann auch wieder nicht. Wo kam eigentlich Graf Dracula her? Aus Rumänien? Sprechen die etwa Rumänisch?

Hach, wie gruselig …

Und wie blöd Mel und ich doch sind. Wir lassen ja wirklich jeden in unsere Bleibe beziehungsweise – noch schlimmer – in mein Bett.

Mein Herz springt mir fast aus der Brust, als ich plötzlich eine Hand auf meiner Schulter spüre.

Mastro?

Nein … ein Monster … einer von den Gruftis.

Mit einer Geste bedeutet er mir einzutreten.

Auweia …

„*No, thank you*", sage ich und strecke ihm den Knoblauch entgegen.

Fragend schielt er auf die Knoblauchzwiebel in meiner Hand und sagt dann: „*No dangerous.*"

Mel hatte recht: Ich bin durchgeknallt.

Denn tatsächlich und augenblicklich lasse ich den Knoblauch fallen und folge ihm wie paralysiert ins Hausinnere. Keine zwei Sekunden darauf stehe ich vor meinem eigenen Bett, was ja nichts Besonderes wäre, wenn ich dabei nicht auf ein Mädchen schauen würde, das an einem selbst gebastelten Tropf hängt, eine große, klaffende Wunde am Bein trägt und leise stöhnend vor sich hin blutet, während sie dabei von dreißig Augenpaaren (inklusive meinem) begafft wird.

„*Not real*", sagt der ebenso unechte Arzt und ergänzt: „*Blood from pig.*"

Schweineblut? In meinem vegetarischen Bett? Gleich wird mir schlecht.

„You drink blood?", fragt mich der gespielte Doktor (so wie das Mädchen mittlerweile aussieht, macht er seinen Job sehr schlecht) und gibt mir einen Eierbecher. „*We drink only little bit.*"

Wie beruhigend …

Ich schüttle nur den Kopf.

Davon abgesehen, dass ich Pflanzenfresser bin, konnte ich Blut bisher noch nicht einmal sehen. Als Achtjährige bin ich mal im Krankenhaus umgekippt, weil meiner Mutter Blut abgenommen wurde. Seitdem fliehe ich auch vor Blut. So wie damals, vor dreizehn Jahren, als Mel bei mir übernachtete, ein Spiegel auf ihren Kopf krachte, in unzählige Scherben zerbrach und das Blut wie ein rotes Band über ihren Kopf lief.

Moment mal. Dreizehn Jahre? Spiegelscherben? Rotes Band?

Nein, ich bin nicht abergläubisch, möchte ich mir noch ins Hirn hämmern, frage mich aber gleichzeitig, warum ich dann um alles in der Welt ausgerechnet jetzt mit Blut-Phobie im Blut-Paradies stehe – und nicht einfach wieder gehe. Das mit dem Gehen möchte ich gerade versuchen, doch stattdessen kollabiere ich. Prompt wird mir schwarz vor Augen – was hoffentlich mehr am Blut als an den Black-Blutys liegt.

Wummmms – und ich bin weg.

Als ich wieder zu mir komme, liege ich in meinem Bett.

Wie schön, ich habe es so vermisst.

Wie blöd, dass ich nicht allein bin. Dreißig Gruftis, darunter auch das Mädchen mit der Beinwunde (die nun allerdings verschwunden ist), stehen um mich herum und starren mich an, als sei ich ein Opfer auf ihrem Altar.

Ein Opfer auf ihrem Altar? Oje, oh …

„Hilfeeeeee!", schreie ich, so laut ich nur kann.

Die Gestalten kommen näher und beugen sich langsam zu mir. Es sieht nicht wirklich so aus, als wollten sie mir helfen. Es sei denn, ihre Hilfe bezöge sich auf Euthanasie. Also schließe ich die Augen und erwarte meinen baldigen Tod.

Tschüss, Italien. Tschüss, Deutschland. Ihr habt mir beide kein großes Glück gebracht, aber egal. Ich bin nicht nachtragend. Meine nächste Flucht führt mich bestimmt in den Himmel. Hoffentlich …

Es passiert aber überhaupt nichts, also öffne ich die Augen und sehe die nippenden Zombies.

Wie lange brauchen die eigentlich, um einen Eierbecher mit Blut zu leeren? Für Vampire stellen die sich ganz schön mies an.

Anscheinend denken sie ähnlich über mich, denn ihre mitleidigen Blicke wandern abwechselnd von mir zu der neben mir hängenden Bluttransfusionsflasche, fast so, als bräuchte ich dringend das, was mich eigentlich zum Umkippen bringt.

Leute, das wäre ein Teufelskreis … Ein Teufelskreis? Wahrscheinlich genau das, was hier beabsichtigt wird …

Schon tritt einer der gefakten Doctores mit einem diabolischen Grinsen aus dem Kreis der Kalkeimer und kommt langsam auf mich zu.

Der wird mir doch jetzt keine Drainage legen? Hilfe!

Bevor ich ein zweites Mal kollabierend ins erlösende Kurzkoma fallen kann, holt mich ein ohrenbetäubender Knall zurück in die Realität. Und die könnte kaum bekloppter sein. Mastro springt – nur mit einer Unterhose bekleidet, dafür aber mit einem Gewehr bewaffnet – ins Zimmer und brüllt: „Aria!"

Augenblicklich kehrt Leben in die Zombies. Sie schreien wie angestochene Schweinchen und rennen sich gegenseitig über den Haufen. Eierbecher landen auf dem Boden, Blut spritzt an die Wände. Schließlich rennt die gesamte Horror-Horde zu ihren Autos, springt hinein und braust mit quietschenden Reifen davon.

Und das alles nur wegen eines kleinen Mannes. Gut, der hat zwar ein Gewehr in der Hand und stinkt wie eine ganze Rinderherde, aber trotzdem. Es ist doch *nur* Mastro.

Schon kommt das, was mir jetzt noch gefehlt hat – das schlechte Gewissen:

„Mel wird dich umbringen, denn die Zombies haben noch nicht bezahlt."

Wenn man vom Teufel spricht …

„Dana? Was ist denn passiert?", fragt Mel irritiert. So unbeholfen wie unschuldig steht sie in einem übergroßen T-Shirt (Simons T-Shirt) vor mir und sieht der Staubwolke der Black-Unbeautys nach.

„Mel, die Zombies ... das Blut ... und Mastro ...“ Ich bekomme keine ganzen Sätze zusammen.

„Dana, unsere Gäste können doch tun und lassen, was sie wollen. Dafür bezahlen ...“ Und an dieser Stelle stockt Mel, wird genauso blass wie ein Grufti und setzt dann aufgebracht nach: „Die haben noch nicht bezahlt. Sechshundert Euro sind pfutsch. Das Haus meiner Eltern ist pfutsch ...“ Und an dieser Stelle schreit sie: „*Danaaa!*“

Regungslos stehe ich meiner besten Freundin gegenüber. Dafür hört Simon neuerdings auf meinen Namen, kommt sofort angerannt und nimmt Mel in den Arm, die mindestens so laut weint, wie mein schlechtes Gewissen schwer ist.

ITALIEN, TAG 65: WENN DU DENKST, ES GEHT NICHT MEHR, DANN WIRD ES NOCH VIEL SCHLIMMERER …

Seit fünf Tagen redet Mel nur noch das Notwendigste mit mir, wenn überhaupt. Vielleicht weil es meine Schuld ist, dass meine beste Freundin nun kurz vor der Pleite steht. Vielleicht aber auch, weil Mel neuerdings lieber mit sich selbst spricht *(„Durchknallen, wir kommen!“)*. Oder vielleicht auch nur deshalb, weil Mel mittlerweile jeden Job annimmt, der irgendwie Geld bringt, und deshalb kaum noch daheim ist, wo ich mich mit Mastro dumm und dämlich langweile. Letzteres nennt man in Italien „das süße Nichtstun“ – *il dolce far niente*, was ja ganz süß sein könnte, da Mastro zum einen Großvater-goldig anzusehen und zum anderen seit seiner Vampir-Security-Aktion zu einer Art Miniatur-Hero für mich geworden ist, doch leider wird das alles von seinem elenden Eigengestank überschattet. Und der ist so ziemlich alles, nur nicht zuckersüß.

Da meine beste Freundin hingegen mit sinnlicher Schönheit, einer echten Arbeitserlaubnis und einem ultrawichtigen Codice Fiscale gesegnet ist, hat sie gleich drei Jobs, nun ja, nach neuestem Stand nur noch einen:

Job 1 als Verkäuferin in einem Herren-Bekleidungsgeschäft, was a) eine super Sache hätte sein können, weil Mel die Männer mit ihrem Aussehen wirklich reihenweise in den Laden gezogen hätte, aber b) in der Folge sinnlos war, weil Mel kein Italienisch spricht und c) schon am ersten Nachmittag abrupt endete, weil meine beste Freundin überhaupt keinen Schimmer von Männermode hat (siehe Karohemden-Klaus).

Job 2 als Flyer-Verteilerin für einen Abenteuer-Park, was sich leider nicht lohnte, da Mels Schuhverschleiß weit über ihrem Verdienst lag und deshalb vorgestern von ihr gekündigt wurde.

Job 3 als Einpackerin an der Käsetheke, von dem sie just in diesem Augenblick mit einer Tüte voll kostenlosem Käse zurückkehrt und nur noch selbigen redet – mal wieder bloß mit sich selbst.

„Toma, Testun, Robiola, Fontina … mir doch egal. Stinken tun die alle gleich. Ich stinke. Alles stinkt. Es stinkt mir. *Hatschi!* Und allergisch bin ich dagegen auch noch."

„Mel, es tut mir so leid", sage ich wehmütig.

Und das tut es wirklich. Einst hatte ich Mel versprochen, in Italien kaum noch arbeiten zu müssen. Stattdessen arbeitet Mel nun das Dreifache. Und um die Sache noch bescheuerter zu gestalten, hat ihr das weitaus weniger Geld eingebracht, als sie hineinstecken musste. Die Verkäuferin vom Klamottenladen wollte eine Provision, nur damit sie Mel ihrer Chefin vorstellt. Sogar der kleine Junge mit den Flyern hielt zuerst die eigene Hand auf – für den klargemachten Job, der Mel zudem auch noch all ihre Schuhe kostete. Und ein Paar von meinen. Denn freilich hatte Vernunftwoman ihre beste Freundin beim Flyerverteilen unterstützt. Einmal. Dann drohte einer der Knirpse, mich illegale Arbeitskraft an die Behörden zu verpetzen, und so mussten wir ihn mit einem satten Schweigegeld ruhigstellen.

Eins haben wir mittlerweile erkannt: In Italien läuft nichts ohne Connection – oder Coins. Entweder hat man das Glück und ist mit jemandem verwandt, was wir leider definitiv nicht sind (und ich möchte auch nicht, dass in Zukunft noch einmal jemand auf die Idee kommt, Müffel-Mastro sei mein Vater). Oder man hat das Glück, mit jemandem so gut befreundet zu sein, dass dieser kein Geld für seine Dienste verlangt (das habe ich unglücklicherweise bei Alessio verbockt). Alternativ zahlt man. Man zahlt für die Telefonnummer eines Klempners. Man zahlt für jemanden, der ein paar Freunde von Freunden fragt, ob die vielleicht jemanden kennen, der bei uns Urlaub machen möchte. Und man zahlt sogar dann noch (oder erst recht), wenn man Geld verdienen muss.

Es ist wirklich so: Ein Großteil von Mels Geld ist hier für persönliche Provisionen draufgegangen.

Mel betrachtet ihren Kontoauszug wie Hänsel und Gretels Vater den Kartoffelkorb und seufzt: „Es ist alles aufgebraucht."

Und das nur wegen *meiner* Italien-Idee. Mein schlechtes Gewissen raubt mir beinahe schon die Luft zum Atmen.

Wenn Mastro auch für keine weitreichenden Verbindungen gut ist, von ihm habe ich mir zumindest den Hundewelpenblick abgeschaut – und genau den wende ich jetzt an.

„Mel, mir tut das alles unendlich leid."

„Das weiß ich, Dana", sagt Mel mit Tränen in den Augen.

Meine beste Freundin ist eindeutig weniger nachtragend als Alessio.

Dann jedoch setzt sie noch nach: „Aber davon können wir uns auch nichts kaufen."

Das ist wohl wahr. Nur durch ein Wunder wäre unsere Privatinsolvenz noch abzuwenden. An Wunder aber glaubt Mel schon länger nicht mehr. Weder an wundersame Gäste noch an einen, der uns das Haus für wunderbare hundertfünfzigtausend Euro abkauft. Laut Makler Giuseppe würden wir das Haus im Moment nämlich nicht einmal für siebzigtausend Euro loswerden (die aber wären unabdingbar, um Mels Elternhaus zu retten). Für eine Begründung allerdings reichten Giuseppes Englischkenntnisse, die sich anscheinend nur auf „Wälkamme tu Idahlia", „Wälkamme tu Piemonte", „More cheap", „No chance" und „She is so-ho beautifully" beschränken, leider nicht aus (auch ein Grund, weshalb wir wohl nie erfahren werden, warum sein Sohn einen pinkfarbenen Roller fährt).

Wir stecken total in der finanziellen Klemme. Das ist trauriger Fakt.

„Ich bin so pleite, dass ich dir nicht mal mehr was zum Geburtstag kaufen konnte", schluchzt Mel und streichelt mir über den Kopf.

Ach herrje, morgen ist schon der Zehnte. Neben immensen Schuldgefühlen trage ich dann auch noch ein Vierteljahrhundert auf dem Buckel. Vor einem Jahr erinnerte mich der kahle Kalender einer Zementfirma an der noch kahleren Wand des

Ministeriums an jenen Tag im Oktober – nun tut es meine bankrotte, beste Freundin.

„Ich wollte auch gar nicht, dass du mir etwas kaufst. Feier heute Abend einfach nur mit mir rein“, entgegne ich.

„Feiern – ohne Geld? Das geht doch gar nicht“, lamentiert Mel.

„Doch, das geht“, sage ich entschieden. „Wir teilen uns einfach diese Flasche. Mehr nicht.“

Ich zeige auf die verstaubte Flasche Barolo, die wie ein Accessoire schon seit unserem Einzug auf der Fensterbank steht. Mel schüttelt nur den Kopf.

Klar reicht ihr keine Flasche Wein. Nein, Mel benötigt mindestens ein Sechserpack Wodka, um in ihrer finanziellen Situation auch noch in Feierstimmung zu kommen.

Und schon sind wir wieder beim Ausgangsthema angelangt.

„Wenn meine Eltern ihr Haus verlieren, dann …“

Meine schöne Freundin weint wie ein Schlosshund.

Etwas in mir wehrt sich vehement dagegen, tränenreich in meinen Geburtstag „reinzuweinen“, also sage ich: „Ich bin zwar nicht abergläubisch, aber ich glaube trotzdem, dass spätestens an meinem Geburtstag wieder bessere Zeiten auf uns zukommen.“

Ach ja?

Während mich mein Satz selbst verblüfft, rechtfertigt sich Mel: „Jetzt gerade sind es aber *extrem* schlechte Zeiten.“

Sie wedelt mit dem Kontoauszug vor mir herum, als wäre der ein rotes Tuch – und ich ein Stier. Ich nehme ihr das nicht übel, denn meine beste Freundin hat gar keine andere Wahl, als knallhart zu kalkulieren. Das hatte auch schon sein Gutes. Ich Rindvieh bin neuerdings auf Zwangsdiät: „Nicht mehr als fünf Euro für Essen pro Tag.“ Das sollte ich mir patentieren lassen, denn die Wirkung ist beeindruckend (wenn man meinen abgespeckten Bauch betrachtet).

„Wir haben kein Geld mehr. Keinen einzigen Cent“, schluchzt Mel und holt mich aus meiner Radikal-Diät zurück in die drastische Realität.

Trauriger Fakt: Ich kann zwar von wenig Nahrung leben, aber nicht von Luft (die mir mein schlechtes Gewissen nebenbei auch noch raubt). Dazu bin ich ein klassischer Flüchtling, der nun vor einer unüberwindbaren Grenze steht. Ich habe keine Ahnung, wohin wir jetzt noch fliehen sollten – mit pompösen Schulden an der Backe und Mels potenziell verlorenem Elternhaus im Nacken.

Vielleicht ist Flucht auch der falsche Weg.

Nach einigen Minuten des Schweigens sage ich schließlich das, was schon längst überfällig ist: „Als Vernunftwoman habe ich versagt."

Mit diesen Worten knicke ich ein – Mel auch. Schluchzend fallen wir einander in die Arme. Ein Moment voll Melancholie entsteht, der aus uns wieder die altbekannten „Zweisamkeiten" macht, die lauthals und synchron drauflosheulen, was sicherlich kein schöner Anblick, aber allemal befreiend (und irgendwie auch stärkend) ist.

„Italien war nur eine Flucht …", kläre ich Mel mit meiner letzten Mitteilungskraft auf. „Das ist mein Problem. Besser gesagt: mein Problem mit Problemen. Sobald ich ein Problem habe, fliehe ich."

Das versteht Mel nicht (wie auch – all ihre Probleme begründen sich schließlich auf Klaus), und so hole ich noch weiter aus:

„Wann immer es unbequem wird, laufe ich davon. Zuerst nach Frankfurt – und dann nach Italien. Ich bin ein richtiges Verkrümelungsmonster. Und nun hab ich dich mit in den Schlamassel gezogen."

Mel sieht mich aus verheulten – aber auch vorurteilsfreien – Augen an. Dann überlegt sie und antwortet schließlich: „I wo, ich hätte doch auch Nein sagen können."

Und das hat sie ja auch.

Bevor ich mich noch schlechter fühle, setzt Mel nach: „Aber dann hätte ich niemals Simon getroffen."

Und den armen Klaus verlassen.

Schon fühle ich mich noch schlechter als schlecht und beiße vollends beschämt in ein Stück Kostenlos-Käse.

Die unentschlossene Mel hat sich hingegen aus unerklärlichen Gründen innerhalb von Sekunden aus ihrem seelischen Tief ins schweizerische Schunkel-Tal katapultiert. Mit einem sich rhythmisch hin und her bewegenden Kopf nebst groteskem Grinsen sagt sie: „Schön, dass es Simon gibt. Und schau mal, Dana, die Sonne ist wieder da."

Ihr Sinneswandel grenzt an Schizophrenie. Dennoch gebe ich mir beste Mühe, durch die mit verrosteten Fliegengittern verhängten Fenster zu spähen, kann aber trotzdem nichts erkennen.

„Los, lass uns baden gehen", meint Mel, deren Bewusstseinsspaltung nunmehr auch die Jahreszeiten beinhaltet *(hervorgebrachte Hochsommer-Hitze im Herbst?)*. „Solch eine Chance bekommen wir so schnell nicht wieder."

Natürlich nicht ...

Möglicherweise leidet meine beste Freundin unter einer hirnbeeinträchtigenden Form von Fieber. Aber das ist an der Stelle auch egal. Denn ob ich kaltherziger Taugenichts an meiner Schuld ersticke oder im teilgefrorenen Swimmingpool ertrinke, kommt wohl auf dasselbe heraus. Auf jeden Fall wäre der Pool für einen Abgang pathetischer.

Zaghaft setze ich einen Fuß vor die Tür und erwarte den ersten Frost. Doch nein. Heute ist es wirklich sehr warm. Ja, wärmer als je zuvor – und das mitten im Oktober.

„Los, Dana."

Mel wirft mir meinen Bikini vor die Füße. Kaum hineingeschlüpft, schnappen wir uns noch zwei Handtücher und laufen dann zum Pool.

Während wir unsere Runden durch das Wasser ziehen, die Weinberge überblicken und die wunderbare, frische Luft des Piemonts einatmen, kehrt wieder etwas Lebensmut in meine zynischen Zellen. Ganz ehrlich, dieser herrliche Ort kann gar nicht so verkehrt sein. Mein Blick wandert zu Mastro, der weiter unten so einsam wie genügsam durch die Reben schreitet, nur bekleidet mit einem weißen Slip … schon erinnere ich mich an die Nacht, in der Mastro mich in Unterhosen aus der Unterwelt holte.

Hach, mein Mini-Hero …

„Mastro ist eigentlich gar nicht verkehrt", sage ich zu Mel.

„Ja, der bespannt uns heute nicht mal", stellt die augenblicklich fest.

„Nein, generell", sage ich entschieden, „er ist vielleicht speziell. Aber dennoch nicht verkehrt."

„Ja, ihm fehlt bloß jemand, der ihn an seinen ‚Auszug' erinnert. Sonst ist er wirklich nicht verkehrt", stimmt Mel mir zu.

Und da fällt mir ein, dass meine beste Freundin Mastro sogar noch vertraut hat, als ich schon längst das Handtuch geworfen habe. Schon kommt es in geballter Montur zurück, das schlechte Gewissen: Habe ich neben Klaus auch Mastro unrecht getan? Tatsächlich hat der kleine Mann uns bisher keinerlei Schaden zugefügt. Eher das Gegenteil. Klar, wir haben ihn an der Backe, und er stinkt wie ein verfaultes Ei. Aber sonst? Sonst hat Mastro mehr *für* als *gegen* uns getan.

Er hat uns beim Einzug geholfen (zumindest ein bisschen).

Er hat Helfer gesucht, als unser Auto im Treibsand steckte.

Wir haben mehr von seinen Tellerchen gegessen als er von unseren (sein antikes Service passt hier oben einfach besser als Mels Proll-Porzellan).

Er ist Herrchen einer weißen Maine-Coon-Katze, die mehr am Schlafen als an Mäusen interessiert ist, und wenn der Spruch „Wie der Herr, so's Gescherr" stimmt, dann ist Mastro zwar nicht weiß und schön, aber auf jeden Fall harmlos.

Außerdem hat er versucht, bei mir Erste (und hoffentlich auch letzte derartige) Hilfe zu leisten.

Und ja, er hat zwar in meinem Bettchen geschlafen (wegen akutem Platzmangel oder attackierender Pantegana), aber er hat nicht *mit* mir geschlafen (da bin ich mir ganz sicher).

Außerdem hat er den aggressiven Alessio trotz aller Auseinandersetzungen auf den Berg geholt – nur für mich.

Und schließlich hat er meine Hilferufe erhört und mich gegen die Gruftis verteidigt, als die mir ans Leder wollten (wenn sie das denn wollten ... das werde ich wohl nie erfahren). Ja, vielleicht wecke ich seit jeher bloß seinen Beschützerinstinkt.

Und vielleicht auch deshalb würde Mastro noch viel mehr für mich tun ...

Und wie sieht das bei mir aus?

„Oh mein Gott, Mel, ich habe Mastro unrecht getan", stelle ich reumütig fest.

Unter Mels fragenden Blicken steige ich aus dem Pool, umwickle mich salopp mit einem Handtuch und laufe dann barfuß den sandigen Weg zu Mastro hinunter.

Der notdürftig bedeckte kleine Mann flieht natürlich erst einmal, also flitze ich hinter ihm her, so schnell mir das barfuß möglich ist. Mehrmals muss ich meine Verfolgung unterbrechen, weil mein Handtuch auf den Boden rutscht. Solche Momente nutzt dann auch Mastro zum Verschnaufen.

Oder zum Bespannen? Nein, so will ich nicht mehr von ihm denken.

„Spielt ihr da unten Szenen aus ‚Dick und Doof' nach?", lacht Mel von oben. „Wartet, das muss ich mir aus der Nähe ansehen."

In der Tat scheint diese Form von Verfolgung keinen großen Sinn (als den einer reinen Zuschauerbelustigung) zu ergeben. Und das auch nicht mehr lange, denn ich bin völlig außer Puste, mein Puls scheint ganz oben zu sein, und ich röchle wie eine Gebärende.

Meine letzten Kräfte zusammennehmend, stoße ich ein „Mastrooo, scusi, scusi, scusi" hervor.

Und ich habe Erfolg. Mastro bleibt stehen und sieht fragend in meine Richtung.

„Scusi, Mastro", japse ich noch einmal und schenke ihm seinen eigenen Welpenblick. Mehr kann ich leider nicht sagen, denn für mehr reicht mein Italienisch ohne Wörterbuch nicht aus.

Mastro kommt langsam auf mich zu. Er sieht aus wie ein unschuldiges Baby in Windeln. Dafür sieht er mich an, als hätte ich sie nicht mehr alle. Oder er. Je nachdem.

Verwirrend war es ja schon immer zwischen uns …

Aber eins ist klar: Mein Mini-Hero hat sich nach all seinen Taten nicht nur Worte verdient. Eine Umarmung ist also unabdingbar, ganz egal, wie unangenehm das für meine Sinnesorgane auch sein mag. Mastro mustert noch meine hechelnde, halb nackte Gestalt, da breite ich schon meine Arme aus und lächle ihn auffordernd an. Es vergehen nur wenige Sekunden, bis schließlich auch er seine Arme öffnet – und seinen Mund (der im Wechsel gelbe und schwarze Zähne freilegt). Bevor ich mir weitere Gedanken zum nächsten Verständigungsproblem machen kann, bekomme ich einen klatschnass-käsigen Kuss auf den Mund, nein, *in* den Mund. Und als wäre das noch nicht genug, versuchen Mastros Hände unterdessen, sich ihren Weg unter mein Handtuch zu bahnen.

Pfui Teufel, gleich muss ich mich übergeben …

Das war kein vages Verständigungsproblem, das war vollends verkehrt. Ach was, absolut pervers. Ich bin zutiefst schockiert.

„Dana?“ Mit nicht minder schockierter Miene steht Mel neben uns. „Habe ich das gerade richtig gesehen? Du und Mastro?“

„Nein, ich …“, sage ich, während ich parallel versuche, mich aus der festen Umklammerung zu befreien und dem kleinen Perversling eins überzubraten.

Doch dazu komme ich nicht, denn plötzlich erblicke ich Alessio, der zwei Meter hinter Mel steht und die Hände bereits zu Fäusten geballt hat. Seine Augen haben sich in kleine Schlitze verwandelt, die unaufhörlich zucken. Aus seiner kleinen Wutfalte ist eine große Zornesfalte geworden, die senkrecht von seiner Nase über die Stirn bis zum Haaransatz verläuft. Die Haare stehen ihm mehr zu Berge als sonst, und seine schönen Lippen sind gänzlich in seinem Schlund verschwunden. Ich glaube, das ist das aggressivste Gesicht, das ich nicht nur an Alessio, sondern überhaupt jemals an einem Menschen gesehen habe. Kein Wunder, dass es mich schockgefriert (in meinem Handtuch-Wickel-Look komme ich nun rüber wie ein Rollmops aus dem Tiefkühlfach).

Früher begegnete Alessio seinem Vater mit bösen Blicken, die er mit ein paar Beleidigungen aufwertete. Nun aber scheint irgendeine Bombe geplatzt zu sein, und es würde mich nicht wundern, wenn Mastro in den nächsten Minuten zu Brei geschlagen wird. Prompt rennt der zornige Sohn auf seinen entsetzlichen Erzeuger los und boxt ihm in den blanken Bauch. Mastro haut mehr erstaunt als erregt zurück. Alessio fällt um, richtet sich auf und bringt dann seinen Vater zu Fall, indem er sich auf ihn wirft.

„Auseinander, auseinander", schreit Mel, gefolgt von: „Ich hol schnell das Wörterbuch."

Ich weiß zwar nicht, ob das Wörterbuch die beiden wieder auseinanderbringen kann, ganz egal, wem von ihnen man es auch an den Kopf werfen mag, kann aber noch immer nichts machen oder sagen. Langsam gleitet mein Handtuch zu Boden.

Auch das noch …

Schon ist Mel wieder da und blättert hektisch hin und her. Schließlich brüllt sie: „*Straniero!*"

Da hören die beiden tatsächlich für einen Moment auf und sehen Mel an, als sei sie die Bescheuertste von allen.

„Scheiße, das heißt ‚Ausländer'. Wo steht denn jetzt ‚auseinander'?"

Wenn Mel panisch wird, dann klappt bei ihr gar nichts mehr.

Klapp's zusammen, denke ich – denn reden funktioniert noch immer nicht.

Mel macht stattdessen weiter: „Hier steht's: SEPARARSI!"

Darauf reagieren die beiden natürlich nicht. Dafür reagiere ich - endlich.

„Mel, hol einen Eimer Wasser und gieß ihn drüber", sage ich.

Oha, langsam taue ich auf …

Mel lässt das Wörterbuch fallen und sprintet nach oben. In dem Moment lässt auch Alessio von seinem Vater ab – allerdings nur, um sich nun meiner Wenigkeit zu widmen. Normalerweise würde ich mich darüber freuen, in dieser Situation aber nicht, denn der einst so heilige Alessio wirkt noch immer, als sei er vom Teufel besessen. Und wie es der Zufall (oder das Schicksal?) will, kann mich selbst Mastro nicht vor ihm bewahren, denn der liegt wimmernd zwischen den Weinreben wie ein unschädlich gemachter Sauerwurm.

„Mel, beeil dich!", rufe ich panisch, weil ich nur sprechen, aber nicht davonsprinten kann. Anscheinend bin ich gerade auf dem Level einer Einjährigen (in dem Alter war Flucht selbst bei mir noch kein Thema). Beim Blick auf den mehr ver- als bekloppten Mastro kann ich nur beten, dass ich jetzt auch in den Genuss eines Kinderschutzprogramms komme.

Obwohl das bei einem vom Teufel besessenen Wüterich sicherlich ebenso wenig bewirkt wie wohlwollende Worte aus dem Wörterbuch neben mir …

Gefühlte fünf Zentimeter vor mir bleibt Alessio schließlich stehen und sieht mir tief in die Augen. Ich spüre seine Erregung. Allerdings keine sexuelle. Mehr eine „Ich schlag dich windelweich"-Erregung. Sein neutraler Atem trifft mich wie ein kalter Windstoß. Vorsichtshalber schließe ich die Augen.

Schon wird es … nass … und stinkig …

Hat mich Mastro etwa wieder geknutscht?

Nein, Mel hat mir einen Eimer mit abgestandenem Regenwasser über den Kopf gekippt.

Hallo? Geht's noch? Warum bekomme ich die Dusche ab?

Ach so, Mel hat das Wasser über mich *und* Alessio gekippt, dessen abstehende Haare nun allesamt eng an sein Gesicht geklatscht sind. Das sieht wunderschön aus, auch wenn Alessio noch immer die (Toll-)Wut in Person ist. Sein Blick verrät, dass er mich am liebsten zersägen, zerhacken und durch den Fleischwolf drehen würde. Stattdessen aber holt Alessio tief Luft und sagt: „*Donnaccia!*"

Mit diesem Wort stampft er wütend an mir vorbei, springt in sein Auto und braust mit einem Affenzahn davon.

Mel sagt: „Schlampe …“

Na, danke auch.

„… oder Nutte. Kommt wohl darauf an, was die Frau getan hat“, bringt meine beste Freundin ihren Satz zu Ende und schlägt das Wörterbuch zu.

Danke, Mel, jetzt weiß ich's ja.

Und dass Mastro verkehrt ist, das weiß ich nun auch. Mit absoluter Gewissheit. Und aus eigener leidvoller Erfahrung.

„Dana?“, vernehme ich plötzlich eine entfernte, aber mir doch sehr nahestehende Stimme.

Schnell drehe ich mich in Richtung unseres Hauses und sehe …

„Mickey!“, platzt es aus mir heraus.

„Das ist Mickey? Puhhh … in natura ist der ja noch … also … ähm … na ja … also …“, stottert Mel.

Mir doch egal.

So schnell ich kann, laufe ich zum Mann meiner Träume. Zu meinem Pech trage ich noch immer lediglich einen Bikini, was bei schnellen Bewegungen nicht gerade appetitlich aussieht, denn mein Bindegewebe macht sich mittlerweile so selbstständig, wie es mein Handtuch bereits getan hat.

Aber all das geht mir jetzt am blanken Popo vorbei.

Ich breite die Arme aus und möchte Mickey nur noch an mich drücken. Doch der geht stattdessen einen Schritt zurück und sagt: „Ich habe alles gesehen.“

„Ich leider auch“, seufzt Mel, die sich nun auch noch ungefragt zu uns gesellt, und flüstert mir dann ins Ohr: „Mickeys Ministängel werde ich niemals vergessen.“

Das, was sich von Alessios Monitor in Mels Hirn gebrannt hat, ist nicht Mickeys Ministängel (*Stängel? Was ist das* überhaupt für ein Wort?). Auf der anderen Seite würde die Info, dass Mickeys Aktfoto mit dem Geschlechtsteil einer Frau versehen war, meiner besten Freundin wohl den heutigen Rest geben.

Entsprechend beschließe ich, in Mels Fall auf goldenes Schweigen und in Mickeys Fall auf obligate Aufklärung zu setzen.

Kaum öffne ich meinen Mund, kippt Mickey bekümmert hinterher: „Ich habe zu viel gesehen."

„Auch ihren Kuss mit dem alten Mann?", fragt Mel, und dafür könnte ich sie glatt im Pool versenken.

Mickey nickt, er ist den Tränen nah.

„Es ist wohl besser, wenn ich so schnell wie möglich wieder abreise."

Das kann er doch nicht machen. Ich habe doch noch gar nichts aufgeklärt.

„Oje, Dana, jetzt musst du das ganz schnell wieder in Ordnung bringen", flüstert Mel in mein Ohr, und mir wird ganz anders.

In dem Moment fährt Simons VW über den Kies, und Mel meint: „Mein Schatz ist gekommen. Ich lass euch mal allein."

Letzteres wird auch langsam Zeit …

Kaum steht meine beste Freundin vor Simons Auto, quiekt sie jedoch wie ein malträtiertes Meerschweinchen.

Zwar ist Simon gekommen. Allerdings nicht so, wie Mel sich das gedacht hat. Nämlich nicht allein.

„Klaus?", fragt Mel, während die beiden aus Simons Auto steigen.

Scheint so, als könne sich meine beste Freundin ihren Satz von vorhin nun selbst zuflüstern.

ITALIEN, TAG 66: KOMMUNIKATIONS-CHAOS VS. SCHWEIGENDE SCHWEINE

Es konnte ja wohl kein Zufall sein, dass Alessio, Mickey, Simon und Klaus am selben Tage bei uns auf der Terrasse standen. Und natürlich war es das auch nicht. Nein, es war viel schlimmer: Sie waren meinetwegen gekommen.

Genauer gesagt wegen meines Geburtstags, zu dem ich sie persönlich vor einigen Wochen eingeladen hatte – via Rund-E-Mail. Keiner reagierte darauf, niemand sagte zu. Während ich also mit null Komma null Geburtstagsgästen rechnete, begaben die sich schon auf die Reise – heimlich, still und leise. Und das nur für mich. Wie süß. Und wie bitter, dass mein Geburtstag so die Schuld am nachfolgenden Drama trug.

Ich selbst hätte meinen Ehrentag ja fast vergessen, nicht nur, weil niemand auf meine Einladung reagierte, sondern auch, weil ich dank des süßen Nichtstuns nicht mal mehr einen Überblick über die Wochentage hatte.

Jetzt hingegen denke ich mir nur noch: Sch… auf das Vierteljahrhundert, in das ich heute hineinfeiern wollte und das ich in einigen Minuten erreiche.

Ein extremer Tag liegt hinter mir. In jeder Hinsicht. Und leider auch kein extrem guter. Auch deshalb, weil er noch nicht vorbei ist. Mittlerweile ist es zwei Minuten vor Mitternacht, und ich sitze extrem einsam auf der Terrasse.

Mit viel Mühe und Not habe ich Mickey die Wahrheit geschildert. Bei dem von mir „unbeabsichtigten“ Kuss mit Mastro war das kein großes Problem. Nein, diese Sache hat Mickey sofort geschluckt, da genügte sein psychologischer Kenner-Blick auf den halb nackten *Sado-Mastro*. Bei Alessio war das allerdings schwerer, denn Mickey war sofort klar, dass zwischen Alessio und mir mehr im Spiel war (und leider stimmte das ja auch – nur nicht so, wie von Mickey angenommen).

Tja, und kaum hatte ich Mickey so weit, mir zu glauben, dass meine Gefühle seit jeher in der Hauptsache ihm galten, platzte prompt Simon in unsere Aufklärungsrunde und bekundete total ungefragt sein Mitgefühl für den armen Alessio. Ich hielt mir zwar den Zeigefinger vor den Mund und hoffte, dass auch ein Schweizer das „Pssst"-Zeichen kennt, doch Simon schien das entweder nicht zu kennen oder einfach hemmungslosen Redebedarf zu haben.

„Das war ja wirklich nicht die feine Art von dir, Dana. Erst knutschst du Alessio ab, als würde es kein Morgen geben, dann sagst du Dinge wie ‚Ich bin heiß. Willst du mit mir schlafen?', und zu guter Letzt muss er auch noch einen Kuss zwischen dir und seinem Vater mit ansehen. Im Bikini. Also echt, wenn dich das nicht als *wildes Weibchen* entlarvt, dann weiß ich es auch nicht ..."

Er wusste es wahrscheinlich wirklich nicht.

Blöd, dass ich Alessio nicht die Wahrheit über den Kuss mit seinem Vater schildern konnte. Noch blöder, dass Simon mir all dies ungefragt an den Kopf knallte, ohne dabei Rücksicht auf Mickey zu nehmen, der neben mir saß und seine Augenbrauen mit jedem Satz höher zog. Aber zu Simons Entlastung sei auch gesagt, dass dieser ja nichts von Mickey wusste und Mickey sich mal wieder so still wie eine Statue verhielt.

„Ach, hey, wir haben uns ja noch gar nicht vorgestellt. Ich bin Simon, Mels Freund. Und du bist ...?"

„Er ist mein Freund Mickey", antwortete ich für die stumme Statue, und da verstand und verschwand Simon augenblicklich. Kaum war er weg, fuhr ungewöhnlich viel Leben in das mineralische Mickey-Monument.

„Ich bin heiß? Willst du mit mir schlafen?", rezitierte er in einem zaghaften Wutanfall, der mir allerdings keine Angst bereitete. Mickey würde mir niemals etwas antun. Stattdessen reagierte er sein inneres Rumpelstilzchen in zahllosen Runden, die er durch mein Zimmer streifte, allmählich wieder zu dem sanftmütigen Riesen ab, der wahrhaftig in ihm steckte.

„Ich war nicht mit Alessio im Bett. Wirklich“, rechtfertigte ich mich.

„Wie soll ich dir das jetzt noch glauben?“, schluchzte Mickey.

„Es ist die Wahrheit.“

„Und die kann ich nicht überprüfen“, klagte der Mann meiner Träume. „Denn ich bin weder Italiener noch Frauenarzt“, und nun kam er ins Stocken: „Oh mein Gott, Dana, sind das da an deiner Wand etwa Blutflecken?“

Scheiß Zombies …

„Ja …“, erwiderte ich kleinlaut und seufzte bei dem Gedanken, Mickey von dreißig Blutsbrüdern in meinem Zimmer zu erzählen, denn das lud geradewegs zum nächsten Missverständnis ein.

Zur gleichen Zeit stand die unentschlossene Mel Simon und Klaus gegenüber und musste sich für einen der beiden entscheiden.

Ja, die Entscheidung lag wirklich bei ihr. Denn es kam heraus, dass besagte fehlgeleitete Vermiss-dich-E-Mail von Klaus nicht für Isolde, sondern für einen Justus bestimmt war. Um weiteren Missverständnissen vorzubeugen (oder die Sache nicht noch schlimmer zu machen): Klaus war nicht ans andere Ufer gewechselt. Klaus konnte nur – mal wieder – nicht mit Technik umgehen. Alles, was er mit Isolde getan hatte, war es, ihr ein Liebes-Gedicht weiterzuleiten. Ein Gedicht, das nicht für Isolde, sondern für deren Gatten Justus bestimmt war. Tja, und da Klaus besser mit echter Natur (und seinen eigenen Neigungen) als mit elektronischen Nachrichten umgehen konnte, landete sein Liebes-Gedicht nicht bei Isolde, sondern bei seiner großen Liebe Mel.

Schon war Klaus unschuldig, treu und eigentlich auch wieder Mels große Liebe. Zu dumm nur, dass nun auch noch Simon neben Klaus stand, der ebenfalls unschuldig und treu war – und in Mel die Liebe seines Lebens gefunden zu haben schien.

Die Einzige, die in dieser Konstellation nicht treu war, das war leider Mel. Und die hatte nun den Salat. Weil sie Klaus unrecht getan hatte. Und Simon ebenso, der nach ein paar Minuten an der frischen Luft (in denen er mir mal eben einen immensen Imageschaden zugefügt hatte) wieder vor Mel stand und ihre Entscheidung erwartete.

Mel hatte es wirklich nicht leicht. Ihre beiden Männer waren zu gut für diese Welt. Beide waren unglaublich attraktiv und sahen (anders als Alessio und Mickey) über den Schmerz der Untreue hinweg (für den zumindest Alessio überhaupt keinen Grund hatte). Wahre Liebe verzeiht alles (und außerdem bin ich kein wildes Weibchen!). Und alles, was Simon und Klaus wollten, war, dass Mel sich für einen von ihnen entschied. Augenblicklich und ohne Widerruf.

Eine Situation, die für die unentschlossene Mel unerträglich war. Jetzt musste sie unvermittelt Selbstvertrauen finden und eine Entscheidung fürs Leben fällen.

Während meine beste Freundin also ihr Selbstvertrauen anging, betrieb ich (vergebliche) Aufklärungsarbeit und versuchte nebenbei, mich meinem schlechten Gewissen zu stellen.

„Mickey, es tut mir leid, dass du enttäuscht von mir bist. Und bestimmt hast du dafür auch allen Grund. Aber wir sollten jetzt an die Dinge denken, die hier und heute wichtig sind. Du bist aus einem bestimmten Grund nach Italien gekommen und …"

„Dana hat aus einem bestimmten Grund mit sexy Mastro geknutscht", lachte mein schlechtes Gewissen.

Nein, das war ein Missverständnis. Und da es mit Mastro zu tun hatte, war es sogar ein Mist-Verständnis.

Kaum kam die unheilvolle Erinnerung an Mastros Kuss zurück, überkam mich das unsagbare Verlangen, mir sofort die Zähne zu putzen, und so lief ich geradewegs ins Badezimmer. Mickey, der nun logischerweise überhaupt nichts mehr verstand, folgte mir.

„Dana?"

„Wa?“, sagte ich – weil gerade eine Zahnbürste zwischen meinen Zähnen klemmte.

„Dana, sind das auch Blutflecken auf deinem Bettlaken?“

„Weineblut …“, antwortete ich – noch immer mit Zahnbürste im Mund.

Die Bettlaken hatte ich bereits mehrfach gewaschen, aber das Schweineblut schien hartnäckiger zu sein als Mastros Schweiß.

„Was macht ein totes Schwein in deinem Bett?“, wollte Mickey wissen. Bevor ich antworten konnte, schrie Simon von draußen: „Hilfe, ein Schwein!“

Ich warf die Zahnbürste ins Becken und lief sofort auf die Terrasse. Mickey folgte mir.

Simon stand zwischen den Weinreben, und unmittelbar vor ihm stand ein mittelgroßes Wildschwein.

Bevor ich irgendetwas tun konnte *(ja, was eigentlich?)*, kam Klaus angerannt, stellte sich schützend vor seinen Kontrahenten und begann leise zu sprechen. Nach einiger Zeit mit sanften Sätzen wie „Du bist ein guter Junge“ oder „ein Wunder der Natur“ (hoffentlich nicht an Simon gerichtet) verschwand das Schwein, und Klaus schlug mit Simon behutsam den Rückwärtsgang ein.

Hätte ich die Aktion nicht mit eigenen Augen gesehen, dann hätte ich gedacht, es sei eine Szene aus „Der mit dem … ähem … Schwein tanzt“.

Oder spricht.

Ich konnte kaum glauben, dass Mels Männer sich lieber gegenseitig das Leben retteten, anstatt sich um ihre Auserwählte zu prügeln.

Apropos Auserwählte: Die stand plötzlich neben mir und sah ziemlich mitgenommen aus. Augenscheinlich hatte sie bereits eine Entscheidung fürs Leben getroffen.

Schnell wischte sich meine beste Freundin die Tränen aus dem Gesicht, denn Simon lief gerade an ihr vorbei und hielt kurz inne.

„Simon, es tut mir leid“, schluchzte Mel.

Und Simon erwiderte: „Vielleicht ist es besser so. Ich werde dich nie vergessen."

Mel hatte sich also für Klaus entschieden. Während Simon in sein Auto stieg und langsam von dannen fuhr, kam der, der mit Schweinen sprach und für den Mel sich entschieden hatte, den Berg hinaufgelaufen. In dem Moment löste sich ein beachtlicher Teil meines schlechten Gewissens auf. Denn Mel und Klaus waren wieder vereint.

„Es tut mir leid", schluchzte Mel erneut, und Klaus wiederholte haargenau Simons Worte: „Vielleicht ist es auch besser so. Ich werde dich nie vergessen."

Hä?

Dann ging Klaus ins Haus und kam mit seinem Rucksack wieder heraus. Mel ließ sich pathetisch auf den Kies sinken und weinte wie ein Waschweib. Ich setzte mich neben meine beste Freundin und nahm sie in die Arme.

„Du hast dich also von beiden getrennt?", fragte ich, während mein schlechtes Gewissen größer als je zuvor war, und Mel wimmerte: „Ja, ich hatte keine andere Wahl."

In dem Moment gesellte sich Mickey zu uns. Nun ja, zu Mel.

„Eigentlich haben wir immer die freie Wahl", sagte er ihr leise.

Wie bitte? Solch ein Satz aus dem Munde eines willenlosen Kontradelle-Anhängsels?

Ich spürte, wie sich eine gigantische Wutsuppe in meinem Innern zusammenbrodelte, die ich auf der Stelle loswerden musste, um nicht überzukochen, und so tat ich zum ersten Mal das, was ich noch nie getan hatte: „Du!", schrie ich Mickey an, „du bekommst es seit Jahren nicht auf die Reihe, deiner Mama zu widersprechen. Schau also erst mal nach deinem eigenen freien Willen, bevor du anderen weise Ratschläge gibst."

Ich bereute meine Worte sofort. Nicht nur, weil Mickey mich daraufhin ansah, als sei ich eine Bombe (keine Sexbombe), sondern vor allem, weil ich mal wieder alles, nur meine eigene Baustelle nicht beachtet hatte.

Mama-Sucht vs. Alltags-Flucht? Sich versklaven oder sich verpissen? Was war schon das geringere Übel? Beides waren Extreme. Ich war keinen Deut besser als Mickey. Im Gegenteil: Während er sein Mutter-Trauma immerhin anging, zu mir nach Italien kam (sicherlich würde ihn Kontradelle dafür steinigen), blieb ich Autorität des Abhauens – und jetzt auch noch des affigen Austeilens.

Ich schämte mich in Grund und Boden und wollte die Sache augenblicklich wieder geraderücken. Doch mit dem Öffnen meines Mundes flüchtete Mickey in die Ferienwohnung und knallte die Tür hinter sich zu.

Da wusste ich, dass ich versagt hatte, saß bekümmert im Kies und blickte auf meine (Flucht-)Füße, während sich der wenige Meter weiter sitzende Klaus kopfhängend auf die Käfer in seiner Hand konzentrierte. In dieser unpassenden Situation setzte plötzlich die unentschlossene Mel ihre altehrwürdigen Extreme ein und verlieh ihrer Form von Anarchie mal wieder Ausdruck: „Ach, weißt du was, ich liebe dich doch, Klaus."

Klaus sah sofort von den Käfern auf. Und schon lagen sie sich in den Armen, küssten und herzten einander wie zwei frisch verliebte Teenager. Tja, und ich saß dumm daneben. Mel und Klaus liefen Hand in Hand in *unsere* Wohnung – ich saß noch immer auf der Terrasse und hoffte, dass irgendetwas von alleine passieren würde.

Und das passierte postwendend. Der scheinbar unkaputtbare Mastro schlich an mir vorbei und klopfte an die Tür zur Ferienwohnung. Als diese jedoch von Mickey geöffnet wurde, der nun mal wie eine große Alessio-Ausgabe aussah, suchte Mastro mit einem Klein-Mädchen-Schrei, schockierter Miene und seinem Schlafsack sofort das Weite.

Das war es an Geschehnissen. Und so übernahm die Nacht das Zepter und hüllte unsere trostlose Atmosphäre in todbringende Stille (von den lebendigen Geräuschen aus Mels Schlafzimmer einmal abgesehen).

Gleich schlägt es Mitternacht, und ich werde mein Vierteljahrhundert auf diesem Planeten besiegeln, indem ich mit all meinen Gedanken und Gefühlen bei Mickey bin. Der wiederum befindet sich noch immer in der Ferienwohnung.

Höchste Zeit, dass ich meinen Gedanken und Gefühlen folge.

Mein letztes bisschen Mut zusammennehmend, betrete ich mein Zimmer. Mickey liegt im Bett. Er schläft nicht, nein, er starrt an die Wand.

Und ich hoffe, das hat nichts mit dem „Blutbild" zu tun, das die Zombies dort hinterlassen haben.

„Mickey?", flüstere ich leise.

Mickey reagiert nicht. Er sieht mich nicht einmal an.

Als ich gerade wieder gehen will, passiert etwas Komisches. Stevie Wonder singt plötzlich: „Happy birthday to you."

Trotz Wonder-Stevie ist das aber kein Wunder, nicht mal wundervoll oder wunderbar, sondern bloß eine lautstarke Erinnerung aus Mickeys Handy.

„Alles Gute zum Geburtstag", flüstert Mickey zur Wand. Er nimmt mich nicht in den Arm, und er gibt mir erst recht keinen Kuss. Nein, ich bekomme noch nicht einmal einen (unterkühlten) Händedruck und schon gar keinen (abwertenden) Blick. Es ist wohl das, was ich für mein nichtsnutzerisches Verpisser-Dasein verdiene: das blanke Nichts.

Puh, ich habe das totale Bedürfnis, mich zu besaufen, aber dafür reicht die popelige Flasche Barolo auf der Fensterbank wahrscheinlich nicht aus.

ITALIEN, NOCH IMMER TAG 66: UND DIE (DOPPEL-)MORAL VON DER GESCHICHT? UNMORALISCHE HILFE GIBT ES NICHT (DROGEN STEHEN AUSSER FRAGE) …

Einige Stunden später (die Mickey wortlos in meinem Bett und ich wortlos auf der Terrasse verbrachte), genauer gesagt am Morgen meines fünfundzwanzigsten Geburtstags, könnte zumindest Mel glücklich sein, denn die ist schließlich wieder mit ihrer großen Liebe Klaus vereint. Doch weil bei uns immer alles anders als gedacht läuft (oder mir mittlerweile auch klar sein sollte, dass Mels Gefühle genauso unentschlossen wie ihre Gedanken sind), begrüßt sie mich nicht mit einer Geburtstagsgratulation oder einer guten Neuigkeit, sondern mit einem lauten Schrei der Verzweiflung.

„Huaahhhh … wenn ich bis morgen nicht die fällige Rate überweise, gehört unser Haus der Bank. Und das von meinen Eltern auch. Huaaaahhhh …"

„Dann ziehen deine Eltern eben erst mal bei mir ein", versucht Klaus sie zu trösten, doch Mel schüttelt daraufhin entsetzt den Kopf.

Dass diese Idee alles andere als gut ist, weiß sogar ich. Mels Mutter leidet unter mehr Allergien als ihre Tochter. Kaum ein Fell, das sie nicht zum Niesen bringt. In Klaus' ökologischem Tierpark würde Mels Mom – im wahrsten Sinne des Wortes – vor die Hunde gehen. Ganz sicher.

Davon abgesehen: Was wird aus uns, wenn wir dieses Haus verlieren? Ich für meinen Teil lande dann als mittelloser Single mittleren Alters im Dorf meiner Eltern, in meinem alten Kinderzimmer, und bin der Italien-Idiot der Nation, der auch noch Mels Elternhaus auf dem Gewissen hat. So wie es aussieht, wird es genau darauf hinauslaufen. Denn an ein Wunder oder gar an Hilfe glaube ich nicht mehr.

In dem Moment sieht Mel mir ganz tief in die Augen und sagt: „Dana, ich hab gestern echt noch geglaubt, dass du dein

Versprechen einlöst und irgendetwas tust, das unsere Pleite abwendet. Aber da hab ich mich total getäuscht. Helfen kann uns nur noch das, was du nie hattest."

Mit ihrem letzten Satz schaut sie sehnsüchtig zu Mickey *(Hallo?)*. Dessen Blick verrät bereits, dass Mels Worte ihn in seinem Denken über eine charakter- wie hilflose Dana bestätigen. Mel ergänzt jedoch: „Und zwar Geld."

Schon zuckt Mickey zusammen. Ein paar Sekunden vergehen, bis er schließlich auch noch mit den Schultern zuckt und seufzend offenbart: „Tut mir leid, dass du so enttäuscht wurdest, Mel. Aber leider habe auch ich kein Geld. Meine Mutter hat mich enterbt."

„Wie bitte?", fragen wir im Chor, wobei Mel mehr an die verlorene Knete und ich an die verflixte Kontradelle denke.

„‚Wenn du das tust, siehst du keinen Pfennig mehr.' Das waren Mutters Worte, als ich ihr sagte, dass ich nach Italien fliege. So gern ich dir Geld gegeben hätte, ich habe leider keins", erklärt Mickey, und da meint Mel: „Mickey, du warst meine letzte Hoffnung."

„Was ist mit mir?", fragt Klaus zerknirscht, und da streichelt Mel ihm über die wohlige Wange und sagt: „Ach Schatz, ich weiß doch, dass du kein Geld hast."

Das stimmt. Das wenige Geld, das Klaus sein Eigen nennt, steckt meist in seinen Tieren, seinen Tierhobbys oder Tierfutter. Klaus wohnt nicht grundlos noch immer auf dem (Bauern-)Hof seiner Eltern. Aber darauf kam und kommt es Mel nicht an, sonst wäre sie schließlich nicht auch meine beste Freundin.

„Gut, dann fahr ich jetzt eben zur Theke", resümiert Mel und läuft gesenkten Hauptes zu meinem Auto, während Klaus und Mickey ihr leicht verdattert hinterhersehen.

„Alkohol ist auch keine Lösung", ruft Mickey ihr nach.

Welch Glück, dass ich letzte Nacht doch nicht mehr zur Flasche gegriffen habe …

„Keine Kneipe, sie muss an die Käsetheke. Arbeiten", kläre ich die beiden auf, und das bedauern sie fast noch mehr.

„Vielleicht raube ich danach noch eine Bank aus. Aber nur, wenn ich die Leute bezahlen kann, die mir den Weg dorthin erklären", ruft Mel und braust davon.

Oje, Zynismus an Mel ist so selten, dass es nur ein schlechtes Zeichen sein kann …

Aber das behalte ich für mich. Nicht nur, weil es hypothetisch ist, sondern auch, weil Klaus gerade mit Mickey spricht und Mickey mit jedem, nur nicht mit meiner Wenigkeit ein Wort wechseln würde. Außerdem scheint Mickey ganz andere Sorgen zu haben.

„Hoffentlich bekomme ich heute noch einen Flug zurück", sagt er zu Klaus, der eigentlich nur wissen wollte, wohin Mickeys Reise geht.

Daraufhin schießen mir sofort die Tränen in die Augen, denn nun ist es so klar wie Trauerkloßbrühe, dass ich Mickey endgültig verloren habe. Doch mein sonst so sprachloser Exfreund sieht plötzlich zu mir, öffnet noch einmal seinen Mund (ein Wunder?) und sagt: „Ich kann selbst noch nicht glauben, dass Mutter recht hatte."

Das ist nicht nur kein Wunder, nein, das kann einfach nicht sein. Mir bleibt nicht nur die Spucke weg, sondern augenblicklich auch sämtliche Tränen.

„Nein, Kontradelle hatte nicht recht", stelle ich auf der Stelle klar, obwohl ich gar nicht weiß, womit Mickeys Mutter recht haben sollte. Egal. Wenn es auch nur einen Funken mit mir zu tun hat, dann ist es nicht wahr. Basta.

„Sie heißt Corabelle. Und ja, sie hatte recht, als sie sagte, dass ich dir nicht trauen kann. Ich habe es gestern erlebt. Und wie ich sehe, geht es Mel ähnlich."

„Ich … ich …", stottere ich, doch da unterbricht Mickey mich (noch so ein Wunder) und verkündet: „Wahrscheinlich ist es wirklich das Beste, wenn wir unsere Beziehung beenden."

Ich wusste ja noch nicht mal, dass getrennte Menschen sich erneut trennen können, aber ich wusste ja auch nicht, dass

Kontradelle recht hat. Schluchzend sinke ich in den Kies, analog zu Mel am Vorabend.

„Ich trenne mich nicht von dir. Auch wenn du schlecht für zwei bist“, sagt mein schlechtes Gewissen, das wohl als Einziger von meiner Kies-Sink-Aktion Kenntnis genommen hat. Alle anderen sind zu beschäftigt.

„Ich hole jetzt mein Auto“, meint Klaus, während Mickey mit seinem Handy ein Taxi ruft. „Das steht noch im Tal. Ich bin gestern mit meinem Solar-Antrieb den Berg nicht hochgekommen. Und da hat Simon angehalten und angeboten, mich mitzunehmen. Echt nett, der Typ.“

Ja, mehr als nett, zu was Mels Männer in der Lage sind. Zumindest verstehen diese zwei, dass Liebe über Vertrauen geht.

Ich seufze, und Mickey tut es mir gleich. Danach ist wieder zwanzig Minuten Stillschweigen angesagt.

Wie unfassbar paradox ist das eigentlich? Ich erlebe gerade die Situation, die ich mir seit jeher gewünscht habe: Ich bin mit Mickey allein, ohne Kontradelle, an einem traumhaften Ort, in einem traumhaften Haus, und trotzdem können wir nicht zusammen sein.

„Dabei lieben wir uns doch“, schießt es schließlich aus mir heraus, und das nicht nur, um das ungemütliche Schweigen zu brechen, sondern auch, weil mir so langsam die Zeit davonläuft.

Mickey sagt mal wieder nichts, er sieht nur angestrengt in die Weinberge. Zumindest sprechen aber seine Augen eine andere Sprache. Keine deutsche. Auch keine italienische. Und erst recht keine amerikanische. Sondern eine, die man nicht in Worte fassen kann, weshalb ich noch ergänze: „Und Liebe überwindet alle Hindernisse.“

Daraufhin blickt Mickey stumm auf sein Gepäck, jedoch nicht lange, da plötzlich Klaus’ Ökoauto um die Ecke biegt. Gefolgt von Käsetheken-Mel – in meiner knarrenden Kiste.

Das war aber ein kurzer Arbeitstag.

„Die haben mich entlassen.“ Mel schluchzt und schlägt die Wagentür zu, als sei es die Schuld meines Autos. „Jetzt sind wir endgültig verloren.“

„Ich kann euch knapp hundert Euro geben“, sagt der gute Klaus und kramt sofort in seinem kaputten Rucksack.

„Klaus, fahr lieber wieder ... äh ... heim. Ich habe dir doch gesagt, dass ich allein sein will“, knurrt Mel.

„Nein, das hast du mir nicht gesagt“, kontert Klaus konsterniert.

Ich merke mal wieder, wie unentschlossen Mel ist. Sie steht ihrem Glück genauso im Weg wie Mickey, den sie nun flehenden Blickes erneut anpumpt: „Kannst du deiner Mutter nicht doch noch ein paar Tausend Euro aus dem Ärmel leiern? Bitte. Wir zahlen dir auch alles zurück.“

„Kann ich leider nicht“, entgegnet Mickey und richtet seinen dezent anklagenden Blick auf mich. „Ich habe mich vor wenigen Tagen für Dana entschieden. Und damit gegen meine Mutter – und gegen das Geld.“

Den Fehler hat Mel auch gemacht. Als fiele ihr das nun selbst auf, zetert sie: „Also Dana, echt, das kann doch alles nicht wahr sein!“

Bevor ich vor Schuldgefühlen eingehe, geschieht noch ein Wunder, und Mickey erzählt urplötzlich, unaufgefordert und auch noch anschaulich, was genau in Amerika passiert ist (sein persönlicher Verbal-Rekord). Wir erfahren, dass jene „Lass mich in Ruhe“-E-Mails nicht von Mickey, sondern von Kontradelle verfasst wurden, und natürlich war es auch sie, die alle eingehenden Anrufe von mir boykottiert hat.

„Aber warum hast du das zugelassen?“, frage ich Mickey, der allerdings erst antwortet, als Mel fragt: „Warum hat sie das getan?“

„Weil sie meine Mutter ist. Meine depressive Mutter. Kranke Menschen tun nun mal verrückte Sachen.“

Oder umgekehrt. In dem Fall möchte ich nicht wissen, wie krank oder verrückt Mastro ist.

„Außerdem habe ich das mit den E-Mails erst vor drei Tagen rausgefunden. Und da habe ich sofort reagiert. Ich habe Mutter gesagt, dass ich Abstand benötige, habe meine Sachen gepackt und bin sofort hierhergeflogen. Mutter drohte, mich zu enterben. Das war mir aber egal. Denn mein Vertrauen in Dana war größer als alles Geld der Welt."

Mit diesem letzten Satz sehen Mickey und Mel zu mir, als sei ich der Moneten-Mörder des Monats.

Verdammt, ich habe Mist gebaut, Alessio bewusst geküsst und nicht auf meine Vernunft oder mein Mickey-Bauchgefühl gehört, während Mickey genau das getan, sogar seine Mutter verprellt und seine finanzielle Zukunft verbockt hat. Und ja, ich habe meine beste, unbeständige und bilanzunfähige Freundin in eine aussichtslose Zwangslage gezogen – und nicht wieder herausgeholt.

Ich bin ein schlechter Mensch – das steht außer Frage. Und so würde ich am liebsten wieder das tun, was mich vor sechsundsechzig Tagen nach Italien geführt hat: davonlaufen.

Aber Herrgott, wohin? Ich bin doch schon am A… (der Welt).

Stattdessen bleibe ich also sitzen, meine Tränen plätschern in den Kies, und ich schluchze wie ein geprügelter Hund. Prompt nimmt mich Mel in den Arm und ergreift sogar Partei für ihre Versager-Freundin.

„Ach Mickey, sei doch nicht so. Dana liebt dich. Und du liebst sie doch auch, oder etwa nicht?"

Gespannt richten sich alle Augenpaare auf Mickey und erwarten eine Antwort, doch nach einigen Sekunden des Schweigens sagt Mickey bloß: „Ich höre ein Brummen."

Ich auch. Mein ganzer Kopf dröhnt …

„Das wird mein Taxi sein", ergänzt Mickey und geht zum Ausgang, während Mel ihm fragend nachsieht und dann meint: „Dana, wie kann der ohne Taschengeld ein Taxi bezahlen?"

Keine Ahnung. Spielt auch keine Rolle.

Allerdings nur so lange, bis eine Luxuslimousine mit schwarz getönten Scheiben unser nicht vorhandenes Gartentor passiert.

„Wenn das sein Taxi ist, dann zieh ich ihm die Tausender persönlich aus dem A…", schimpft Mel aufgebracht.

Mickeys Taxi ist das garantiert nicht, denn der trollt sich gerade wieder in unsere Richtung. Nein, das ist eher …

Hollywood? Hier im Piemont?

„Vielleicht ist das auch die Hilfe, für die ich gestern Abend gebetet habe", überlegt Mel.

Wenn es genauso läuft wie bei meinem letzten Gebet, dann wird das ein Mafiaboss sein, der hunderttausend Euro Schutzgeld für unsere Frühstückspension verlangt.

„Du Dana, das könnte wirklich jemand sein, der unser Haus kaufen möchte", ergänzt Mel und streicht sich die Bluse glatt.

Wenn wir ausnahmsweise mal Glück hätten, dann ja. Aber zu meiner unendlichen Pechsträhne fehlt eigentlich nur noch …

„Kontradelle?", schreie ich übers ganze Piemont.

„Corabelle!", schreit Mickeys Mama zurück.

Mickey lässt vor Schreck sein Gepäck fallen, und ich habe zum Glück nichts in der Hand, also fällt mir nur die Kinnlade herunter.

„Was glotzt du denn so blöd?", krächzt Kontradelle Klaus an, dem vor Schreck ein Schneckenhaus aus der Hand gleitet. Während sie Mickeys soeben angekommenes Taxi mit einem Bündel Bares wieder Richtung Rom dirigiert und ihrem eigenen Chauffeur ein paar zusätzliche Geldscheine zusteckt, die diesen ebenfalls mit einem breiten Grinsen das Feld räumen lassen, schimpft Kontradelle auf Mickey ein: „Sohn, wie konntest du nur?"

Und Mickey verwandelt sich im Handumdrehen in einen Hundewelpen, der demütig um seine Mama herumschleicht.

„Ach Mutter, ich … ich …"

Hektisch verstaut Kontradelle ihr Portemonnaie in der Handtasche, und das ruft umgehend Money-Mel auf den Plan.

„Sie sind also Mickeys Mama?", flötet sie herzallerliebst und macht einen dezenten Hofknicks.

„Ja, und du bist bestimmt Melanie, Danas Freundin", sagt Kontradelle und scannt Mel, die mir daraufhin so richtig in den Rücken fällt.

„Ja. Auch wenn ich ihr finanziell nicht mehr vertraue. Wir sind nämlich pleite. Bankrott. Piemont war eine richtig bescheuerte Idee …"

„Lass mich raten. Von Dana? Bescheuerte Ideen sind nämlich ihr Spezialgebiet. Aber das hat auch mit ihrer labilen Psyche zu tun", entgegnet Kontradelle, die neuerdings – genauso wie ihr Sohn – in der dritten Person zu mir spricht. Immerhin sieht sie mir dabei ins Gesicht, wenn auch sehr verachtend.

In dem Moment klingelt das Telefon, und Mel sprintet sofort hinauf.

„Vielleicht sind das Gäste, die brauchen wir nämlich dringend", japst sie Kontradelle auf halbem Wege entschuldigend entgegen. Einige (für mich unerträgliche) Minuten später kommt Mel jedoch mit einem enttäuschten Gesicht zurück und sagt: „Dana, es ist bloß deine Mutter."

Schon gebe ich mir die zweite Denunziations-Tirade des Tages.

„Alles Gute zum Geburtstag, Dana", begrüßt mich meine Mutter, und während ich eigentlich ein Klicken in der Leitung erwarte, kommt sie so richtig in Fahrt. „Wir richten dann dein Kinderzimmer her. Mel hat mir gerade gesagt, dass ihr zwei bald wieder in unser Dorf ziehen werdet. Allerdings müsstest du dir dein Zimmer vorerst mit Oma teilen, die wohnt seit ein paar Wochen nämlich auch bei uns."

Ob ich mir mein Zimmer mit Mastro-Opa oder meiner Oma teile, ist mittlerweile auch egal. *Happy birthday!*

„Du musst nämlich wissen, dass Opa im Krankenhaus liegt. Oma hat ihn die Treppe runtergestoßen, weil er ihr zwanzig Cent aus dem Portemonnaie entwendet hat. Großes Theater wegen kleinem Geld. Ich habe es immer nur mit Bekloppten zu tun …"

Na super, dann komme ich ja vom Regen in die Traufe …

Während Mama redet und redet, verspüre ich ein immer

stärker werdendes Verlangen nach bewusstseinsbetäubenden Substanzen.

Als Mama mich endlich erlöst (oder sich auf ihre Ferngespräche-Phobie besinnt) und ich wieder auf der Terrasse stehe, fragt Kontradelle: „Und, Dana, wo ist mein Zimmer?"

Woher soll ich das wissen?

„Sie bekommen Zimmer zwei", heuchelt Mel mit ihrer „Für Geld tu ich alles"-Stimme und führt Kontradelle in mein Schlafzimmer.

„Hübsch, hübsch", meint Kontradelle, und das verblüfft sogar mich.

„Was macht deine Mutter eigentlich hier?", erkundige ich mich bei Mickey, der aber erst antwortet, als Klaus ihm die gleiche Frage stellt. „Das frage ich mich auch."

Eigentlich fragen wir uns das alle. Nur Kontradelle tut so, als sei ihr Besuch das Selbstverständlichste dieser Welt.

„Gibt es noch Frühstück?", will sie wissen.

„Aber sicher", ruft Mel und hüpft sofort los.

Im Nu hat sie ein Frühstück unter den Pavillon gezaubert – mit frisch gepresstem Orangensaft (hinter dem Pool gibt es tatsächlich ein Orangenbäumchen, dessen erste und einzige Früchte heute dran glauben mussten), aufgebackenen Croissants und (kostenlosem) Käse-Aufschnitt. Kontradelle nimmt Platz und frühstückt in aller Seelenruhe. Alles unter den fragenden Blicken von Klaus, Mickey und mir.

Die hat vielleicht Nerven ... oder das Gegenteil. Vielleicht weiß sie vor Depressionen schon gar nicht mehr, was sie überhaupt noch tut. Oder sie bekommt irgendwelche Glücksgefühl-Pillen, die ich auch gerne hätte ... aber nicht brauche, schließlich bin ich nicht depressiv.

„Ich weiß, warum sie hier ist", flüstert Mel, und ich erkenne ein Strahlen in ihren Augen, „sie ist hier, um alles in Ordnung zu bringen."

Ha, ha, ha ... der Mensch, der wirklich NICHTS bringt, ist Kontradelle.

„Sicherlich nicht", flüstere ich zurück. Aber Mel gibt nicht auf.

„Mögen Sie Italien?", schleimt sie unserem (ungewollten) Gast entgegen.

„Es geht", sagt Kontradelle, „Amerika ist mir lieber. Aber man kann sich ja nicht aussuchen, wohin einen die lieben Kinder ziehen. Nicht war, Mickey-Maus?"

Während Mickeys Kopf die Farbe des Blutes an meiner Wand annimmt, wird Mel leichenblass.

Tja, Mel, Kontradelle bringt eben wirklich nichts (als Ärger) …

„Nicht wahr, Mickey?", setzt Kontradelle nach, und Mickey antwortet kleinlaut: „Ja, Mutter."

Warum auch immer, habe ich das tiefe Bedürfnis, den mich so ignorierenden Mickey in den Arm zu nehmen, ihm dabei zu helfen, sich von seiner dominanten Mutter zu lösen, aber ich weiß leider nur allzu gut, dass Mickey sein Mutter-Problem allein lösen muss. Moment. Sagte Mickey nicht, er habe das bereits getan?

Was zumindest ich an dieser Stelle tun kann, ist, von der Sohn-Thematik abzulenken.

„Tja … also … wir … ähm … also … sind ein bisschen … ähm … enttäuscht … von Italien", stottere ich und bereue den Satz auch sofort wieder.

„Was weißt du denn schon von Italien, Dana? Überhaupt nichts", faucht Kontradelle, und da schluckt sogar Mel, „genauso wie du einen Dreck von Deutschland kennst. Also spiel dich hier nicht so auf!"

Ich senke augenblicklich den Kopf, und schon sucht sich Kontradelle ein neues/altes Opfer.

„Und du, Mickey, du denkst wohl, du kannst einfach so abhauen, was? Packst still und heimlich deine Sachen, schreibst mir einen verlogenen Liebesbrief und verkrümelst dich nach Italien. Du hast nichts gelernt, und deshalb zahle ich keinen weiteren Pfennig mehr."

Mickey hat sich tatsächlich von seinem Mutter-Problem gelöst – und rutscht dafür in meiner Perfektheitsskala auf eine Ebene mit Klaus. Kontradelle rutscht dagegen noch weiter nach unten.

In Zeiten von Internet und Telefon muss diese Frau persönlich angerauscht kommen, um ihrem Sohn eine bereits bekannte, unfreudige Botschaft noch einmal zu überbringen? Unglaublich …

Warum auch immer, senkt der tapfere Mickey daraufhin den Kopf noch tiefer (ein paar Zentimeter weiter und seine Stirn erreicht sein Geschlechtsteil) und bittet seine Monster-Mutter eingehend um Vergebung: „Mutter, es tut mir so leid, bitte verzeih mir. Und bitte: Handel nicht vorschnell."

Warum nur werde ich plötzlich das Gefühl nicht los, dass Mickey nicht ganz ehrlich war? Dass seine Abreise in Wahrheit anders ablief, als von ihm geschildert? Vielleicht weil es mehr als eindeutig ist, wer hier noch immer die Hosen anhat – und Mickey in der Hand. Oder vielleicht …

„Weil ich so langsam die Schnauze voll habe!", kräht Kontradelle.

Oh, jetzt bekommt Mickey aber richtig Ärger.

Denke ich. Denke aber falsch, denn Kontradelle meint mich.

„Auch wenn du es nicht wahrhaben willst, Dana: Mickey kann dir nicht helfen. Noch nicht. Also lass dich endlich einweisen!", keift sie und ist damit noch nicht am Ende. „Da muss ich extra von Amerika nach Italien fliegen, um dir klarzumachen, dass du krank bist. Psychisch krank. Dana, du hast Depressionen und merkst es noch nicht einmal …"

Jetzt reicht es aber. Eine psychisch Kranke muss nicht hierherkommen, um mir eine psychische Krankheit zu unterstellen. Und das auch noch an meinem Ehrentag. Verdammt, jetzt reicht es wirklich …

Tatsächlich erwarten nun auch alle anderen meine Reaktion. Und die kommt prompt. Ich greife nach der vollends verdreckten Flasche Barolo, die noch immer auf der Fensterbank parat steht, haue sie Kontradelle in Gedanken über den Kopf und fliehe dann in die Weinberge. Zum Glück reichen die Reben weitaus höher als ich selbst, und so lasse ich mich bereits nach wenigen Metern unauffindbar auf den Boden sinken. Die Erde ist warm und weich, und es duftet noch immer nach Sommer (allmählich verstehe ich, warum Mastro andauernd in den Weinbergen herumlungert). Schade, dass ich diesen besonderen Ort erst heute entdecke. Das (und nicht nur das) muss begossen werden. Schnell öffne ich den Schraubverschluss (zum Glück, sonst wäre ich schon am Öffnen gescheitert).

„Happy birthday“, sage ich und setze die Flasche an. „Diesen Geburtstag werde ich nun wirklich niemals vergessen.“

Gluck, gluck.

Bevor ich mich versehe, habe ich die gesamte Flasche auf ex hinuntergekippt. Dazu muss ich sagen, dass ich absolut kein Fan von Alkohol bin, ja, ich trinke eigentlich nie. Das wird jetzt viele Barolo-Fans enttäuschen, aber das, was ich mir da gerade hinter die Binde gekippt habe, schmeckte zudem scheußlicher als … ja, als Mastros Füße. Irgendwie habe ich mir den Geschmack von Wein anders vorgestellt.

Auf der anderen Seite hätte mir aber auch schon vorher einleuchten können, dass etwas Ess- oder Trinkbares von Mastro mit Sicherheit nicht schmeckt.

Egal. Das Zeug tut trotzdem seine Wirkung. Weil ich nüchtern bin … äh … war, die Sonne brennt und ich mir wahrscheinlich auch noch nie im Leben dermaßen viel Alkohol in dermaßen kurzer Zeit eingeflößt habe. Schon arbeitet meine Courage auf Hochtouren, und eine Willensstärke überkommt mich, die ich so noch nie verspürt habe.

Ich bin außerordentlich empört … und wütend … auf all diese angeblichen Unschuldslämmer. Auf die sprunghafte Moneten-Mel, den schweigsamen Mamasohn Mickey, den stinkenden Macho-Mastro, ja, sogar auf den wohlgesinnten Friedens-Förstersohn Klaus. Vor allen Dingen aber auf Kontradelle, den knochigen Drachen. Ich … und depressiv? Tickt die eigentlich noch richtig? Also echt, wenn ich könnte, würde ich ihr jetzt am liebsten die Meinung an den depressiven Kopf knallen. Blöd nur, dass ich vor diesem willensstarken Weib den Mund nicht aufbekomme. Obwohl …

„So, jetzt gehe ich hoch, und dann wird die ihr blaues Wunder erleben", sagt mir mein starker Wille, und ich eile wie der Blitz zum Pool, wo Kontradelle kaltherzig am Beckenrand sitzt, ihre grau schimmernden Beine ins klare Wasser taucht und mir ihren kühlsten Bosheits-Blick schenkt.

„Ich kann das", sage ich, weil ich das wirklich kann (oder so besoffen bin, dass ich mir einbilde, es zu können).

„Was kannst du?", will Kontradelle wissen.

„Dir die Meinung geigen, du …"

… depressiver Drache!

„Ich, was?", fragt Kontradelle.

„Du depressives …"

… Darmenzym!

„Ich – und depressiv? Dass ich nicht lache", meint Kontradelle und lacht auch nicht.

„Du bist depressiv. Nicht ich", wiederhole ich klar und deutlich und wunder mich selbst, weil Betrunkene doch eigentlich lallen.

„Nein, Dana, du hast Depressionen. Und stehst wahrscheinlich auch noch unter Drogen …", kontert Kontradelle und wirft mir einen Fetzen Papier vor die Füße. „Wenn du noch in der Lage bist, zu lesen, dann lies es. Damit hast du den Beleg vom Profi – schwarz auf weiß."

Ich hebe den mehrfach zerknüllten Brief auf und möchte ihn gerade auseinanderfalten, als wie aus dem Nichts (oder aus Indien?) plötzlich drei Mickeys erscheinen, um mich herumkreisen und sagen: „Nein, Dana, bitte lies das nicht. Bitte. Das wirst du nur falsch verstehen …"

„Tja, Mickey, das habe ich mir fast schon gedacht. Also, Dana, wenn du das liest, dann fällt dir vielleicht auch die

Trennung leichter", bringt es Kontradelle, die gerade mit dem Pool zu verschmelzen droht, auf den Punkt.

Nun stecke ich wirklich in der Zwickmühle. Und irgendwas stimmt mit meinen Augen nicht.

„Lies es nicht, Dana. Bitte", fleht der dreifache Mickey. Eigentlich schön, dass er wieder mit mir spricht. Komisch nur, dass er sich dafür verdreifachen musste.

Langsam falte ich den Brief unter den sechs wachsamen Augen der Mickeys auseinander, während die erneut ihre Stimme ertönen lassen: „Bitte Dana, gib mir den Brief. Du brauchst dir das nicht anzutun."

Stellt sich nur die Frage, wem von den dreien ich den Brief geben soll? Außerdem wäre das, was ich jetzt wirklich brauche, ein klarer Verstand oder zumindest ein klares Auge (hat sich gerade ein vierter Mickey hinzugesellt?).

„Lies es nicht!", ertönt plötzlich auch noch eine Stimme in meinem Kopf.

„Bist du mein klarer Verstand?", frage ich die Stimme.

Kontradelle bekommt erst einen Lachanfall und sagt dann: „Nein, bin ich nicht, aber ich bezweifle auch, dass du so etwas jemals hattest."

„Nein, ich bin dein schlechtes Gewissen", erklärt mein schlechtes Gewissen. „Wenn du das nicht liest, lastet weiterhin alle Schuld eurer verpatzten Beziehung auf dir."

Soll das jetzt eine Drohung sein – oder ein durchgeknalltes Dogma?

„Wenn du das liest, dann verlierst du mich", setzt das schlechte Gewissen nach. „Willst du das etwa?"

Ja, eigentlich schon … sogar schon die ganze Zeit.

„Oha … ach so …", sagt das schlechte Gewissen. „Dann vergiss lieber, was ich gesagt habe."

Gut, dass ich hier nicht die Einzige bin, die total zugedröhnt ist.

Schon ist das Papier entfaltet, und ich lese.

Geliebte Mutter,
wahrscheinlich wird es Dich sehr kränken, diese Zeilen zu lesen, und das tut mir schon jetzt im Herzen weh, denn das, was ich am wenigsten will, ist, meiner geliebten Mutter zu schaden.
Ich bin heute Nacht nach Italien aufgebrochen. Bitte verstehe das nicht falsch. Ich weiß, dass Du Deine Drohung, mich zu enterben, wahr machen wirst, aber ich möchte Dir erklären, warum ich diese Reise auf mich nehme, ja, auf mich nehmen muss. Es ist keinesfalls so, wie Du dachtest. Seit Monaten macht Dana einen psychisch äußerst labilen Eindruck auf mich. Auch habe ich erfahren, dass sie in Italien nicht glücklich ist. Ich denke, sie leidet unter starken Depressionen, und so befinde ich mich in einer Zwangslage und möchte nicht am Ende noch ihren Freitod mitverantworten. Als angehender Therapeut ist es mein Ziel, Menschen mit psychischen Defekten zu helfen, so wie ein Arzt seinen Patienten hilft – ganz egal, wo, wann und wie. Einzig aus diesem Grund fliege ich heute nach Italien. Ich vergewissere mich davon, dass Dana sich nichts antun wird, und bereite notfalls auch ihre Einweisung vor. So schnell wie möglich werde ich wieder zu Dir zurückkehren, denn auch ich kann nicht ohne Dich sein.
Ich freue mich schon auf unseren nächsten Bingo-Abend. Bitte grüße Geoffrey und die Kricket-Gang von mir, ich kann es kaum erwarten, in ein paar Tagen wieder bei euch zu sein, und hoffe auf Deine Nachsicht.
Mutter, ich liebe Dich über alles.

Dein Dich verehrender Sohnemann Michael

PS: Falls Du sie vermissen solltest, ich habe mir Deine American-Express-Card ausgeliehen, natürlich nur für den Notfall.

„Boah, mir wird schlecht", sagt Mel, die mir unbemerkt über die Schulter gelinst hat, „der Typ ist im Besitz einer American Express und erzählt uns, dass er keinen Cent mehr habe? Tst-sts. Mickey ist ja ein richtiges …"

„Schwein … schaut, da unten ist ein Schwein …", fällt Kontradelle Mel ins Wort.

Ich bin zu schockiert, um nach weiteren Schweinen zu schauen. Bei Mel ist es umgekehrt, sie blüht geradezu auf.

„Ach nein, das ist bloß unser Mastro."

Mel zeigt auf den kleinen Mann, der – zum Glück mal bekleidet – im rosa Hemd durch die Reben schreitet, als seien sie sein Morgenland.

„Unser Mastro?", wiederholt Kontradelle, und Mel ergänzt: „Ja. Ihm hat das Haus vorher gehört. Aber irgendwie wohnt er noch immer hier."

„Ach ja, die Altlasten", meint Kontradelle seufzend, und Mel stimmt ihr zu: „Wem sagen Sie das."

Ich kann es nicht glauben. Meine beste Freundin und die furchtbarste Frau unserer Sphäre unterhalten sich seelenruhig, während ich hier am Brief der Briefe krepiere.

Wenigstens lösen sich meine Augen langsam vom Pergament und halten automatisch Ausschau nach dem Verfasser dieses verlogenen Werkes. Eben war er noch hier – viermal sogar. Jetzt ist er weg. Zusammen mit meinem schlechten Gewissen. All die Schuld, die ich auf mich geladen habe, ist futsch. Weil der Mann meiner Träume nicht nur ein versklavter Mamasohn ist, sondern auch noch ein verlogener Verpisser. Wenn ich nur wüsste, wo die ganzen Mickeys sind. Ich würde sie – nicht nur – mit Blicken töten.

„Nein, getötet wurde von den Wildschweinen bisher noch niemand. Klaus hat uns erklärt, wie man mit ihnen umgeht", führt Mel aus, und Kontradelle fragt: „Schätzchen, hast du dich denn schon an Italien gewöhnt, oder fehlt dir dein Heimatland?"

„Ach, ich weiß nicht. Manchmal vermisse ich Deutschland

schon. Aber wenn ich zurückgehe, vermisse ich Italien bestimmt auch. Ich bin total unentschlossen."

Während die flatterhafte Mel mal wieder das tut, was sie am besten kann (sich nicht entscheiden), platzt meiner Willensstärke der Kragen. Ich brülle: „Schnauze!"

Erschrocken blicken beide zu mir. Auch Mickey und Klaus. Wo kommen die auf einmal her? Egal. Wenn sie schon alle da sind (und zum Glück auch nur in einmaliger Ausführung), dann kann's ja jetzt auch losgehen.

„Du bist nicht nur unentschlossen, Mel, du bist zeit deines Lebens total lebensunfähig. Immer die gleiche Allergie- und Jammerleier. Als wir über die Grenze gefahren sind, dachte ich noch: ‚Boah, Mel ist ja ein ganz neuer Mensch geworden. Die hat sich total verändert, ist zielbewusst und weiß, was sie *nicht* will.' Aber nein, kaum in Italien angekommen, suhlst du dich in Leid und Unentschlossenheit wie eh und je. Tja, und wenn du dann doch mal was tust, parkst du die Verantwortung dafür bei anderen. Ach, und Letzteres gilt auch für dich, Mickey."

Kurz schüttle ich meinen brummenden Kopf, fühle mich auf einmal erstaunlich nüchtern, rede aber trotzdem weiter.

„Und du bist wirklich viel zu fies, um depressiv zu sein", schimpfe ich Kontradelle aus, „lass endlich mal den Mickey in Ruhe – sonst wird der doch nie erwachsen. Und du, Klaus, zeig Mel auch mal den Stinkefinger, sonst spielt die ein Leben lang mit dir."

Kontradelle schaut auf Mickey und Klaus auf seinen (Mittel-)Finger.

Davon abgesehen ist mir aber die Aufmerksamkeit aller Anwesenden sicher. Ich brauche augenblicklich eine Erhebung, ein Podest, um meine neuartige Größe auch optisch zu unterstreichen.

Unter den wachsamen Augen meiner Zuhörer nehme ich mir einen Eimer, drehe ihn um und stelle mich darauf. *Groß*artig.

„Wisst ihr, was ihr seid?", frage ich mit geheimnisvollem Blick in die Runde, und bevor auch nur einer antworten kann, übernehme ich das mit den Worten: „Roboter. Maschinerie-Sklaven. Leibeigene des Geldes."

Während Mel da schon gar nicht mehr mitkommt, komme ich so richtig in Fahrt: „Und Feiglinge, die ihren Frust stets an Schwächeren ablassen. Echte Lebensqualität ist euch kein Begriff, denn ihr seid wandelnde Tote."

„Total müde siehst du aus, Dana. Bitte fall jetzt bloß nicht auch noch vom Eimer", jammert Mel.

Mel hat mal wieder überhaupt nichts verstanden. Es ist doch logisch, dass der, der einmal hoch hinauswill, vielleicht auch tief fallen könnte. Ich falle aber nicht, zumindest nicht herunter. Nein, ich falle nur auf. Genauso wie Mastro, der weiter unten so schief (wie lebendig) über ganz Piemont singt, dass es meiner Rede die notwendige Tiefe verleiht.

Bevor ich mich wieder meiner Ansprache widme, ergreift Kontradelle ungefragt das Wort (das wiederum war abzusehen): „Ei, ei, ei, Dana, in dem Ton habe ich dich ja noch nie reden gehört", sagt sie und hat schon wieder recht. Davon abgesehen, dass Kontradelle mich auch noch nie hat ausreden lassen und ich auch noch nie so besoffen war, kann ich selbst nicht glauben, was – und vor allen Dingen, wie – ich gerade rede.

Aber wo ich schon mal dabei bin: „Sie ist wenigstens authentisch, wenn auch auf abartige Art", sage ich, springe vom Eimer und schieße selbigen hoch in die Luft, während meine Hand starr auf Kontradelle zeigt. Unter den Blicken meiner Geburtstagsgäste drehe ich eine schwungvolle Pirouette, zeige in die Weinberge und sage: „Genauso authentisch wie Mastro."

Andächtig sieht Kontradelle in die Weinberge, während Mel und Mickey langsam auf mich zukommen.

„Dana, komm, wir bringen dich ins Bett", versucht Mel mich zu beschwichtigen.

„Ihr bleibt stehen", weise ich die beiden entschieden zurück, „Brut des Stillstands! Brut des Geldes! Brut des Todes!"

Okay, das war jetzt vielleicht etwas zu viel …

Schon wird der zuvor betäubte Teil meines Gehirns wieder durchblutet, und mich überkommt mein altbekannter Fluchtinstinkt. Ehe ich mich versehe, mache ich einen theatralischen Abgang hinunter in die Weinberge. Dumm nur, dass ich gar nicht weiß, wohin mich meine Flucht führen soll. Egal. Erst einmal an den Reben entlang bis ganz nach unten und bloß nicht stehen bleiben, sonst komme ich unentschlossen rüber. Es duftet nach Brühwürfel, und so langsam werde ich wieder klar im Kopf. Das ging aber schnell mit der Ausnüchterung. Ist das da vorne etwa Mastro? Nein. Das ist …

Ach du Sch…

Nun bin ich es selbst, die einem Wildschwein gegenübersteht. Habe ich noch immer nichts aus den Fehlern der anderen gelernt?

Oh je …

Bewegungslos steht mir das Wildschwein gegenüber. Es grunzt nicht einmal.

Und deshalb sollte ich lieber auch nicht um Hilfe rufen …

Was mach ich denn jetzt nur? Davonlaufen bringt mir in dieser Situation überhaupt nichts, denn das Schwein sieht eindeutig fitter aus als ich.

Dämlicher Alk – dämliche Frustkilos!

Das Einzige, was jetzt noch läuft, ist mein gesamtes Leben, und zwar im Zeitraffer an mir vorbei. Ich sehe meine Kindheit, Mel und ihr Kuschelobst, meine erste Diät, Mickeys Vorgänger Konstantin, das Ministerium, Postmann Markus, meine große Liebe Mickey und eine nach Italien fliehende Dana, die sich auch jetzt mal wieder auf der Flucht befindet, welche ihr wiederum bis heute kein Glück beschert hat.

Logo, dass mir deshalb auch kein Glücksschwein, sondern ein Wildschwein gegenübersteht …

Davonlaufen bringt nichts – erst recht nicht, wenn einem die Probleme schon bis nach Italien gefolgt sind und nun als manifestiertes Schwein vor mir stehen.

Dabei wollte ich nichts anderes als endlich frei sein. Nicht nur raus aus der alltäglichen Tretmühle, sondern auch frei von der inneren Sklaverei. Frei von den Gewissensbissen, die mich in den Wahnsinn treiben. Höchste Eisenbahn, dass aus meinem schlechten Gewissen ein reifes Gewissen wird (ein reines bekomme ich ja doch nicht hin).

Blöd nur, dass ich stattdessen wieder geflohen bin und nun wohl das bekomme, was ich verdiene: Ich sterbe durch ein Schwein.

Als Vegetarier. Das muss man sich mal vorstellen …

Mittlerweile stehen wir uns bestimmt schon fünfzehn Minuten gegenüber, und bis auf meine Erkenntnisse und den (wohl durch mein Adrenalin) extrem schnell absteigenden Alkoholpegel ist noch immer nichts passiert. Das Schwein blickt mich an, und ich blicke zurück. Keiner von uns macht auch nur einen Mucks.

Plötzlich sehe ich Klaus.

Na, das wurde aber auch Zeit …

Leider sehe ich ihn nur in meinem Kopf *(scheiß Alk!)*.

„Bewahr die Ruhe und zieh dich langsam zurück."

Stimmt, Klaus hat uns bereits mehrfach (und dank Simon auch bildlich) erklärt, wie wir uns im Falle der Fälle zu verhalten haben. Gut, dass ich schon einmal die Ruhe bewahrt habe. Jetzt geht es ans Zurückziehen.

Ich mache also einen Schritt rückwärts – und das Schwein macht einen Schritt vorwärts.

Na super!

Ich bleibe zwei weitere Minuten bewegungslos stehen – und das Schwein bleibt zwei weitere Minuten bewegungslos stehen.

Warum kommt eigentlich kein realer Klaus, wenn ich ihn mal brauche *(kommt ja nun wirklich nicht oft vor, dass ich ein Naturproblem habe)*? Ja, warum schert sich eigentlich kein Schwein *(bis auf jenes, das mir gegenübersteht)* um mich?

Von oben vernehme ich lautes Gelächter.

Schön, dass sie ihren Spaß haben. Ist ja auch mein Geburtstag, da darf man sich ruhig amüsieren. Auch wenn mir – bis auf Mickey – kein Schwein gratuliert hat. Auch das hier nicht; aber wenn ich es genauer betrachte (mit seinen kleinen, fiesen Augen, den gebogenen Zähnen, dem angetrockneten Matsch im Fell und den krummen Beinchen), will ich das auch gar nicht.

Plötzlich vernehme ich ein Rascheln. Im Busch neben mir. Noch ein Schwein? Super-Klaus?

Nein, Klein-Mastro. Wenn's kommt, dann aber richtig.

Oder auch nicht. Vorsichtig nähert sich Mastro, greift nach meiner Hand (geht das jetzt schon wieder los?) und zieht mich dann langsam hinter sich her, während er beruhigend auf das Schwein (oder auf mich?) einredet (ist auch egal, wir verstehen ihn ja beide nicht). Eigentlich wollte ich Mastro niemals wieder näher als zehn Meter an mich heranlassen.

Aber nun ist mir die Nähe dieses kleinen Ekels doch um Längen lieber als die des großen Ebers.

Als wir die Terrasse erreichen, fällt nicht nur mir ein Stein vom Herzen, sondern auch jedem die Kinnlade herunter.

Mel sitzt auf Klaus' Schoß (ich habe auch nichts anderes erwartet), Hans und Heidi decken gerade den Tisch (die zwei erscheinen generell so unerwartet wie Löcher im Schweizer Käse), und Kontradelle streichelt dem traurigen Mickey über den Kopf.

„Ach wie süß, Dana ist jetzt wirklich mit Mastro zusammen", witzelt Mel, und Mickeys melancholischer Blick scheint noch ein wenig trauriger zu werden.

„Hat sie den mit den Biibäli nicht mehr?", fragt Heidi, und da lacht Mel, während Mickey so aussieht, als müsse er gleich weinen.

Kontradelle schaut nur noch wie gelähmt auf meine mickrige Gestalt – oder jene von Mastro (wir sind ja beide nicht die Größten).

„Grüezi, Dana", begrüßt mich Hans, und Heidi ergänzt: „Es ist Trüffelzeit. Die haben wir euch aus Alba mitgebracht."

„Dankeschön", murmle ich.

Falls jemand noch ein Trüffelschwein benötigt, das steht unten …

Schon brabbelt Hans auf Mastro ein, und der lässt daraufhin endlich meine Hand los.

„Wir feiern Abschied", sagt Simon, der gerade mit einem großen Blech aus der Küche kommt und überhaupt nicht traurig zu sein scheint.

„Was für einen Abschied?", frage ich und hoffe, dass mein Geburtstag nicht auch noch mein letzter Tag in Italien ist, da sie mich am Ende doch einweisen. Nach dem, was ich hier eben abgezogen habe, wäre das durchaus nachvollziehbar.

Aber hallo, ich war nun mal besoffen …

„Ich gehe nach Tadschikistan", erklärt Simon und strahlt komischerweise wie ein Pilz aus Tschernobyl.

„Geh lieber in kein Land, dessen Sprache du nicht sprichst", sage ich reumütig.

Simon winkt ab.

„Ich gehe nach Thälmann. Dort lebt die deutsche Minderheit. Eine Zeit lang möchte ich denen mal so richtig unter die Arme greifen."

Das glaube ich ihm aufs Wort.

„Und in einem halben Jahr ist er auch wieder da, oder?", sagt oder fragt die besorgte Heidi.

„Wer weiß, wohin es mich dann zieht." Simon scheint es tatsächlich kaum etwas auszumachen, dass seine Traumfrau auf dem Schoß seines Vorgängers/Nachfolgers sitzt.

„Ach du meine Güte!", schreit da plötzlich Mel. „Dana, ich habe deinen Geburtstag total vergessen. Hast du deshalb so rumgezickt? Und hast du auch deshalb Mastros Pflanzenschutzmittel getrunken?"

„Ich habe WAS getrunken?", frage ich wie von Sinnen.

„Na, das Zeug in der Weinflasche. Auf der Fensterbank. Das hat Mastro nämlich selbst angerührt. Irgendwas mit vergärten Brennnesseln, Vogelkacke und irgend'ner Schmiere, die gegen Insekten wirkt."

Eben alles, nur nicht das, was ich dachte …

Vielleicht bin ich auch deshalb wieder nüchtern. Moment mal. Ich habe eine volle Flasche Pflanzenschutzmittel getrunken und gedacht, es sei Wein? Bevor ich mir weitere Gedanken über meine eigene Blödheit machen kann, stürmt die gesamte Geburtstags-(oder Abschieds-)Gesellschaft auf mich zu. Es folgt ein wildes Gewusel aus Handschlägen (Kontradelle – immerhin) und Umarmungen (alle anderen), bis Kontradelle schließlich schimpft: „Kann uns jetzt endlich mal jemand miteinander bekannt machen?“

Mastro steht vor ihr und starrt – wie immer – äußerst lebhaft in Kontradelles Ausschnitt. Um Schlimmeres zu vermeiden, sprinte ich sofort zu den beiden und sage: „Mastro, Corabelle. Corabelle, Mastro.“

„Er sieht aus wie dein Vater“, spricht Kontradelle im ungewohnt sanften Ton zu ihrem traurigen Sohn. Der bekommt daraufhin eine ganz blasse Gesichtsfarbe (die hatte ich wahrscheinlich auch, als Simon annahm, dass Mastro mein Vater sei), dreht sich zu mir und stellt plötzlich die Frage aller Fragen: „Dana, können wir mal unter vier Augen reden?“

Was musste nicht alles geschehen, damit das endlich mal passiert?!

„Ihr habt bestimmt einiges zu bereden“, ergänzt Kontradelle und schubst Mickey aufmunternd in meine Richtung.

Dass ich das noch erleben darf.

Ich laufe mit Mickey zum Pool (bloß nicht noch einmal in die Weinberge). Auch heute ist es wieder so warm, dass wir baden könnten. Aber die Blöße gebe ich mir nicht noch einmal. Stattdessen setze ich mich an den Beckenrand und lasse meine Beine ins Wasser gleiten.

Tut das gut.

„Tut mir leid“, sagt Mickey. „Wirklich. Es tut mir leid, dass ich all die Jahre zu feige war. Zu feige für dich, zu feige für Mutter, zu feige für die Wahrheit.“

Dass Mickey spricht, ist schon ein Wunder. Aber das, was er

da gerade sagt, ist noch viel wundersamer, ach was, es ist wunderbar. Und Mickey hat noch viel mehr zu sagen.

„Das Paradoxe ist, dass ich mir geschworen habe, nie so zu werden wie Vater. Stattdessen bin ich genauso."

Ich bete, dass er nicht Mastro meint …

„Stell dir mal vor: All die Jahre über hat Vater geschwiegen, ja, sogar stets so getan, als sei alles gut. Und irgendwann, von heute auf morgen, hat er plötzlich die Flucht nach Hamburg ergriffen. Mutter erfuhr erst davon, als der Brief vom Scheidungsanwalt kam."

Und wer Kontradelle kennenlernt, kann Mickeys Vater mitunter verstehen …

„Für mich gibt es keinen größeren Feigling als meinen Vater. Dabei bin ich keinen Deut besser. Dana, du hast recht: Ich bin eine Maschine, die so funktioniert, wie andere das wollen. Eine ferngesteuerte Lügenmaschine, die irgendwann explodiert – wenn sie nicht vorher davonfliegt."

Schon sind wir wieder beim Willenlosen-Roboter-Thema angekommen, und ich frage mich, ob der bärtige alte Mann aus dem Fernseher in Italien wohl seine vermutete Lebensqualität gefunden hat. Für mich kann ich das nicht behaupten.

„Da musste ich erst nach Italien fliegen, um zu erkennen, was bei mir so alles schiefläuft", gesteht Mickey.

Dafür – für all diese Erkenntnisse – bin ich Italien wiederum dankbar. Am meisten jedoch für einen darüber sprechenden Mickey. Für einen überhaupt mal sprechenden Mickey.

„Und ja, Mutter ist nur deshalb einsam, weil sie so verdammt ehrlich ist. Ihr Umgang mag sehr schroff sein. Aber wenigstens weiß man, woran man bei ihr ist. Anders als bei mir …"

Wie wahr …

„Wenn ich daran denke, dass Mutter nur deshalb hergekommen ist, um mich endlich aus dem Lügennetz zu holen, schäme ich mich in Grund und Boden. Weißt du, mein Brief hat es ihr ganz schön gegeben."

Nicht nur ihr …

„Denn eigentlich mag ich überhaupt kein Bingo, ich mag auch kein Kricket, und schon gar nicht möchte ich in einer anderen Stadt studieren. Ja, meine Schauspielerei muss ein Ende haben, sonst …"

… wird das zwischen uns nichts mehr.

„… werde ich es als Therapeut niemals zu etwas bringen."

Okay, ich darf jetzt auch nicht gleich zu viel erwarten …

„Das Unglaubliche aber ist: Obwohl ich mich die ganze Zeit über verstellt habe, wusste Mutter immer, was wirklich in mir vorgeht."

Damit ist Kontradelle auch mir um einiges voraus.

„Als ich nach Italien geflogen bin, wurde ihr klar, dass die Dinge nicht mehr so weitergehen können. Aber das konnte sie mir erst nach deiner Ansprache sagen. Mutter meint, sie habe sich in dir getäuscht. Und ich auch. Dana, ganz egal, was in den letzten Monaten auch passiert ist, ich bitte dich jetzt nur um eins: Verzeih mir."

Ich würde gern etwas sagen, etwas darüber, wie verletzt und enttäuscht ich von Mickeys Lügen bin, aber in dem Moment landet ein kunterbunter Käfer auf meinem Kopf, und das erinnert mich zwangsweise an Klaus und irgendwie auch an Simon, die beide nicht nur wunderschön anzusehen sind, sondern auch vorleben, dass Liebe alles verzeiht und über allem steht. Ja, und darüber hinaus bin ich leider noch dezent benebelt.

Oh mein Gott, ich habe mir tatsächlich Mut mit Pflanzenschutzmitteln angetrunken …

Nach einigen Minuten des Schweigens platzt es dann aber doch noch aus mir heraus: „Eins muss ich unbedingt klarstellen, Mickey: Ich bin nicht depressiv."

„Ich weiß", sagt Mickey. „Niemand ist so depressiv wie ich."

Nicht Kontradelle, nicht ich, nein, Mickey ist der Depressive?

„Seit Jahren spiele ich aller Welt den immer netten Mickey vor. Dabei sieht es in meinem Innern ganz anders aus. Dana, ich …"

Schon überkommen Mickey die Gefühle, und er beginnt zu weinen.

„Wein es ruhig heraus, das tut gut“, sage ich und fühle mich so gut wie ein Gutmensch.

„Gibt es für uns noch eine Chance?“, will Mickey wissen und schnieft laut.

Bevor ich antworten kann, schreit Mel über das ganze Piemont: „Oh ja!“

Damit hat sie natürlich nicht Mickeys Frage beantwortet, kommt aber trotzdem angestürmt wie ein junges Reh.

„Los, kommt hoch – wir haben allen Grund zu feiern.“

Ja, und zwar meinen Geburtstag …

Kaum stehen wir auf der Terrasse, verkündet meine beste Freundin: „Mickeys Mutter kauft unser Haus.“

Nun tragen Mickey und ich Partnerlook im Gesicht. Und zwar ein ausgewachsenes Fragezeichen.

„Wie bitte?“, fragen wir im Chor, und Kontradelle nickt so bescheiden, wie das Millionäre eben nach einem Inselerwerb tun.

„Ich suche schon länger nach einem Ferienhaus, für das ich nicht um den halben Globus fliegen muss … und in dem nette Menschen wohnen. Tja, hier weiß ich wenigstens, was ich habe. Dana, das mit den bescheuerten Ideen nehme ich zurück. Das, was ihr euch in zwei Monaten hier aufgebaut habt, ist wirklich ein Paradies. Und darauf könnt ihr zu Recht stolz sein“, erklärt Mickeys Mutter – und schüttelt parallel Mastros Hand. Ein sehr schräges Bild – für einen Moment schien es sogar fast so, als hielten sie Händchen.

Und warum sieht Mastro plötzlich so sauber aus? Hat der sich etwa geduscht? Ist das, was der da trägt, gar ein Smoking? Heute geschehen wirklich Wunder …

„Ba, ba, ba“, brabbelt Mastro, neigt seinen Kopf zu Kontradelle und …

Oh nein, gleich wird Kontradelle ihr Kaufangebot zurückziehen …

„Mastro, tu es nicht“, rufe ich noch, doch da hat er Kontradelle schon einen feuchten Schmatzer auf die Wange gedrückt.

„Ja, ist der euer beider Hächu?“, fragt Heidi, und ich schüttle mal vorsichtshalber den Kopf, während Kontradelle Mastro über selbigen streichelt und ihm dabei einen – für ihre Verhältnisse – geradezu liebevollen Blick zuwirft.

Ach, du heiliger …

„Chunsch druus?“, fragt Heidi, und was auch immer das heißt, ich kann nur wieder den Kopf schütteln.

„Das verstehen wir alle nicht“, meint Hans, und da nicke ich.

Es ist ja auch nicht unsere Aufgabe, alles zu verstehen. Nein, meine Aufgabe war eine ganz andere.

Und ich glaube, dass ich sie gelöst habe. Warum sonst wurde aus meinem persönlichen Albtraumtag ein Traumtag?

„Alles Gute zum Geburtstag“, sagt Mickey – zum zweiten Mal an diesem Tag, nimmt mich diesmal jedoch in den Arm und küsst mich so leidenschaftlich, als würde es kein Morgen geben …

Aber ein Morgen gibt es sicherlich. Und was für eins!

EIN JAHR SPÄTER …

Ich bin wieder in Deutschland. In Frankfurt, um genau zu sein. Und ich wohne nicht allein oder mit einer Freundin zusammen, sondern mit zwei Männern. Mickey und Maestro, unserem Sohn. Ja, der Name war auch nicht meine erste Wahl. Nicht einmal meine zweite. Aber was tut man nicht alles für die Schwiegermutter, die ja wirklich einiges für mich, nein, für uns getan hat.

Mickeys Elternhaus ist jetzt unser Haus, denn Corabelle ist spontan im Piemont geblieben, wo sie gerade spielerisch Italienisch lernt – dank ihrem Lover Mastro. Die zwei geben noch immer ein skurriles Bild ab, aber zum einen tut das wohl jede Frau, die sich mit dem legendären, leicht lästigen Mastro abgibt, und zum anderen geben Mickey und ich laut Mel auch ein skurriles Bild ab. Wie auch immer. Meinen Segen haben sie. Wenn sich zwei Menschen gesucht und gefunden haben, dann Corabelle und Mastro. Sie hat endlich einen Mann, der den Mund aufmacht (ganz egal, dass das nicht gerade appetitlich ist), und er ist endlich an eine Frau geraten, die ein noch größeres Rückgrat hat (sogar bildlich) als er selbst.

Mit Mickey kann es dagegen kein Mann (mehr) aufnehmen. Seit Italien hat eine wunderbare Aufrichtigkeit Einzug in unser Leben gehalten und damit unser Glück perfekt gemacht. Wir besprechen alles, nehmen uns viel Zeit füreinander (dermaßen viel Zeit, dass wir nun zu dritt sind), und erst gestern öffnete Mickey offenherzig eine kleine Schachtel und fragte mich, ob ich ihn heiraten möchte.

In einem Jahr wird Mickey sein Studium abschließen, und er hat schon jetzt Angebote für eine Praxis bekommen. In diesen Zeiten von allseitiger nervlicher Überanspruchung hat er sich wahrscheinlich den lukrativsten Beruf Frankfurts ausgesucht. Den besten aber habe ich: Mama.

Wenn ich nicht stille, wickle oder schmuse, dann schreibe ich noch immer an meinen Kurzgeschichten und erfreue mich wahrscheinlich mehr daran als meine wenigen Leser (Mutti und Mel – und manchmal auch Mickey). Aber ich bin optimistisch. Irgendwann erscheint mein erstes Buch, und das wird sicherlich kein Atlas, der Generationen überlebt und schließlich im Pizzaofen landet. Übrigens hat den Postmann Markus auch nicht mehr nötig (den Atlas, nicht den Pizzaofen). Der rastlose Postmann ist sesshaft geworden. Kaum war ich in Italien, hat Markus sich in meine ehemalige Kollegin Ruth verliebt. Die beiden haben letzten Monat geheiratet.

Und noch jemand hat letzten Monat den Bund fürs Leben geschlossen: nicht Mel, nein … Alessio. Und dreimal dürfen Sie raten, wer seine Auserwählte war. Na? Ich konnte es selbst nicht glauben, denn die Braut war keine Geringere als Maddalena. Zur Eheschließung von Mastros Exfreundin und Mastros Exsohn zog es allerdings keinen von uns. Verständlicherweise.

Allein sind Corabelle und Mastro trotzdem nicht. Hans und Heidi zählen heute zu ihren engsten Vertrauten. Kein Wunder, schließlich haben sie sich allesamt im gleichen Jahr von ihren Söhnen gelöst (wenn auch auf unterschiedlichste Art und Weise). Da Mickey und ich im Gegenzug einen Sohn bekommen haben, konnten wir die beiden bisher noch nicht im Piemont besuchen. Dafür hatte Corabelle vollstes Verständnis. Überhaupt verstehen wir uns seit Italien besser denn je. Ohne Übertreibung kann ich heute sagen, dass Corabelle einen festen Platz in meinem Herzen eingenommen hat.

„Du bist zwar ein Schwiegermonster. Aber eins von den guten“, habe ich sie erst gestern am Telefon verabschiedet.

Wie Sie sehen, spreche ich die Dinge heute offen und direkt an.

Ja, meine Flucht hat ein Ende gefunden. Und als Belohnung habe ich ein Zuhause bekommen.

Es brauchte nur einen Umweg über Italien.

Apropos Italien: Im nächsten Frühjahr sind wir wieder da. Zuerst besuchen wir Corabelle und Mastro, und dann geht es weiter nach Genua (ich habe jetzt schon Panik), von wo aus wir nach Sardinien aufbrechen. Da Italien Mickey und mich endgültig zusammengebracht hat, ist es nur allzu klar, dass wir auch unsere Flitterwochen dort verbringen.

Mel zieht es vorerst nicht mehr nach Italien. Schon allein wegen der Rückfahrt über die Grenze, die sie nur zusammengekauert im Fußraum über sich ergehen ließ, um bloß nicht als Erdbeer-Prinzessin entlarvt zu werden. Meine beste Freundin lebt wieder in unserem Heimatdorf, auf dem Hof von Klaus' Eltern. Klaus sitzt oft auf dem Hochstand, und Mel ist hochschwanger. Wahrscheinlich wird es ein Mädchen, und es würde mich nicht wundern, wenn sie die Kleine Isolde nennen, aber in dieser Beziehung ist Mel noch ein wenig … nun ja … unentschlossen.

Nicht gelöst hat sich hingegen mein schlechtes Gewissen. Kurz nach Corabelles Piemont-Besuch kam es zurück. Wegen Kleinigkeiten. Tja, und seitdem spricht es wieder zu mir. Allerdings mit dem Unterschied, dass ich es reden lasse. Ja, ich habe mich gelöst – befreit aus der Gewissens-Sklaverei. Mein Gewissen ist nicht mehr mein Boss.

Nein, mein Boss ruft … ähem … schreit gerade nach mir, und so muss ich schnell mal davonlaufen – diesmal allerdings nicht in ein anderes Land, sondern nur bis zum Laufstall …

– ENDE –

Deutsche Originalausgabe

Susanne Schomann
Die Farbe des Mondes

Der Mond schimmert silbern auf den See – und auf Ben, der plötzlich vor Nora steht. Zusammen aufgewachsen, haben sie erbittert gestritten und sich nie versöhnt. Bis jetzt. Nora spürt, dass in diesem Moment alles zwischen ihnen möglich ist …

Band-Nr. 25740
8,99 € (D)
ISBN: 978-3-95649-002-6
eBook: 978-3-95649-306-5
448 Seiten

3 Romane in einem Band

Pia Engström
Blaubeerzeit

Die Männer der Södergrens sind unermesslich reich, doch sie finden einfach kein Liebesglück. Bis zu dieser Blaubeerzeit im zauberhaften Schweden …

Band-Nr. 25756
9,99 € (D)
ISBN: 978-3-95649-023-1
eBook: 978-3-95649-342-3
416 Seiten

Deutsche Erstveröffentlichung

Shannon Stacey

Manche mögen's Kowalski

„Geschlossen." Das Schild, das Paige an die Eingangstür ihres Diners hängt, könnte sie genauso gut auch um ihr Herz tragen. Komisch nur, dass Mitch Kowalski das komplett ignoriert …

Band-Nr. 25742

9,99 € (D)

ISBN: 978-3-95649-004-0

eBook: 978-3-95649-308-9

304 Seiten

Susan Mallery

Der Schönere gibt nach

„Ferien im Heu" – das ist die Geschäftsidee, mit der Clay zu seiner Familie nach Fool's Gold zurückkehrt. Als Unterwäschemodel hat er die Welt gesehen und ist nun bereit, sich häuslich niederzulassen. Ob sich auch noch die richtige Frau finden läßt?

Band-Nr. 25737

9,99 € (D)

ISBN: 978-3-86278-987-0

eBook: 978-3-95649-316-4

336 Seiten

Deutsche Erstveröffentlichung

Deutsche Erstveröffent-lichung

Christie Ridgway

Der Sommer,
der uns verband

Eine ausgelassene Strandparty – und mittendrin ein sexy Mann mit blauen Augen: Griffin. Jane hatte einen grüblerischen Einzelgänger erwartet, als sie engagiert wurde, um ihm beim Schreiben seiner Biographie zu helfen …

Band-Nr. 25747

8,99 € (D)

ISBN: 978-3-95649-012-5

eBook: 978-3-95649-358-4

384 Seiten

Kristan Higgins

Ein Goldfisch räumt auf

Einst schwamm sie wie ein Goldfisch im Luxus. Jetzt bleibt Parker nur ein Stapel Umzugkartons von ihrem süßen Leben. Wie gut, dass sie noch das Häuschen ihrer Tante hat. Dort trifft sie auch auf den attraktiven Anwalt James …

Band-Nr. 25754

9,99 € (D)

ISBN: 978-3-95649-021-7

eBook: 978-95649-322-5

416 Seiten

Deutsche Erstveröffent-lichung